GARETH RUBIN

HOLMES & MORIARTY

Übersetzt von Marie Rahn

HarperCollins

Der Roman erschien 2024 unter dem Titel
Holmes and Moriarty bei Simon & Schuster, London.

1. Auflage 2025
Deutsche Erstausgabe
© 2025 HarperCollins in der
Verlagsgruppe HarperCollins Deutschland GmbH
Valentinskamp 24 · 20354 Hamburg
info@harpercollins.de
© Gareth Rubin 2024
Published by arrangement with Simon & Schuster UK Ltd 1st Floor,
222 Gray's Inn Road, London, WC1X 8HB
Gesetzt aus der Adobe Garamond
von GGP Media GmbH, Pößneck
Druck und Bindung von CPI books GmbH, Leck
Printed in Germany
ISBN 978-3-365-00989-5
www.harpercollins.de

*Jegliche nicht autorisierte Verwendung dieser Publikation zum Training
generativer Technologien der künstlichen Intelligenz (KI) ist ausdrücklich verboten.
Die Rechte der Urheber und des Verlags bleiben davon unberührt.*

Für Jacob

Kapitel 1

Zuweilen habe ich in diesen dürftigen Reminiszenzen an meine Zeit mit Sherlock Holmes versucht, die Gemütsbewegungen zu schildern, die ich empfand, wenn wir von den Behörden gerufen wurden, um einen Vorfall zu enträtseln, den selbst ihre klügsten Köpfe nicht erklären konnten. Allerdings muss gesagt werden, dass solche Beschreibungen meinen Gefährten stets irritierten, denn er beharrt darauf, dass das Interesse an solchen Fällen ausschließlich ihrer Funktionsweise gelten sollte, wie bei einem Handbuch über die korrekte Konstruktion einer Lokomotive, und nicht den menschlichen Seelenregungen, die damit einhergehen. Daher sollte ich derlei Färbung aus meiner Schilderung heraushalten, sagt er. Und doch, sosehr ich Holmes auch immer bewundert habe – schließlich ist er der größte beratende Detektiv, den die Welt je gesehen hat –, musste ich ihm in diesem Punkt stets widersprechen.

Daher will ich erzählen, was ich zwei Tage vor Weihnachten 1889 im Licht der untergehenden Sonne empfand.

Es war Furcht. Furcht, wie ich sie nie gekannt hatte.

Denn der Mord an Britanniens Kriegsminister, und zwar zu einer Zeit, da ganz Europa an der Schwelle zum bewaffneten Konflikt stand, konnte der Funken sein, der den Kontinent in ein explodierendes Pulverfass verwandelte. Dann hätte Krieg einen Großteil der Welt überzogen. Und ich habe Krieg gesehen. Ich habe das offene Tor zur Hölle gesehen.

Was stand zwischen uns und diesem Tor? Es war ein Anblick, den ich nicht mal in meinen aberwitzigsten Träumen für möglich gehalten hätte: der Anblick, wie der stets untadelige Sherlock Holmes und der arglistige Stammgast der kriminellen Unterwelt, Professor James Moriarty, zusammenarbeiteten, als wären sie alte Freunde und nicht zwei Gegner, die einander unwiderrufliche Vernichtung geschworen hatten. Sie arbeiteten zusammen, um ganz Europa vor dem Untergang zu bewahren.

Ja, auf einem Schweizer Berg, während ein schrecklicher Schneesturm wütete, vereinigten sich ihre Geister, verschmolzen miteinander und erschufen durch die Verbindung von Gut und Böse eine Waffe, mit der sie einer Gefahr den ersten Schlag erteilen konnten, die die Welt noch nie gesehen hatte – und, darum bete ich, die sie auch nie mehr sehen wird. Als die Nacht anbrach, sah Moriarty mich an und streckte die Hand aus. Ich nickte und reichte ihm eine Handvoll Patronen, jede einzelne dazu gemacht, einen Mann ins Grab zu bringen, da –

Doch ich greife vor. Holmes tadelt mich immer, wenn ich das tue. »Alles der Reihe nach, Watson. Ohne Ordnung, was bliebe uns da außer Chaos?« Und ich muss zugeben, da hat er recht. Also sollte ich mich an die Reihenfolge halten, in der die Ereignisse vonstattengingen.

*

Bei meinen früheren Berichten, insbesondere dem über die seltsame Affäre um den griechischen Dolmetscher, hatte ich die Gelegenheit, den Diogenes-Club zu erwähnen, die Zuflucht für die ungeselligsten Gentlemen Londons. Ein Mann, dem allein schon der Gedanke an Gesellschaft zuwider ist, kann sich in diese gedämpfte Atmosphäre zurückziehen, um dort Zeitungen oder dickere Schwarten zu lesen, ohne auch nur vom geringsten Geräusch gestört zu werden. Tatsächlich riskiert jeder, der in den öffentlichen Räumen des Clubs auch nur die Anwesenheit eines anderen zur Kenntnis nimmt, den dauerhaften Ausschluss aus diesem Club. Für Situationen, in denen es um Leben und Tod geht, ist das Besucherzimmer vorbehalten, obwohl jedes Mitglied, das beim Betreten oder Verlassen dieses Raums gesehen wird, einen Vermerk im Clubverzeichnis bekommt.

Kurz gesagt stellte es den perfekten Ort für Holmes' Bruder Mycroft dar (der in der Tat auch eines der Gründungsmitglieder war). Sherlock bescheinigt seinem Bruder einen detektivischen Scharfsinn, der sogar seinen eigenen übertrifft – ein Faktum, auf das sich unser Secret Service oft verlassen hat, wie Holmes mir versichert –, doch durch die reine Faulheit seines Besitzers in seiner Wirksamkeit stark beeinträchtigt wird.

Diese Trägheit war ihm schon immer zu eigen, zu der Zeit, von der ich berichte, war sie allerdings krankhaft geworden. Mycroft verließ sein Zimmer im Club nicht mehr, und ich war gerufen worden, um ärztlichen Rat zu erteilen.

Das Zimmer war rein zweckmäßig gehalten: Die Mitglieder des Clubs präferieren eine spartanische Umgebung. Jedes Möbel muss einen Zweck erfüllen, Schönheit ist nicht gefragt. Also gab es zwei solide Stühle und einen Schreibtisch, aber kein einziges Gemälde, keinen Druck oder gar Blumen. Wir standen am Fußende des Betts, in dem Mycroft lag und gleichzeitig eine Abhandlung über Arachniden des Vorderen Orients in seiner rechten Hand und Dantes komplette Originalfassung seiner *Göttlichen Komödie* in seiner linken Hand las. Der weiß gekleidete Diener des Clubs, der uns ins Zimmer geführt hatte, gab ein paar heisere Bemerkungen von sich, verweilte grundlos noch ein paar Sekunden, um uns finster anzustarren, und verschwand dann unvermittelt – worauf sich Mycrofts Mund zu einem schmalen Lächeln verzog.

»Du hast selbstverständlich bemerkt, Sherlock, dass Manning kürzlich eine schwere Schlappe erlitten hat?«, krächzte er. Während Sherlock groß, blass, dünn und kantig ist, seine schwarzen Haare zurückgekämmt hat und über scharfe, grüne Augen und die Aura eines indischen Asketen verfügt, der plötzlich in hektische Betriebsamkeit geraten kann, ist Mycroft klein und rundlich, mit einem dunkleren Teint und einem seltsamen Ziegenbart, die ihm das Aussehen eines russischen Anarchisten verleihen.

Er war mit einem Seidenpyjama und einem ägyptischen Fez bekleidet, während wir, die aus dem dichten Winternebel hereingekommen waren, dicke, feuchte Mäntel trugen: Draußen herrschte ein Smog so dick und grünlich wie Erbsensuppe, sodass allerorts Kutschen und Straßenkehrer zusammenstießen und Taschendiebe genug Beute machten, um sich zur Ruhe setzen zu können. Zudem waren wir so eng aneinandergedrängt, dass wir den Dampf spüren konnten, der den Kleidern des anderen entstieg. Und selbst unter meinen Rugbyteam-Kollegen vom Blackheath-Club gelte ich als großer Kerl, also musste ich mich in die schmale Schlafkammer geradezu hineinquetschen. Wie gern hätte ich meine tropfnassen Überkleider ausgezogen, allein, es fehlte der Platz dazu.

Um alles noch schlimmer zu machen, hatte ich in der Woche das fatale Experiment mit den Koteletten gewagt, in der Hoffnung, meinem Gesicht etwas mehr Gewichtigkeit zu verleihen – wie sich herausstellte, gewannen meine Wangen lediglich mehr an Gewicht –, und die waren jetzt ebenfalls ziemlich nass. Ich beschloss, sie abzurasieren, sobald wir in unsere behaglichen Räumlichkeiten in der Baker Street zurückgekehrt waren. Außerdem waren sie erheblich grauer als mein helles Haupthaar, und dieser deutliche Hinweis darauf, dass ich nicht mehr der Jüngste war, wollte mir gar nicht gefallen. Selbst der Hosenbund spannte ein wenig mehr als früher.

»Ich habe das Offensichtliche gesehen«, antwortete Holmes auf die Frage seines Bruders. »Dass er heute Morgen beim Rennen in Kempton zehn Shilling auf ein Pferd gesetzt hat, sein Gaul den Sieg knapp verfehlte und er jetzt einen großen finanziellen Engpass hat.«

»Was?«, stieß ich hervor. »Woher wissen Sie das?«

»Ach, Watson. Sicherlich haben Sie sein niedergeschlagenes, ja geradezu verdrossenes Auftreten bemerkt, als er uns hierherführte, und sein unziemliches Herumlungern nach Erfüllung seiner Pflicht – obwohl das Erbitten eines Trinkgelds von Mitgliedern oder ihren Gästen in dieser Institution zweifellos ein strafbares Vergehen ist.«

»Allerdings«, bestätigte Mycroft.

»Aber der Rest ...«

Holmes seufzte. »Das Gras auf seinen Stiefeln. Wir haben Mitte Dezember, da findet man Gras nur auf penibel gepflegten Rasenflächen. Der Umstand, dass er keine Zeit hatte, sein Schuhwerk vor Arbeitsantritt zu putzen, zeigt, dass er direkt von dem Ort kam, wo er die Rasenspuren aufgenommen hat. Die Papierfetzen, die er einfach in seine Hosentasche gestopft hatte und von denen einer eine halb durchgerissene Zehn zeigte, ergeben sicher die Quittung, die ihm vom Buchmacher ausgehändigt wurde. Da ich bezweifle, dass Manning auf jedes Rennen zehn Guineas setzen kann, müssen es zehn Shilling gewesen sein. Desgleichen muss es Kempton gewesen sein, aus dem einfachen Grund, dass heute nirgendwo anders Pferderennen stattfinden; und es ist klar, dass das von ihm gewählte Pferd dem Sieg nahe war, denn seine Stimme klang sehr angestrengt und heiser, also hat der Mann es lautstark angefeuert, bis ihm die Stimme brach. Die Mühe hätte er sich nicht gemacht, wenn der Gaul von Anfang an weit hinten gelegen hätte.«

»Gute Güte!«, rief ich aus.

»Sehr gut, Sherlock«, sagte Mycroft lächelnd. »Nur eines stimmt nicht.«

»Und das wäre?«, erkundigte sich mein Freund mit milder Neugier.

»Es war kein Pferd.«

»Nein?«

»Ach, Sherlock. Hast du es nicht bemerkt? Den Hundegeruch, der an ihm haftete? Der war doch eindeutig. Hunderennen, Bruder. Manning war ohne jeden Zweifel in Walthamstow.«

Mein Freund zuckte die Achseln, als kümmerte ihn das nicht, doch ich wusste es besser. »Was hast du eigentlich?«

»Ach, nur eine Erkältung, glaube ich.« Mycroft schien es zu genießen, dass ihm isolierte Bettruhe vergönnt war. »Können Sie mir etwas geben, um die Schmerzen zu lindern, Doktor?«

»Ich lasse Ihnen etwas schicken. Trinken Sie zweimal täglich ein Glas davon nach den Mahlzeiten. Das sollte helfen.«

»Danke. Und Sherlock, dich wollte ich um eine Gefälligkeit bitten.«

»Und welche?«

»Ich beabsichtige, für eine Weile hierzubleiben. Allerdings befinden sich in meinem Haus gewisse Dokumente, die ich nicht für jeden Einbrecher von hier bis Konstantinopel herumliegen lassen möchte. Bring sie in mein Büro in Whitehall. Und schütze sie mit deinem Leben. Zum jetzigen Zeitpunkt sind sie höchst sensibel.«

»Sind einige vielleicht in deutscher Sprache verfasst? Oder in russischer?«

»Und in französischer und ein paar in italienischer. Ein paar Brocken Türkisch sind auch darunter. Ja, du hast richtig geraten, Bruder.«

»Das war nicht schwer angesichts dessen, was deine Kollegen in Westminster beschäftigt.«

Endlich begriff ich. In den letzten Monaten berichteten die Zeitungen immer häufiger von Unruhen in ganz Europa. Eine Reihe jüngerer Politiker und Thronanwärter hatten in ihren Heimatländern nationalistische Gefühle geweckt. Und ihr Zusammenwirken hatte die Großmächte von Europa in höchste Alarmbereitschaft versetzt und noch dazu zu gegenseitigen Schuldzuweisungen geführt.

»Allerdings, Sherlock. Allerdings. Die Dokumente sind in meinem Safe. Jarrow, der Privatsekretär von meinem Büro in Whitehall, wird wissen, was damit zu tun ist.«

»Ich sorge dafür, dass er sie bekommt. Sonst noch etwas?«

»Nein, nein.« Damit widmete er sich wieder der Lektüre der zwei Bücher, als wäre unser Besuch gleichzeitig mit dem Gespräch beendet.

»Und wie lautet die Kombination für den Safe?«, fragte ich, überrascht, dass er uns diese Information nicht gegeben hatte.

Völlig verwirrt sah er mich an. »Warum in aller Welt fragen Sie das?«

»Nun, wir werden den Safe wohl kaum ohne Kombination öffnen können«, erwiderte ich.

»Ach, nicht?« Immer noch verwirrt wandte er sich an Holmes. »Stimmt das, Sherlock?«

»Natürlich nicht«, gab mein Freund zurück.

Mycroft beäugte mich, als hätte ich behauptet, der Mond sei ein Riesenfisch. »Höchst befremdlich«, murmelte er.

»Kommen Sie, Watson«, setzte Holmes an, »wir sollten –«

Doch bevor er seinen Satz beenden konnte, klopfte es leise an der Tür.

Mycroft stöhnte auf. »Oh nein, keine Besucher mehr«, klagte er, »ich bin ein kranker Mann.«

Da ich nicht noch mehr Jammern und Stöhnen hören wollte, ging ich selbst öffnen und sah zu meiner Überraschung einen gut gekleideten jungen Gentleman – ehemaliger Harrow-Schüler, wie ich an der Krawatte erkannte (denn nicht nur Holmes besitzt die Gabe der Deduktion) – mit ordentlich geschnittenen hellen Haaren und einem angenehmen jungenhaften Gesicht. Seine große, kräftige Gestalt ließ auf viel körperliche Ertüchtigung schließen – ich selbst hätte ihn in die Abwehr gesteckt. Gerade öffnete er den Mund, um etwas zu sagen, da packte ihn Holmes an der Schulter und riss ihn mit einem Ruck ins Zimmer.

»Junger Mann«, sagte er, »es ist lebenswichtig, dass Sie in diesem Club außerhalb des Besuchszimmers und der privaten Räume kein Wort von sich geben. Denn sonst würden Sie sofort mit Gewalt auf die Straße geworfen.«

Der Gentleman wirkte etwas erschüttert angesichts solcher in Aussicht stehender Behandlung, fing sich jedoch rasch wieder. Ich hatte den Eindruck, dass es ihm um etwas Ernstes ging. »Mr. Sherlock Holmes?«

»Selbstverständlich.«

»Ich habe nach Ihnen gesucht, Sir.«

»Natürlich, sonst wären Sie ja nicht hier. Ich nehme an, die bewundernswerte Mrs. Hudson hat sich Ihrer erbarmt und Ihnen unseren Aufenthaltsort genannt?«

»So ist es, Sir.«

»Sherlock, ich versuche zu lesen«, murrte Mycroft, ohne den Blick von seinen Büchern zu heben. »Diese Achtbeiner sind faszinierende kleine Biester und erfordern momentan meine gesamte Aufmerksamkeit.«

Holmes wies auf den jungen Mann, der wohl hoffte, unser nächster Kunde zu werden. »Machen Sie es kurz.«

Der Gentleman wirkte leicht aufgelöst. »Mr. Holmes, mein Name ist George Reynolds, und ich bin das Opfer eines Betrugs. Allerdings eines so seltsamen Betrugs, dass ich nicht mal sicher sein kann, ob es tatsächlich ein Betrug ist.«

Holmes presste leicht die Lippen zusammen. Dies war der einzige Hinweis darauf, dass eine solche Erklärung einen Hauch Interesse bei meinem Freund geweckt hatte. »Wie das?«

Der junge Reynolds fuhr sich mit der Hand durch sein dichtes Haar. »Sir, ich bin von Beruf Schauspieler. Zwar behaupte ich nicht, der größte Stern am Himmel meiner Generation zu sein, doch ich bin schon recht gut. Gegenwärtig habe ich ein Engagement.«

»Verstehe, Sie spielen die Titelrolle in *Richard III* und hatten heute Vormittag bereits eine Vorstellung.«

Der junge Mann starrte ihn an. »Woher wissen Sie das?«

»Der kaum sichtbare Abdruck auf Ihrer Stirn bildet einen Ring, was darauf hinweist, dass Sie während der gesamten Vorstellung einen Hut oder eine Krone getragen haben. Aber noch verräterischer ist Ihre Haltung. Als Schauspieler werden Sie geübt haben, so aufgerichtet und stolz wie möglich zu stehen, und doch ist Ihre Haltung momentan leicht gebückt, was darauf hinweist, dass Sie lange vornübergebeugt standen und Ihr Rücken sich noch nicht davon erholt hat. Aber kann man etwas anderes als eine steife Wirbelsäule erwarten, nachdem man drei Stunden mit krummem Rücken zugebracht hat?«

Als er das hörte, blinzelte der junge Mann und richtete sich auf. »Ja. Ja, verstehe.«

Mycroft seufzte vernehmlich.

»Und nun zu dem Betrug, den Sie erwähnten.«

»Es ist so, Mr. Holmes: Alle anderen in der Inszenierung, vom Schwertträger bis zur Königin, sind blutige Anfänger. Sie haben keine Ahnung, was sie da tun, sind kaum in der Lage, ihren Text zu behalten, haben eine schrecklich schlechte Artikulation und können eigentlich überhaupt nicht als Schauspieler betrachtet werden.«

Holmes schürzte leicht die Lippen vor Unmut über die Verschwendung seiner Zeit. »Dann bedaure ich das Publikum, doch derlei berufliche Enttäuschungen gehören kaum zu meinem Interessengebiet. Einen schönen Tag noch.« Und damit schob er den jungen Mann zur Tür.

»Aber das Publikum ist verzückt«, widersprach der junge Bursche und entzog ihm seinen Arm.

»Selber schuld!«

»Aber das Merkwürdigste kommt noch: Es ist jedes Mal dasselbe Publikum. Es sind etwa fünfzehn Zuschauer, von denen um die zehn bei jeder Vorstellung auftauchen, vermutlich nach einem Rotationssystem. Es gibt nie andere Zuschauer. Und jedes Mal verkleiden sie sich, um anders auszusehen.«

Bei dieser Bemerkung verharrte Holmes' Hand. »Die Zuschauer tragen Verkleidungen?«

Als der junge George Reynolds sich jetzt noch weiter aufrichtete, bemerkte ich, dass seine Kleider gut zu einem Schauspieler passten: Sie waren in Schnitt und Farbe ein bisschen gewagt, doch gleichzeitig auch leicht schäbig. »Wir hatten bereits ein Dutzend

Vorstellungen. Und jedes Mal haben sie sich in anderen Paarungen hingesetzt, manchmal auch allein. Dabei trugen sie alles von Pelzmänteln über Arbeitskleider bis zu Uniformen. Hin und wieder hatten die Männer Bärte oder tief ins Gesicht gezogene Kappen, in der Hoffnung, nicht erkannt zu werden. Nun, wenn man auf der Bühne steht und einen die Kalklichter blenden, kann man die Gesichter kaum ausmachen, aber wenn ich nicht auf der Bühne bin, stelle ich mich gerne hinten in den Saal, um zu sehen, ob das Publikum die Vorstellung genießt. Und dabei fiel mir auf, dass es immer dieselben Zuschauer sind und keine neuen dazukommen.«

»Ein treues Publikum, das nicht erkannt werden will. Das ist schon etwas ungewöhnlich«, bemerkte Holmes nachdenklich.

»Aber das ist noch nicht alles.«

»Dann fahren Sie bitte fort.«

»Sie wissen vielleicht, dass es in diesem Stück ein dramatisches Degenduell zwischen Richard und Richmond gibt.«

»In der Tat.«

Mycroft warf seufzend seinen Dante und das Buch über Arachniden auf den Boden.

»Diesen Nachmittag gab es einen schlimmen Unfall. Die stumpfe Spitze meines Theaterdegens brach ab, als ich auf Mr. Gills einstach, der den Richmond spielt, und verletzte ihn dadurch am Bauch. Es war keine ernsthafte Verletzung, doch er blutete und war ziemlich schockiert. Aber als er dann dalag, geriet er in Panik. Nicht weil er blutete, sondern weil er dachte, ich würde mein Engagement aufkündigen. Er war außer sich bei der Vorstellung und ließ mich bei meinem Leben schwören, dass ich bleiben würde. Er versuchte sogar aufzustehen, daher glaube ich, es war nur eine Fleischwunde. Er brach in meinen Armen zusammen, kam aber schnell wieder zu Bewusstsein. Was kann das alles bedeuten, Mr. Holmes?«

»Ein anonymes Publikum und eine Truppe seltsam verzweifelter Amateurschauspieler.« Holmes klatschte in die Hände und hob sie zur Decke. »Mr. Reynolds, möglicherweise steckt doch etwas hinter Ihrem Fall. Kommen Sie, ziehen wir uns in die Baker Street zurück und besprechen ihn näher.«

»Gott sei Dank«, hörte ich Mycroft murmeln, als wir gingen.

Kapitel 2

Wenn ich eins gut leiden kann, dann einen ungleichen Kampf. Ich hasse es, wenn's fair zugeht, einmal hin, einmal her, der eine schlägt, der andere wehrt ab. Nein, man gebe mir einen großen Kerl, der einen kleinen bis ins Nirgendwo boxt, dann freue ich mich wie ein Schneekönig.

Das erzähle ich Ihnen, weil die ganze verquere Angelegenheit bei der alljährlichen Vauxhall Fair anfing: ein wildes Spektakel, das vielen besser bekannt ist als Jahrmarkt der Schurken, und zwar wegen der allgemeinen Atmosphäre von Beutelschneiderei und übler Gaunerei. Einmal im Jahr zur Weihnachtszeit öffnen die da oben die Tore der alten Vauxhall Gardens, wo einst die Lords und Ladys ihren Tee schlürften, um Männern wie mir drei Tage voller Vergnügungen zu erlauben, die Sie vielleicht als »derb« bezeichnen würden. Weg mit den feinen Tässchen mit indischem Chai, her mit den Boxkämpfen und Freak-Shows, die vom Teufel Besessene wie wir so gerne gucken. Da sah ich Merrick, den Elefantenmann, und Bess, die menschliche Hündin, die nur Hühnermagen aß. Ich sah, wie Waller, der Riese von Shropshire, im Ring vier Mann gleichzeitig zu Brei schlug, während ihre Weiber, und zwar jedes einzelne von ihnen, nach ihm schmachteten und danach lechzten, ihn nach dem Kampf zu besteigen. Glückliche Zeiten waren das. Glückliche Zeiten.

Ich sagte zu meinem Freund und Mentor – Sie kennen ihn: den großen, dünnen Herrn mit dem klügsten Kopf zum Ersinnen verbrecherischer Pläne, den die Welt je gesehen hat –, dass ich einen Kampf nur dann wirklich genießen kann, wenn er unfair ist, und er meinte, er würde das gut verstehen.

»Der Grund dafür ist, Moran«, erklärte er, »dass Sie ein Tier sind.«

»Danke, Professor«, erwiderte ich. »Das nehme ich als Kompliment.«

Da blieb er vor einem Schokoladenstand stehen, schob mit seinem Ebenholzstock ein paar mickrige Straßengören beiseite und kaufte sich einen dampfenden Becher von dem Zeug. Er trank einen Schluck und sah mich an. »Oh, ich entschuldige mich, wollten Sie auch einen?«

Ehrlich gesagt, hätte ich nichts dagegen einzuwenden gehabt. Ich hätte mir auch selbst einen leisten können, ein Penny würde kaum mein Konto sprengen (bei Coutts & Co. wie Ihre Majestät). Aber ich konnte es ihm jetzt nicht gut nachtun, schließlich war ich kein Köter, der seinem Herrchen an den Fersen klebte, sondern ein verdienter Offizier der Krone.

Doch Sie werden fragen, was macht Colonel Sebastian Moran, Eton, Oxford, Veteran der First Bangalore Pioneers, mit Professor James Moriarty, Ehemaliger der University of St. Andrews? Nun, gedulden Sie sich noch, dann erzähle ich Ihnen die ganze Wahrheit.

Am College hatte ich gute Zeiten, doch erst die Armee machte mich zu einem neuen Menschen. Die Jagd in der Steppe und der Kampf in den Hügeln bewirkten, dass es mir innerhalb eines Monats in Uniform wie Schuppen von den Augen fiel und ich erkannte, wofür ich geschaffen war. Mit einem Säbel in der Rechten und einer Pistole in der Linken war ich bereit, die Hölle loszutreten.

Ich wurde ausgezeichnet und gefeuert, in Kriegsberichten gelobt und wieder gefeuert, immer abwechselnd. Und so ging es weiter, bis ich mir zu viele Feinde gemacht hatte und fand, es wäre Zeit, zu neuen Ufern aufzubrechen. Aber wenn ein Mann sich einen Namen als bester Schütze der indischen Armee gemacht hat, wenn er Tiger nur mit einem mongolischen Säbel zur Strecke gebracht hat, nun, dann weckt die Vorstellung, an der Börse zu arbeiten oder rotznasigen Blagen Griechisch beizubringen, den dringenden Wunsch, den eigenen Schädel gegen eine Wand zu rammen.

Denn ich brauche den Kick. Und man kriegt keinen Kick, Kamerad, wenn man in einer Pension in Clapham haust und sonntags im Park spazieren geht, um den »freien Tag« zu genießen. Nein, sage ich, scheiß drauf!

Allerdings brauche ich auch Geld. Karten, Pferde, Huren, das alles kostet. Und so kam es, dass ich einen Posten beim Professor annahm.

Ich hab mir ein paar Geschichtsbücher zu Gemüte geführt und kann sagen, dass sein Hirn einmalig ist. So eins wie seins hat's noch nie gegeben. Oh ja, die Pläne, die er schmiedet, sind wahre Kunstwerke. Politische Manöver, Raubüberfälle, Erpressung: von allem was dabei. Einiges begreife ich selbst erst dann, wenn wir am Ende angelangt sind, und ich entdecke, dass wir schon halb so reich sind wie König Krösus, aber die Bullen können uns nichts anhaben. Und was ist mein Anteil an alldem? Nun, ich regle das Organisatorische, besorge die Männer, die Schützen, wenn die Sache kitzlig werden könnte, die Verstecke für danach. Ich sorge für Disziplin, mach Druck auf Leute, wenn Druck gemacht werden muss. Ich sorg dafür, dass sie ihre Nase nicht in Dinge stecken, die sie nichts angehen.

Ja, alles in allem zahlt mir der Professor ein hübsches Sümmchen, um seinen Spaß zu haben.

Jetzt waren wir also in den Vauxhall Gardens. Ich nahm mir Zeit, um die Stände und Attraktionen zu begutachten. Es gab Tribünen und einen künstlichen See mit ein paar kippligen Mietkähnen. Und Holzpergolen, die eher aussahen wie Galgen und nicht wie chinesische Laubengänge, denen sie doch ähneln sollten. Das Ganze wirkte verdammt schäbig, aber das passte zu den dreitägigen Ausschweifungen, auf die wir alle aus waren. Für den Jahrmarkt der Schurken braucht man keine Einladung, man muss keinen kennen, um reinzukommen. Man muss nur auf Draht sein und gute Reflexe haben, um seine Brieftasche nicht zu verlieren. Sonst wäre man auf dem Heimweg wesentlich ärmer als auf dem Hinweg.

Die Sause war von der Orchard-Gang organisiert worden. Seamus Orchard, der sie von seinem Dad Ichabod geerbt hatte, wies schon eine derartige Erfolgsbilanz auf, dass man den ganzen Regent's Canal trockenen Fußes überqueren konnte, nur wegen der Leichen, die er da versenkt hatte. Seamus hatte es echt drauf, und bei seinen Geschäften riskierte er so wenig wie ein Mungo bei einer Kobra. Ich kannte ein paar seiner Männer vom Sehen – zum Beispiel bewachten jeweils zwei von ihnen die Eingänge –, und als Verstärkung beim Gerangel mit den Kuffnucken und Paschtunen hätte ich sie gerne dabeigehabt.

Ich bemerkte jedoch auch ein paar unbekannte Gesichter unter seinen Jungs. »Seamus hat neue Kräfte rekrutiert«, sagte ich. Falls Orchard mit seinen Geschäften expandieren wollte, dann brauchte er den Segen des Guv'nors.

»Das musste er auch. Es gibt neues Blut in der Stadt.«

»Professor?«

»Haben Sie es noch nicht gehört? Nein, wohl nicht. Der amerikanische Gangboss Dutch Calhoon aus New York hat sein Interesse angemeldet, eine transatlantische Filiale zu eröffnen. Das ist ein ehrgeiziges und faszinierendes Projekt, und er ist ein interessanter Mann, vor allem, da er und sein jüngerer Bruder bis vor einem Jahr von der eigenen Familie als Enttäuschung betrachtet wurden. Es hieß, im Vergleich zu ihrem Vater, der als *Tartar* bekannt war, wären sie Feiglinge. Ich glaube, Dutch ist jetzt hier, zusammen mit seinem Bruder. Vermutlich sollte ich mich zu gegebener Zeit mit ihm treffen, um über seine Pläne zu sprechen.«

Ich sah zu, wie der Guv'nor seinen Kakao trank und grinsend einen der Straßenjungen heranrief, um ihm den halb leeren Becher zu überlassen, nachdem er ihn großväterlich in die Wange gekniffen hatte. Er kleidet sich auch wie ein Großvater, um unauffälliger in der Menge aufzugehen. Er schlurft ein bisschen und trägt nur ordentliche Dreiteiler, die aussehen wie alle anderen Dreiteiler im Bus von der Tottenham Court bis Gott weiß wohin. Verstehen Sie mich nicht falsch, ich weiß eine Tarnung zu schätzen wie jeder andere auch: Genau deshalb trage ich Kaki im Feld und am Piccadilly den schicken jagdgrünen Zweiteiler aus Harris-Tweed von Gieves & Hawkes.

Aber es gibt Grenzen, wie ich mich in der Öffentlichkeit präsentiere, und sich wie einer aus Balham zu kleiden, der schon mit einem Fuß im Grab steht, kommt nicht infrage.

Wir kamen am größten Zelt vorbei, wo die Kämpfe stattfanden: ein riesiges Ding aus gestreiftem Segeltuch mit aufgedruckten gekreuzten Fäusten auf jeder Stoffbahn. Das sollte sogar der dämlichste Jahrmarktbesucher kapieren. Drei Penny Eintritt, was billig war, wenn man bedachte, dass man dafür drei verschiedene Kämpfe geboten bekam: Es gab einen Ring für Kämpfe Mann gegen Mann, einen für Hunde gegen Hunde und einen für Hunde gegen Bären, denen man die Zähne gezogen hatte.

»Sollen wir uns einen angucken?«, schlug ich vor.

»Wenn Sie möchten.« Er nickte. »Obwohl ich für Gewalt nichts übrig habe, die kein echtes Ziel hat.«

Ich erwiderte nichts, sondern folgte ihm ins Zelt. Auch dieser Eingang wurde bewacht: Ich sah Five Fingers McGill, der nie ohne sein Mädel war, Coleen, ein übles rothaariges Ding, gegen das ein ausgewachsener Orang-Utan verloren hätte.

»McGill«, sagte ich, als ich eintrat.

»Mr. Moran«, grunzte er. Ich blieb stehen und fixierte ihn mit meinem Blick. »Colonel«, verbesserte er sich leicht verlegen. Coleen hinter ihm kicherte hämisch.

Ein riesiger Schwarzer mit einer quer über die Visage verteilten Nase wurde an den Füßen aus dem Ring gezogen, wo ein winziger Chinese in der Mitte auf und ab hüpfte. Wenn man sich den dürren kleinen Kerl so ansah, hätte man meinen können, ein Windstoß würde ihn umpusten, aber ich habe gesehen, was diese Johnnys mit ihren Füßen, Knien und Fäusten anstellen, wenn man nicht damit rechnet. Es ist, als hätte man einen Tornado in den Ring geschleudert.

Geld wechselte die Besitzer. Ziemlich viel Geld. Die Buchmacher toben sich immer beim Jahrmarkt der Schurken aus, verstehen Sie, und in einer Ecke sah ich Seamus Orchard grinsen wie die Katze, die die Sahne genascht hat, weil er bereits spürte, wie sich seine Taschen mit seinen zehn Prozent füllten.

Ich ging hinüber zur Bärengrube. Also *das* war mal ein Kampf! Ein großer brauner Bastard, der zwar angepflockt, aber bereit war, die Pflöcke aus dem Boden zu reißen, um den Hund, der um ihn herumtanzte und nach ihm schnappte, zwischen die Tatzen zu bekommen. Ja, jetzt war ich in meinem Element: wilde Tiere, brüllende Zuschauer und die Chance, schnelles Geld zu machen. Ich schnappte mir den Kerl mit der Tafel, der gerade die Siegchancen für den Köter notieren wollte. »Eine Guinea, dass er den Bären erledigt«, sagte ich und zückte die schimmernde Münze. Er wollte sie sich schnappen, aber ich hielt ihn auf. »Nicht so schnell, Kumpel, wie ist die Quote?«

Ein paar Sekunden beobachtete er den Hund, und ich sah förmlich, wie er rechnete. Schon komisch, wie gut ein Cockney die Arithmetik beherrscht, wenn's ihm nutzt.

»Für dich, Chef, zwei zu eins.«

»Zwei zu eins? Dass ich nicht lache! Der ist doch schon fast erledigt.« Tja, das passte ihm nicht, aber wir einigten uns auf drei zu eins, und dann verschränkte ich meine Arme, um den Kampf zu genießen. »Ho ho!«, sagte ich, als der Hund dem Bären ein fettes Stück Fleisch aus dem Bein riss. »Der kleine Scheißköter könnte es doch schaffen.«

Kapitel 3

Zurück in der gemütlichen Wohnung von Baker Street 221b, nachdem wir uns durch den Nebel nach Hause getastet hatten, war Mr. George Reynolds nicht zu überreden gewesen, sich auf dem Samtsessel niederzulassen, auf dem Holmes' Kunden für gewöhnlich Platz nahmen. Stattdessen lief er unruhig auf und ab und stieg dabei über die Haufen kurioser Gegenstände, die das Wohnzimmer bevölkerten.

Es liegt eine seltsame Gemütlichkeit in der Unordnung, die Holmes in diesem Raum anrichtet: Überall sind Unterlagen, Teströhrchen und befremdliche Objekte afrikanischer Stämme verstreut. Entweder pflügt man sich durch das Chaos oder bahnt sich vorsichtig seinen Weg, doch dann gewöhnt man sich ein, als hätte man schon immer dort gewohnt. Und tatsächlich betrachte ich es seit meinem Einzug als Zuhause. Mrs. Hudson, unsere Vermieterin, umsorgt uns wie eine Glucke ihre Küken, bereitet uns schmackhafte Gerichte und beklagt sich laut, wenn Holmes nicht aufisst. Mit mir hatte sie noch nie Probleme.

Die zwei großen Fenster gaben ihr Bestes, um den Raum mit Licht zu versorgen, aber im flackernden Schein der Gaslampen wirkte unser herumtigernder Besucher alles andere als heiter. Ich nahm an, dass er ein liebenswürdiger Bursche war, der jetzt unter einigem Druck stand. Holmes stopfte seine Pfeife mit dem türkischen Tabak, den er in einem persischen Pantoffel am Kamin aufbewahrt, und setzte sich in der Erwartung, dass die Geschichte weitererzählt würde.

»Wie Sie wissen, ist mein Name George Reynolds. Ich wuchs in Sussex auf und bin fünfundzwanzig Jahre alt. In der Schule entdeckte ich das Theaterspielen für mich. Meine Eltern jedoch versuchten, mich in eine respektablere Laufbahn zu lenken.« Er lächelte ziemlich gewinnend. »Aber hier stehe ich nun.«

»Und Ihre jüngste Vergangenheit?«

»Meine Eltern sind beide vor ein paar Jahren gestorben und haben mir einen kleinen Geldbetrag hinterlassen, mit dem ich nach London ziehen konnte, um meine schauspielerischen Ambitionen zu verfolgen. Ich habe ein paar Rollen bekommen – nichts Spektakuläres, aber doch genug, um mir ein Zimmer in Cheapside leisten zu können und genug zu essen zu haben. Vor ein paar Wochen hatte ich schon zwei Monate keine Rolle mehr ergattern können und machte mir langsam Sorgen, denn meine Ersparnisse waren fast aufgebraucht. Ich hatte mich bei allen gemeldet, die ich kannte, und gefragt, ob sie von Produktionen oder Ensembles wüssten, die noch jemanden suchten. Keiner konnte mir helfen. Und dann vor genau vier Wochen kam aus dem Nichts die Rettung.«

»Eine Rolle?«, fragte ich.

»Und was für eine, Mr. Watson! Ich saß gerade in meinem Zimmer und zählte zum hundertsten Mal an diesem Abend meine Pennys, da rief meine Vermieterin nach mir. ›Mr. Reynolds! Hier ist ein Gentleman, der Sie sprechen möchte.‹« Er imitierte meisterhaft eine alte Matrone. »Tja, ich war überrascht. Denn ich hatte noch kein einziges Mal Besuch in meiner Bude gehabt. Ich ging also nach unten, wo am Fuß der Treppe ein kleiner Herr mit einer dicken Brille wartete.«

»Beschreiben Sie ihn!«, verlangte Holmes.

»Oh ... nun, er wirkte wie ein Akademiker. Auf jeden Fall wie ein Bücherliebhaber. Er hatte kleine Haarbüschel über den Ohren, aber ansonsten war er vollkommen kahl.«

»Gut. Fahren Sie fort.«

»›Sir?‹, sagte ich. ›Mr. Reynolds?‹ ›Ja.‹ ›Ich hätte ein Anliegen, Sir.‹ ›Davon gehe ich aus.‹ Mittlerweile war ich etwas verwirrt, denn vor jedem Satz, den er von sich gab, musterte er mich von Kopf bis Fuß wie ein Bauer, der eine Kuh kaufen will. Ich hakte nach: ›Ihr Anliegen?‹ Er merkte auf und schüttelte mit kurzem Lachen den Kopf. ›Ich muss mich entschuldigen. Wissen Sie, ich sah Sie letztes Jahr in der Oper, in Mozarts *Entführung aus dem Serail*. Ein Wunder, Sir, ein Wunder.‹ Das freute mich, denn ich hatte meine Rolle in dem Stück sehr genossen. ›Und als ich die Schauspieler für meine neueste Produktion auswählen musste, wusste ich, Sie sind mein Mann. In vierzehn Tagen gehen wir auf Tournee.‹«

An diesem Punkt hob Holmes die Hand. »Watson?«, sagte er. Der Mime brach ab und sah mich um Erklärung heischend an.

»Er will wissen, ob ich etwas bei der Beschreibung der Ereignisse bemerkt habe«, informierte ich ihn. »Und ja, das habe ich in der Tat«, sagte ich, vielleicht ein bisschen arrogant.

»Ausgezeichnet, dann legen Sie es für uns dar«, erwiderte Holmes.

»Der Mann kann nicht die Wahrheit gesagt haben. Er behauptet, er wäre von Ihrer vorherigen Darstellung so beeindruckt gewesen, dass er Sie ausgesucht hätte. Aber wieso musste er sich dann vergewissern, dass Sie George Reynolds sind, als Sie vor ihm erschienen?«

Holmes applaudierte leicht. »Bravo, Watson, bravo. Ihre Erklärung ist nicht korrekt, aber tapfer vorgetragen. Denn sehen Sie, dieser seltsame Besucher musste sich vergewissern, da *Die Entführung aus dem Serail* tatsächlich eine Oper von Herrn Mozart ist und es nur eine einzige Rolle darin gibt, die nicht singen muss, und zwar die des türkischen Paschas. Da Sie, Mr. Reynolds, sich als Schauspieler und nicht als Sänger bezeichnet haben, können wir ganz einfach herleiten, dass Sie diese Rolle übernommen hatten. Dann aber trugen Sie Bart und Perücke, wahrscheinlich auch noch eine falsche Nase und dicke, dunkle Schminke, um wie ein Türke auszusehen. Selbst beim Applaus am Schluss können Sie nicht ohne Ihre Kostümierung vor den Vorhang getreten sein, daher konnte dieser Gentleman Sie in Ihrer spärlich beleuchteten Behausung, von der wir wohl ausgehen dürfen, gar nicht erkennen. Allerdings gibt es eine andere einfache Frage, die schwieriger zu beantworten sein wird. Und zwar folgende: Woher wusste er, wo er Sie antreffen konnte? Ihre Adresse kann nicht öffentlich bekannt gewesen sein, es ist unwahrscheinlich, dass frühere Arbeitgeber sie ohne Ihre Erlaubnis herausgegeben hätten, und der erwähnte Auftritt lag ein Jahr zurück, also hätte der Besucher Ihnen nicht vom Theater nach Hause gefolgt sein können – was allein schon merkwürdig gewesen wäre.«

Als er das hörte, fuhr unser junger Gast zurück. »Ach, daran hatte ich noch gar nicht gedacht, Mr. Holmes.«

»Dann können Sie von Glück sagen, dass Sie zu mir gekommen sind. Aber bitte, fahren Sie fort. Was dann?«

Ich spürte, dass ich angesichts meines Fehlers rot geworden war, konzentrierte mich aber auf die Eröffnungen unseres neuen Kunden.

»Nun, ich muss sagen, ich war ziemlich aus dem Häuschen. Normalerweise hätte ich Fragen über die Produktion gestellt, aber angesichts meiner Lage kam ich direkt zum Wesentlichen. ›Ich bin Ihnen sehr dankbar, Mr. …?‹ ›Oh‹, sagte er, ›Bart. Edgar Bart.‹ ›Ich bin Ihnen sehr dankbar, Mr. Bart. Darf ich fragen, ob die Rolle bezahlt wird?‹ ›Was? Ja, natürlich‹, erwiderte er. ›Mit zehn Pfund pro Woche. Wir spielen jeden Abend einmal und mittwochs zweimal.‹ Mr. Holmes, das war das Dreifache von dem, was ich je gezahlt bekommen habe!«

»Dann muss er ein wahrer Theaterliebhaber sein.«

»Er sagte mir, wir würden eine Woche proben, dann vierzehn Tage in Gemeindesälen, Temperenzlervereinen, ein paar Wirtshäusern und kleinen Theatern in Südwestengland auftreten und danach vierzehn Tage in den Universitätsstädten Oxford und Cambridge. Das war mir mehr als recht. Also besiegelten wir es mit Handschlag, und ich erschien ziemlich glücklich zu unserer ersten Probe – die bei uns als ›Leseprobe‹ bezeichnet wird. Und schon da kamen mir erste Zweifel.«

»Oho.«

»Wie ich schon sagte: Der Rest der Truppe schien noch nie einen Fuß auf eine Bühne gesetzt zu haben. Ich musste ihnen sogar sagen, was ›Bühne links‹ und ›Bühne rechts‹ bedeutet. Keiner von ihnen wusste, wie man seinen Text vorträgt, wie man sich schminkt oder auch nur auf der Bühne steht. Die Kampfszenen wären das reinste Gemetzel geworden, wäre ich nicht dazwischengegangen und hätte Mr. Bart, der Regie führte, gezeigt, wie man die sicher spielt.«

»Aber Sie bewältigten das alles«, sagte ich.

»Das taten wir. Und wir gingen auf Tournee und fingen mit einer Woche in Exeter an. Die erste Überraschung war meine Unterkunft.«

»Entsprach Sie nicht Ihren Erwartungen?«

»Ganz im Gegenteil! Sie war prächtig. Geradezu fürstlich. Die beste Suite im besten Hotel der Stadt.«

»Dabei haben Sie den König nur *gespielt*«, bemerkte Holmes.

»Und der Rest der Truppe?«

»Hatte billige Buden in ein paar Kaschemmen.«

»Sie waren die Hauptattraktion«, sagte ich in dem Versuch, diesen Umstand zu erklären.

»Sehr nett, dass Sie das sagen, Dr. Watson. Aber in Wahrheit hat keiner je von mir gehört. Man kann mich wirklich nicht als Zuschauermagnet bezeichnen. Nun, wir gaben unsere Vorstellungen, und ich schob meine Zweifel beiseite. Aber jetzt sind wir in Cambridge, und alles ist wie gehabt: Man behandelt mich besser als König Richard persönlich.«

»Und die anderen Schauspieler?«, erkundigte sich Holmes.

»Das ist genauso seltsam. Schauspieler sind normalerweise ein munteres Trüppchen, bei dem immer alle mit anpacken. Das ist eines der Dinge, die ich an meinem Beruf liebe. Aber in diesem Fall werde ich mit derselben Ehrfurcht behandelt, die mir auch ein Hotelzimmer gesichert hat, mit dem jeder Lord zufrieden gewesen wäre. Kaum öffne ich den Mund, klappen sie ihren zu, um zu hören, was ich zu sagen habe. Wenn es nicht genügend Stühle gibt, besteht immer einer darauf, seinen an mich abzutreten. Es wird alles unternommen, damit ich es so bequem und angenehm wie möglich habe. Und dann ist da noch die Sache mit den Zuschauern.«

»Dass es immer dieselben sind, die sich sozusagen in Schichten abwechseln.«

»Genau.«

Holmes lehnte sich auf seinem Sessel zurück und blies bläulichen Rauch zur Decke. »Watson«, sagte er nach einer Weile, »das erinnert mich an ein, zwei Fälle in unserer Vergangenheit. Zum Beispiel an den mit dem Angestellten des Börsenmaklers.« Da hatte er recht. Es war der Fall, in dem ein junger Mann von seiner Stelle in London auf einen besser bezahlten Posten nach Birmingham gelockt wurde, weil dadurch jemand seine Position einnehmen und einen Raub durchführen konnte. »Sie hatten schon eine Weile keine Engagements mehr. Erzählen Sie mir von Ihrer Unterkunft vor diesem Engagement.«

Das schien ihn etwas zu verwirren. »Es war ein ganz gewöhnliches Zimmer in einer Pension.«

»Gab es über Ihrem noch ein Zimmer?«

»Ja, unter meinem auch.«

»Worauf blickte Ihr Fenster?«

»Auf eine nackte Mauer. Die gehörte zum Nebenhaus. Einem ganz normalen kleinen Haus.«

»Wohnten Sie lange dort?«

»An die sechs Monate. Aber da ist nie was Ungewöhnliches passiert.«

Holmes zog nachdenklich an seiner Pfeife. »Wenn jemand unbedingt in Ihr Zimmer hätte gelangen wollen, hätte er sich vermutlich am Spielplan Ihrer vorigen Engagements orientieren können. Nein, ich denke, diese Idee können wir verwerfen. Was uns zu … Watson?«

»Holmes?«

»Wir brauchen mehr Informationen. Informationen für eine Hypothese. Mr. Reynolds, wir werden uns Ihre Angelegenheit mal ansehen.«

Unser junger theaterbegeisterter Freund seufzte erleichtert auf und wollte schon etwas sagen, da hob Holmes die Hand. »Dennoch sind meine geistigen Kapazitäten im Augenblick weitestgehend für die Riesenratte von Sumatra reserviert, eine wahrhaft diabolische Angelegenheit.« Ah ja, die Riesenratte von Sumatra. Noch jetzt überkommt mich bei der Erwähnung ein Schauer. Wenn die Welt für diese Geschichte gerüstet ist, werde ich sie erzählen. »Um es ganz schlicht auszudrücken: Meine Tage haben einfach nicht genügend Stunden, um jedem Ruf nach mir zu folgen. Daher muss ich in London bleiben.« Wieder versuchte Reynolds ihn zu unterbrechen, und wieder kam Holmes ihm zuvor. »Aber Watson, alter Freund, ich bitte Sie, die Voruntersuchung durchzuführen.«

»Das werde ich«, antwortete ich. Reynolds wirkte ein wenig skeptisch.

»Es wird Ihnen helfen, wenn Sie sich morgen der Truppe in Cambridge anschließen.«

»Sie meinen … als Schauspieler?«, fragte ich.

Holmes warf den Kopf zurück und lachte. »Aber nicht doch, Watson! Ich glaube, Sie sind nicht mehr jung genug, um jetzt noch den Beruf zu wechseln. Nein, ich meine, Mr. Reynolds sollte Sie als, sagen wir mal, seinen Onkel vorstellen. So können Sie sich vor und nach der Vorstellung unter die Truppe mischen und mehr Informationen für unsere Ermittlung gewinnen. Schreiben Sie mir, was Sie entdecken.«

Das erleichterte mich schon. Zwar habe ich mich während meines Medizinstudiums auch mal als Amateurschauspieler versucht, muss aber zugeben, dass ich mich nicht gerade mit Ruhm bekleckert habe. Tatsächlich vergaß ich bei der Premiere die Hälfte meines Texts und war gezwungen zu improvisieren, was meine Schauspielkollegen derart verwirrte, dass das Stück zweimal von Neuem angefangen werden musste. Sie waren danach wohl sehr nett zu mir, aber ich wusste, was sie wirklich dachten, und als ich wieder in meiner Unterkunft war, musste ich mir kaltes Wasser über den Kopf gießen, damit meine Wangen nicht mehr so brannten.

Der junge Reynolds blickte auf seine Uhr. »Verdammt«, murmelte er. »Es ist schon später, als ich dachte. Ich muss zurück zur Abendvorstellung.«

»Dann eilen Sie sich. Shakespeare wartet. Watson wird sich Ihnen morgen anschließen.«

KAPITEL 4

Tja, der liebe Gott, an den ich nicht glaube, war mir an diesem Tag gewogen, denn nach kaum fünf Minuten lag der Bär im Sand, und der Hund stand mit blutverschmierten Lefzen über ihm. Er wirkte sogar begierig, es mit dem zweiten Bastard dieser Art aufzunehmen: einem weißen, den ein geschäftstüchtiger Abenteurer in Kanada oder noch weiter nördlich gefangen haben muss. Wie sein brauner Verwandter war er an ein paar fest in die Erde gerammte Pflöcke aus Metall gebunden.

Der Buchmacher murrte, der Bär wäre nicht ganz koscher gewesen und sicher betrunken gemacht worden. Aber als ich ihn bei den Jackenaufschlägen packte, gab er mir sofort meine Münzen. Ich wischte sie ab und steckte sie in die Tasche, um mir später damit einen schönen Abend im Bagatelle-Club zu machen. Da gibt es eine kleine, feine Molly, die ich zum Vernaschen gemästet habe.

»Nun, Moran, es ist Zeit ...«, setzte der Professor an, doch dann verstummte er und legte den Kopf schräg wie ein Fasan. Oder eher wie ein Storch, so groß und mager, wie er ist. Und ich stockte ebenfalls, denn jetzt hörte ich es auch. Erst Geschrei und dann Kreischen. Beides ist Musik in meinen Ohren, nur nicht, wenn ich die Ursache nicht erkennen kann. Plötzlich erstarrten alle im Zelt. Denn sie alle erkannten, dass das Geräusch von draußen kam. Und noch etwas war zu hören: etwas Mechanisches, wie eine Lokomotive, die sich näherte.

Das tosende Verderben, das war es. Denn ich hatte nicht mal Zeit zu blinzeln, da wurden die Stoffwände des Zelts niedergerissen, und die Leute ergriffen in einem heillosen Chaos die Flucht. Ich habe schon ein paar militärische Überfälle zu Fuß und zu Pferd erlebt, aber noch nie habe ich gesehen, wie fünfhundert Männer, Frauen und Kinder um ihr Leben rennen, während vier Dampfwalzen in voller Geschwindigkeit auf sie zuhalten. Die Maschinen, dicht gefolgt von einem Dutzend Schlägern mit Knüppeln und Ketten, brachen einfach ins Zelt. Auf dem Höhepunkt des Pandämoniums sprangen die Fahrer herunter und fingen an, alles kurz und klein zu schlagen, was ihnen in die Finger kam. Einer, ein großer Hindustani mit langem Schnurrbart, warf meinen Buchmacher zu Boden, durchwühlte seine Taschen und nahm sich das ganze Papiergeld.

»Das ist ein Raubüberfall«, murmelte ich dem Professor zu, der als Einziger im gesamten Umkreis ruhig blieb.

»Selbstverständlich, Moran. Aber wer steckt dahinter? Das ist es, was ich wissen möchte.«

Mittlerweile hatte ich bereits weit über ein Dutzend Krawallmacher gezählt und fingerte an meiner kleinen Sechs-Schuss-Derringer, die ich immer bei mir habe. Ein paar der Schläger hatten Beulen an ihren Taschen oder Armbeugen – ich war nicht der Einzige mit einem Schießeisen.

Ein Türsteher von der Orchard-Gang stürmte mit seinem Totschläger herein, wurde aber sofort von dem Hindustani ausgeschaltet. Der Braune blickte auf sein Werk hinunter – das muss man ihm lassen, besser hätte ich es auch nicht machen können –, da erblickte er uns und hielt inne. Vermutlich weckte der Umstand seinen Argwohn, dass wir nicht in Panik waren. »Die da!«, brüllte er. Zwei seiner Männer – einer so fett wie ein Nashorn, der andere so dürr wie eine Gazelle – stürzten auf uns zu. Ich zog meinen Ballermann, aber in dem Moment sprang mich die Gazelle an, und der Schuss ging durch den Fuß des Nashorns. Er jaulte auf, rannte aber auf mich zu und rammte mich mit gesenktem Kopf. Nun, ich weiß meinen Mann zu stehen, aber wenn ein Schläger mir die Arme festhält, während der andere auf mich einprügelt, dann ist das nicht so einfach.

Da schwang der große Hindu zu uns herum. »Wer ihr?«, fragte er mit zu Schlitzen verengten Augen. Oh ja, er konnte sehen, dass wir keine feigen Duckmäuser waren.

»Ich … ich muss mich entschuldigen, Sir, untertänigst«, stammelte der Professor und sank zu Boden. »Ich bin nur ein Niemand. Nur ein Zuschauer. Ich hatte keine Ahnung, was mich hier erwartet und wollte lediglich etwas Kühles trinken, als ich hier hereinkam.« Er faltete die Hände. »Oh, verschonen Sie uns, bitte«, jammerte er.

Verblüfft über diese Zurschaustellung von Unterwürfigkeit starrte der braune Riese mich an. Aber dann machte es bei ihm klick, und er kniff noch mehr die Augen zusammen. »Etwas Kühles trinken?«

Schließlich war es mitten im Winter. Tja, in der Sekunde, als er das letzte Wort aussprach, sah ich, wie der Guv'nor die Spitze seines Stocks abdrehte. Die Stahlklinge, die er herauszog, fand ihren Weg ins Hinterteil des Mannes, der laut aufschrie. Das überraschte meine Gazelle so sehr, dass ich mich umdrehen und ihm mein Knie in die Eier rammen konnte. Als Nächstes kam ein gut platzierter Fuß in den Bauch des Nashorns, dann griff ich nach meiner Knarre – und das Blatt hatte sich vollkommen gewendet.

Der Professor stand auf und fegte sich den Staub von den Knien. »Umdrehen«, befahl er dem Hindu. Als ich den Abzug spannte, verstand der die Botschaft. »Liebe Güte, das sieht aber schmerzhaft aus. An Ihrer Stelle würde ich mich zwei Wochen lang nicht mehr setzen. Kommen Sie, Moran. Ich glaube, das hier könnte uns den Weg ebnen.« Mit seinem Ebenholzstock zeigte er zu den Pflöcken, an die der Polarbär gebunden war. Ich ging dorthin, riss sie so weit aus dem Boden, dass sich unser weißer Freund befreien konnte, und schoss einmal in die Luft, um ihn zu ermutigen, Richtung Ausgang Amok zu laufen. Tja, die Schläger, die uns im Weg standen, nahmen die Farbe des Bären an und gaben Fersengeld. Wieder spannte ich den Abzug der Derringer.

»Erinnern Sie mich, mir auch so was zu besorgen«, sagte der Guv'nor. »Es scheint mir recht nützlich zu sein.«

»Eine Waffe, Professor?«

»Ein Bär.«

Draußen herrschten ähnliche Zustände wie im Zelt: Schläger, die Buden, Bierwagen und Buchmacher zu Boden rissen; Zivilisten, die das Weite suchten; und überall Jungs von der Orchard-Gang, die durch die Gegend geschmissen wurden wie Marionetten, deren Fäden gekappt waren. Und inmitten von alldem ein randalierender Polarbär, der kaum zur Beruhigung beitrug. Also liefen wir quietschvergnügt dicht hinter ihm Richtung Ausgang, da blieb der Guv'nor plötzlich stehen. »Ah ja«, sagte er mehr zu sich selbst. Mit seinen seltsamen grauen Augen starrte er auf einen mickrigen, dunklen Kerl, um den ein Dutzend Schläger herumströmte, als wäre er das Auge des Taifuns. Der kleine Dreistling las Zeitung, ganz ruhig, wie auf einem Bummel in Brighton. Neben ihm stand ein Bürschchen mit Schnurrbart, der wirkte wie mit einem Stift gezogen, und zündete sich mit einem Feuerzeug in einer albernen Hülle eine

Zigarette an. Um sie herum kreischten die Weiber und heulten die Gören laut genug, um Tote aufzuwecken. »Ja, das passt.«

»Wer ist das?«

»Wer? Nun, das Hirn hinter diesem Spektakel«, antwortete der Professor. »Dutch Calhoon.«

Sie fragen sich, wo der Professor sein Zuhause hat? Tja, dann will ich es Ihnen verraten. Er wechselt die Unterkunft alle paar Monate, und zu der Zeit hatte er eine möblierte Wohnung über Aster's Music Hall in Whitechapel. Das Varieté war ein wenig heruntergekommen, weil in der Nähe ein anderes aufgemacht und die besten Nummern abgezogen hatte. Dem Aster blieb nur noch ein schlechter Schwertschlucker und ein bulgarisches Mädchen, das was mit einer Boa constrictor anstellte, vor dem selbst die Frenchies zurückgeschreckt wären.

Der Professor schätzte die Lage der Wohnung, weil ihn so Leute unbemerkt besuchen und unsere Männer auf der Straße herumlungern konnten, ohne dass die Bullen misstrauisch geworden wären. Wir mussten uns nur damit abfinden, dass jede verdammte Nacht irgendein Volltrottel »Champagne Charlie« sang.

Wir marschierten durch die Eingangshalle, wo Irish Dan und Fat Jack Robbie Wache standen. Die anderen waren in der Bar oder patrouillierten in der Gegend. Im Saal massakrierte auf dem Klavier irgendein talentloser Schweinehund Beethoven. Oh ja, für Beethoven hab ich was übrig.

Wir gingen hinauf in die Wohnung. Jung Gawain Plowright war an dem Tag an der Tür – ein kluger Junge und schneller Schütze mit Potenzial. Er trat beiseite, und wir waren zu Hause.

Wo auch immer der Guv'nor wohnt, sieht es aus wie bei der Admiralität, denn an allen Wänden kleben Karten mit Stecknadeln, die die eine oder andere Operation markieren, und Tabellen mit Zeiten und anderen Einzelheiten. Nur dass Sie oder ich sie nicht entziffern könnten, da sie nach einem Code verschlüsselt sind, den nur der Professor kennt.

»Tee, Moran. Indischen. Und bringen Sie mir Notizpapier.«

»Professor?«

»Ich glaube, wir befinden uns an der Schwelle zu einer irritierenden Situation, die gelöst werden muss.«

»Was werden Sie tun?«

»Eine Art Wiener Kongress einberufen. Kriegführende Parteien halten sich nur selten zurück, und wenn sich die Spannungen zwischen Seamus Orchard und Dutch Calhoon ausbreiten, könnten meine eigenen Projekte gefährdet werden. Das wäre sehr ärgerlich. Also: ein Kongress.«

Wir hatten den Tag auf dem Jahrmarkt der Schurken verbracht; wie es aussah, würden wir jetzt die Party der Bandenbosse ausrichten.

KAPITEL 5

Cambridge ist eine Stadt, die mir lieb und teuer ist. Ich verbrachte so manche Tage hier, während ich um meine Frau warb, und daher sind die Erinnerungen an diesen Ort bittersüß. Als ich aus dem Zug stieg, wirbelten mir Gedanken dieser Art durch den Kopf, und ich freute mich darüber, selbst über die, die voller Kummer und Trauer waren. Denn Trauer ist der Preis, den man für die Wärme der Liebe bezahlen muss.

Es war schon gegen halb sieben – ich hatte an diesem Tag noch einige Patienten gehabt –, und so ging ich direkt zum Theater, das in einem kleinen Hinterhofhaus untergebracht war und Sitzplätze für etwa hundert Zuschauer bot. Das Gebäude war früher etwas anderes gewesen, was genau jedoch, war schwer zu bestimmen: vielleicht eine Wäscherei oder ein Wasserwerk. Es handelte sich um ein rötliches Backsteinhaus aus der Mitte des letzten Jahrhunderts, das zwischen einer Christlichen Temperenzlermission und einer Großbäckerei stand. Also kaum das Royal Lyceum. Draußen war ein einziges Plakat in der Größe der *Times* zu sehen: mit einem Bild zweier Jungen, die mittelalterliche Kostüme trugen.

Als ich am Ticketschalter ankam, saß dort eine junge Frau, die von ein paar Unterlagen aufblickte, die sie gerade las, und eindeutig überrascht wirkte. Ich brauchte ein, zwei Sekunden, um den Grund zu erkennen: Abgesehen von dem Plakat, das ich im

Vorbeigehen bemerkt hatte, gab es sonst nirgendwo einen Hinweis auf das Theaterstück.

»Eine Karte bitte«, sagte ich zu ihr.

Sie leckte sich über die Lippen und blickte sich um, offenbar in der Hoffnung, jemand käme sie retten. Ich legte einen Shilling auf den Schalter. Wieder schaute sie sich Hilfe suchend um, doch in der Eingangshalle war niemand. Also ließ sie die Münze in eine ansonsten leere Kasse fallen, riss eine dunkelrote Eintrittskarte von einer Rolle und reichte sie mir.

»Stimmt das Geld?«, fragte ich.

Sie warf einen Blick auf die Münze in der Kasse. »J-ja, das stimmt.« Sie sprach mit nordenglischem Akzent, kam wohl aus der Gegend von Leeds.

»Und das Stück?«

»Beginnt in zehn Minuten.«

Das Licht im Saal war schon gedämpft, aber noch nicht aus. Ich wählte einen Platz in der Mitte, damit ich mich umschauen und mir vielleicht ein paar Gesichter einprägen konnte. Das tat ich so unauffällig wie möglich, täuschte vor, ich fände den Sitz unbequem und müsste ihn mehrmals wechseln. Nach meiner Zählung gab es zwölf weitere Zuschauer: vier Frauen und acht Männer. Der jüngste schien in den Dreißigern zu sein, der älteste hatte mein Alter weit überschritten. Die Leberflecke auf der Haut waren eindeutige Hinweise, für die man auch keine medizinische Expertise benötigte. Ein seltsamer Umstand, den ich Holmes auf jeden Fall mitteilen wollte, war ihre Haltung. Noch bevor die Lichter ausgingen und den Beginn des Stücks ankündigten, starrten alle bereits mit erstaunlicher Aufmerksamkeit auf die Bühne vor ihnen. Nicht ein Wort wurde gesprochen, nicht ein Bonbon ausgewickelt. Alle waren still und stumm wie ein Grab.

Als also die Kalklampen vor der Bühne mit dem vertrauten leisen Zischen aufflackerten, der Samtvorhang sich hob (diese Gardine hatte schon bessere Tage gesehen) und George, den Titelcharakter, an einer Holzsäule lehnend, während Edward IV. gekrönt wurde, enthüllte, da wirkte die Atmosphäre wie elektrisch aufgeladen.

Alles in allem besaß George nur mäßiges Talent, aber seine Fähigkeit, die Rolle physisch zu verkörpern, war ungeheuerlich. Sein Rücken war nicht nur gekrümmt, sondern verdreht. Das musste schrecklich unangenehm sein – aber es sorgte natürlich für mehr Glaubwürdigkeit. Und als es zu seinem berühmten ersten Monolog kam – »Nun ward der Winter unseres Missvergnügens. Glorreicher Sommer durch die Sonne Yorks.« –, da hätte ich ihm wahrlich sein edles Blut abgenommen.

Und ich war nicht der Einzige. Im dunklen Zuschauersaal konnte ich ein, zwei Gestalten ausmachen, die es vor lauter Bewunderung nicht mehr auf ihren Sitzen hielt. Am anderen Ende meiner Reihe wollte sich ein älterer Herr von seinem Platz erheben und starrte dabei wie gebannt auf die helle Bühne, als George über die Risiken lachte, die er eingehen würde, um von seiner eigenen Familie die Krone zu rauben. Der alte Mann war schon fast aufgestanden, da bemerkte ich, dass seine Begleiterin – eine jüngere Frau, vielleicht seine Tochter – mir einen nervösen Blick zuwarf und ihn wieder auf seinen Sitz zog.

Ich wandte mich erneut zur Bühne. Es war klar, dass die Beschreibung des jungen George, seine Mitspieler seien »blutige Anfänger«, noch wohlwollend gewesen war. Ihre Darstellung ließ meine eigenen Versuche auf der Bühne wie einen Auftritt von Henry Irving zu seinen besten Zeiten wirken. Sie kannten kaum ihren Text – obwohl sie das Stück schon drei Wochen spielten – und nuschelten derart, dass selbst ihre Kollegen sie kaum hören konnten. Sie wirkten sogar regelrecht bühnenscheu. (Zeige mir einer einen Schauspieler, der nicht im Mittelpunkt stehen will, dann zeige ich ihm einen Stein, der blutet!)

Es war einfach unverständlich, warum Mr. Bart, der das Stück inszenierte, ihnen die Rollen gegeben hatte. Ich sehe mich gern als großherzigen Menschen, doch hätte ich jetzt eine Kiste mit verdorbenem Gemüse dabeigehabt, wäre ich stark in Versuchung geraten, meinen Unmut auf die direkteste Art zu zeigen. Doch natürlich hatte ich das nicht, außerdem war ich nicht hier, um das Stück zu genießen. Also richtete ich mich auf meinem Platz ein, genoss die Szenen mit George und versuchte, meine Ohren zu verschließen, wann immer jemand anderer auf der Bühne war.

Ein besonderer Tiefpunkt kam, als George als Richard sich anschickte, die Witwe Anne für sich zu gewinnen, während sie dem offenen Sarg mit ihrem verstorbenen Gatten folgten. Die Mitglieder der Truppe, die die Mönche spielten und den Sarg tragen mussten, waren nicht gut ausgewählt worden und auch nicht stark genug für die Aufgabe. Das laute Schnauben und Keuchen der viel zu kleinen heiligen Männer, die unter dem beträchtlichen Gewicht eines ausgewachsenen Mannes und dazu noch eines massiven Holzsarges taumelten, vereitelten jeglichen Anschein von Würde; und als einer stolperte, die Ecke des Sargs auf den Boden krachen ließ und fast den Toten aus der Kiste katapultierte, der erschrocken aufquiekte, fragte ich mich langsam, wie erfolgreich dieses Stück wohl sein konnte. Ich bin kein professioneller Theaterkritiker, hatte aber jetzt das Gefühl, dass der geringe Eintrittspreis, den ich dafür bezahlt hatte, doch immer noch zu hoch angesetzt war.

Richard III ist kein kurzes Stück. Und es fühlte sich auch nicht so an. Ich war nur froh, als zwischen dem zweiten und dritten Akt die Pause kam. Es war schon ein grausamer Trick gewesen, den Vorhang zwischen dem ersten und dem zweiten fallen zu lassen, nur um ihn sofort wieder zu heben, wo ich doch schon halb aufgestanden war in der Hoffnung, es gäbe irgendwo einen Pausenimbiss. Also musste ich mich wieder auf meinem Platz niederlassen und noch mehr unverständliches Geschwafel durchstehen, bevor endlich die richtige Pause kam. Andererseits bedeutete das, dass ich das halbe Stück ausgehalten hatte, ohne einzuschlafen. Ich hoffte nur, Holmes würde zu schätzen wissen, was ich für seine kostbaren Informationen erdulden musste.

Als das Licht im Zuschauersaal wieder anging, bemerkte ich, dass jemand Neues dazugekommen war und in der letzten Reihe Platz genommen hatte: ein Mann mit gelblichem, recht ungesund wirkendem Teint – nicht genug Vitamine, würde ich meinen –, doch auch er saß so gebannt da wie die anderen und lehnte sich so weit vor, dass sein Kinn fast den Sitz vor ihm berührte.

Als unsere Blicke sich trafen, schrak er nicht zurück oder wandte sich ab, das muss ich zu seiner Ehre sagen, sondern hielt den Blick auf mich geheftet. Ich hatte das Gefühl, es könnte unserer Ermittlung von Nutzen sein, wenn ich einige Informationen aus ihm herauslockte. Anstatt also zur Bar zu gehen, bahnte ich mir einen Weg zu diesem Gentleman.

»Guten Abend«, eröffnete ich.

Er zögerte kurz, als wüsste er nicht, ob er überhaupt antworten sollte. »Guten Abend.«

»Gefällt Ihnen das Stück?«

»Es ist Shakespeare«, erwiderte er. Und ich muss zugeben, ich wusste nicht, was er damit sagen wollte: dass einem Shakespeare immer gefallen konnte? Oder nie? Oder dass er einfach unentschieden war, ob es ihm gefiel oder nicht?

»In der Tat. Eine gute Inszenierung, nicht wahr?«

Er sah Richtung Bühne. Und der Intensität seines Blicks nach zu urteilen, hätte ich schwören können, dass er versuchte, den Samt mit seinem Blick zu durchdringen. Mir fiel ein, dass ich auch noch nicht wirklich sein Gewand und Auftreten in Augenschein genommen hatte, wie Holmes es sich gewünscht hätte. Daher machte ich mich daran, mir alle Einzelheiten im Geiste zu notieren. Er beugte sich immer noch vor, was darauf schließen ließ, dass ihn die Aufführung weit mehr berührte als mich. Seine Schuhe waren sauber, ein Hinweis, dass er nicht zu Fuß, sondern mit der Droschke hierhergekommen war. Bemerkenswert an ihm war auch, dass an seiner linken Hand, mit der er den Vordersitz umklammerte, ein ringförmiger Abdruck zu sehen war, und zwar am kleinen Finger. Dies ließ auf einen Ring schließen, der lange getragen worden war, und angesichts seiner insgesamt gepflegten Erscheinung handelte es sich wahrscheinlich um einen Siegelring – der aber nicht mehr da war. Er hatte ihn entfernt. Daraufhin prüfte ich den Rest seines Erscheinungsbilds: Die Krawattennadel war unauffällig, aber ein Einstich in der schlichten, schwarzen Krawatte selbst bewies, dass dort vor Kurzem noch eine andere Nadel gesteckt hatte; er trug weder Armband- noch Taschenuhr (ein Umstand, der an sich schon etwas ungewöhnlich war); und selbst das Tuch in seiner Brusttasche zeigte keinerlei sichtbares Monogramm. Angesichts dieser Indizien kam ich zu dem Schluss – zu dem Holmes mir sicherlich gratulieren würde, dachte ich –, dass der Gentleman vor mir ein Mann war, der zurzeit inkognito unterwegs sein wollte.

»Die Inszenierung ist gut.«

Es war eindeutig, dass ich die Impulse für dieses Gespräch geben musste. »Der junge Mann, der den Richard spielt, ist wirklich beeindruckend. Finden Sie nicht?«

Er seufzte. »Sir, ich möchte Sie mit allem Respekt bitten, sich, wenn Sie über die schauspielerischen Leistungen dieser Truppe sprechen wollen, an einen anderen Zuschauer zu wenden.«

Bei dem Beruf, dem Holmes und ich nachgehen – als beratende Detektive –, gehört es regelrecht dazu, dass wir auf wenig Gegenliebe stoßen. Aber es ist für eine Ermittlung auch nicht hilfreich, zu viel Aufhebens zu machen. Daher beschloss ich, mich zurückzuziehen.

»Ich wünsche Ihnen noch einen schönen Abend«, sagte ich und nickte höflich, worauf er ebenfalls nickte.

An der Bar hingegen ging es lebhafter zu. Die Zuschauer, die dem Stück wie unter einem magischen Bann gefolgt waren, unterhielten sich angeregt und hatten sich vor einer Staffelei zusammengefunden. Ich schlenderte mit betont jovialer Miene zu ihnen, um herauszufinden, was sie sich da anschauten. Zu meiner Enttäuschung entdeckte ich, dass es sich um dasselbe Plakat wie draußen vor dem Theater handelte, das, wie ich nun erkannte, die tragischen Prinzen im Tower zeigte, welche auf Richards Befehl ermordet worden waren. Dies hier war allerdings größer und in Farbe, was ein hübsches Sümmchen gekostet haben musste.

»Ach so, das nur«, sagte ich zu mir. Jedenfalls dachte ich, ich hätte es leise gesagt, aber die Frau neben mir – etwa sechzig, schätzte ich, und solide wie eine englische Eiche – bedachte mich mit einem frostigen Blick.

»Das ist John Everett Millais«, informierte sie mich. »Sein Gemälde von den armen Prinzen im Tower.« Nun, ich war nie ein großer Kunstkenner gewesen, kannte aber Millais' Namen. Er hatte, wie ich mich erinnerte, ein berühmtes Bild von der ertrunkenen Ophelia gemalt. Offenbar war er auf tragische Figuren von Shakespeare spezialisiert.

»Verstehe. Nun, es ist sehr schön.«

»Schön?« Fast schon empört hob sie die Stimme. »Sie sehen die Menschlichkeit dieser Kinder, die Liebe zweier Brüder im Angesicht ihrer Bedrängnis, und finden es nur ›schön‹?«

Diese Reaktion wegen eines Theaterplakats kam mir etwas übertrieben vor. Dennoch bemühte ich mich, die Frau zu besänftigen, indem ich das Bild genauer betrachtete. Und ich musste zugeben, etwas daran war wirklich bemerkenswert: Oberflächlich betrachtet zeigte es nur zwei junge Burschen, den zwölfjährigen Prince of Wales Edward und seinen neunjährigen Bruder, den Duke of York. Aber der Maler war ein wahrer Meister seiner Kunst. Denn die beiden jungen Burschen trugen Gewänder aus schwarzem Samt, als wären sie auf ihrer eigenen Beerdigung. Das goldene Zierband am Beinkleid des einen sowie eine goldene Kette um seinen Hals und eine Art Medaillon am Kragen des anderen passten zu den engelsgleich goldenen Haaren der Jungen. Es war ein wirklich berührendes Bild. Doch da ich nicht deshalb hier war, musste ich das Gespräch vorantreiben.

»Haben Sie diese Truppe schon mal gesehen?«, fragte ich.

»Nein, habe ich nicht.«

»Sie geben ihr Bestes, nicht wahr?«

Sie schnaubte und ließ mich einfach stehen.

Ich blieb, wo ich war, nippte an meinem Getränk und versuchte, die Umstehenden mit einem freundlichen Lächeln zu bedenken. Aber es wurde nicht erwidert, und schon bald ertönte die Glocke und rief uns zurück auf unsere Plätze. Der bleiche Mann, der nicht mit mir hatte sprechen wollen, war verschwunden.

Der zweite Teil des Stücks unterschied sich in nichts von dem ersten. Bei der Szene, in der der böse König Richard den Mord an seinen unschuldigen Neffen anordnet – eines der berühmtesten königlichen Verbrechen in der Geschichte –, brach einer der angeblich herzlosen Meuchelmörder in einem Anfall von Reue (oder Lampenfieber) zusammen, worauf jemand aus dem Publikum vom Sitz auffuhr und sich lauthals beschwerte: »So ein Unsinn! Warum müssen wir uns diesen Blödsinn ansehen? Das ist falsch, alles ganz falsch!« Doch wurde er von seinem Begleiter wieder auf seinen Sitz heruntergezogen und zum Schweigen gebracht.

Vermutlich stöhnte ich ein bisschen zu laut, denn ich bemerkte, dass einer der anderen Zuschauer mich ansah und das Gesicht verzog. Zu meiner Ehrenrettung muss ich allerdings sagen, dass selbst Shakespeare angesichts einer solchen Farce gelitten hätte. Hätten die echten Mörder der beiden Brüder so reagiert, hätten die Prinzen ein langes Leben in Glanz und Gloria geführt und wären nicht im Schlaf erstickt und heimlich verscharrt worden, wie die Geschichte berichtet.

Schließlich wurde der Tod von Richard, der doch trotz des Königs Bösartigkeit eine gewisse Würde hätte haben sollen, fast schon lächerlich dargestellt, weil die Soldaten des Hauses Lancaster sich ein bisschen zu sehr freuten und auf der Bühne herumhüpften.

Ich fühlte mich genötigt, aus reiner Höflichkeit zu klatschen, als der letzte Vorhang fiel. Allerdings hätte ich mir nicht die Mühe zu machen brauchen, denn die restlichen Zuschauer waren aufgesprungen und jubelten begeistert, als hätten sie Charles Warner und Ellen Terry bei der besten Vorstellung ihres Lebens gesehen. Das Dutzend Zuschauer klang wie ein voller Saal.

Kapitel 6

Hin und wieder komme ich in einer Kneipe mit anderen ins Gespräch. Sie wissen nicht mal die Hälfte von mir, merken aber, dass ich kein zartes Pflänzchen bin. Echte Männer erkennen einander. Und wenn wir darüber reden, wie wir zu dem wurden, der wir sind, und wann wir zum ersten Mal erkannten, was wir werden würden, erzähl ich ihnen immer vom Kricketmatch Eton gegen Winchester im Jahr 1860. Ich hatte mich an dieser Schule mit Zähnen und Klauen hochgekämpft. Ein harter Weg – glauben Sie etwa, Ihre öffentliche Schule mit den Bergarbeitersöhnen wäre nur was für die Harten gewesen? Dann fragen Sie sich mal Folgendes: Gab es dort einen Raum ausschließlich für Waffen? Wurden die Schüler, die morgens zu spät kamen, mit dem Besenstiel verprügelt? Mussten sie jeden Samstag im Februar vierzehn Meilen über durchweichte Äcker rennen? Nein.

Als ich also Kricketcaptain war, kam es verdammt noch mal nicht infrage, dass wir uns von den Memmen von Winchester schlagen lassen würden. Aber sie hatten eine Geheimwaffe, und zwar eine gute: Giles McLean durfte schon mit sechzehn für Kent spielen – das war zwei Jahre zuvor. Er war ein schneller Werfer, wurde Expresszug McLean genannt. Tja, und ich würde dafür sorgen, dass er entgleise.

Mein Glück war, dass mein Vater ins selbe »Frauenkloster« in Covent Garden ging wie McLean und seine Gewohnheiten in Erfahrung brachte. Mein alter Herr gab mir einen Tipp, als McLean sein Lieblingsmädchen besuchen wollte – eine Woche vor dem Spiel. Also statteten ich und ein paar Jungs aus der ersten Elf ihm »mittendrin« einen Besuch ab – wenn Sie wissen, was ich meine. Ich hielt es für passend, unsere Schläger dabeizuhaben. In dieser Nacht hatten wir viel Spaß, sehr viel mehr als er.

McLean spielte wieder, aber erst ein volles Jahr danach, und da stand der Silvercup längst auf Hochglanz poliert in unserem Trophäenraum.

Verstehen Sie, die Sache mit dem Fair Play hat mir nie recht einleuchten wollen. Ich hab am Ende des Tages gern was in Händen und sage: »Hab ich ergattert« oder »Hab ich dem kleinen Bruder des Duke of Argyll weggenommen. Er hat bei Boodles 'ne dicke Lippe riskiert, aber jetzt hält er erst mal den Mund.« Es können nur die gut verlieren, die dran gewöhnt sind.

Hin und wieder sehe ich McLean in einem Club, wenn ich in London bin. Er hat sich verändert. Mittlerweile hat er so ein Glitzern in seinen Augen, das mir verrät, jetzt ist er kein Schlappschwanz mehr, sondern ein mit allen Wassern gewaschener Kerl. Und er weiß, dass ich dazu beigetragen habe. Also neigt er leicht den Kopf und lächelt, als wollte er mir danken. Ja, McLean ist jetzt einer von uns.

Der Professor hielt unser Bandentreffen am Tag nach der Rangelei zwischen den Orchards und den Calhoons ab. Es war Montagabend, also war das Varieté geschlossen und die Sonne untergegangen, was hieß, es war ziemlich dunkel. Wir hatten entschieden, dass die Hauptbühne der beste Ort war, auch wenn einem die Eier abfroren.

Orchard und Calhoon durften jeweils einen Adjutanten mitbringen, und alle wurden beim Eintreten von Kopf bis Fuß durchsucht. Ich hatte meine Derringer in der Tasche, während Gawain alle auf Waffen überprüfte. Er legte die Inhalte ihrer Taschen auf eine Seite. Keine Knarre oder Klinge kam in unsere Hütte, es sei denn, sie gehörten mir. Calhoon und Orchard standen unter dem Schutz des Guv'nors.

Dann saßen wir alle auf der Bühne, unter einem an Seilen hängenden Schiff, und jeder von uns war bereit, dem Nächsten an die Gurgel zu gehen, der einen auch nur ein bisschen komisch anguckte. Da sagte der Guv'nor: »Gentlemen, ich will es kurz machen. So kann es nicht weitergehen. Wir alle haben unsere Geschäfte, und jegliche Reibereien zwischen Ihnen wird die Aufmerksamkeit der Gesetzeshüter wecken. Dadurch sind auch meine eigenen Pläne gefährdet. Das ist nicht akzeptabel. Daher stelle ich mich Ihnen als Schiedsrichter in Ihrem Streit zur Verfügung.«

»Es gibt keinen Streit«, sagte Calhoon mit schleppender Stimme. Er klang wie der Banker, den ich mal in einem Boot nach Southampton erschossen hab. »Ich übernehme alle Operationen südlich von diesem Fluss namens Themse. Solltest du versuchen, mich daran zu hindern, schicke ich deine Leiche an deine Familie zurück.«

Orchard, das muss man ihm lassen, bewahrte die Nerven und lachte gezwungen.

»Ein falscher Blick von dir, du Würstchen aus der Kolonie, und ich lass die Leichen deiner Familie vor deinem Hotel abladen. Glaubst du etwa, du könntest unser Gebiet – mit, was denn, fünfzig Mann? – übernehmen? Und wir würden dir die Kronjuwelen aushändigen? Ich will großzügig sein und dir nachsehen, was du gestern Abend veranstaltet hast. Hier –« Er griff in seine Brusttasche, woraufhin ich sofort meine Knarre zückte. »Nicht nötig, Colonel, nicht nötig.« Er schleuderte etwas über den Tisch zu Calhoon. »Eine Fahrkarte für dich. Zurück nach New York. Zwischendeck.«

Calhoon nahm das Ticket und las es. »Weißt du, meine Mutter ist im Zwischendeck gefahren. Aus Amsterdam. Wenn ich fahre, dann nur erster Klasse.« Er warf die Fahrkarte zurück.

Erneut ergriff der Guv'nor das Wort. »Sie haben beide Ihre Eröffnungsplädoyers gehalten, um Stärke zu zeigen. Jetzt sollten wir wie Geschäftsmänner miteinander reden.« Ich wusste, dass ihm schon langsam der Kragen zu platzen drohte, denn er zuckte mit den Augenbrauen. Dann weiß man, es droht Gefahr.

»Orchard, ich weiß, wie viele Männer Calhoon hat ...«

»Sind Sie da sicher?«, warf der Amerikaner ein.

Der Guv'nor kann's gar nicht leiden, wenn man ihn anzweifelt. Er starrte Calhoon an, als wollte er ihm den Kopf abreißen. »Gestern haben Sie um Viertel vor acht in Zimmer Nr. 51 im Savoy Brot und Eier zum Frühstück gegessen. Ihren Tee haben Sie nicht ausgetrunken. Sie haben ein paar Seiten des *Daily Telegraph* gelesen und dann die *Washington Post*. Und danach –«

»Ja, schon verstanden.«

»Machen Sie diesen Fehler nicht noch einmal«, sagte der Professor zu Calhoon. Mit einem Kopfschütteln signalisierte er mir, ich könne den Hahn meiner Knarre wieder entspannen.

Calhoon machte den Fehler nicht noch mal. Stattdessen verhandelten er und Orchard die nächsten paar Stunden über Territorien und verschiedene Sparten (Mädchen, Überfälle, Schutzgeld) und drohten sich in Stücke zu reißen. Nach einer Weile sah es dann so aus, als hätten sie eine grobe Einigung erzielt. Natürlich gab ich ihnen nur 'ne Woche, dann würde einer von ihnen auf der Straße zusammengeschossen und am hübschen neuen Albert Embankment abgeladen werden, aber das passiert eben, wenn man Geschäfte mit Banden macht.

Da kam einer der Jungs rein.

»Ein Telegramm für Mr. Calhoon«, sagte er und hielt es hoch. Calhoon riss es auf und las es. »Haben Sie ein Telefon hier?«, fragte er.

»Im Büro.« Der Professor nickte. »Direkt über uns. Die Treppe hinauf, zweite Tür links. Sollten Sie einen anderen Raum betreten, werden Sie von meinen Männern erschossen.«

»Hab nichts anderes erwartet, Professor.«

Sein Adjutant, ein junger australischer Buschkämpfer, der ziemlich tüchtig wirkte, blieb hinter den Sperrsitzen, als Calhoon ging.

Gawain brachte Tee und stellte ihn vor uns ab.

»Ich hätte nichts gegen was Richtiges zu trinken«, bemerkte Orchard.

»Ruhe«, sagte der Guv'nor. Der Aussie grinste. Aber das gefiel dem Professor auch nicht. »Ich sollte mich zurückziehen. Ich habe zu tun.«

Er stand auf und ging. Der Buschkämpfer wandte mir seine Aufmerksamkeit zu und versuchte, mich niederzustarren.

»Wag das nicht, Jungchen«, warnte ich ihn. »Ich hab schon mehr Angstmacher ausgekotzt als du.« Da sprang er auf. Ich konnte sehen, dass seine Nerven ziemlich blank lagen. Aber noch bevor er sich rühren konnte, zielte meine Derringer schon zwischen seine Augen.

»Kannst du überhaupt damit umgehen?«, knurrte er.

»Ich könnte von hier aus deine Mami erschießen.«

Tja, Ehre, wem Ehre gebührt: Das Jungchen hatte Eier. Er kam einfach weiter auf mich zu. Doch er hatte den zweiten Schritt noch nicht gemacht, da ertönte ein Schuss. Falls Sie noch nie einen gehört haben, es klingt, als würde ein Baum entzweikrachen. Ich liebe das Geräusch. Jagt mir einen behaglichen Schauer über mein altes Kreuz. Es gibt nichts Vergleichbares.

Die Sache war nur die: Der Schuss kam nicht von mir. Wo auch immer er herkam, von hier unten jedenfalls nicht, und kaum war das Echo verstummt, raste ich schon zur Wohnung des Professors hoch, mit Orchard, seinem Schläger und dem Buschkämpfer auf den Fersen.

Gawain war bereits mit gezücktem Schießeisen in der Lobby. Ich kannte den Jungen zwar gut, aber wir hatten gerade einen Schuss gehört, ohne zu wissen, wo er herkam, also zielte ich auf ihn.

»Kein Grund, mich ins Visier zu nehmen, Colonel«, flüsterte er. Das hab ich nie erwähnt, oder? Aber der Junge flüsterte nur. »Ich war nicht mal in der Nähe. Ich hab gehört, wie da oben was auf den Boden gefallen ist.« Er zeigte die Treppe hinauf, die zu einem kleinen Flur mit zwei Türen führte. Eine war die des Büros, die war geschlossen. Die andere war die zur Wohnung vom Professor, und die stand offen. »Ich hab gesehen, wie der Ami ins Büro ging.«

»Aber ist er auch wieder herausgekommen?« Das war die Stimme des Guv'nors, und eine Sekunde später erschien er im Flur zu seiner Wohnung.

Ich schlich zur Bürotür, sparte mir aber den Quatsch mit »Hallo? Ist da jemand?«. Am besten, man jagt direkt eine Kugel durchs Holz in den Bauch. So nämlich. Also trat ich die Tür ein und ließ mich sofort mit gezückter Waffe auf ein Knie fallen.

Die Mühe hätte ich mir sparen können, denn das Zimmer ist winzig, hat am einen Ende einen großen Schreibtisch voller Kartenabrisse und Papiere, ein kleines Feuer im Kamin und Wände voller Kalender und Spielpläne. Und es war ein Mann im Zimmer, aber er stellte keine Gefahr mehr dar, denn er hatte sein Hirn über die Wand verspritzt, als wollte er sie dekorieren.

Jawohl, Dutch Calhoon lag auf dem Boden, zusammengerollt wie ein Kind. Und die Hälfte seines Schädels war noch da, während ihm die andere weggepustet worden war.

Es war ganz klar, woher der Schuss gekommen war, denn vor ihm lag ein großer Webley-Revolver. Ich hob ihn auf. Er war heiß, also gerade abgefeuert worden, kein Zweifel, und in dem Zylinder steckten noch fünf Kugeln, alles Dumdum-Geschosse. Ich liebe solche Kugeln. Mit einem großen Dumdum-Geschoss macht man keine Sperenzchen.

Tja, ein Mensch ist auch nur ein Tier, deshalb macht's mir nichts aus, einen Toten zu sehen. Allerdings glaubte ich, dass es ziemlich viel Arbeit werden würde, das Hirn von der Wand zu kratzen.

»Da sieh mal einer an«, sagte der Professor hinter uns. »Ich glaube, unsere kleine Vereinbarung ist damit null und nichtig.«

»Hast du ihn reingehen sehen?«, fragte ich Gawain.

»Nur ihn. Sonst keinen. Das schwöre ich.«

»Und niemand kam heraus«, fügte der Professor hinzu. »Das konnte ich von meinem Zimmer aus sehen.«

Es war auch sonst niemand in diesem Raum. Das Fenster stand offen, und ich ging dorthin. Da wir in einer Music Hall wohnten, lag das obere Stockwerk ziemlich hoch: Ich würde sagen, etwa zehn Meter über dem Boden. Die nackte Mauer fiel geradewegs ab zum Pflaster einer stillen Sackgasse, die auf die Whitechapel High Street führte. Auf der anderen Seite der Gasse gab es nur eine einzige Hintertür zu einem Tabakladen. Ein Mensch konnte zwar nicht einfach so eine nackte Mauer herunterklettern, aber wenn er schlau war, benutzte er dazu ein Seil. Und statt es irgendwo im Zimmer festzubinden, konnte er es lose um etwas Stabiles schlingen, rückwärts mit beiden Seilenden in den Händen die Mauer hinunterklettern und unten das Seil einziehen. Dann gäbe es keine Spuren. So was habe ich schon gesehen. Allerdings müsste der Kerl verdammt stark sein und ziemlich geschickt, denn sich selbst an zwei Seilenden herablassen ist schon ein echter Zirkustrick.

Aber dann schaute ich mich im Zimmer um, und ich sah nichts, um das er das Seil hätte schlingen können: keine massive Säule, die die Decke stützte; die Stühle waren sogar für ein Kind zu leicht; der Tisch hätte es vielleicht getan, aber er stand direkt an der Wand, und es gab keine Tischbeine.

Ich blickte hoch. Das Dach war gute drei Meter über dem Fenster, und ich hielt es für gerade so möglich, dass ein Mann dort oben ein Seil runtergeworfen hatte und ein anderer hier im Zimmer ganz schnell raufgeklettert war.

Shorty Harlow war draußen. Über ihm war ein Fenster, im oberen Stockwerk des Tabakladens, allerdings nicht viel größer als eine Briefmarke.

Ich rief ihn mit einem Pfiff. »Ist da jemand rausgekommen?«, brüllte ich zu ihm runter.

»Colonel?«

»Aus dem Fenster. Ist da jemand rausgekommen?« Er schüttelte den Kopf. Er war ein Riesentrottel, aber blind war er nicht. Ein Zweimannteam mit Seilen und einem Wurfanker wäre ihm aufgefallen. Nun starrte ich wieder nach oben. »Hast du irgendwas gesehen?«

»Nö. Nur den Kerl, der das Fenster aufgemacht hat.«

»Welchen Kerl?«

»Der den Professor besucht hat.«

Also Calhoon. »Hat er was gesagt?«

»Nö, Colonel.«

»Wie sah er aus?«

»Wie soll er ausgeseh'n haben?«

»Der Ausdruck auf seinem Gesicht, du Kretin.« Er zuckte die Achseln. »Hast du einen Schuss gehört?«

»Yep. Etwa eine Minute, nachdem der Kerl wieder drin war.«

»Hast du was gesehen?«

»Nur 'nen Vogel, der da rumflog. Amsel, glaub ich.«

»Schließen Sie das Fenster«, befahl der Professor. »Ich schau mir das mal an.« Ich tat, was er verlangte, und er prüfte den Rahmen. »Verstehe. Öffnen Sie es wieder. Und jetzt schließen Sie es.« Ich folgte seiner Anweisung. »Fällt Ihnen was auf?«

Ich betrachtete den Rahmen genauer. Es war ein ganz normales Flügelfenster, das sich nach außen öffnete, etwa einen Quadratmeter groß und weiß gestrichen war. Die Farbe blätterte schon ab, und die Scheibe musste mal geputzt werden. Aber davon ab: nichts. »Ich seh nichts, Professor.«

»Nicht sehen – riechen.« Ich schnüffelte wie eine Löwin, die etwas wittert. »Da riecht irgendwas schlecht. Wenn das Fenster offen ist, bemerkt man nichts, aber wenn man die frische Luft ausschließt – also was in dieser stinkenden Stadt als frisch gilt –, dann riecht man es.«

Wieder schnüffelte ich. Und dieses Mal roch ich es wirklich. »Was ist das?«, fragte ich.

»Das weiß ich nicht. Noch nicht.«

»Wen kümmert's?«, mischte sich Orchard ein. »Er hat sich das Hirn rausgepustet und uns allen 'ne Menge Ärger erspart.« So zufrieden hatte ich keinen Mann mehr gesehen, seit Madagascar Jack Holnes ein Bordell besuchte, entdeckte, dass es von seiner Mutter geleitet wurde, und einen aufs Haus bekam.

»Möglich, Mr. Orchard. Moran, holen Sie die Kugel heraus, ja?«

»Die Kugel?«

»Ja«, sagte er. »Muss ich mich wiederholen?«

Ich blickte auf das, was mal Dutch Calhoon gewesen war. »Ich such danach.«

»Dann los.«

Zuerst stieß ich die Leiche mit dem Zeh an. Die verbliebene Hälfte seines Schädels wackelte und ergoss noch ein bisschen mehr schwammige graue Hirnmasse auf den Boden. Der Teppich würde auf jeden Fall ausgewechselt werden müssen. Ich musste auf die Knie gehen, um besser im Schädel suchen zu können. Sich die Finger schmutzig zu machen, gehört zur Jagd, aber Hirn ist teuflisch schwer aus den Hemdmanschetten zu entfernen.

»Ah«, sagte ich, als meine Finger auf etwas Metallisches stießen. Ich zog es heraus, wischte es ab, und da war es. »Ist ein Dumdum-Geschoss.«

»Ein was?«, fragte der Buschkämpfer.

»Ein Dumdum-Geschoss«, antwortete der Professor. »Ein Mark-III.455-Webley-Projektil, um genau zu sein. Ein Hohlspitzgeschoss, bei dem die Kugel aufpilzt, wenn sie in den Körper eindringt, und damit mehr Schaden anrichtet. Wie man sieht ...« Er wies auf das überall verteilte Hirn von Calhoon. »Was für Patronen sind noch im Revolver?«

Ich zeigte es ihm. »Auch Dumdum-Geschosse. Identisch.«

»Nun, ich glaube, es besteht kaum Zweifel daran, dass Ihr Herr mit dieser Waffe getötet wurde«, sagte er zu dem Aussie. »Gehört sie ihm?«

»Die hab ich noch nie gesehen.« Der Schock hatte sich gelegt, jetzt wirkte er wütend.

»Er hätte sie bei seiner Ankunft auch nur schwer an Moran vorbeischmuggeln können. Unmöglich wäre es natürlich nicht.« Innerlich ging ich hoch, das kann ich Ihnen sagen. »Aber es ist wahrscheinlicher, dass er sie hier im Haus bekam. Niemand konnte rein- oder rauskommen, sonst hätten meine Männer –«

»Ich will keine Ausreden mehr hören«, knurrte der Buschkämpfer. »Ich will –«

»Wie ich gerade sagte«, unterbrach der Professor ihn scharf, »hätte niemand rein- oder rauskommen können, sonst hätten meine Männer ihn gesehen. Und meine Männer sind treu bis in den Tod.« Das stimmt, denn jegliche Bestechung oder Drohung für unsere Jungs wäre nichts gewesen im Vergleich zu der Strafe, die er ihnen hätte zukommen lassen. »Da es nahezu unmöglich gewesen wäre, den Raum zu verlassen, ohne von mir gesehen zu werden, lassen Sie uns jede andere Möglichkeit ausschließen. Hmmm«, murmelte er, »es ist ein bisschen weit hergeholt, muss aber überprüft werden: Moran, ziehen Sie den Teppich hoch.« Ich begriff, was er dachte, und kurz darauf war der Teppich weg. Keine Falltüren, und die Dielen darunter waren fest angenagelt. »Wie zu erwarten war. Nun suchen Sie die Wände und die Decke ab, nur um der Gründlichkeit willen. Los, wir haben nicht den ganzen Tag Zeit.« Also machten wir uns daran, den Putz abzuschlagen. Keine geheimen Türen oder Nischen. Zur Sicherheit zerlegten wir auch den Schreibtisch. Nichts.

»Er hat sich selbst erschossen. Sie haben es doch gesagt: Keiner kam rein oder raus. Also muss es so gewesen sein«, meldete sich Orchard. »Kommen Sie schon, das Spiel ist vorbei. Ich hab Hunger.«

»Ruhe.« Der Guv'nor legte die Hände an seine Schläfen. Er starrte aus dem Fenster, als stünde die Antwort auf der Mauer vom Tabakladen geschrieben. Ich konnte geradezu sehen, wie sich die Rädchen in seinem Hirn drehten. Und dann ließ er die Hände sinken. »Ah, ja«, sagte er. Und ich wusste, er hatte es. Man kann ihn nie lange täuschen. »Ja, verstehe. Ich muss Ihnen gratulieren, Orchard.«

»W…was?«, stotterte der Kerl. »Wozu denn?«

»Ein höchst genialer Trick. Und das Genialste daran ist, wie täuschend einfach er ist. Ihr Gehirn ist viel weiter entwickelt, als ich ursprünglich annahm.«

»Ich hatte nichts damit zu tun, Moriarty!«

»Nein, nein. Ganz sicher hat er es selbst übernommen, sich aus einer Laune heraus das Hirn wegzupusten.«

»Ich gehe!«, schrie Calhoons Handlanger. Und er wirbelte herum, um aus dem Zimmer zu marschieren.

Orchard und sein Mann blockierten dem Buschkämpfer den Weg. »Du bleibst«, sagte Orchard mit leiser Stimme.

»Aus dem Weg. Sonst werdet ihr's bereuen.«

Ich konnte sehen, dass es sie alle juckte, ihre Waffen zu ziehen. Zwar war der Buschkämpfer in der Unterzahl, doch er sah aus, als wäre er durchaus bereit, es mit zwei Mann gleichzeitig aufzunehmen.

»Moran«, befahl der Guv'nor.

Ich wusste, was er wollte. Momentan war die Situation noch unter Kontrolle, *seiner* Kontrolle. Aber wenn der Aussie abhaute, würde die Hölle losbrechen. Ich ging also, um ihn festzuhalten.

Aber er ahnte, was ich vorhatte, dieser Buschkämpfer. Und ich weiß nicht, ob es vom vielen Schafescheren kam, doch er war verdammt viel stärker und wendiger, als er aussah. Ich hatte gerade mal einen Schritt auf ihn zu gemacht, da packte er Orchards Adjutanten und schleuderte ihn auf mich wie einen Heuballen. Ich kriegte den Kerl direkt in die Visage, und wir gingen zu Boden. Dann zog ich die Knarre. Zwar hatte ich keine Dumdum-Geschosse, aber die .38er, die ich am Morgen geladen hatte, würde es auch tun.

Doch der Aussie war so schnell, dass meine erste Kugel ihn nicht treffen konnte. Bei der zweiten war er schon halb den Flur runter und machte Ausweichmanöver wie ein Gedrängehalbspieler. Bei der dritten sprang er übers Geländer. Bei der vierten war ich am Treppenabsatz, und er landete auf dem Boden. Die fünfte kam, und er duckte sich mit dem Glück der Idioten just in dem Moment, als die Kugel auf ihn zuschoss. Blieb nur noch eine. Eine

Kugel für Colonel Sebastian Moran, den besten Großwildjäger, den das Empire in den letzten hundert Jahren hervorgebracht hat. Ich richtete mich auf, zielte, hielt den Atem an und feuerte. Und ich traf ihn, direkt in den Bauch. Das reicht, um jeden zivilisierten Mann niederzustrecken. Aber Zivilisation hatte der Buschkämpfer nicht viel mitgekriegt. Er betastete den roten Fleck auf seinem Hemd, blickte auf seine Hand, lachte, salutierte und verschwand.

Scheiß-Aussies. Die sollten wir alle an die komischen Baumbären verfüttern, die sie da haben.

»Sie enttäuschen mich, Moran.«

»Tut mir leid, Professor.«

»Nun, da kann man nichts machen.«

»Was passiert jetzt?«

»Ich gehe davon aus, dass es eine Zusammenkunft der Calhoon-Gang geben wird, wo Calhoons jüngerer Bruder Jan den Orchards aus Rache den Krieg erklärt.«

»Aber ich war's nicht«, protestierte Orchard.

»Nicht?« Der Professor hielt inne, dachte nach und zuckte die Achseln. »Das spielt keine Rolle. Jan Calhoon wird – nicht ohne Grund, wie Sie zugeben müssen – glauben, dass Sie es waren. In der grandiosen Tradition der amerikanischen Gangs wird er deshalb höchstwahrscheinlich schwören, dass Sie keine vierundzwanzig Stunden mehr zu leben haben.« Ich musterte Orchard. Seine Visage wirkte ziemlich grimmig. »Daher würde ich Ihnen raten, einen eigenen Kriegsrat abzuhalten.«

»Und was werden Sie tun?«, wollte Orchard wissen.

»Ich? Nun, ich denke, wir werden im Rules zu Abend essen. Ich wünsche Ihnen einen guten Tag.«

Und das war's. Orchard fletschte die Zähne und haute ab. Er hatte Vorkehrungen zu treffen. Wie es aussah, hatte Dutch Calhoon ziemlich schnell Leute rekrutiert, also konnte der kleine Jan vermutlich einen ordentlichen Trupp ins Feld schicken.

»Was, glauben Sie, kommt dabei raus?«, fragte ich.

»Orchard hat, wie Sportsmänner es nennen, den ›Heimvorteil‹, doch wie ich bemerkt habe, haftet der Calhoon-Gang bei ihren Aktionen eine gewisse koloniale Wildheit an. Daher halte ich die Chancen für ausgeglichen. Es ist eine Schande, ich hätte lieber keinen Krieg gehabt, der unweigerlich die Aufmerksamkeit von Scotland Yard weckt. Aber ich glaube, das ist jetzt unvermeidlich. Daher, auf ins Rules, Moran.«

Kapitel 7

George und ich hatten vereinbart, dass ich mich nach Ende des Stücks backstage zu ihm gesellen würde. Er wollte mich als seinen Onkel vorstellen, der das Theater liebte und für die nächsten Tage in Cambridge bleiben wollte, um sich die abendlichen Aufführungen anzuschauen.

Wie abgemacht ging ich zur Bühnentür. Der junge Reynolds erschien und zog mich in den Bauch des Gebäudes. Ich hatte noch nie gesehen, wie ein echtes Theater funktioniert, daher war ich ziemlich fasziniert. Wir kamen an der Bühne vorbei, und ich musterte interessiert die Seile, Hängeböden, Kulissen und Boxen mit den Requisiten.

Mit leuchtenden Augen führte er mich zum sogenannten Greenroom, dem Raum, wo die Schauspieler auf ihren Auftritt warten und sich entspannen. Es war eine ziemlich künstlerisch anmutende Umgebung mit aus ehemaligen Bühnenbildern ausgemusterten Sofas und Sesseln, welche dem Stil nach aus der Renaissance, aus dem römischen oder viktorianischen Zeitalter oder gleich aus einem Märchen stammten. Die Wanddekorationen waren ähnlich wild gemischt: Ölgemälde mit Jagdszenen, Reben und Ranken aus Pappmaché, das hölzerne Beil eines Henkers. Und inmitten dieser Szenerie die Truppe der Schauspieler, von denen die meisten ein kleines Glas in der Hand hielten.

»Hallo, ihr alle, das ist mein Onkel John«, verkündete Reynolds, als wir eintraten. Darauf erstarben die Gespräche, und mehr als nur einer der Versammelten blinzelte mich an.

»Ihr ... Onkel?«, wiederholte ein Mann. Er war ungefähr in meinem Alter, wirkte aber ziemlich jugendlich und lebhaft, trotz seines dicken Bauchs.

»Ja, der Bruder meiner Mutter. Dies ist unser Theater-Direktor, Mr. Bart.«

»Edgar Bart«, sagte er und schüttelte mir leicht verunsichert die Hand.

»John Watson.«

»Ich wusste gar nicht, dass Mr. Reynolds einen Onkel hat.« Offenbar hatte ich wegen der seltsamen Bemerkung die Stirn gerunzelt. »Andererseits, wie auch«, fuhr er fort, eindeutig, weil er meine Reaktion bemerkt hatte. »Herzlich willkommen, Mr. Watson.«

Ein weitverbreiteter Name bietet den Vorteil der Anonymität. Während »Sherlock Holmes« von vielen erkannt wird, von denen wir es nicht wünschen, bewirkt mein eigener Name viel seltener dieses Ergebnis. Ein falscher Name ist nicht notwendig, wenn man John Watson heißt.

»Onkel John wird sich die nächsten Aufführungen ansehen.«

»Nun, das ist sehr schön«, erwiderte Bart. Und er lächelte, aber das Lächeln erreichte seine Augen nicht. Die verräterische Haut an den Winkeln seiner Augen blieb faltenlos. Nein, dieser Mann hielt meine Anwesenheit nicht für »sehr schön«. »Standen Sie selbst schon mal auf der Bühne, Mr. Watson?«

»Oh nein«, gluckste ich. »Ich war beim Militär.«

»Ah! Ein Soldat.« Nun war sein Lächeln echt.

»Sie haben also auch der Krone gedient?«

»Nein, so nicht. Zwar dienen wir alle in gewisser Weise der Krone – abgesehen von denen, die sich vor der Verantwortung drücken –, aber nein, meine Neigung gilt mehr der Geschichte und den Büchern.«

»Und dem Theater«, fügte unser junger Kunde hinzu.

»In der Tat, ja. Obwohl Geschichtsbücher immer meine erste Liebe sein werden, wie man so schön sagt.« Ich musste zugeben, dass er recht angenehm wirkte, wenn er sich entspannte. Er war nicht attraktiv und verfügte auch nicht über das, was man als Charisma bezeichnen könnte. Aber nun, da wir bei einem Thema waren, das ihm gefiel, war er ein guter Gesprächspartner. »Und darf ich Ihnen meine Tochter Devi vorstellen?« Eine hübsche junge Frau mit rückenlangen dunklen Haaren, die, wie ich jetzt erkannte, die unglückliche Königin Anne gespielt hatte, welche den Mörder ihres Mannes heiraten musste, verteilte Gläser mit Moselwein. Ich grüßte sie, und sie grüßte zurück, bevor sie weiter Gläser ausgab. »Haben Sie selbst Kinder?«

Nun, solche Fragen können mich schon kalt erwischen. Denn die Wahrheit ist, die Vorsehung war zwar so freundlich, mir meine Mary zu schenken, wenn auch für eine schmerzlich kurze Zeit, doch waren wir leider nie mit dem Trappeln kleiner Füße gesegnet. Und jetzt ist es für mich zu spät. Also sagte ich zu Bart: »Nein, keine Kinder«, und verdrängte alle traurigen Gedanken daran. Es war nicht der richtige Zeitpunkt. Außerdem gehört so etwas … nicht hierher. Nein.

Bart und ich plauderten über dies und das, und nach einer Weile fiel mir etwas auf. Holmes tadelt mich öfter wegen meiner mangelnden Aufmerksamkeit, aber in diesem Fall bin ich sicher, dass er es nicht besser hätte machen können, und sei es nur, weil Herzensangelegenheiten nicht in ihrer Gänze für ihn begreiflich sind. Ich beobachtete also, dass irgendwann das Mädchen Devi dem jungen George ein Glas Wein anbot. Es waren aber nicht ihre Worte dabei, die mir auffielen, sondern wie sie unwillkürlich die Hand nach seinem Arm ausstreckte, dann zögerte und sie verlegen wieder zurückzog. Und wie George auf ihre Hand blickte und sie fast ergriffen hätte. Oho, dachte ich bei mir. Und ich unterdrückte ein Lächeln, während ich versuchte, mich auf Barts Schilderung zu konzentrieren, welche Freude es sei, englische Geschichte der Tudorzeit zu lesen.

Nach einer Weile entfernte sich der Mann, um mit den anderen zu reden, und der junge George nahm mich diskret beiseite.

»Was meinen Sie?«, fragte er.

»Ich meine, dass Sie eindeutig ein besserer Schauspieler sind als die anderen.«

»Nun, ich will nicht prahlen, aber wie ich schon sagte, ist das eines der Dinge, die mir an der ganzen Sache so merkwürdig vorkommen. Außerdem war gestern Abend die Hölle los, als ich von meinem Ausflug nach London zurückkehrte. Die Hälfte von ihnen verlangte zu wissen – ja, sie verlangte es –, wo ich denn gewesen sei. Ich sagte ihnen, sie seien nicht meine Hüter und ich hätte Sie in London besucht, da Sie etwas gebrechlich seien.« Ich zog eine Augenbraue hoch. »Dafür muss ich mich entschuldigen. Für einen Mann in Ihrem Alter sind Sie sicher gut in Form.«

»Und ein Mann in meinem Alter hat schon viel von der Welt gesehen«, sagte ich mahnend. »Auch Anzeichen dafür, wenn ein Mädchen verliebt ist. Und Königin Anne zeigt diese Symptome, wenn Sie mich fragen.«

Er wirkte peinlich berührt. »Ja, das habe ich Ihnen nicht erzählt, obwohl ich das wohl hätte tun sollen.«

»In der Tat. Holmes und ich müssen jede Einzelheit wissen.«

»Devi und ich geben uns die allergrößte Mühe, es vor der restlichen Truppe zu verbergen, also ist es uns wahrscheinlich zur zweiten Natur geworden.«

»Es darf keine weiteren Geheimnisse vor mir und Holmes geben. Das untergräbt unsere Arbeit.«

»Ich entschuldige mich.«

Eigentlich konnte ich es ihm nicht verdenken. Er war ein gut aussehender junger Bursche, der zweifellos über seine Karriere auf der Bühne aufgeregt war, und sie ein hübsches Mädchen. Keine geborene Schauspielerin, von dem, was ich gesehen hatte, aber bei Weitem nicht so schlecht wie der Rest von ihnen.

Das Mädchen kam zu uns, und wir unterhielten uns kurz, bevor George zu den anderen gerufen wurde, die geradezu an seinen Lippen hingen.

»Er hat mir von Ihnen erzählt«, sagte ich leise zu dem Mädchen.

»Was denn?«, stieß sie hervor.

Ich zögerte. Ihre Reaktion erweckte den Eindruck, es gäbe noch etwas, das mir nicht bekannt war. »Über Ihr Einvernehmen.«

»Ach das.« Sie entspannte sich. »Ja, das stimmt wohl.« Nun, da sie langsamer sprach, hörte ich ihren Norfolker Akzent heraus. Das war Musik in meinen Ohren, bin ich doch sonst eigentlich den Londoner Zungenschlag gewohnt. Sie schürzte die Lippen. »Sind Sie wirklich sein Onkel?« Ich überlegte noch, wie ich mit meiner Antwort die Täuschung aufrechterhalten konnte, doch bevor ich etwas sagen konnte, redete sie schon weiter, nun mit einem drängenden Unterton. »Ich glaube, Sie sind jemand anderer. Jemand, der helfen kann.«

Für den Moment verschlug es mir die Sprache. Ich bedeutete ihr, uns in eine Ecke zurückzuziehen, wo man uns nicht hören konnte. Dann erklärte ich: »Meine Liebe, es ist unwichtig, ob ich Georges

Onkel bin oder nicht. Ich bin ein Freund und kann Ihnen tatsächlich helfen.«

Sie zögerte. »Wer sind Sie also?«

»Mein Name ist tatsächlich John Watson. Aber Sie zweifeln zu Recht an unserer Verwandtschaft. Ich arbeite mit einem Gentleman zusammen, den Sie vielleicht kennen. Sherlock Holmes.«

Die Reaktion des Mädchens war heftig – wenn auch anders, als ich erwartet hatte. Sie wirkte vollkommen fassungslos. »Dem Detektiv?«

»Genau dem.«

Sie starrte auf den Tisch. Er hatte lauter kleine Pfützen von verschütteten Getränken. »Dann wissen Sie alles. Von der Stillen Verschwörung.«

Ich senkte den Kopf, sodass ich ihr in die Augen schauen konnte. »Wir wissen gar nichts, meine Liebe. Wir warten darauf, dass Sie uns ins Bild setzen. Was ist das für eine Verschwörung?«

Sie hob ihr Kinn und leckte sich über die Lippen, bereit, da war ich sicher, alles zu verraten. Doch gerade als sie den Mund öffnete, um mit ihrem Bericht zu beginnen, klatschte ihr Vater in die Hände, um die allgemeine Aufmerksamkeit auf sich zu lenken.

»Hallo, ihr alle, wir haben etwas anzukündigen«, sagte er. »Wir alle sind uns bewusst, welche Ehre es ist, dass George Reynolds sich unserer Truppe angeschlossen hat.« Ich bemerkte, dass die versammelte Menge den jungen Mann darauf geradezu anstrahlte, was ziemlich unnatürlich wirkte. »Und wir haben ein Geschenk für ihn.« Überraschenderweise handelte es sich bei dem fraglichen Geschenk um einen ziemlich schlicht wirkenden Holzkasten. Er war quadratisch, etwa dreißig Zentimeter lang und fünfzehn Zentimeter hoch, und die Seiten waren mit einer Schnitzerei verziert: Linien, die sich von oben nach unten schlängelten. Das Holz schien Teak zu sein und sehr alt, denn es war stumpf und hatte hier und da Risse. Aber die Ehrfurcht, die die gesamte Truppe diesem Kasten entgegenbrachte, war außerordentlich: Sie rissen derart die Augen auf, dass man hätte denken können, es sei die Bundeslade.

George hingegen wirkte verwirrt und nahm das Geschenk verlegen und mit einer leichten Verneigung an, die mit tieferen Verbeugungen von den Männern und Knicksen von den Frauen erwidert wurde. Der junge Mann stammelte ein paar Dankesworte und kam zu mir und Devi zurück. Bart folgte ihm.

»Danke für den Kasten«, sagte George, als er ihn öffnete. »Und was ist das? Theaterschmuck?« Er hob eine grellbunt angemalte Holzkette heraus.

»Ich hoffe, es gefällt Ihnen«, sagte Bart lächelnd, nahm seine Tochter und durchquerte den Raum, um mit der Truppe auf der anderen Seite zu sprechen.

»Das soll mir gefallen? Das ist Plunder«, murmelte George zu mir. Und nachdem er sich mit einem Blick über die Schulter vergewissert hatte, dass niemand zusah, verstaute er das Präsent unter einer Kleiderstange mit Kostümen.

Insgesamt war es ein seltsamer Abend, der allerdings früh endete, da es am nächsten Vormittag eine Matinee geben sollte, zu der ich zu kommen versprach. Wir zogen uns alle zur Nachtruhe in unsere jeweiligen Unterkünfte zurück.

Ich freute mich nicht gerade darauf, das Stück ein zweites Mal anzuschauen.

KAPITEL 8

Im Rules gab's Gutes zu futtern. Bei Brandy und Zigarren schickte der Professor nach den Abendzeitungen, um zu sehen, wer tot war: Orchard oder Jan Calhoon.

»Erklären Sie mir jetzt, wie Orchard es geschafft hat, den Yankee auszuschalten?«, fragte ich. Mit der Bitte hatte ich das ganze Essen hindurch gewartet, aber er hatte nichts gesagt.

»Hmm? Heißt das, Sie wissen es nicht? Ist doch ziemlich offensichtlich, oder? Denken Sie an den seltsamen Geruch im Zimmer.«

Ich rief mir den Moment in Erinnerung. Ja, da war ein leichter Geruch von irgendwas Üblem gewesen, eindeutig. »Wieso ist das wichtig?«

»Es wäre besser, wenn ich es Ihnen demonstrierte, aber damit müssen wir warten, bis die Läden geöffnet haben.« Er griff wieder nach seiner Zeitung. »Haben Sie sich je wie ein Wolf unter Schafen gefühlt, Moran?«

»Die ganze Zeit, Professor. Ich –«

Ich brachte meinen Satz nicht zu Ende, denn in dieser Sekunde knallte etwas so heftig auf unseren Tisch, dass die Gläser wegflogen und der Kandelaber mit den brennenden Kerzen zu Boden krachte. Es war Gawain, und man musste kein Arzt sein, um zu sehen, dass der Junge eine böse Schnittwunde am Hals hatte, aus der sein Lebenssaft in alle Richtungen spritzte. Die beiden am Nebentisch – irgendein Viscount und die Schwanzfopperin, die er für den Abend gemietet hatte – fingen an zu schreien, als wäre es ihr Dinner und nicht unseres, das gestört worden war. Der Guv'nor rückte einfach mit seinem Stuhl vom Tisch und sah zu, wie ich eine Serviette auf die Wunde am Hals drückte. Der Maître d'hôtel und ein Trupp Kellner kamen angerannt, aber mit nur einem Blick signalisierte ich ihnen, sich zu trollen, sonst wären sie die Nächsten.

»Was ist passiert, Junge?«, fragte ich. Gawain sah mich an und versuchte zu sprechen. »Lass dir Zeit.«

Das Schäfchen nebenan blökte immer noch. Ich befahl ihr, den Mund zu halten, sonst würde ich ihn ihr persönlich stopfen. Das half.

»Cal…hoon«, nuschelte Gawain. »Vierzig Männer. Max… Maxim-Gewehre.«

Maxims. Mit diesen amerikanischen Johnnys war nicht zu spaßen. Die Maxim – ein »Maschinengewehr«, wie sie es nannten – konnte in unter einer Minute einen ganzen Zug von Männern auslöschen.

»Was ist mit den anderen?«

»Alle … tot.«

Und mit diesen Worten folgte er ihnen. Der arme kleine Bastard.

Tja, wenn all unsere Männer in der Music Hall in einem See aus ihrem eigenen Blut lagen, war unsere Position entscheidend geschwächt.

»Was sollen wir tun?«, fragte ich.

»Wir sollten gehen, Moran. Der Maître d'hôtel wird die Rechnung zu meinem Konto hinzufügen.« Der Kerl kauerte in einer Ecke hinter ein paar Gästen und würde sich kaum über eine unbezahlte Rechnung beschweren. »Danach sollten wir uns an einen sicheren Ort zurückziehen, den ich immer in Reserve habe. Und möglichst bald noch einmal den Ort des Geschehens untersuchen, um uns zu vergewissern, ob es so ablief, wie ich gegenwärtig vermute. Es ist eindeutig, dass Jan Calhoon uns für den Tod seines Bruders verantwortlich macht, und ich würde behaupten, dass unser Überleben davon abhängt, dass wir der Wahrheit über diese Angelegenheit auf den Grund kommen.«

Kapitel 9

Den folgenden Morgen verbrachte ich mit der angenehmen Beschäftigung, durch ein paar von Cambridges Colleges zu schlendern. Es ist doch herzerwärmend, unter jungen Menschen zu sein, die so voller Leben sind. Natürlich sahen einige, die am Abend zuvor ein bisschen zu lange in den berühmten Wirtshäusern der Stadt gezecht hatten, aus wie der lebendige Tod, aber wann soll man denn seinen bacchantischen Instinkten folgen, wenn nicht, so lange man jung und frei ist?

Um zehn Uhr spazierte ich zum Theater, um mir die Matinee anzusehen. Das Haus wirkte bei Tageslicht genauso schäbig wie am Abend. Ich wollte gerade eintreten, da platzte ein vor Schmutz starrender Landstreicher mit einem wilden weißen Haarschopf aus der Tür und packte mich am Revers meiner Jacke. »Loslassen«, befahl ich und hob den Stock, um ihn notfalls zu schlagen.

»Herrgott, Watson, das ist nicht der rechte Zeitpunkt!«, schnauzte Holmes mich an und riss sich die Perücke vom Kopf. »Unser Kunde ist entführt worden, das möchte ich schwören! Die Theatertruppe ist verschwunden, alle Unterkünfte geräumt bis auf Reynolds', in der noch all seine Sachen sind. Er ist nicht freiwillig verschwunden!«

Holmes zog mich in das leere Gebäude. Es roch muffig, und Staub tanzte in der Luft. Die Bühne, auf der noch Stunden zuvor solche Geschäftigkeit geherrscht hatte, wirkte nun unheimlich leer. An den Garderoben warteten all die Holzschwerter, die Banketttische und die billigen, ausgeblichenen Kostüme, die an diesem Tag nicht zum Einsatz kommen würden. Und noch etwas, in einer Ecke.

»Das ist der Kasten, den sie George geschenkt haben«, sagte ich und zeigte darauf.

»Ein Präsent? Interessant.« Schnurstracks hob er es auf und hielt es ins Licht.

Als ich jetzt den alten Holzkasten betrachtete, bekam die Schnitzerei, die ich am Vorabend bemerkt hatte, langsam einen Sinn: Ja, der Deckel zeigte ein Wäldchen, die meisten Äste gingen von einem einzelnen massiven Stamm aus und verzweigten sich. Die Wurzeln bildeten die Schlängellinien auf den Seiten des Kastens, als wollten sie sich im Boden versenken. Ein paar kleinere Bäume standen um den größeren und verzweigten ihre Äste mit seinen. Dazwischen war eine mittelalterlich wirkende Kirche mit einem eckigen Turm zu sehen, der Zinnen hatte wie eine Burg.

»Früher ein formschöner Gegenstand«, murmelte Holmes und fuhr mit den Fingern über das Holz.

»Zweifellos.«

»Und es hat den Anschein ...« Er sah genauer hin. »Ja, hier wurde etwas entfernt.«

»Was meinen Sie?«, fragte ich.

»An einigen Stellen – hier zum Beispiel, sehen Sie.« Er zeigte auf einen Fleck auf dem Deckel. »Sie können den Umriss eines Kreises erkennen, der irgendein Bild oder Symbol umschlossen hat.« Er beugte sich tiefer darüber. »Nein, leider kann man nicht mehr identifizieren, was es war.«

»Hat das jemand mit Absicht unkenntlich gemacht?«

»Möglich, aber es kann auch der Zahn der Zeit gewesen sein, der daran genagt hat. Nun, so viel zum Kasten selbst. Jetzt wollen wir uns mal den Inhalt anschauen.«

Der Deckel war mit einem schlichten Messingschnappschloss gesichert. Holmes überprüfte es. »Recht kunstvoll, ohne pompös zu wirken. Achtzehntes Jahrhundert, schätze ich.« Er klappte den Riegel des Schlosses hoch. »Öffnet sich ohne Widerstände, ist kürzlich geölt worden, also können wir darauf schließen, dass dem früheren Besitzer am Inhalt so viel gelegen war, dass er sich die Mühe gemacht hat.« Und damit hob er mit beiden Händen vorsichtig den Deckel an.

Drinnen befand sich nur der Theaterschmuck, über den George am Vorabend die Nase gerümpft hatte: eine Halskette aus Holzgliedern, die einen ebenfalls aus Holz gearbeiteten Anhänger hatte. Es schien eine Gans zu sein, die gelb lackiert worden war, wohl in dem Bemühen, es wie Gold aussehen zu lassen. Der Lack blätterte schon ab.

»Die muss für sein Kostüm sein«, bemerkte ich.

»Für ein Kostüm vielleicht, Watson. Aber nicht für seins; denn die Kette ist viel zu kurz für seinen Hals. Nein«, fügte er sinnierend hinzu, »die Verbindung zum Theaterstück ist wohl nicht die, die Sie im Sinn haben. Höchstwahrscheinlich ist sie das Original. Ein bemerkenswertes Geschenk, in der Tat.«

Er warf die Kette wieder hinein und nahm den Kasten. »Kommen Sie, dieses schlichte Objekt kann uns noch mehr erzählen.«

»Wohin?«

»Wohin? Nun, natürlich zur Baker Street.«

Wir gingen in mein Hotel, um meine Sachen zu holen. »Warum haben Sie mir nicht gesagt, dass Sie kommen?«, fragte ich, als ich alles in den Koffer warf.

»Ich muss mich entschuldigen, altes Haus. Ich folgte der Eingebung eines Augenblicks.«

»Eingebung eines Augenblicks«, grummelte ich.

»Holla«, sagte Holmes und zog die Tür auf, vor der ein Junge in der Uniform eines Telegrammboten stand, die Hand zum Klopfen erhoben.

»Mr. Holmes, Sir?«

»Der bin ich.«

Der Junge tippte an seine Kappe, überreichte das Telegramm und rannte davon. Holmes riss den Umschlag auf. Ich sah, wie ein Ausdruck von Erstaunen über sein Gesicht huschte. »Äußerst interessant«, sagte er zu sich.

»Holmes?«

»Lesen Sie selbst.«

Ich übernahm die Nachricht, die den Schriftzug der Cambridgeshire Telegraph Company trug. Auf dem Zettel stand ordentlich gedruckt: »Fürchten Sie Moriarty nicht. Bald werden Sie ihn brauchen. Fassen Sie sich.«

Mir klappte fast die Kinnlade herunter.

»Ruhig, Watson. Jaja, ich weiß. Hat Moriarty mit dieser Affäre zu tun? Wenn ja, dann habe ich keinerlei Anzeichen von seinem furchtbaren Genius gesehen. Wenn nicht, wieso sollten wir ihn brauchen? Und wer beobachtet uns so genau, dass er wusste, ich würde hier sein, um ein Telegramm empfangen zu können?«

»Nicht dieser Mörder selbst?«

»Ich glaube, er würde von sich nicht so geheimnisvoll in der dritten Person sprechen. Und scheu war er noch nie, warum sollte er mich in derart umständlicher Weise kontaktieren?« Er überlegte. »Nein, ich glaube, es ist jemand anderer, der mit dieser Angelegenheit zu tun hat, fürs Erste aber im Verborgenen bleiben will.«

Und so verließen wir das Hotel und traten die Rückreise an. Im Zug saß Sherlock, zog an seiner Pfeife – er hatte die große Meerschaumpfeife mitgebracht – und dachte nach. Doch auf dem gesamten Weg war ich – ja, ich gebe es zu – äußerst besorgt. Moriarty war weder in unserem Leben noch in dem eines anderen Menschen eine positive Kraft. Wir hatten in einem Fall direkt mit ihm zu tun gehabt und indirekt in unzähligen Fällen. Der Mann war der Napoleon des Verbrechens und bewirkte im Schatten viel Böses, während er der Welt das unschuldige Gesicht eines Mathematikprofessors im Ruhestand präsentierte. Ich schäme mich nicht zuzugeben, dass unser Leben auf Messers Schneide stand, als wir einmal gegen ihn kämpften. Holmes hatte geschworen, Moriarty eines Tages auf die Anklagebank zu bringen, und ich wusste, früher oder später würde es heißen: er oder wir.

Das Telegramm hielt uns dazu an, Professor James Moriarty nicht zu fürchten, doch wie sollte das gehen, wenn doch seine bloße Anwesenheit Gift war für jeden, der auch nur einen Hauch von Menschlichkeit besaß?

Kapitel 10

Wir hatten die Nacht über irgendeinem Itaker-Laden in der Nähe von Hatton Garden verbracht. Ich war schon in schlimmeren Quartieren abgestiegen, und die kleine Sizilianerin servierte uns am nächsten Morgen guten, starken Kaffee. Danach brachten wir uns auf Vordermann und gingen zurück zur Music Hall.

Natürlich spähte ich sie vorher aus, während der Professor in einem Café wartete. Es war dunkel und regnerisch, trotzdem wimmelten immer noch Bullen in der Gegend herum, dazu etliche Schaulustige und ein paar Männer von der Presse, die allesamt Löcher in die Backsteinmauern starrten, als läge dahinter der verdammte Heilige Gral. Da drinnen sah es wohl wirklich übel aus.

Wie sich jedoch herausstellte, war es nicht die Music Hall selbst, die der Professor besichtigen wollte, sondern der Tabakladen nebenan. Ich fragte höflich bei dem russischen Juden an, der ihn führte, doch der zuckte nur die Achseln und erwiderte, wenn der Gentleman sich die Räume oben angucken wollte, wieso nicht? Also holte ich den Guv'nor, und dann waren wir oben und starrten aus einem Fensterchen, das nicht größer war als ein Küchentuch, auf das letzte Fenster, das Dutch Calhoon je geöffnet hatte: vier Meter von uns entfernt und etwas tiefer als unseres.

»Ja, damit wird alles klar«, sagte der Professor.
»Werden Sie es mir erklären?«

»Zu gegebener Zeit. Aber wir müssen noch jemanden informieren. Schicken Sie nach Jan Calhoon und sagen Sie ihm, er soll uns dort treffen.« Er zeigte mit seinem Stock auf die Music Hall. »Unten in der Eingangshalle. Mit etwas Glück sind die Leichen schon weggeschafft, sonst wird der Gestank kaum zu ertragen sein. Sagen Sie ihm, er soll sich um Punkt fünf einfinden, damit wir aufzeigen können, was genau zum Tod seines Bruders geführt hat. Sie werden unbewaffnet sein.«

»Unbewaffnet?«

»Unbewaffnet. Wenn ich ihm erst mal die Wahrheit enthüllt habe, wird er mir nicht mehr nach dem Leben trachten. In der Zwischenzeit müssen wir zu einem Eisenwarenhändler. Und danach zum Telegrammschalter der Post.«

Ich schickte einen Straßenjungen ins Savoy, wo die Calhoons sich während ihres Aufenthalts in England verbunkert hatten, ließ die Empfehlungen vom Professor ausrichten und Jan darüber informieren, dass wir erklären könnten, wie sein Bruder umgekommen war. Ebenso, dass wir keine Schießeisen dabeihaben würden, also könnte er um fünf in der Eingangshalle mit nur zwei seiner Männer auftauchen, die auch bewaffnet sein dürften. Seine anderen Männer, die netten Kerle mit den Maxims, müssten allerdings draußen auf der Straße warten.

Der Gassenjunge – Anderley ist sein Name, und ich hab ihn schon ein paarmal benutzt, weil er nicht so dumm ist wie die meisten – kam mit der Antwort zurück, die Verhandlung ginge klar, aber wenn wir aus der Reihe tanzten, wären wir tot.

Ein wahrhaft starker Mann hat es nicht nötig zu drohen.

Und so war die Bühne bereitet. Der Boden der Halle klebte immer noch von getrocknetem Blut und Hirnmasse unserer Jungs, und die Wände hatten mehr Pockennarben als eine Nutte aus Limehouse. Doch wenigstens waren die Leichen weggekarrt worden. Ein paar Tote hier und da schrecken mich nicht, aber sie verwesen so verdammt schnell, also muss man sich das Taschentuch vor die Nase halten, um nicht zu kotzen. Die Bühne war auch kaputt geschossen worden, und die Kulisse für den Bauernhof zeigte die Stelle, wo mehrere unserer Lämmchen abgeschlachtet worden waren.

Es war unheimlich in diesem Gebäude. Überall Schusslöcher und der Geruch nach Blut und Schwarzpulver. Der Duft eines guten Kampfs. Und Geräusche, die von der Straße hereinwehten. Ich hatte mich umgeguckt, nur für den Fall, dass noch eine böse kleine Überraschung auf uns wartete, aber es war kein Vogel zu sehen.

Als meine Armbanduhr Punkt fünf anzeigte, erschien Jan Calhoon dort, wo früher der Eingang gewesen war.

»Herrgott noch mal! Ihr Leute lebt doch wie Schweine.« Er redete schleppend wie ein Bauer, machte aber einen auf dicke Hose und versuchte, den Anschein zu erwecken, sein eigener Herr zu sein und nicht nur die Zweitbesetzung für seinen Bruder.

»Einen Drink, Calhoon? Moran macht Ihnen einen.«

»Wie Schweine.« Er spuckte auf den Boden, und sein Sabber vermischte sich mit dem Blut, das noch rot und klebrig war. »Keinen Drink.«

»Wenn Sie mir dann folgen wollen.«

»Nicht so schnell!«, brüllte Calhoon. Und der australische Buschkämpfer und ein weiterer Kerl, kleiner, aber rund wie ein Fass – aus Fidschi, wollte ich wetten –, kamen zu uns und tasteten uns mehr als gründlich ab.

»Sauber«, meldete der Buschkämpfer.

»Möchte ich auch geraten haben!«, stieß Calhoon aus.

»Ersparen Sie uns das Theater, Calhoon. Dies mag der rechte Ort dafür sein, aber wir sind nicht Ihr Publikum. Und wenn Sie uns jetzt folgen wollen, werde ich erklären, wie Ihr Bruder erschossen wurde, obwohl ich nichts damit zu tun habe.«

»Dann los, Abmarsch!«

In meiner Zeit habe ich einige harte Männer getroffen. Ich habe in meiner Zeit auch einige laute Männer getroffen. Aber die waren selten identisch. Dieser kleine Kläffer verdiente es, in einen Sack gestopft und ersäuft zu werden. Trotzdem gingen wir vor ihm die Treppe hinauf ins Büro. Calhoons Männer waren mit ihren Knarren in der Hand direkt hinter uns.

Wir kamen zum Büro. Es lag genau über der Halle, die von den Maxims verwüstet worden war, und die Leute, die Calhoon geschickt hatte, um den Job zu beenden, hatten es kaum angerührt, also war es genau so, wie wir es verlassen hatten, nachdem Dutch getötet worden war.

Der Guv'nor ging als Erster hinein und stellte sich mit dem Rücken zum Fenster. »Herein, herein«, sagte er.

»Ich komm rein, wann *ich* will.« Der Yankee trat ein, während die beiden Haudraufs uns bewachten.

»Nun zum Geschäft. In den letzten achtzehn Stunden haben Sie ein Dutzend meiner Männer getötet und, wie ich annehme, noch mehr von der Gang und Familie der Orchards.«

»Er war –«

Der Professor hob die Hand, um den Amerikaner zum Schweigen zu bringen. »Ist mir egal, was er war. Er ist tot. Das ist der Punkt.« Calhoon zuckte die Achseln. »Genau. Und der Grund für seinen Tod ist, dass Ihr Bruder ebenfalls unfreiwillig diese Welt verlassen hat.«

»Unfreiwillig …? Weiter so 'n Gequatsche, und Sie sind auch gleich weg.«

Der Guv'nor seufzte nur. »Jaja, das kenne ich schon. Hier töten, da foltern. Sie müssen wissen, dass ich täglich von Leuten von Ihrem Rang und Ihrer Branche konsultiert werde. Sie erweisen mir Respekt, weil sie wissen, dass ich alles kann, was sie können, nur weitaus findiger, weiträumiger und wirksamer. Also bitte, halten Sie Ihre Zunge im Zaun. Ich versichere Ihnen, Sie dürfen sie schon bald benutzen.« Calhoon sah aus, als würde er gleich in die Luft gehen, aber der Professor fuhr fort: »Nun zum Tod Ihres Bruders. Wir fanden ihn in diesem Büro, und sein Hirn war über den ganzen Raum verteilt. Nach ihm war niemand herein- oder herausgekommen. Durch das Fenster kam auch niemand herein oder heraus, sonst hätte Shorty ihn gesehen. Außerdem lag eine Waffe in der Nähe von Dutchs Hand, die die Mordwaffe zu sein schien.«

»Schien? Sie meinen, sie war's nicht?«

»Doch, sie war es mit Sicherheit. Das war das Schöne daran. Aber wenn Sie mich nicht immer unterbrechen, kommen wir schneller zum Punkt. Ihr Bruder war hergekommen, um mit mir und Orchard ein Arrangement zu besprechen, das für alle von Vorteil sein sollte. Während dieses Treffens kam ein Telegramm für ihn. Er bat sofort darum, ein Telefon benutzen zu dürfen, also können wir davon ausgehen, dass er im Telegramm entweder aufgefordert wurde, jemanden anzurufen, oder dass er eine Information bekam, wegen der er einen Anruf tätigen wollte. Ich halte es für unwichtig, was genau es war.«

»Los jetzt, zur Sache!« Der Yankee hatte keine Geduld. Und ein Soldat ohne Geduld ist ein schlechter Soldat – ein Soldat, der blind in Angelegenheiten hineinstolpert, die eine Nummer zu groß für ihn sind.

»Dann ging er denselben Weg, den wir jetzt zurücklegten: die Treppe hinauf zu diesem Büro. Kurz darauf hörten wir alle den Schuss und stürzten nach oben, wo wir ihn tot auffanden.«

»Wollen Sie etwa sagen, mein Bruder hätte sich umgebracht? Denn dann werde ich –«

»Oh nein, Ihr Bruder wurde getötet. Daran besteht kein Zweifel.«

»Aber wie, verdammt noch mal, wenn's die Knarre war, aber sonst keiner da war?«

»Der Schlüssel ist der Geruch, den ich im Zimmer bemerkte.«

»Geruch?«

»Der Geruch von *sal ammoniac*. Ein wahrlich unangenehmer Geruch.« Er holte sein Taschentuch hervor, polierte damit die silberne Spitze seines Spazierstocks und steckte es wieder weg. »Aber das eigentlich Interessante ist, wie er in diesen Raum kam. Denn ich pflege solche Gerüche nicht in meinem Büro freizusetzen.«

»Spucken Sie's schon aus!«

»Ihr Bruder brachte ihn mit sich.«

»Wie zum Teufel hat er denn das gemacht?«

»Er hat nicht bemerkt, dass er es tat. Heute Nachmittag habe ich das hiesige Postamt aufgesucht. Dort kenne ich einen Postmeister, dem ich einst bei einer Auseinandersetzung mit einem griechisch-orthodoxen Priester half. Er sah in seinen Aufzeichnungen nach und entdeckte, dass kein Telegramm für Mr. Calhoon an diese Adresse oder auch eine andere Adresse aufgegeben worden war.«

»Das Telegramm war eine Attrappe?«

»Nicht nur eine Attrappe, sondern eine Attrappe, die mit *sal ammoniac* getränkt war. Und ich hege keinerlei Zweifel, dass das Telegramm Ihren Bruder anwies, es zu verbrennen.« Ich erinnerte mich, dass im Kamin Reste von verbranntem Papier gewesen waren. »Der widerwärtige Geruch veranlasste Ihren Bruder, das Fenster zu öffnen. War es nicht merkwürdig, dass er an einem kalten Winterabend das Fenster öffnete? Nun, der Gestank ließ ihm keine Wahl.«

»Und dann!«, verlangte Calhoon zu wissen.

»Dann? Nun, dann erschoss ihn der Killer.« Und Moriarty zeigte mit dem Stock zum Fenster des Tabakhändlers, wo wir ein paar Stunden zuvor gestanden hatten. »Kein leichter Schuss aus diesem Winkel, aber ein fähiger Schütze wie zum Beispiel Moran brächte das ohne große Probleme fertig.« Da hatte er recht. Auf vier Meter hätte ich eine Maus ausschalten können. Und Dumdum-Geschosse waren für so was genau richtig.

»Aber die Waffe lag doch neben ihm.«

»Sie da.« Der Guv'nor zeigte auf den Buschkämpfer. »Legen Sie sich dorthin. Auf den Rücken. Genau so lag die Leiche.« Der Aussie verzog das Gesicht.

»Mach's einfach«, befahl Calhoon.

Der Mann gehorchte, steckte aber zuvor sorgfältig seine Waffe in sein Schulterholster. Allerdings schloss er es nicht, damit wir alle mitbekamen, dass er jederzeit die Waffe ziehen konnte. Der Professor ging um den Schreibtisch herum, sodass er den Blick auf den Tabakladen richten konnte. Calhoons anderer Schläger, der Fidschianer, stellte sich neben ihn, als er mit dem Stock winkte.

Auf dieses Signal erschien Anderley am Fenster gegenüber und schob das Ende einer langen, bleistiftdünnen Eisenstange zu uns, die wir beim Eisenwarenhändler gekauft hatten. Sie reichte etwa bis zur Mitte der Lücke zwischen den beiden Gebäuden.

»Was soll —«

»Warten Sie einfach ab.« Anderley schraubte eine zweite Hälfte an die erste, sodass die Stange bis in unser Zimmer reichte. Die Spitze bog sich etwa einen halben Meter von der Hand des Australiers entfernt zum Boden, direkt neben meinem Fuß. »Sie erinnern sich bestimmt an den schwarzen Vogel, den Shorty an dem Abend fliegen sah.« Wieder winkte er mit dem Stock, und Anderley führte seine zweite Aufgabe aus. Er holte den großen Webley-Revolver hervor, schob das Ende der Stange durch den Abzugbügel und ließ ihn los.

Der Revolver sauste ziemlich schnell die Stange hinunter und schlug dumpf knapp außerhalb der Reichweite des Australiers auf dem Boden auf. Also ich sehe, wenn ein Tier blitzartig merkt, dass es in eine Falle getappt ist. Beim Aussie war es so weit. Der Guv'nor zog seine Klinge aus dem Stock und stach dem Fidschianer in den Bauch. Gleichzeitig schnappte ich den Webley und verpasste dem Aussie zwei Kugeln. Egal wie stark einer ist, zwei Dumdum-Geschosse in die Brust aus einem halben Meter Entfernung knipsen ihn aus. Das Insulaner-Fässchen, das mit dem Professor kämpfte, bekam auch noch zwei. Und kippte um.

Dann waren wir nur noch drei: ich, der Professor und Jan Calhoon.

»Ich zahle Ihnen fünfzig —«, flüsterte er.

Und dann waren es nur noch ich und der Professor.

Kapitel II

Als wir vier Stunden später endlich wieder in unserer behaglichen Unterkunft gelandet waren, wuselte die Ehrfurcht gebietende Mrs. Hudson um uns herum und sorgte für Toast mit Eiern und heißen Tee, um uns aufzuwärmen. Nach unserer Mahlzeit, in deren Anschluss liebenswürdigerweise Brandy gereicht wurde, um uns noch mehr gegen das widrige Wetter zu wappnen, schlug ich einen Roman auf. Ich wollte meine Gedanken von dem Thema ablenken, das mich die letzten Tage ununterbrochen beschäftigt hatte. Holmes hingegen konnte sich niemals entspannen. Er schmauchte zwei Stunden lang seine Pfeife und starrte ins Leere. Gerade als ich ein amüsantes Kapitel erreicht hatte, in dem der Held sich aus Versehen mit einer arabischen Prinzessin verlobt, sprang Holmes wie von der Tarantel gestochen aus seinem Sessel.

»Ja natürlich!«, rief er laut. »Oh, Watson, wie simpel das doch alles ist! Aber wie sollen wir es beweisen? Ah, das ist auch ganz einfach. Wir brauchen den Deckel des Kastens.« Er rannte in sein Schlafzimmer, wo er den alten Kasten gelassen hatte, und fegte, ohne lange nachzudenken, ein Durcheinander aus Büchern, Glasphiolen, Becherhaltern und Ähnlichem vom Tisch für seine chemischen Experimente und stellte die Kiste darauf. Er griff sich ein Vergrößerungsglas, beugte langsam den Kopf über den Deckel und untersuchte ihn aus einer Distanz von höchstens einem Zentimeter.

»Ja, ja. Das könnte sogar ein Schuljunge.« Darauf zog er alle Schubladen vom Tisch auf und holte ein paar Flaschen heraus, bis er sich für eine mit einer silbrigen Flüssigkeit entschied. Diese Flüssigkeit goss er großzügig über den Deckel. »Und nun«, er warf einen Blick auf seine Taschenuhr, »warten wir eine Stunde, bis das Reagens seine Wirkung entfaltet hat.«

Diese Stunde kam mir vor wie zehn, denn Holmes tigerte in der Wohnung umher, zog in einer Minute ein Buch über britische Geschichte aus dem Regal, nur um es quer durch den Raum zu schleudern, nahm in der nächsten seine Geige zur Hand, um vier Takte von wer weiß was zu kratzen und sie dann aufs Sofa zu werfen. »Vorsicht, altes Haus. Stradivarius«, ermahnte ich ihn, aber das bekam er gar nicht mit. Mit seiner nervösen Energie hätte ein Zug bis nach Brighton fahren können. Ich gab's auf und sah ihm lediglich zu, wie er die Zeitung durchblätterte, ohne auch nur ein Wort zu lesen, oder am Fenster stand und auf die Fußgänger starrte, missmutig, weil sie nicht der Stundenzeiger der Uhr waren, der der Ziffer Fünf zustrebte.

Endlich vollbrachte der Zeitmesser sein Werk, und Holmes stieß ein wildes »Hurra!« aus. Mit einem kleinen Stück Kohle aus dem Kamin und einem Bogen Kanzleipapier stürzte er zum Holzkasten. »Wir haben doch beide als Schuljungen die Messingplaketten in unserer Kirche abschraffiert, Watson; nun, das zahlt sich endlich aus.« Und er strich das Papier über dem Deckel glatt und rieb mit der Kohle darüber, wobei er sich auf bestimmte Punkte konzentrierte, die ich nicht erkennen konnte. Nach nicht mal einer Minute richtete er sich abrupt auf, warf das Kohlestückchen über die Schulter, trug das Papier zur Gaslampe und studierte es erneut durch das Vergrößerungsglas.

»Es funktioniert, Watson.«

»Was haben Sie entdeckt?«, fragte ich und brachte schließlich den Mut auf, mich ihm zu nähern.

»Hier, sehen Sie? Die kleinen Kreise auf dem Deckel. Darin ist etwas geschrieben. Namen, um genau zu sein. Die Substanz, die ich darauf verteilt habe, ließ das Holz aufquellen und machte die jahrhundertealte Austrocknung rückgängig, die zu den vielen Rissen geführt hat. Dadurch wurden auch die Buchstaben wieder lesbar, nachdem ich sie abschraffiert hatte. Eindeutig: Diese Namen machen die Sache glasklar.«

Ich starrte durch das Vergrößerungsglas und konnte, genau wie er gesagt hatte, in einem halben Dutzend der Kreise kleine Buchstabensequenzen erkennen – die anderen Kreise waren durch den Zahn der Zeit zu sehr zerstört, um etwas entziffern zu können. In den meisten Kreisen waren nur ein, zwei Buchstaben lesbar, aber ein paar zeigten volle Namen: Thomas, Phoebe, Sabine, Jacob.

»Wer sind diese Personen? Sind sie wichtig?«, fragte ich, den Blick immer noch aufs Papier gerichtet.

Holmes packte mich an der Schulter. »Das wissen Sie nicht? Das kann nicht … Nein, nein, ich sehe, Sie täuschen es nicht vor. Nun, mein alter Freund, diese Namen bedeuten nichts anderes als …«

Doch er wurde von einem Klopfen unterbrochen, das den Eintritt einer ziemlich verärgerten Mrs. Hudson ankündigte.

»Mr. Holmes, ich habe versucht, dem Gentleman zu erklären, dass er unten warten muss, ich würde fragen, ob Sie Besucher empfangen. Aber er wollte nicht hören«, sagte sie tadelnd.

Wir warfen beide einen Blick hinter sie. Dort stand ein Mann, den ich niemals in der Baker Street 221b erwartet hätte.

»Bart!«, rief ich aus.

»Tja nun, Mrs. Hudson«, erklärte Holmes. »Dieses eine Mal wollen wir es durchgehen lassen. Wir haben geschäftlich mit diesem

Herrn zu tun, und seiner Miene nach zu urteilen kann das keine weitere Minute warten. Kommen Sie herein, Mr. Bart, kommen Sie herein. Dieser Sessel ist für Kunden reserviert. Und ich habe das Gefühl, dass Sie sich in diese Kategorie einordnen, nicht wahr?«

Wenn uns Kunden aufsuchen, ist die Spanne ihrer Mienen ziemlich begrenzt. Viele sind wütend, andere in Bedrängnis, und manche sind einfach nur verwirrt über die sonderbare Lage, in der sie sich plötzlich befinden. Aber als Bart eintrat, zeigte er eine einzigartige Mischung aus Verzweiflung, Schuld und Rechtfertigung.

»Ich habe einen Fehler gemacht«, sagte er schließlich. Und jetzt konnte ich sehen, dass er Todesangst hatte, aber versuchte, die Fassung zu bewahren. »Einen schrecklichen Fehler. Und doch weiß ich tief in meinem Herzen, dass die Sache an sich gerechtfertigt ist.« Er ging zum Sessel, konnte sich aber nicht durchringen, sich zu setzen.

»Das werden Sie uns erklären müssen«, wies Holmes ihn an.

»Jaja, ich weiß, dass ich das tun werde.« Er stockte. »Mr. Holmes, wie viel wissen Sie bereits?«

»Wie viel? Oh, ich würde sagen, etwa acht Zehntel.«

»Holmes?«, fragte ich.

»Watson, ich muss mich schon wieder entschuldigen. Ja, ich habe mein Blatt verdeckt gehalten. Ich werde Sie jeden Moment ins Bild setzen. Aber zuerst muss ich eines von Mr. Bart hier erfahren.«

»Und das wäre?«

»Ich möchte wissen, wieso Sie jetzt zu uns gekommen sind. Ich bezweifle, dass Sie wissen, wie viel ich bereits über Ihre Organisation in Erfahrung gebracht und geschlussfolgert habe, daher verwerfe ich die Idee, dass Sie Ihre eigene Haut retten wollen, indem

Sie mich aufsuchen, bevor ich die letzten Details aufdecke und Sie alle Scotland Yard überantworte. Also sagen Sie uns: warum jetzt?«

»Weil das Leben meiner Tochter in deren Händen liegt. Sie und George sind in furchtbarer Gefahr.« Die Angst, die plötzlich deutlich hörbar aus ihm hervorbrach, traf mich zutiefst. Das Mädchen Devi. Wer immer die Strippenzieher in diesem Fall sein mochten, sie war in ihren Fängen. Und selbst in diesem Augenblick, da Eile geboten war, konnte ich nachempfinden, was das Schicksal mir nie zugedacht hatte: die Liebe eines Vaters zu seinem Kind.

»Nie hätte ich mir träumen lassen, dass so was dabei herauskommt«, beharrte Bart.

»Natürlich nicht. Ich weiß, dass Ihre Absichten in Bezug auf meinen Kunden nur die ehrenwertesten waren.«

Bart barg den Kopf in seinen Händen. »Das ist wahr.«

»Holmes, wären Sie so gut und sagten mir, worum es bei alldem hier geht?«

»Es liegt mir fern, Watson, die Geschichte eines anderen zu erzählen. Nein, dies ist Mr. Barts Privileg. Nur zu.«

Bart blickte aus dem Fenster die Straße hinauf und hinunter.

»Das werde ich. Aber die Zeit drängt, und die Gefahr wächst. Für George und meine Tochter. Wir müssen aufbrechen.«

»Dann führen Sie uns und erzählen alles auf dem Weg.«

Er nickte. Wir schnappten uns unsere Kutschermäntel und eilten hinaus. Draußen fuhr gemächlich eine Droschke vorbei. Bart hob die Hand. »Und jetzt werde ich Ihnen erzählen, was sich wirklich hinter der Stillen Verschwörung verbirgt. Manche würden es nicht für möglich halten, aber George ist der lebende Beweis dafür, dass es tatsächlich wahr ist.« Die Droschke hielt, und er stieg ein. Ich setzte meinen Fuß auf das Trittbrett und fasste den Griff, um mich hochzuziehen.

»Watson!« Holmes packte mich und schleuderte mich zur Seite. Während ich fiel, spürte ich einen Luftzug über mir und sah, dass ein Knüppel genau dort niedersauste, wo mein Kopf sich noch eine Sekunde zuvor befunden hatte. Ich starrte hinauf zum Kutscher, der erneut versuchte, meinen Schädel einzuschlagen. Ich war außerhalb seiner Reichweite, doch als seine Hand durch die Luft schwang, sah ich etwas: Sein Handrücken trug eine Tätowierung wie bei einem Seemann; es waren die Buchstaben EVR, dick und breit über die gesamte Fläche verteilt.

In der Droschke wurde Bart von einer massigen Gestalt zurückgehalten, die die Tür von innen zuknallte. Holmes versuchte, ins Gefährt zu springen, aber wieder wurde der Knüppel geschwungen, gleichzeitig setzten sich die Pferde in Bewegung und rissen das Fahrzeug in hoher Geschwindigkeit von uns fort.

Auf der gegenüberliegenden Straßenseite näherte sich eine weitere Droschke. Holmes stellte sich direkt davor und zwang den Kutscher, zur Seite auszuweichen, um ihn nicht überfahren zu müssen. »Folgen Sie diesem Wagen«, befahl er dem verblüfften Fahrer. »Los, Watson!«

Ich rannte zur Droschke, als sie wendete. Eines muss man dem Kutscher lassen: Er stellte sich sofort auf die Lage ein, und wir rasten im selben halsbrecherischen Tempo los wie der Wagen, den wir verfolgten.

Wir galoppierten die Baker Street entlang, hüpften über Fahrrillen im Schlamm, verspritzten öliges Wasser aufs Pflaster. Männer und Jungen sprangen uns aus dem Weg, während die zwei Fahrer miteinander um einen wahnwitzigen Temporekord wetteiferten.

Wir rasten so schnell um eine Ecke, dass wir fast umkippten und eine der Droschkenlaternen an einem Lieferwagen zerbrach, worauf die Pferde dieses Fahrzeugs wiehernd in die Höhe stiegen, und doch sausten wir weiter.

»Geht's nicht schneller?«, brüllte Holmes, der den Kopf aus dem Fenster gereckt hatte.

»Schneller? Nur wenn Sie hier und jetzt sterben wollen«, schrie der Fahrer zurück.

»Es ist schon eine Sache auf Leben und Tod!«

Daraufhin peitschte der Kutscher seine Pferde noch heftiger und zwang sie zu noch größerer Geschwindigkeit.

»Holmes! Wollen Sie mir bitten sagen, was das alles soll?«, rief ich. Wenn ich schon sterben sollte – und die Gefahr schien sekündlich zu wachsen –, dann wollte ich zumindest den Grund dafür wissen.

»Das alles?«, rief er zurück. »Es geht um nichts Geringeres als die Krone von England!«

Ich riss die Augen auf. In all meinen Abenteuern mit Holmes hatte ich noch nie erlebt, dass er übertrieb. Daher wusste ich, er tat es auch jetzt nicht.

»Erklären Sie das.«

»Denken Sie nach, Watson, denken Sie nach! Das Stück, in dem unser junger Kunde mitspielte, war nicht zufällig gewählt. Es war ein Stück, das unser Mr. Bart vermutlich über hundert Mal gelesen und gesehen hatte, und das mit Zorn! Manche behaupten, die Tudors hätten die Geschichte so erzählt, um König Richard anzuschwärzen, andere behaupten, es sei eine korrekte Wiedergabe seiner Verbrechen. Bart und seine Gefährten zählen zweifellos zum zweiten Lager. Allerdings mit einem Vorbehalt.«

»Und der wäre?«

»Welche Figuren des Stücks sind auf dem Plakat, mit dem für das Stück geworben wird?«

»Der todgeweihte Edward, Prince of Wales, der als Edward V. hätte regieren sollen, und sein Bruder.«

»Ganz genau. Und welche Szene des Stücks bewirkte diese seltsame Reaktion von mindestens einem aus dem Publikum – das wir für kein echtes Publikum halten –, bei der er wütend aufsprang und rief, das alles sei falsch?«

»Bei der Ermordung der Prinzen im Tower«, antwortete ich.

»Exakt. Und warum?«

»Das kann ich nicht sagen.«

»Weil er und seine Gefährten meinen, dass Shakespeare seit dreihundert Jahren das britische Publikum wissentlich oder unwissentlich angelogen hat.«

»Was meinen Sie damit?«

»Ich meine, Watson, dass diese beiden Jungen, nämlich der rechtmäßige Erbe des Throns und sein jüngerer Bruder, *nicht* im Tower von London ermordet wurden.« Er sah meine erstaunte Miene. »Nein. Sie überlebten. Und unser junger Kunde, George Reynolds, ist der direkte Nachkomme vom Älteren der beiden.«

»EVR«, sagte ich leise zu mir. »Edwardus V Rex.« Ich schüttelte den Kopf. »Ist es das, was Sie heute Abend entdeckt haben?«, fragte ich, aber meine Worte gingen fast im Rattern der Droschkenräder unter. Kalter Winterregen prasselte nun heftig auf uns hernieder. »Der Kasten. Was wollten Sie mir darüber sagen, als Mr. Bart eintraf?«

»Ah! Ja, diese Namen. Und die Gestaltung des Deckels.« Holmes stemmte sich gegen die Seite der Kutsche, als wir scharf um eine Kurve bogen.

Ich erinnerte mich an das Muster. »Es waren Bäume.«

»Ein Baum, Watson. Ein Stammbaum. Der zeigte, dass George Reynolds von Prinz Edward abstammt – oder Edward V., wie wir ihn nun nennen müssen.«

»Natürlich. Und der Theaterschmuck?«

»Den haben Sie doch schon mal gesehen. Wir beide haben ihn gesehen. Und zwar auf dem berühmten Bild von Millais, das die beiden Prinzen zeigt. Die Kette hing am Hals des entthronten Edward. Das Plakat zeigte, wie Sie sich erinnern werden, dieses Gemälde. Millais, der vermutlich zu Mr. Barts Lager gehörte, benutzte dieses kitschige Requisit für sein Bild, und es wurde nachher dem jungen Reynolds gegeben.«

Die Droschke raste weiter. Mittlerweile befanden wir uns auf einer großen Durchgangsstraße und schlängelten uns durch den Verkehr. Der Wagen, den wir verfolgten, wurde nicht langsamer, aber wir auch nicht, und allmählich holten wir auf. Aus vierzig Metern wurden dreißig. Aus dreißig zwanzig.

»Aber wieso sind dann Barts Tochter und George in Gefahr?«

»Ich kann mir vorstellen, dass unser Kunde sich weigert, Anspruch auf den Thron zu erheben. Und das dürfen seine Entführer nicht zulassen! Vielleicht haben sie sogar schon einen anderen Nachkommen von Edward V. ausgemacht, der als Nächster in der Thronfolge käme. Wenn ja, wäre es für sie besser, George Reynolds würde sterben – genauso wie jede Person, die ihm nahe genug steht, um die Verschwörer auffliegen zu lassen.«

Unser Kutscher trieb die Pferde an und ließ die Peitsche knallen. Aus zwanzig Metern wurden fünfzehn, und langsam wagte ich zu hoffen, wir könnten sie einholen. Holmes hatte wieder den Kopf aus dem Fenster gereckt und rief noch einmal, man solle schneller fahren. Als wir an einer Reihe Läden vorbeikamen, warf der wahnsinnige Kutscher mit der tätowierten Hand und dem Knüppel einen Blick über die Schulter. Selbst aus der Distanz konnte ich sehen, dass er die Augen zu Schlitzen verengte – bevor er seinen Knüppel zu uns schleuderte.

Ich sah besser als Holmes, wohin er flog. »Runter!«, brüllte ich, packte ihn an der Taille, zerrte ihn vom Fenster zurück auf den Boden unseres schlingernden Gefährts. Genau in diesem Moment brach der Knüppel durch die Öffnung, knallte gegen die gegenüberliegende Wand und ließ das Holz splittern.

»Ha!«, schrie Holmes. »Wir haben ihn verunsichert!«

»Mehr haben Sie nicht dazu zu sagen?«, rief ich.

»Und ich muss Ihnen danken, Watson, weil Sie mir das Leben gerettet haben.«

»Aber nicht doch«, wehrte ich ab und hievte mich wieder auf den Sitz. Der Knüppel steckte in der Kutschenwand, als wäre er ein Riesenpfeil von einem urzeitlichen Bogenschützen.

Doch anstatt unseren Kutscher einzuschüchtern, schien der Vorfall ihn zu noch größerer Geschwindigkeit anzuspornen. Aus fünfzehn Metern wurden zehn. Holmes öffnete die Kutschentür. »Was wollen Sie tun?«, fragte ich.

»Na, was denn, ich schnapp ihn mir«, kam die Antwort.

»Das ist Wahnsinn!«

»Es könnte unsere letzte Chance sein.«

Mittlerweile galoppierten wir durch enge Straßen, die unsere beiden Kutschen näher zusammendrängten. Holmes hing halb aus der Tür und machte sich bereit, auf die andere Droschke zu springen, sobald wir nahe genug dran waren. Zehn Meter. Fünf. Er ging in die Hocke und spannte seine langen Gliedmaßen.

»Holmes!«, schrie ich. »Da!« Die Tür der Kutsche vor uns sprang auf, und Bart kämpfte darum, sich von einer massigen Hand zu befreien, die ihn festhielt. »Er versucht zu fliehen.«

»Sie haben recht! Kutscher! Versuchen Sie, neben den anderen Wagen zu kommen!«

Unser Mann gehorchte, während Bart sein Bestes gab, um den

Arm seines kräftigen Entführers abzuschütteln. »Finden Sie sie!«, brüllte er uns zu.

»Wo?«, brüllte ich zurück.

»Coleridge. Das Grab. Es ist –«

Doch den Rest bekamen wir nie zu hören, denn der tätowierte Fahrer begriff, was geschah, und setzte alles auf eine Karte, um die Übermittlung der Botschaft zu unterbinden. Er hatte neben sich eine Reisetasche stehen, die er gegen das eine unserer beiden Pferde schwang, welches ihm näher war. Er traf es so heftig, dass es über die nasse Straße schlitterte. Ich hörte Holmes aufschreien.

Meine Schulter wurde gegen die Kutschenwand gequetscht, als wir in etwas Hartes wie eine Mauer rasten. Dann flogen wir in die Luft, als hätte ein rachsüchtiger Gott uns von der Erde gepflückt, überschlugen uns wild, krachten mit einem lauten, furchtbaren Aufprall auf den Boden und lagen schließlich still. Ich schrie vor Schock und Schmerz, doch noch als ich das tat, wusste ich, dass ich gut davongekommen war. Eine Sekunde lang ließ ich den Schmerz aufflammen, dann schwächte er ab. Ich streckte meine Glieder und entschied, dass nichts gebrochen war.

»Holmes«, murmelte ich und schaute mich um. Da war mein alter Freund, zusammengekauert, und Blut tropfte ihm aus dem Mund. Ich verdrängte meine Schmerzen und näherte mich ihm. Irgendwas bohrte sich in meine Handflächen: Glasscherben auf dem Sitz, bemerkte ich teilnahmslos. Ich fegte sie weg und beugte mich über Holmes. »Holmes«, sagte ich und schlug leicht auf seine Wange, um eine Reaktion von ihm zu bekommen. Aber nein, es kam keine. Ich versuchte es noch einmal, etwas härter. »Holmes!« Es ist unmännlich, ich weiß, aber der Gedanke, meinen liebsten Freund zu verlieren, fühlte sich an, als würde ein Eiszapfen meine Brust durchbohren.

»Nur weiter so, Watson, dann werden Sie größeren Schaden bei mir anrichten als der Unfall selbst.«

»Herrgott«, murmelte ich. Nachdem ich schon halb geglaubt hatte, alles wäre vorbei, wusste ich seinen Humor gerade nicht zu schätzen. »Ich dachte, Sie wären …«

»Ins Jenseits abgetreten?« Seine Augen blieben geschlossen, aber ein Lächeln umspielte seinen Mund. »Oh, ich glaube, dazu braucht es schon etwas mehr. Wenn das nicht mal Moriarty mit einer wahren Armee von Schlägern gelungen ist, haben vier Pferde und ein Verkehrsunfall kaum Chancen.« Endlich öffnete er die Augen, und mit der Hilfe des Kutschers, der zum Glück unverletzt war, konnten wir taumelnd den Wagen verlassen. Wir nannten dem Fahrer unsere Namen und versicherten ihm, den Schaden zu ersetzen.

»Was nun?«

»Wir sind zwar grün und blau geschlagen, aber nicht entmutigt.« Nun, Letzterem hätte ich widersprechen können, doch ich ließ es so stehen. »Denn wir haben eine echte Spur, der wir folgen können.«

»Haben wir?«

»Bart sagte, um die Opfer zu finden, müssten wir Coleridge finden. Sein Grab. Ich persönlich hatte nie eine große Schwäche für Poesie, doch ich nehme an, wenn sie den romantischen Maler Millais für sich benutzten, ist es kein großer Schritt zu einem romantischen Dichter. Ah, das sollte nützlich sein.« An der Straßenecke befand sich eine Buchhandlung. Als wären die letzten Minuten nie geschehen, stöberte Holmes durch den Laden, zog Broschüren und Prospekte aus einer Reihe von Auslagen und durchwühlte Kisten auf dem Boden. Der Inhaber wich mit verschränkten Armen zurück und schien fassungslos über dieses Verhalten. Schließlich sprang Holmes mit einem lauten »Ha!« von einem Regal dicht unter der Decke – an dem er vorher wie ein Affe hinaufgeklettert war – und schwenkte ein rosa Faltblatt im Quartformat. »Das nehme ich, Sir. Watson, bezahlen Sie den Mann, ja?« Und er stürzte aus dem Laden, während ich dem Inhaber eine Half-Crown in die Hand drückte. Dann folgte ich meinem Freund auf die Straße.

»Ja, genau das Richtige«, bemerkte er und entfaltete die Broschüre. Sie trug den Titel »Ruhestätten der Großen und Berühmten von London«. Es war eine Karte der Hauptstadt mit mehr als hundert Orten, mit Zahlen markiert. Die Legende in einer Ecke erklärte, wer wo beerdigt lag. Nummer fünfundfünfzig zeigte an, dass sich das Grab von Samuel Taylor Coleridge, dem großartigen Dichter von *Die Ballade vom alten Seemann* und *Kublai Khan*, in Highgate befand. »Watson, wir müssen nach ...« Er verstummte.

»Holmes?«

»Kommt Ihnen das nicht komisch vor?«

»Was?« Ich war leicht gereizt über das plötzliche Stocken unserer Fortschritte.

»Nun, was in aller Welt könnte unser Dichterfreund, der tot und begraben unter der Erde liegt ...« Und wieder verstummte er. Dann machte er auf dem Absatz kehrt, warf die Karte weg, stürzte wieder in den Laden, diesmal zu einem anderen Regal mit Sonderangeboten und fegte eine ganze Reihe auf den Boden. Der Händler raufte sich protestierend die Haare, was ich ihm nicht verdenken konnte, doch Holmes brachte ihn mit einem Schrei zum Schweigen. »Ein Ortsverzeichnis, mein Freund, das ist es, was wir brauchen!« Er schwenkte eins, überflog den Inhalt und schlug es ziemlich weit vorn auf, während ich den Inhaber erneut bezahlte. »Oh, die Dinge sind doch so einfach, wenn man nicht versucht, sie zu verkomplizieren! Sehen Sie!« Und er drückte mir das Verzeichnis in die Hände.

Coleridge. Einwohner zweihundert. Ortschaft in Devon. Erwähnt im *Domesday Book* als »Colridge, Hügel, wo Kohle gemacht wird«. Die Kirche St. Matthew stammt aus dem fünfzehnten Jahrhundert und hat einen schönen quadratischen Turm. Sie ist bekannt für ein seltenes Buntglasfenster, in dem Edward V. abgebildet ist.

»Wir hatten Dichter und Maler im Kopf, Watson. Wir haben den Wald vor lauter Bäumen nicht gesehen. Bart hat uns gesagt, wir müssten ›sie finden‹. Nun, dazu brauchen wir nur einen Zug von Paddington Station zu nehmen. Und ich will wetten, dass der viereckige Turm auf dem Deckel unseres schönen Kastens der gleiche ist wie der der Kirche St. Matthew.«

KAPITEL 12

»Ursprünglich hatte ich angenommen, Orchard stünde hinter diesem Manöver. Und doch, wenn ich jetzt mit kühlerem Kopf darüber nachdenke, bin ich mir nicht mehr so sicher.«

Wir ließen die Leichen an Ort und Stelle zurück und schlenderten aus dem Hintereingang der Music Hall zu einer neuen Unterkunft, die der Guv'nor in der Nähe bezogen hatte. Am besten blieb man immer in Bewegung. Ja, die Jungs, die Jan Calhoon am Vordereingang postiert hatte, würden bald hineingehen und ihren Boss finden, in Stücke gerissen von zwei Dumdum-Geschossen und einer Stahlklinge. Die meisten von ihnen würden sich einfach trollen, aber es bestand immer die Gefahr, dass ein paar auf Rache aus wären. Also mussten wir uns erst mal bedeckt halten, bis wir neue Männer rekrutiert hatten. Ein kurzer Spaziergang führte uns zu unserem neuen Schlupfloch.

»Natürlich war er der naheliegende Kandidat. Er wusste, wann Calhoon wo sein würde, und hatte größeres Interesse als alle anderen, ihn tot zu sehen. Aber da sind zwei Elemente, die nicht dazu passen. Und unpassende Elemente mag ich gar nicht.« Draußen schlug langsam eine Glocke an.

Der Professor stand auf und ging vorsichtig zur Anrichte, wo ein Kessel mit Tee kochte. Er schenkte sich eine Tasse ein und fügte zwei Stückchen Zucker hinzu. Die Tassen hatten ein hässliches

Rosenmuster, sodass man aussah wie ein altes Weib, wenn man daraus trank.

»Das erste Element«, sagte er und ließ sich auf einem grünledernen Kapitänsstuhl nieder, »ist, dass Orchard kein intelligenter Mann war. Eine gewisse Tüchtigkeit kann ihm nicht abgesprochen werden, aber ihm fehlte die Fähigkeit intellektueller Abstraktion, einen so täuschend einfachen Plan zu ersinnen, der Dutch Calhoons Leben beendete.«

»Und das zweite?« Das langsame Ding-Ding der Glocke ging mir allmählich auf die Nerven.

»Das zweite Element ist, dass er furchtbare Angst vor meiner Reaktion gehabt hätte, da Calhoon wie er selbst zumindest nominell unter meinem Schutz stand. Wie es sich ergab, wurde ich für den Vorfall in meinen Räumlichkeiten verantwortlich gemacht. Und das war genau die Art Manöver, auf die ich stolz gewesen wäre. Ich wurde, wie Calhoon es bezeichnet hätte, ›drangekriegt‹. Und ich glaube nicht, dass das Zufall war.«

»Nicht?«

»Nein. Langsam kommt mir der Verdacht, dass das eigentliche Ziel des ganzen Manövers ich selbst war.«

Na, wenn das keine Überraschung war! »Verstehe.«

»Die Luft hier unten setzt mir zu. Kein Wunder, dass hier Hunderte von Gefangenen umkamen. Gehen wir nach oben. Sogar der Smog ist besser.«

Wir kletterten über eine Metallleiter aus dem Raum. Sie schwankte ein bisschen, aber der Guv'nor ist rüstig. Und dann waren wir oben im Freien, auf dem Deck der HMS *Elysium*, einstige Fregatte der Apollo-Klasse mit sechsunddreißig Geschützen, siegreiches Schiff bei Trafalgar; der Rumpf diente früher als schwimmendes Gefängnis für fünfhundert Männer, die an die Botany Bay in Australien verbannt worden waren, weil sie Brot gestohlen, ihre Frau ermordet oder versucht hatten, die Scheune ihres Herrn abzufackeln. Die meisten beteten darum, noch auf der Überfahrt zu sterben.

»Stellen wir mal folgende Hypothese auf. Jemand wollte Calhoon töten und mir die Schuld zuschieben, was aller Wahrscheinlichkeit nach zu meinem eigenen Tod geführt hätte. Wir sprechen also von einem Individuum, das gleichzeitig eine schlaue Mordmethode und einen strategischen, übergeordneten Plan ersinnen konnte. Dieses Individuum hat nicht die Mittel, mich direkt anzugreifen, wie Jan Calhoon es getan hat, was nahelegt, dass er nicht unserer Sphäre entstammt; aber er weiß von Orchard und Calhoon, also kennt er sich aus. Er will nicht mal jetzt, da unsere Verteidigungsmöglichkeiten arg dezimiert sind, seine Identität enthüllen, was den Schluss zulässt, dass er verwundbar ist. Vor allem aber wünscht er mir größtmöglichen Schaden.«

Das Schiff knackte.

»Ein Konkurrent?«

»Ich bin konkurrenzlos. Außerdem kommt er, wie ich schon sagte, nicht aus unserer Sphäre, sonst hätte er mir längst ein Dutzend Männer auf den Hals gehetzt, nachdem wir Jan Calhoon zwei Kugeln durch den Kopf gejagt haben.«

Kapitel 13

Wir eilten die Treppe zu unseren Räumlichkeiten hinauf. Holmes kritzelte eine Notiz für Inspektor Lestrade von Scotland Yard, in der er ihn bat, ihm mit möglichst vielen Constables zu folgen, dann ging er in sein Schlafzimmer, um seinen Pirscher-Hut zu holen, den er immer trägt, wenn »die Jagd eröffnet ist«, wie er sagt. Wie befohlen nahm ich meinen Dienstrevolver und eine Schachtel Patronen, da rief Holmes nach mir.

»Watson!«

»Ja?«

»Wir hatten Besuch.« Sein Ton war streng.

»Ich kann Ihnen nicht folgen.«

Ich ging in sein Schlafzimmer. In einer Ecke stand ein schöner, großer Spiegel, den er hauptsächlich dazu benutzte, um die Verkleidungen zu begutachten, die er anzog, wenn er Verdächtige observierte. (Sein normales Erscheinungsbild war ihm im Allgemeinen ziemlich gleichgültig.) »Was halten Sie davon?«

Ich starrte darauf. Auf dem Spiegel stand mit grünem Wachsstift in unbekannter Handschrift:

Moriarty, Sherlock Holmes,
Sie sollen bald Freunde und nicht mehr Feinde sein.
Da draußen droht eine größere Gefahr, als selbst Ihr

äußerst kluger Kopf sich vorstellen kann, Mr. Holmes.
Wappnen Sie sich vor einem allumfassenden Umbruch.

»Wer war das?«, stieß ich hervor.

»Sicherlich derselbe, der uns in Cambridge das Telegramm mit ähnlicher Botschaft geschickt hat. Aber dieses Schreiben, wenn wir es denn so nennen wollen, ist noch dringlicher. Und *auf*dringlicher, möchte ich sagen.« Hatte ihn die letzte Nachricht nur fasziniert, klang er angesichts dieser fast beunruhigt.

»Glauben Sie, das ist eine Drohung?«

»Ich bin davon überzeugt. Aber was für eine Art Drohung, wie weit sie reicht und wie nah sie bevorsteht, all das ist momentan noch unklar.« Er sah prüfend auf seine Armbanduhr. »Und wir haben keine Zeit, uns näher damit zu befassen. Denn wir müssen einen Zug erwischen. Also, gehen wir, und zwar schnell.«

Die Reise von London nach Exeter hätte schön sein können, ist doch der Südwesten der vielleicht malerischste Teil unseres Landes. Zwar entbehren die Hügel und Täler von Yorkshire nicht einer wilden Dramatik, aber die Moore und Wiesen von Dorsetshire, Devonshire und Cornwall sind so entspannend. Allerdings trug dieses Mal die vor uns liegende Aufgabe sehr dazu bei, dass ich nicht zur Ruhe kam, während wir durch die Dunkelheit fuhren.

Holmes war die ganze Zeit tief in Gedanken versunken. Normalerweise hätten seine Grübeleien dem aktuellen Fall gegolten, aber heute galten sie den seltsamen, bedrohlichen Botschaften, welche andeuteten, wir würden schon bald Hand in Handschuh mit Professor James Moriarty arbeiten – den ich lieber früher als später am Galgen baumeln sehen wollte. Spielte der Unbekannte auf unseren Fall mit George Reynolds an, den wir gerade verfolgten? Oder ging es um einen ganz anderen Fall? Handelte es sich womöglich nur um das Hirngespinst eines Wahnsinnigen? Nun, darüber konnten wir allenfalls spekulieren.

»Und was ist, wenn unser anonymer Korrespondent recht hat?«, platzte es plötzlich ohne Vorwarnung aus Holmes heraus.

»Inwiefern?«

»Nun, dass ich und Moriarty uns irgendwie verbünden müssen, um eine große Gefahr abzuwenden.«

»Ich kann einfach nicht glauben, dass es eine Gefahr gibt, die es notwendig macht, einen Pakt mit dem Teufel zu schließen.«

»Nein, gar keine? Heuschrecken- oder Froschplagen? Beulenpest? Erdbeben, Vulkanausbrüche, Sintflut?« Er lachte laut auf. »Ganz sicher gibt es doch irgendein Ereignis im Reich der Menschen, das dazu passen würde.«

»Also, Holmes.« Ich war ein bisschen gekränkt. »Während Sie tun würden, was immer in diesem Fall richtig wäre, kann ich mir kaum vorstellen, dass Professor Moriarty auch nur einen Schritt von seinem Weg abkommen würde, und wenn es darum ginge, ganze Züge voller Unschuldiger zu retten.«

»Dann ist dies das Problem, nicht wahr? Was könnte uns denn zusammenbringen? Nun, irgendjemand da draußen weiß die Antwort. Und vielleicht haben wir keine andere Wahl, als uns zu fügen.«

Darauf wusste ich nichts zu erwidern und starrte hinaus auf die vorbeiziehende Landschaft.

Holmes weckte mich mit einem Schubs, als wir in den St.-Davids-Bahnhof von Exeter einfuhren. Offenbar war ich durch den Anblick der mondbeschienenen Felder eingenickt.

Wir verließen mit unserem spärlichen Gepäck in Händen den

Zug. »Kommen Sie, schauen wir, ob es hier eine Polizeiwache gibt«, schlug Holmes vor.

Ein Kofferträger deutete auf eine kleine Amtsstube, wo die Wache sein sollte. Sie befand sich neben dem Gepäckraum auf der linken Seite und wies tatsächlich das blaue Polizeizeichen über der Tür auf. Aber die Tür selbst war verriegelt, und drinnen brannte kein Licht. Nein, wir waren auf uns allein gestellt, bis Lestrade mit Verstärkung auftauchte.

»Tja, Watson, immerhin bleibt uns noch Ihr Dienstrevolver«, bemerkte Holmes. »Hoffen wir, dass mehr nicht nötig ist. Nein, hoffen wir, dass nicht mal der nötig ist.«

»Ja, das wäre gut.«

Vor dem Bahnhof fanden wir nur einen einzigen, vor sich hin dösenden Kutscher. Er saß auf einem schäbigen Pferdewagen, der früher offenbar auf einem Bauernhof eingesetzt worden war. Als wir ihm mitteilten, wohin wir wollten, holte er eine knittrige Karte von der Umgebung hervor. »Bis dahin ist es weit«, brummte er.

»Mag sein, aber wir müssen dorthin.« Er verlangte einen Wucherpreis, aber zu diesem Zeitpunkt hätten wir jede Summe bezahlt. Schließlich bestand die Gefahr, dass wir mit unserem Leben bezahlen mussten, sollte die Sache schiefgehen.

Wir brachen im dämmrigen Licht der Stadt auf. Tagsüber mochte Exeter eine beeindruckende Stadt sein, aber bei Nacht wirkte sie düster und hatte so enge Straßen wie Whitechapel, durch die Jack the Ripper geschlichen war. Wir kamen an ein paar Tavernen vorbei, aus denen sturzbetrunkene Männer und Frauen in die Gosse geworfen wurden.

Das einzige Licht spendete der von Wolken verhangene Bittermond, es wirkte bläulich im fallenden Schnee. Kaum traf er auf dem Boden auf, breitete er sich aus wie Infanteristen, überzog Gehwege und füllte die Schlaglöcher auf der Straße.

Ich starrte aus dem Wagen. »Es ist, als wären wir die einzigen Menschen auf der Welt«, sagte ich.

Wir ließen die Stadt hinter uns, überquerten einen Bach, kamen auf eine andere Straße. Passierten eine Taverne. Immer dichter wurde die Schneedecke. Wir betrachteten einander.

Meile um Meile um Meile legten wir zurück. Die Pferde, die nicht an eine solche Distanz gewöhnt waren, schnauften in die kalte Luft, sodass die Laternen hinter ihnen auf dem gesamten Weg ihre feuchten Atemwolken beleuchteten. Die Schneedecke legte sich auch auf sie, und ich dachte darüber nach, was wir tun sollten, wenn die Tiere aufgaben und wir mitten im Schneegestöber auf einer einsamen Landstraße strandeten. Schlimmer war es am Hindukusch in Afghanistan gewesen, als uns das Feuerholz ausging und die Männer sich die mit Frostbeulen überzogenen Finger abschnitten. Aber da waren wir eine Armee gewesen; hier hatten wir nur uns und niemanden sonst.

Meile um Meile um Meile. Die vor Kälte schmerzenden Glieder wurden langsam taub.

Schließlich erreichten wir einen Hügel, und ich sah auf meine Uhr. Kurz vor Mitternacht. Der Kutscher hielt an und wies mit seiner Peitsche in eine Richtung. Er sagte etwas, das ich nicht verstand, weil er sich in seinen Mantel und Schal eingemummelt hatte und der Wind um uns heulte wie eine verendende Kreatur.

»Was sagten Sie?«, rief ich ihm zu.

Er zog seinen Schal herunter. »Da ist die Kirche.«

Sie stand in einem Wäldchen. Ich öffnete meine Tasche und betrachtete den Deckel des Kastens, den George erhalten hatte. Es war, als wäre die Szene genau von hier aus abgebildet worden: Die

Perspektive auf den Turm, der sanft abfallende Hügel, das große Grabmal waren identisch.

Und da unten brannte Licht.

»Bringen Sie uns dorthin.«

»Da runter fahr ich nich'. Ich käm' nie wieder hoch. Zu viel Schnee«, brummte er.

»Wir haben dafür bezahlt«, wandte ich ein.

»Nein, Sir. Ich fahr jetzt zurück.«

Ich wollte weiter protestieren, aber Holmes fasste mich am Arm. »Gehen wir von hier aus zu Fuß«, sagte er. »Es ist ohnehin besser, wenn wir uns unbemerkt nähern. In diesem Fall könnte das entscheidend sein.«

Ich gab zu, da hatte er recht. Wir stiegen vom Wagen und nahmen unsere Taschen. Meine mit dem Kasten warf ich mir über die Schulter. Dann sahen wir zu, wie der Wagen davonruckelte, zurück nach Exeter, das uns nun vorkam wie der letzte Vorposten der Zivilisation. Wo wir standen, gab es nur Kälte. Und die Kirche da unten, in der sich das Licht jetzt bewegte.

Und dann erschien ein zweites Licht.

»Gehen wir hinunter«, sagte Holmes leise. »Aber nicht über die Straße. Hier kann man uns sehen, und wir wissen nicht, wer vielleicht noch kommt.«

»Also querfeldein?«

»Querfeldein.«

Wir brauchten zehn, fünfzehn Minuten, um den Hügel hinter uns zu lassen. Während wir uns der Kirche zwischen den Bäumen näherten, konnten wir beobachten, wie sie sich von einem in Holz geschnitzten Bild in ein imposantes Steingebäude verwandelte, bald tausend Jahre alt und, zwischen Gräbern von Dorfbewohnern und unglücklichen Reisenden, immer noch unversehrt.

Unten angekommen bewegten wir uns langsam und vorsichtig. Ohne Licht natürlich, denn wir wollten auf keinen Fall entdeckt werden. Und als wir die Hecke erreichten, die das freie Gelände vom Weg zur Kirche trennte, kauerten wir uns dahinter. Keine Menschenseele war in Sicht, und auch die Lichter waren erloschen. Alles war dunkel und still, so wie die Gräber vor uns.

»Was denken Sie?«, flüsterte ich und spitzte die Ohren.

Holmes zögerte. »Ich sehe ... Moment. Hören Sie das?«

Ich vernahm nur das Wehen des Windes. »Nein, ich ...« Doch dann hörte ich es. Eine fremdartige, auf und ab hüpfende Melodie wurde vom Wind zu uns getragen. Ich konnte die Richtung kaum ausmachen. »Wo kommt das her?«, fragte ich leise.

Wie als Antwort wurden die großen Fenster, eines nach dem anderen, plötzlich hell. Innerhalb der Kirche breitete sich Licht aus, und die Rot- und Gelbtöne des Buntglases fielen auf die weiße Leinwand des Schnees und ließen vergrößerte Bilder der Heiligen und Könige erscheinen.

»Das ist die Kirchenorgel«, erklärte Holmes. Der Mond hatte seinen höchsten Punkt in dieser Nacht erreicht. Jahrhundertelang war in dieser Kirche alljährlich die Christmette gefeiert worden, aber jetzt hatten wir nicht Weihnachten. Diese Messe war geheim und einzigartig. »Purcell.« Und dann: »Oh! Aber natürlich. Es ist ›I Was Glad‹.«

»Das kenne ich nicht.«

»Nein, aber es hat seinen ganz besonderen Platz im Kanon englischer Kirchenmusik. Kommen Sie, Watson, wir wollen ...« Plötzlich ergriff er meinen Arm und zog mich nach unten. An einer Ecke der Kirche breitete sich ein neues, orangefarbenes Licht aus und erhellte den weißen Schnee und die grauen Grabsteine. Es reichte fast bis zu unserem Versteck, verblasste aber knapp davor.

Dann erschien die Lichtquelle. Es war eine Fackel, die von einem Mann im Chorhemd eines Vikars in die Höhe gehalten wurde. In der anderen Hand hielt er ein geöffnetes Buch – die Bibel, vermutlich – und las daraus, während er voranschritt. Und er war nicht allein. Hinter ihm ging ein anderer Mann im Gewand eines hochrangigen Staatsdieners, des Lordkanzlers etwa oder des Black Rod, eines Amtsträgers des britischen Parlaments. Und auch er hielt eine brennende Fackel über seinem Kopf. Zwei weitere Männer im Gewand des Oberhauses folgten.

»Erlauchte Gesellschaft«, murmelte Holmes.

Doch es war der nächste Mann, dessen Anblick uns den Atem stocken ließ. George Reynolds, unser unglückseliger, junger Klient, wurde von zwei kräftigen Männern mit kurzen Knüppeln vorwärtsgezerrt. Ein Dutzend Männer und Frauen, die das Licht der Anführer kaum erreichte, schlossen sich an.

»Halt«, befahl Holmes, als ich aufstehen und mich auf die Männer stürzen wollte, die George festhielten. Ich hatte den Jungen ins Herz geschlossen, und der Anblick, wie er wie ein ganz gewöhnlicher Verbrecher herumgeschubst wurde, brachte mein Blut in Wallung.

»Lassen Sie mich gehen!« George spuckte den Mann neben ihm an und riss sich von ihm los. Aber da stapfte der Schläger ein paar Schritte zurück und zerrte eine andere Gestalt ins Licht – eine junge, panisch wirkende Frau: Devi. Sie schrak vor dem Mann zurück. Der junge George wollte ihn packen, aber unser vom Pech verfolgter Klient war nicht so stark wie der große Kerl, der ihn einfach abschüttelte und zur Kirchentür schubste.

»Ich bin bewaffnet, sie nicht«, zischte ich leise.

»Das wissen wir nicht.« Da hatte er recht.

Der hintere Teil der Prozession – denn so muss ich sie wegen des seltsam würdevollen Gehabes nennen – geriet nun in den

Lichtschein, der aus den großen Fenstern fiel. Sofort stand ich auf und löste den Sicherheitsriegel meines Revolvers. »Es ist Zeit einzuschreiten«, erklärte ich.

»Tapferer Watson. Ja. Ich stimme zu, dass ...« Er verstummte. Denn es wehte ein neues, bedrohlicheres Geräusch zu uns. Es hallte durch die Luft, prallte von den Mauern der Kirche ab und wurde vom Wind zerrissen: Hundegebell. Und es kam näher. Ich wirbelte herum. Holmes tat es mir nach, und dann entdeckten wir sie gleichzeitig: Eine Hundemeute raste von dem Wäldchen auf halber Höhe des Hügels mit gefletschten Zähnen auf uns zu. In einiger Entfernung folgte ein Mann, und es war klar, dass er sie auf uns gehetzt hatte. Es waren Jagdhunde und wir ihre Beute. Ich wusste, es würde die Aufmerksamkeit auf uns lenken, dennoch hob ich meinen Revolver und schoss in die Luft, um die Hunde abzuschrecken. Ein Knall ertönte und wurde vom Wind verweht.

Die Hunde jedoch schienen durch den Knall noch rasender zu werden. Sie waren schon ziemlich nahe.

»Erschießen, Watson«, sagte Holmes entschlossen.

Ich zielte und feuerte. Einer der Hunde ging zu Boden. Die anderen sahen es, kümmerten sich aber nicht darum. Ich zielte erneut, worauf ein zweiter fiel. Wieder zielte ich. Da bewegte sich etwas hinter mir. Ich wirbelte herum und sah eine prächtige Kutsche auf dem Weg, eine Kutsche, die ich schon mal gesehen hatte, und ein Gesicht tauchte zwischen den Vorhängen am Fenster auf. Neben mir regte sich etwas. Ein Knüppel, leuchtend rot vom Licht eines Buntglasfensters, erschien über mir und sauste herab.

Als ich zu mir kam, zitterte mein ganzer Körper vor Schmerzen. Die Musik hatte sich verändert. Ich konnte meine Hände nicht bewegen, und als ich den Blick darauf senkte, sah ich, dass sie mit einem Seil gefesselt waren. Ich saß auf einer Holzbank. Aber alles war schief, weil ich auf die Seite gerutscht war. Und mein Schädel fühlte sich an, als wäre er in zwei Teile gespalten worden.

»Vorsichtig, altes Haus.«

»Holmes«, murmelte ich. Mehr brachte ich nicht hervor.

»Sie haben uns in der Dunkelheit von hinten erwischt, als wir mit den Hunden beschäftigt waren. Feige, aber wirksam.«

Langsam konnte ich meinen Blick fokussieren. Wir befanden uns in der Kirche. Die Musik kam von der Orgel, die ein kleiner Mann in formellem Gewand spielte, während die Gruppe aus Männern und Frauen, die wir draußen gesehen hatten, sich im Chorraum versammelt hatte. Und in der Mitte saß auf einem Bischofsthron unser Klient, mit einer Miene, die grimmiger war als alle Feuer der Hölle.

»Was geht da vor?«, krächzte ich.

»Ich sagte doch eben, dass die Musik Purcells ›I Was Glad‹ sei und einen besonderen Platz in der englischen Kirchenmusik habe.« Er wartete nicht erst auf meine Antwort. »Es ist die Eröffnungsmusik für die Krönungsmesse eines Königs. Watson, unser Kunde hat einen berechtigten Anspruch auf den Thron von England, und diese Leute wollen ihn unbedingt durchsetzen.«

Da mir langsam wieder das Blut in den Kopf stieg, schaute ich mich um. Und dann sah ich, wer mir beinah den Schädel zertrümmert hätte: derselbe Mann, der es schon am Vortag versucht hatte, während Barts Entführung. Er bewachte uns und hatte seinen Knüppel auf einem Tischchen neben sich abgelegt. Hinter ihm stand der bleichgesichtige Mann, mit dem ich im Theater in Cambridge gesprochen hatte.

Nun wechselte die Musik zu einem Stück, das jeder Brite kennt: »Zadok the Priest«, Händels erhebendem Krönungschoral. Also stimmte es, diese Menschen inszenierten eine Scheinkrönung.

»Was, glauben Sie, was machen sie danach?«

»Fragen wir doch jemanden, der es weiß.« Holmes drehte sich zu den Männern um, die uns gefangen hielten. »Und was dann?« Der bleiche Gentleman reagierte zunächst nicht auf Holmes' Frage. Aber als er sie wiederholte, wirbelte er wütend herum.

»Was wir tun werden«, sagte er, »ist, zu verkünden, dass König George V. den Thron bestiegen hat. Denn er ist der rechtmäßige Erbe. Das kann niemand bestreiten.«

»Und Sie erhoffen sich eine Beförderung davon?«, fragte ich.

Er schnaubte verächtlich. »Eine Beförderung wäre wohl ein ziemlich geringer Lohn für meine Bemühungen. Da erwarte ich schon ein bisschen mehr.«

»Was haben Sie mit Bart gemacht?«

»Er bekam die Strafe, die die Geschichte für Verräter vorgesehen hat.« Damit setzte er sich seinen Hut auf. »Ich bedaure nur, dass ich Sie jetzt verlassen muss. Ihre Anwesenheit hat für eine Verzögerung bei der Zeremonie gesorgt, Dr. Watson, und es fährt heute Nacht nur noch ein einziger Zug nach London.«

»Sie kennen meinen Namen, Sir; dürfte ich daher auch Ihren erfahren?«

»Nein, dürfen Sie nicht.« Er hob einen kleinen Beutel aus braunem Leder hoch, der neben ihm stand, und drückte ihn unserem Bewacher in die Arme. »Der Äther. Dann bringen Sie ihn direkt zum Hotel. Die hier werden seine Meinung ändern, merken Sie sich meine Worte. Sie werden seine Meinung in einer Weise ändern, die er niemals für möglich gehalten hätte.« Er nickte uns zu und ging.

»Wer ist dieser Mann?«, stieß ich hervor.

Holmes hatte nachdenklich die Stirn gerunzelt. »Ach, Watson,

wenn Sie doch mehr Interesse an Zeitungen zeigten und nicht nur an den Ergebnissen von Rugbyspielen, dann würden Sie sicher –«
Und wieder wurde er unterbrochen.
»Ich will das nicht!«, brüllte George aus voller Kehle. Der Pfarrer ging mit einer Silberkrone in den Händen um ihn herum.
»George!«, schluchzte Devi.
Ich konnte seinen inneren Kampf sehen. Die junge Frau wurde von zwei Männern festgehalten, die eine zusammengewürfelte Garderobe trugen, die wohl festlich wirken sollte. Sie hatte Angst um ihr Leben.
Der falsche Priester hob die Arme. »Ich kröne Euch vor dem Grabmal Eures berühmten Vorfahren, König Edward V.«, deklamierte er.
Ich starrte auf das Grabmonument, das mit Seidenbändern geschmückt war. Es zeigte einen Mann mit einem Schild. Darüber stand der Name John Evans.
»In der Schule wurden einem nur Lügen erzählt«, bemerkte unser Bewacher, der nach dem Abgang seines Herrn wohl seine Sprache wiedergefunden hatte. Offenbar genoss er seinen Wissensvorsprung. »Der kleine Prinz soll von Richard erstickt worden sein? Unsinn, das war eine Lüge. Er lebte sein Leben als John Evans auf dem Anwesen seines Halbbruders weiter. Da oben, das ist er.« Er zeigte zu einem Buntglasfenster, auf dem ein gekrönter König zu sehen war. Darunter stand der Name Edward V. Die Figur auf dem Grabmal starrte auf das Bild.
»Ich glaube Ihnen«, sagte Holmes.
Der Mann trat einen Schritt zurück und konzentrierte sich wieder auf die Zeremonie. George duldete grimmig, dass der Pfarrer ihm mit heiligem Salböl ein Kreuz auf die Stirn malte. Die Zuschauer, die ich plötzlich als das Publikum des Stücks erkannte, das

ich gesehen hatte, neigten ihre Köpfe. Eine alte Frau weinte vor Rührung.

Dann trat der Pfarrer noch einmal vor George und nahm die silberne Krone von einem Kissen. Er hielt sie in die Höhe und drehte sich einmal um sich selbst, damit alle sie sehen konnten. Die Musik brandete auf, und ein Chor aus vier Sängern ließ Händels Worte erklingen:

»God save the King!

God save the King!«

Die Krone wurde auf Georges Kopf gesenkt.

Und plötzlich war es, als ob die Winde der Verwüstung hereinbrausten. Die Tür explodierte nach innen, zerbarst in mehrere Einzelteile und knallte auf den Boden. Die alte Frau kreischte. Der Pfarrer erstarrte mit der nur wenige Zentimeter über dem Kopf unseres Klienten schwebenden Krone. Instinktiv sprang George auf und schlug sie ihm aus der Hand. Aber sein Akt der Rebellion ging unter im Ansturm von einem halben Dutzend Uniformierter, die mit erhobenen Schlagstöcken hereinplatzten.

Unser Bewacher spuckte zornig aus und hob seinen Knüppel. Ein Polizist stürzte sich auf ihn, rammte seine Schulter in seinen Bauch und warf ihn um. Der Knüppel schmetterte auf den Holzkasten mit dem Familienstammbaum, der so viel bedeutete, dass eine Nation sich gegen sich selbst richtete. Das Holz splitterte auseinander.

Chaos brach aus, als ein paar Männer zu den Waffen griffen, während die Polizei auf sie zurannte. In der Kirchentür sah ich unseren Kollegen Lestrade, der beobachtete, wie seine Männer auf die Umstürzler losgingen. Einer von ihnen riss eine brennende Fackel aus der Halterung an der Wand und schmiss sie auf die Polizisten. Doch sie flog nicht weit, sondern landete auf einem

Stapel Gebetbücher und Pamphlete, die sofort in Flammen aufgingen.

Während ich das Getümmel beobachtete und darauf brannte, den Gesetzeshütern zu Hilfe zu eilen, wurde immer deutlicher, dass die Polizisten Unterstützer brauchten, da sie von ihren Gegnern zurückgedrängt wurden, die zahlenmäßig überlegen waren.

Unser Bewacher rang auf dem Boden mit dem Officer, der versuchte, ihn festzunehmen. Sie rollten genau vor Holmes' Füßen herum, und mein Freund war in der Lage, sich so zu verdrehen, dass er etwas aus der Tasche unseres Angreifers fischen konnte. Ich sah sofort, dass es eine Klinge war. Nur Sekunden später hatte Holmes seine Fesseln durchgeschnitten und machte mit meinen dasselbe. Allerdings gelang es unserem Bewacher, sich zu befreien und die Flucht zu ergreifen.

»Da!«, brüllte ich. Der Vikar rannte zur Tür der Sakristei hinter dem Altarraum. Doch hatte er nicht mit dem jungen George gerechnet, der ihn stellte und mit einem Faustschlag auf den Kiefer zu Boden schickte. Die Männer, die Devi festhielten, gaben Fersengeld, worauf das Mädchen zu unserem Kunden lief.

Doch dann wendete sich wieder das Glück. Wie aus dem Nichts erschien unser Bewacher hinter George und presste ihm etwas auf den Mund. Ein anderer schnappte sich das Mädchen und stieß es zu Boden. George wehrte sich kurz und erschlaffte dann wie eine Marionette in den Armen des Schlägers.

»Äther!«, brüllte ich Holmes zu, der das Ganze entsetzt beobachtete.

»Sie haben recht«, knurrte er.

Der Schläger schleifte George aus einer Seitentür. Dabei half ihm ein Kumpan, der George ein blitzendes Messer an die Kehle drückte, damit niemand sie aufhielt.

Wir liefen zu ihnen, quetschten uns durch die Menge. Aber zu spät! Der Schläger schwang sich auf ein geschecktes Pferd, und der arme bewusstlose George wurde gefesselt hinter ihm über den Rücken des Tiers geworfen.

»George!«, schrie ich, doch noch bevor ich es ganz herausgebracht hatte, gab der Ganove dem Pferd die Sporen, und weg waren sie, erst durch ein offenes Tor und dann einen schmalen Pfad entlang.

»Zurück, wir brauchen Hilfe«, sagte Holmes. Wir rannten wieder in die Kirche und sahen, dass das Feuer nicht größer geworden, sondern vom Steinboden eingedämmt worden war. Die Zuschauer der bizarren Zeremonie waren jetzt kleinlaut und lammfromm. Devi wurde gerade von einem der Constables auf die Beine geholfen. Glücklicherweise war sie nicht ernstlich verletzt. Wir hatten zumindest eine Seele gerettet.

»Lestrade!«, rief Holmes laut. »Diese Teufel haben einen unschuldigen Mann entführt. Sie sind zu Pferd verschwunden!«

Sofort befahl Lestrade zwei seiner Männer hinaus. Sie waren alle in einem Wagen gekommen, der von einem riesigen Shire Horse gezogen worden war. Das Gefährt konnte unmöglich über den schmalen Weg fahren, auf dem das andere Pferd mit seinem Reiter und George verschwunden war. Der Inspektor ordnete an, dass es vom Wagen abgespannt wurde, und dann nahm einer seiner Männer freiwillig ohne Sattel die Verfolgung auf. Sie preschten so schnell los, wie es das schwerfällige Kaltblut zustande brachte.

»Das Leben ihres Gefangenen ist von höchster Bedeutung für uns, allerdings müssen wir noch jemand anderen jagen. Wir werden ihn so bald als möglich verfolgen«, sagte Holmes.

Uns blieb nichts anderes übrig, als in die Kirche zurückzukehren, zu warten und Lestrade zu erklären, was geschehen war. Nach einer Weile kam sein Constable zurück und meldete, dass er leider die Spur verloren habe. Holmes war ziemlich niedergeschlagen. »Nun, Inspektor«, sagte er, »wenn wir unseren anderen Mann erwischen, werden Sie vielleicht doch noch die außergewöhnlichste Verhaftung Ihrer Laufbahn vornehmen.« Wir gingen hinaus zum Polizeiwagen, vor den gerade wieder das Pferd gespannt wurde.

Lestrade, das muss man zu seiner Ehre festhalten, blieb gefasst. »Wir kriegen ihn, Mr. Holmes«, sagte er. Er wies ein paar seiner Männer an, in der Kirche zu bleiben und die Verhafteten zu bewachen, während ein einziger mit uns die Verfolgung unseres Mannes aufnehmen sollte. Wir sprangen in den Wagen, der sich langsam in Bewegung setzte – obwohl das Schneegestöber um uns die Sicht stark beschränkte. Uns blieb nichts anderes übrig, als darauf zu vertrauen, dass das Pferd seinen Weg fand.

In all unseren Abenteuern hatte ich kaum einen Klienten so ins Herz geschlossen wie George Reynolds. Ich wusste nicht genau, warum ich ihn so mochte. Vielleicht lag es daran, dass er tatsächlich ein Künstlerleben wagte, von dem andere nur träumten. Vielleicht hatte es aber auch mit dem Umstand zu tun, dass er genau wie ich seine Liebste in Cambridge gefunden hatte. Wie auch immer, das Ergebnis war jedenfalls, dass ich mich ziemlich nutzlos fühlte, als wir wieder in die Nacht fuhren.

»Keine Sorge, alter Freund«, sagte Holmes, der meine Gedanken lesen konnte, und legte mir seine Hand auf die Schulter. »Wir werden ihn wiedersehen, und wir werden ihn als freien Mann sehen.«

Kapitel 14

Am nächsten Morgen verkündete der Guv'nor, es gebe eine private Turner-Ausstellung in der Royal Academy, auf die er mal einen Blick werfen wolle. Nicht gerade meine Vorstellung von Spaß, aber das war seine Sache. Manche hätten sich wohl auch erst mal bedeckt gehalten, aber der Professor spürte die Gefahr nicht, er berechnete sie.

Also brachen wir auf und nahmen eine Mietkutsche Richtung Piccadilly. Schon um neun Uhr morgens sahen wir auf dem Weg den Abschaum von London: zahnlose Luden mit ihren pockennarbigen Straßenschwalben. Hunde, die sich um ein paar Reste der Fischhändler balgten. Mehr als alles andere setzte mir der Geruch zu: nichts Trockenes, alles feucht und faulig.

Aber die Royal Academy of Arts war gar nicht schlecht. Starke Mauern zur Verteidigung, gut einsehbare Zugänge. An diesem Tag war sie geschmückt wie das Boudoir einer Hure: mit rosa Seidentüchern, die überall herumflatterten. Als wir eintraten, katzbuckelte ein grinsender Lakai so tief vor uns, dass er Gefahr lief, sich das Kinn am Marmorboden anzuschlagen, was mir ziemlich auf die Nerven ging. Respekt ist ja gut und schön, aber es gibt Grenzen.

Wir schauten uns um. Ich kann nicht behaupten, dass ich mit Bildern viel am Hut habe, allerdings sah selbst ich, dass der Kerl mit seinen Pinseln ziemlich gut umgehen konnte. Die Seestücke mit den alten Kriegsschiffen, die drohten in ihr nasses Grab zu sinken, hatten schon was. Wir schlenderten von einem Saal in den nächsten, und als wir am Empfang vorbeikamen, drückte der Angestellte gerade ein Telefon an sein Ohr: eines dieser modernen Dinger, wo Ohr- und Mundstück zusammen sind. »Verzeihung, Sir«, rief er uns zu, »sind Sie zufällig Professor Moriarty?«

Sofort zuckte meine Hand zum Revolver in meinem Holster. Der Guv'nor signalisierte mir diskret, Ruhe zu bewahren.

»Ja, das bin ich.«

»Hier ist ein Anruf für Sie.« Er streckte ihm den Hörer hin, wirkte aber nicht besonders erfreut darüber.

»Danke.« Der Professor hielt den Hörer so, dass ich mithören konnte. »Moriarty.«

Eine dünne Stimme ertönte, als ob ein Kind aus der Ferne sprechen würde. »Professor, ich möchte Sie wissen lassen, dass Sie sich auf eine Expedition begeben werden, auf der Sherlock Holmes Sie unbedingt begleiten muss.«

Da schnellten die Augenbrauen des Professors in die Höhe. »Mit wem spreche ich?«

»Alles zu seiner Zeit, Professor. Einstweilen müssen Sie nur wissen, dass Holmes lediglich durch die Umstände Ihr Feind ist, nicht von Natur aus. Es ist unbedingt erforderlich, dass Sie zusammenarbeiten, um sich selbst und alle anderen zu retten. Lang dauert es nicht mehr. Tage, höchstens Wochen.«

»Ich nehme keinen Rat von Männern an, die sich nicht zu erkennen geben.«

»Sie werden mich schon früh genug kennenlernen. Zwei Seiten einer Münze, Professor. Sie beide sind zwei Seiten einer Münze, die sich in der Luft dreht.«

»Absurd.« Nun wirkte er fuchsteufelswild. Und es geschieht nicht oft, dass er sich so etwas anmerken lässt.

»Tatsächlich? Nun, als Geste des guten Willens biete ich Ihnen Folgendes: Sie sind auf der Suche nach einem Gentleman, der Ihnen kürzlich übel mitgespielt hat. Sie werden ihn in dreißig Minuten vor dem Britischen Museum finden, und zwar in Gesellschaft Ihrer Majestät. Aber beeilen Sie sich: Er wird nicht lang dort sein.«

»Wer ist es?«

»Sagen wir mal, er hat Sie geprüft, und sein Urteil war abfällig.«

Damit endete das Gespräch. Der Guv'nor reichte dem Angestellten den Hörer zurück.

Nun, da war doch mal eine Bombe geplatzt, oder? Alles hatte damit angefangen, dass der Professor im Krieg zweier Gangster vermitteln sollte, nur um den Schwarzen Peter für den Tod von einem der beiden zugeschoben zu kriegen. Jetzt rief ein anderer Durchgeknallter an und behauptete, der Professor müsse sich mit Sherlock Holmes zusammentun, um irgendeine Katastrophe zu verhindern, die er nicht näher erklären wollte. Und dann wartete auch noch der Kerl, der ihn reingelegt hatte, angeblich auf uns.

Der Professor ging raus und rieb sich für volle fünf Minuten die Schläfen. Schließlich setzte er sich in Bewegung, winkte eine Mietdroschke heran und befahl dem Fahrer, uns zum Britischen Museum zu bringen.

»Wer immer dieser Mann ist, er weiß zu jedem Zeitpunkt, wo ich bin. Schauen wir mal, wen er uns zeigen will«, sagte er zu mir, blickte dabei aber aus dem Fenster. Dann murmelte er in sich hinein: »Aber mit Sherlock Holmes zusammenarbeiten? Pah! Dann hat das Chaos wirklich die Herrschaft übernommen.«

Kapitel 15

Drei Stunden hatten wir gebraucht, um von London nach Exeter zu kommen. Sechs Stunden kostete es uns, mit dem ersten Zug zurückzufahren. Dichter Schnee, vereiste Weichen und ein fast erfrorener Heizer spielten gegen uns. Holmes stand kurz davor, in die Luft zu gehen, und auch meine Stimmung sank Richtung Gefrierpunkt. Lestrade war in der Lage, einen Großteil der Reise zu schlafen, wir aber hatten noch eine Rechnung offen.

Als die Räder also endlich am Bahnsteig der Paddington Station still standen, sprang Holmes mit dem Elan eines Tigers aus dem Zug, und Lestrade, seine Männer und ich mussten ihm nachjagen.

»Herrgott, Holmes«, sagte ich, als wir durch den Bahnhof eilten, »wollen Sie mir nun endlich den Namen des Mannes nennen, den wir verfolgen?« Das hatte ich ihn schon mehrfach während der Fahrt gefragt, doch er hatte immer nur seinen Finger auf die Lippen gedrückt. »Gehen wir zu seinem Haus? Sind Sie mit ihm bekannt?«

Er lachte kurz auf. »Oh, wir sind uns noch nicht begegnet – obwohl ich mich frage, ob nicht ein anderes Familienmitglied schon das Vergnügen hatte. Ich würde sagen, das wäre ziemlich wahrscheinlich. Aber ich weiß genau, wer er ist, und wenn Sie nur mal die Tageszeitungen lesen würden, Watson – oder auch den *Punch* –, so wüssten Sie es auch.«

»Na, dann sagen Sie es mir doch!«

»Mein lieber Freund, ich werde etwas Besseres tun.« Und er blieb an einem Zeitungsstand stehen und entriss dem Verkäufer die aktuelle Ausgabe der *Times*. Er blätterte durch die Seiten, ließ sie auf den feuchten Boden fallen und hielt schließlich eine triumphierend in die Höhe. »Ha! Nicht nur seine Identität, Watson, sondern freundlicherweise haben seine Angestellten auch bekannt gegeben, wo genau er sich heute aufhalten wird.«

Die Überschrift der Seite lautete »Parlamentsrundschreiben«, und Holmes tippte mit dem Finger auf einen Artikel:

> Mr. Peter Jet, Abgeordneter und Kriegsminister: Um drei Uhr wird der Minister die Ehre haben, Ihre Hoheit Königin Victoria im Britischen Museum zu einer Ausstellung mit Kostbarkeiten willkommen zu heißen, die er persönlich vor einigen Jahren auf einer archäologischen Expedition nach Jerusalem entdeckt hat.

Noch bevor ich die letzten Worte gelesen hatte, schob Holmes mich schon in ein Hansom-Taxi.

Es brachte uns alle zu dem imposanten Gebäude, das einem griechischen Tempel ähnelt. Wir sprangen aus dem Wagen, Holmes vorneweg, und Lestrade rief nach den zwei Bobbys, die die Menge auf der Suche nach Taschendieben überflogen.

»Da, Watson!«, rief Holmes aus und rannte so ungestüm durch die Menge, dass ein halbes Dutzend Zuschauer auseinanderspritzte. Es war das dritte Mal, dass ich den kleinen bleichen Mann zu Gesicht bekam, aber nun kannte ich auch seinen Namen. Der Abgeordnete Peter Jet marschierte mit großen Schritten in eine Art überdimensionalen Glaskasten.

»Um Gottes willen, Lestrade, lassen Sie die öffnen!«, brüllte Holmes und rüttelte an den Toren, die aufs Grundstück des Museums führten.

Schnaufend bahnte sich der Inspektor einen Weg zu uns und versuchte, etwas von seiner Würde wiederzuerlangen, indem er einem Polizisten auf der anderen Seite befahl, sie zu öffnen. Nicht zum ersten Mal war sein Dienstausweis von unschätzbarem Wert.

Triumphierend schrie Holmes auf, als das eiserne Tor aufschwang. Doch dann blieb er wie angewurzelt stehen, und ein wunderlicher Ausdruck breitete sich auf seinem Gesicht aus. Er zeigte mit dem Finger auf etwas, und mir bot sich der vielleicht merkwürdigste Anblick, der mir in all den Jahren an Sherlock Holmes' Seite begegnet war.

Kapitel 16

Wir rasten geradezu durch Soho. Kein schlechtes Viertel, aber derzeit überflutet vom Bodensatz der Stadt. Steckt sie in Uniform, dann ab nach Natal, sage ich. Sollen sie sich nützlich machen. Wenn sie nicht schießen können, binden wir sie zusammen und nutzen sie als Barrikaden.

Als wir vor dem Museum aufschlugen, erklärte uns eine Rotznase, es gebe eine Ausstellung mit Zeug, das irgendwo ausgegraben worden war, damit wir draufglotzen können. Nichts finde ich öder. Aber diesmal war das was anderes, diesmal war ich froh, hier zu sein und die lästige Episode mit dem Kerl – wer auch immer es war – zu beenden, der da aus dem Hinterhalt auf uns schoss. Damit würde jetzt endgültig Schluss sein, ob durch die Klinge des Guv'nors oder durch meine Knarre.

Ein Riesenhaufen voller Idioten stand da, die Fähnchen schwangen und grölten. Die Hälfte schon angetrunken, wie's aussah. Auch ein paar von der Regierung, umringt von Lakaien mit ihren roten Köfferchen voller Papiere: wichtig, wichtig! Keine Huren, was für London ungewöhnlich ist. Vermutlich schicken hier ihre Kunden nach ihnen und picken sie nicht auf der Straße auf. Außer Gladstone natürlich, der eine Schwäche für »Straßenverkehr« hat. Man sollte ein paar Gassen nach ihm benennen.

Es war kühl, doch wenigstens herrschte kein Smog. Wir mussten uns einen Weg durch die Menge bahnen, und ich sah mehr als einmal, wie der Guv'nor seine Klinge aus dem Stock ziehen wollte, bevor er es sich anders überlegte. Ich für meinen Teil hätte mit meiner Knarre schneller den Weg frei gemacht, als man blinzeln kann. Ist doch ihre Schuld, wenn sie nicht schnell genug ausweichen!

Wir hatten fast den Haupteingang erreicht, da fing die Menge an, noch lauter zu jubeln und Richtung Westen zu zeigen, von wo sich langsam die Staatskarosse der Königin dem Museum näherte. Das Ding sieht aus wie eine Torte. Besteht nur aus Gold und bunten Schnitzereien. Mit Blättern oder Putten oder solchem Quatsch. Dass sich das verdammte Ding bei all dem Scheiß, der da dranhängt, überhaupt bewegen kann! Doch es rollte heran. Weil es auch von sechs prächtigen Schimmeln gezogen wurde. Davor und dahinter trabte eine Schwadron Leibwächter. In der Kutsche war das alte Mädchen gerade so zu erkennen, sie machte ein Gesicht, als würde sie an einer Zitrone lutschen.

Vor dem Museum war ein großer Glaskasten aufgebaut worden – wie eine Miniausgabe des alten Glaspalastes –, der nur von weißen Stahlträgern gestützt wurde.

Sah aus wie eine von einem italienischen Gimpel entworfene Kaserne. Voller Regale und Vitrinen mit Krempel, und dazu zwei ganz hohe Tiere mit seidenen Schärpen.

Ich schubste ein paar alte Schachteln aus dem Weg und kam zum Tor. Dort stand ein Fahnenjunker der Royal Horse Guards Wache. »Moran, Colonel, First Bangalore Pioneers«, sagte ich und salutierte. Er stand still und salutierte ebenfalls. Ich hatte ihr Regiment noch nie leiden können. Dort dienen nur Aristokraten, also sind die Offiziere arrogante Fatzkes, und die niederen Ränge sind einfach zu dämlich, sich ein Offizierspatent zu beschaffen. »Was ist das?«

»Ausstellung, Sir. Heißt ›Schätze der Jerusalem-Ausgrabung‹.«

»Und die ist jetzt?«

»Moran.« Der Guv'nor wies mit dem Stock auf etwas. »Nun verstehe ich.«

»Professor?«

»Sie erinnern sich, dass unser anonymer Anrufer erklärte, der Gentleman, der uns in letzter Zeit so viele Schwierigkeiten beschert hat, habe mich geprüft und sein Urteil sei abfällig gewesen.« Ja, ich erinnerte mich, dass der Durchgeknallte am Telefon das gesagt hatte. »Diese Worte waren mit Bedacht gewählt. Der Mann links ist Jet, der Kriegsminister. Aber der Mann rechts ...« Er zeigte mit dem Stock darauf. Der Kerl war ein tückisch wirkender, gebückt stehender Bastard mit einem grauen Bart, in dem ein ganzer Zug aus Soldaten hätte untertauchen können. »... ist Lord Wyneth.«

»Wer?«

»Der ehemalige Richter Wyneth«, grollte er. »Der Schrecken von Old Bailey. Er und ich sind gut miteinander bekannt, obwohl wir einander nie persönlich vorgestellt wurden.« Er tippte auf die Spitze seines Stocks. »Meines Wissens gab es vier Fälle, die er verhandelt hat und in denen ihm mein Name ins Ohr geflüstert wurde – obwohl die Strafverfolgung nicht mal versuchte, mich in die Hände zu kriegen, weil es keinerlei Beweise oder lebende Zeugen gab. Wyneth hat sich kürzlich von seinem Amt zurückgezogen. Wie es scheint, meint er, er hätte noch ein letztes Urteil zu sprechen. Außerdem steht er im Ruf, ein ausgezeichneter Schütze zu sein.«

Seine Lordschaft wirkte sehr zufrieden mit sich. Nun, ich würde ihm das Grinsen verdammt schnell aus der Visage wischen.

»Was wollen die da drin?«, fragte ich den Soldaten und zeigte auf die beiden Männer.

»Alles Ihrer Hoheit zeigen, Sir.«

Gerade fuhr die königliche Kutsche durchs Tor, und die Menge der Ungewaschenen brüllte, als würde sie attackiert. Der Wagen hielt, und der Minister und unser Opfer klopften sich den Staub ab und warteten im Glaskasten. Er war hell erleuchtet und strahlte wie ein Fanal.

Ein Lakai näherte sich der Kutsche, verneigte sich und öffnete die Tür, damit die kleine Frau aussteigen konnte. Von Nahem besehen war sie ein winziges, vertrocknetes Ding. Die Herrscherin von Indien? Wenn man sie anschaute, wirkte sie eher wie das alte Mütterchen eines Straßenhändlers.

Ihr Diener legte ihr einen Teppich zu Füßen, auf dem sie gehen konnte, und dann schlurfte sie, gestützt von einer ihrer Hofdamen, zum gläsernen Ausstellungsraum. Zwei oder drei Schritte, dann hielt sie inne. Und ich konnte sehen, warum.

»Moran«, sagte der Professor. Er hatte es auch gesehen.

Hinter unserem Richter hatte sich etwas bewegt: Das obere Fach einer großen Vitrine war aufgesprungen. Offenbar gab es dabei ein Geräusch, denn die beiden alten Knacker warfen einen Blick über die Schulter. Ich sehe schärfer als ein Falke, daher erkannte ich den Ausdruck auf ihren Gesichtern. Erst zeigte er Neugier, dann Verwirrung und dann etwas ganz anderes. Etwas, das ich zuvor nur auf den Gesichtern von neuen Rekruten gesehen hatte, die zum ersten Mal in der Schlacht stehen und tausend Zulu-Speere auf sich gerichtet sehen: blankes Entsetzen.

»Colonel!«

Ich schob den Wächter beiseite, weil ich alles von Nahem mitkriegen wollte. Die Königin war stehen geblieben und starrte mit trüben Augen auf das Geschehen. Ich hingegen konnte es deutlich erkennen. Da war ein mehr als merkwürdiger Strom von etwas, das aussah wie grünes Wasser, das sich aus der offenen Vitrine ergoss.

Doch wenn man genauer hinschaute, wurde klar, dass es kein Wasser war. Es war ein Schwall von handtellergroßen, grünen Spinnen. Hunderte – nein Tausende – davon verteilten sich wie eine Flutwelle über dem ganzen verdammten Boden. Und dann schloss sich die Tür des Glashauses.

Kaum rastete sie ein, verriegelte sie sich selbstständig. Ich stieß Männer aus dem Weg und rannte zum Glaskasten. Hinter mir wurde die Königin von ein paar Leibwächtern hektisch in die Kutsche geschoben. Im gläsernen Ausstellungskasten krabbelten die Spinnen über die Vitrinen, die Wände hinauf und um den Minister und Wyneth herum. Ein paar Sekunden – fünf, zehn, fragen Sie mich nicht, wie viele, denn ich hatte Besseres zu tun, als zu zählen – schienen sie die Männer zu taxieren. Die ihrerseits brüllten sich gegenseitig an: Wyneth befahl dem Minister, Ruhe zu bewahren, aber Jet verlor vollkommen die Nerven. Ich habe im Leben schon einige unangenehme Bestien kennengelernt, aber nichts ist schlimmer als eine Spinne, die Gift verspritzt. Als also die erste dieser hässlichen Kreaturen, ein fetter Bastard, der vom Dach herunterbaumelte, ein paar Tropfen roter Flüssigkeit auf Jets Gesicht spuckte, wusste ich, das Spiel war aus.

Kaum hatte das Gift ihn getroffen, fasste sich Jet an die Wange, als wäre er geohrfeigt worden. Als er die Hand wieder wegnahm, sah ich, dass die Haut an seiner Wange verbrannt war. Es war kein großer Fleck, aber die Haut riss und bekam Blasen. Er schlug nach der Spinne, die zu Boden fiel. »Wir müssen raus!«, brüllte Wyneth und streckte die Arme aus, um den Riegel zu lösen. Doch dann spuckte ihm eine andere Spinne auf die Hand, und er jaulte vor Schmerz auf wie ein getretener Hund. Und machte einen Fehler: Er zögerte. Das war sein Ende. Denn innerhalb von zwei Sekunden überzogen die Spinnen Wände und Decke, und alle spuckten ihr Gift auf ihn und Jet. Die Männer schlugen sich die Hände vor

Augen und Mund und versuchten blind, die tückischen Biester loszuwerden und zur Tür zu gelangen. Aber dann stolperte Jet, und beide wurden von den grünen Bastarden überwältigt.

Nun, manche Bilder wird man nicht mehr los, aber ein guter Soldat bewahrt kühlen Kopf. *Rückzug, Kamerad*, sagte ich zu mir. Egal, ob du Eier hast oder nicht, wenn's tausend zu eins steht, haust du besser ab.

Ich rannte zum Tor zurück. Sollten die Spinnen ausbrechen, wären die alten Schachteln leichte Beute für sie, also würde ich in Sicherheit sein.

»Was meinen Sie dazu?« Ich spürte, wie der Guv'nor mit dem Stock auf meine Schulter tippte. Er klang interessiert. Alle anderen um uns herum suchten schreiend das Weite.

»Noch nie so was gesehen, Professor. Komisch.«

Wir sahen zu, wie sich die beiden alten Kerle auf dem Boden wälzten. Alle paar Sekunden tauchte einer der beiden aus dem Haufen der Spinnen auf und drückte sein Gesicht ans Glas. Seine Haut war geschwollen und verbrannt, und er streckte die Arme aus und flehte um Rettung, bis er wieder vom bösartigen Schwarm überzogen wurde. Nach einer Weile konnte ich sie nicht mehr voneinander unterscheiden. Sie wirkten auch nicht mehr menschlich. Einer schrie ein letztes Mal gurgelnd um Hilfe.

»Ich hab von solchen Fällen gelesen. Cyrus der Große stellte extra einen Ingenieur ein, um für alle, die sich ihm entgegenstellten, die schmerzhaftesten Todesformen zu erfinden.«

Die Kutsche der Königin verließ in hoher Geschwindigkeit das Gelände.

»Dies hier hätte dazu gepasst.«

»In der Tat. Ich glaube nicht, dass Lord Wyneth mir noch weitere Schwierigkeiten bereiten wird.«

»Nein, Professor.«

Und dann, gerade als wir uns an die Szene gewöhnten und anfingen, den Anblick unserer erlegten Beute zu genießen, erschienen drei Männer in unserem Sichtfeld, die wir nur zu gut kannten.

Es waren dieser verdammte Holmes und sein Schoßhund, gefolgt von ihrem persönlichen Bullen Lestrade.

»Ganz ruhig, Moran«, sagte der Professor.

Holmes rannte, gefolgt von seinen kleinen Kumpanen, zum Glashaus. Sie blieben stehen und wussten eindeutig nicht, was sie machen sollten. Nach kurzem Hin und Her begnügten sie sich damit, einfach nur zuzuschauen, genau wie wir. Aber dann – reines Pech – blickte das Schwein Watson zufällig in unsere Richtung, und die Kinnlade klappte ihm runter.

»Strategischer Rückzug, Professor?«, murmelte ich, als dieser Kretin sich umdrehte, um Lestrade zu alarmieren.

»Jawohl, Moran.«

Und damit tauchten wir in der Menge unter.

Kapitel 17

Es war ein einziges Chaos. Frauen kreischten, Polizisten rannten hin und her, konnten aber nichts tun. Ein Constable wollte die Scheiben mit seinem Schlagstock zertrümmern, aber Lestrade hielt ihn auf. »Nicht, mein Sohn. Bedenken Sie, was die Spinnen machen würden, kämen sie heraus«, warnte er. Also blieb uns nichts anderes übrig, als dazustehen und zuzusehen, wie zwei Männer auf die schmerzhafteste und schlimmste Art und Weise starben, die ich je erlebt habe.

Doch selbst, als sie vor Schmerzen schrien, wanderte mein Blick woandershin. Denn da waren noch zwei Männer, deren Anwesenheit mich schockierte: Moriarty und Moran. Ja, ich hätte damit rechnen müssen, dass sie mit diesem tödlichen Morast zu tun hatten, vor allem nach den seltsamen Botschaften, die uns dazu bringen wollten, gemeinsame Sache mit diesem Bösewicht zu machen. Ich rief Lestrade und zeigte auf sie, aber er konnte nur zwei Constables befehlen, sie zu schnappen, und da waren sie schon weg.

Um uns herum ergriffen entsetzte Zuschauer die Flucht. Das kann man in allen Zeitungsausgaben jenes Tages lesen, denn die Reporter stießen wie Geier auf uns herab. Aber was Sie vielleicht nicht wissen, denn es wurde nicht allgemein bekannt gemacht, ist, dass, nachdem alle verschwunden waren und das Gelände abgesperrt worden war, wir bei diesem furchtbaren Glassarg mit den rot geschwollenen Leichen der beiden Männer blieben, die wie Tiere im Zoo ausgestellt waren. Und Tausende von flaschengrünen Spinnen wimmelten um sie herum. Was konnte man tun? Wie sollte man die Leichen herausschaffen und die tödlichen Kreaturen entfernen, ohne sie auf die Straßen von London loszulassen?

Holmes fand die Lösung. Er interessiert sich sehr für die Haltung von Bienen und hat in der Baker Street entsprechende Schutzkleidung. Nachdem er sich die Ausrüstung hatte bringen lassen, verpackten wir ihn sorgfältig in seine Schutzhülle aus dickem Stoff und Gaze. Dann schnitt er ein kleines Loch ins Glas und blies mit seiner Imkerpfeife dichten Rauch in den Ausstellungsraum, um die Spinnen zu ersticken. Wir behielten sie genau im Auge, während wir den Rauch hineinpumpten, und tatsächlich kippten sie um und verendeten in Wellen. Sicherheitshalber fuhren wir eine halbe Stunde damit fort, bevor Holmes mit seinem Schutzanzug hineinging. Er bestätigte den Tod aller Arachniden und brachte die beiden Verstorbenen heraus.

Dann beugten wir uns über die Leichen eines Ministers der Krone und eines ehemaligen Richters und fragten uns, wessen wir Zeuge geworden waren.

»Der weiße Hai, Watson, ist ein Wesen, dessen Bestimmung das Töten ist. Er kann aus einer Entfernung von einer halben Meile Blut riechen. Alles an ihm ist einzig darauf abgerichtet, seine Beute zu fangen. Wer immer dies geplant hat, besitzt einen verderbten und widernatürlichen Geist. Aber einen Geist auch, der in seiner Genialität einzigartig ist.«

»Was hier passiert ist, kann man doch nicht als genial bezeichnen!«

»Doch, das müssen wir. Denn wenn wir einen Hai fangen wollen, müssen wir seine Schnelligkeit und Wendigkeit anerkennen. Wenn wir einen Mörder schnappen wollen, müssen wir wissen, mit wem wir es zu tun haben. Nun können wir davon ausgehen, dass der Tod des Ministers mit seinen Machenschaften der letzten Woche zu tun hat, aber beim Richter, da …«

Plötzlich erstarrte er. »Mein Gott!«, flüsterte er. Er hob den Finger und zeigte auf Jet. Ich blickte auf die geschlossenen Augen des Toten. Und dann stockte mir der Atem.

Seine Augen öffneten sich. Sein blasenübersäter Mund klappte auf. Und ihm entstieg ein wahres Höllengeheul.

»Er lebt!«, schrie ich Lestrade zu, der zwanzig Schritte entfernt stand. Ich sank auf die Knie, um in seine Augen zu starren und die Reaktion der Pupillen auf Licht zu untersuchen. Lestrade blickte verblüfft zu mir, dann zu Jet, und dann kam er angerannt.

Ich wollte die Augenlider weiter aufschieben, aber Holmes packte meine Hand. »Vorsicht«, sagte er. »Das ist ein Kontaktgift.«

Die Haut des Mannes pellte sich von seinem einst so bleichen Fleisch. Welches Gift auch immer die Spinnen verspritzten, die Wirkung waren so schreckliche Blasen, wie ich sie bislang nur bei schwersten Verbrennungen gesehen hatte. Ich legte zum Schutz gegen etwaiges verbliebenes Gift ein Taschentuch auf sein Handgelenk und tastete nach seinem Puls. Er war völlig aus dem Takt, schlug fünfmal in der Sekunde und dann überhaupt nicht für zehn.

Holmes, der immer noch seine Schutzhandschuhe trug, war ebenfalls auf die Knie gesunken und zog die Kleider des Mannes auseinander, damit dieser besser Luft bekam. »Wird er überleben?«, wollte er wissen.

»Ich habe nicht die leiseste Ahnung. So etwas habe ich noch nie gesehen«, erwiderte ich knapp.

Das Heulen des Mannes wurde leiser und klang immer menschlicher. Seine Lippen bewegten sich, und seine Zunge schnellte darüber, obwohl sein restlicher Körper so reglos war wie ein gefällter Baum. Die Laute verdeutlichten sich, rau und verschwommen, zu Wörtern.

»Zurück ... ich ... zurück.«

Wir warteten auf mehr, lauschten angestrengt, doch hörten nur leises Keuchen. Sein Puls stieg und sank in Wellen.

»Zurück wohin«, fuhr Holmes den Mann an. »Wissen Sie, was passiert ist?«

Die Augen des Mannes huschten zu Holmes.

»Ich ... neues Leben ...«

»Was für ein neues Leben? Sie sind Peter Jet, der Kriegsminister. Wer hat Ihnen das angetan?«

»Bisse ... um neues Leben zu geben ...«

»Ein neues Leben?«

»Wo ist George Reynolds?«, fragte ich, frustriert über seine sinnlosen Worte. »Wohin haben Sie ihn geschickt?«

Der Mann rollte seinen Kopf zur Seite und starrte Holmes an. »Das ist mein letztes ...«, flüsterte er, und ein überaus hässliches, zynisches Grinsen verzerrte sein Gesicht. Dann erschlaffte er. Er war wieder tot.

Und doch war das Grauen noch nicht vorbei.

Denn erneut ertönte das unmenschliche Geheul. Diesmal jedoch kam es nicht von Jet, sondern vom Richter, Wyneth, der neben ihm lag.

Holmes sprang zu ihm. Die Augen des Mannes waren wie bei Jet geöffnet, aber nicht fokussiert. Und wie bei Jet verdichtete sich das Geheul zu so etwas wie Sprache. Aber seine Lippen konnten keine Wörter bilden. Holmes schüttelte ihn und schlug ihm ins Gesicht. Ich hatte meine Arzttasche nicht dabei, konnte ihm deshalb keine Stimulanzien verabreichen – hätte ehrlich gesagt nicht mal gewusst, was ich ihm überhaupt hätte geben sollen. Ich versuchte es mit Herzmassage, in der Hoffnung, seinen Puls zu regulieren. Aber das änderte nichts. Und dann riss er die verbrannten Hände hoch und griff nach meinem Gesicht. Holmes schlug sie weg, bevor er meine Haut berühren konnte. Einer der Bobbys kam zu uns und wirkte angeekelt von dem Anblick.

»Wir waren Götter«, flüsterte Wyneth. Holmes und Lestrade hockten sich neben mich, um besser zu hören. »Wir waren Götter.« Und damit hob er den Kopf vom Boden, während sein Körper zu zucken anfing. »Hören Sie!?«, schrie er mit aller Kraft, die ihm noch geblieben war. Und mit diesem Schrei aus tiefstem Herzen starb auch er ein zweites Mal.

»Was in aller Welt kann das sein?«, fragte ich Holmes.

Seine Miene war streng. »Ich würde sagen, es – Achtung!« Er stieß mich beiseite, entriss dem Constable seinen Schlagstock und schlug damit neben mir auf den Boden. Als er den Stock wieder hob, klebte der zermalmte Körper einer der tödlichen grünen Spinnen daran. »Die muss in seinen Kleidern gewesen sein. Achtung, da könnten noch mehr sein.« Er durchsuchte gründlich die Kleidung der beiden Toten und fand dabei ein totes Exemplar der giftigen Kreaturen, das er in eine Schachtel legte, die einer der Constables brachte.

Lestrade wies seine Männer an, die beiden Toten in zwei Lagen aus Leichensäcken zu packen, die vorsichtig und penibel zugenäht wurden, um sie dann ins Leichenhaus zu schaffen.

»Mr. Holmes«, sagte der Inspektor ernst, während er überwachte, wie die Vergifteten in den Polizeiwagen gehievt wurden. »In meiner ganzen Laufbahn habe ich noch nie von einem solchen Fall gehört.«

»Nein, Lestrade«, erwiderte Holmes gewichtig, »ich bin sicher, so etwas hat es auch noch nie gegeben.«

Zwar kann ich ohne jeden Zweifel sagen, dass Sherlock Holmes einer der besten Männer ist, die ich jemals die Ehre hatte zu kennen, doch es gibt einen Zug an seinem Charakter, der mich zuweilen stört. Nicht sein Drogenmissbrauch – obwohl das ein Anlass stetiger Sorge ist und ich bei Gott wünschte, er würde damit aufhören –, sondern die Tatsache, dass er manchmal seine Menschlichkeit vergisst.

So war es auch diesmal, als wir im Wohnzimmer von Baker Street 221b standen. Ich war so angespannt, als hätte ich eine Schlacht hinter mir, während seine Augen vor Aufregung leuchteten. Natürlich wäre Jet am Galgen gelandet, wenn wir ihn geschnappt hätten, daher kam sein Tod nur etwas früher als gedacht. Aber der andere Mann, ein Richter, war, so weit wir wussten, ohne Fehl und Tadel gewesen – ganz zu schweigen von George Reynolds, dessen Leben immer noch auf dem Spiel stand.

Und doch waren diese Männer für Holmes nur Komponenten eines Rätsels, das gelöst werden wollte.

»Moriarty«, sagte er.

»Und Moran.«

»Ja, Colonel Moran, den habe ich auch gesehen. Ich erinnere mich, dass Wyneth der Richter des letzten Prozesses war, bei dem Moriarty auf der Anklagebank hätte sitzen müssen. Das kann durchaus für einige Animositäten zwischen ihnen gesorgt haben. Welche Rolle spielen der Professor und der Colonel also in unserem kleinen Drama?«

»So klein ist es auch nicht.«

»Nein, wahrhaftig nicht. Es ist ein öffentliches Spektakel. Es könnte kaum öffentlicher und spektakulärer sein. Sie sehen doch wohl, dass der, der all das geplant hat, nicht nur ziemlich brillant ist, sondern auch ein starkes Verlangen nach öffentlicher Aufmerksamkeit hat. Solch ein qualvoller Tod muss entweder als Warnung für andere gedacht sein oder als Ausdruck der größten Boshaftigkeit, die je ein Mensch in seinem Herzen getragen hat.«

Dem konnte ich nicht widersprechen. Wie jedem ist mir schon mal von anderen Unrecht widerfahren, und ich würde nur zu gerne sehen, wie die Übeltäter ihre gerechte Strafe erhalten. Dennoch könnte ich ihnen niemals ein solches Leid zufügen. Die Todesfalle, die wir gesehen hatten, konnte nur einem tierischen Teil des menschlichen Gehirns entsprungen sein. Nach all der Tücke, die wir in den letzten Jahrzehnten erlebt hatten, hätte ich gedacht, ich wäre ziemlich immun gegen menschliche Verderbtheit. Aber dies war etwas Einzigartiges, etwas *jenseits* von allem.

»Was Moriarty und Moran betrifft, so verfügen beide über dieses Maß an Bösartigkeit, doch ich würde behaupten, dass nur der Professor das Genie hat, eine solche Falle zu ersinnen. Und doch!«

»Was, und doch?«, fragte ich.

»Haben Sie es nicht gesehen? Er schien von diesem Ereignis genauso überrumpelt wie wir. Und als die Totenglocke für die beiden Opfer läutete, gab er Fersengeld. Ich traue ihm zwar zu, dass er den Wunsch hatte, sein Werk zu betrachten, aber dann hätte er doch einen Aussichtspunkt gewählt, von wo er es in aller Ruhe hätte genießen können, ohne die Gefahr, entdeckt zu werden.« Dem stimmte ich zu. Moriarty hatte sich für seine Verhältnisse ziemlich ungewöhnlich verhalten. Er war nicht der Herr der Lage gewesen, sondern nur ein Zuschauer. Und noch dazu einer, der über die Ereignisse genauso erstaunt war wie wir. »Ich wünschte, wir hätten unseren geheimen Beobachter, der darauf beharrt, dass der Professor und ich wegen einer schrecklichen Gefahr zusammenarbeiten müssen, hier auf unserem Klientensessel sitzen. Dann würden wir in dieser kaum zu erklärenden Angelegenheit vielleicht vorankommen.«

Ich dachte an die Abenteuer der vergangenen Nacht. »Glauben Sie, die Polizei wird irgendwas Nützliches aus den Zeugen herausbringen, die sie gestern nach der vorgetäuschten Krönung verhaftet hat?«

»Offen gestanden, nein. Die Strippenzieher dahinter scheinen mir sehr raffiniert zu sein. Aber die Hoffnung stirbt zuletzt.«

Dann nahm er seine Stradivarius, wie er es zu tun pflegte, wenn er über ein Problem nachdenken wollte, und spielte eine Stunde.

Es war ein wehmütiges Stück, das in einem tiefen, traurigen Ton endete, der in der Luft hängen blieb. Danach schien Holmes zu einem Schluss zu kommen und legte das Instrument auf seinen Lehnstuhl. Er schnappte sich Stift und Papier, kritzelte etwas darauf, rief durchs Treppenhaus nach Mrs. Hudson und bat sie, nach einem Jungen zu schicken, der eine Nachricht von ihm zum *Evening Standard* bringen sollte, und gab ihr einen Shilling für den Jungen. »Nun«, sagte er und rieb sich die Hände, denn es war kühl im Zimmer, obwohl im Kamin ein Feuer brannte. »Jetzt machen wir einen Ausflug.«

»Wohin denn?«

»Wo könnte man mehr über fremdartige Spinnen erfahren als im Naturgeschichtlichen Museum?«

Kapitel 18

Wir flüchteten in die Untergrundbahn und kehrten in die Itakerwohnung in Hatton Garden zurück, wo das sizilianische Frauenzimmer uns wortlos einließ, uns ein anständiges Essen vorsetzte und damit allein ließ.

»Holmes«, sagte der Professor.

»Und Watson.«

»Ja.« Und er rieb sich wieder die Schläfen, um den Blutfluss im Gehirn anzuregen.

Ich saß eine Stunde nur da, rauchte und trank recht edlen Wein. Der zweiten Flasche hatte ich schon gut zugesprochen, als der Professor von Neuem ansetzte.

»Er wusste nicht, dass wir dort sein würden. Er wusste nichts von unseren Absichten. Er wusste nichts von Lord Wyneth, zumindest nehme ich das an. Beachten Sie, dass sie nur zum Ausstellungskasten strebten und nicht die Menge nach uns durchkämmten. Nein, Holmes war in eigener Sache dort, und es gibt eine verborgene Hand, die uns zusammengebracht hat.«

»Wessen Hand?« Er murmelte etwas. »Das habe ich nicht verstanden.«

»Ich sagte, Sie Dummkopf, wenn ich das wüsste, würden wir nicht hier sitzen. Aber selbst Sie müssen doch erkennen, dass es der war, der uns in der Royal Academy angerufen hat.« Also, ich gebe ja zu, dass der Professor ein klügerer Kopf ist als jeder, den ich kenne, doch als er mich einen Dummkopf nannte, juckte es mir in den Fingern, nach meiner Webley zu greifen, die ich noch in der Tasche hatte. So schlau er auch war, konnte ich ihm doch drei Kugeln verpassen, bevor er wieder den Mund aufmachte.

»Versuchen Sie's nur, aber Sie wissen, dass Ihr Leben dann keinen Penny mehr wert wäre«, murmelte er und schob mich beiseite. »Ich habe Vorkehrungen getroffen, die meinen Tod rächen, ganz gleich, wer dafür verantwortlich ist.« Ich wusste, dass er nicht bluffte. Also würde ich ihn in Ruhe lassen. »Bringen Sie mir die Abendzeitungen. Ich will wissen, was passiert ist, nachdem wir gegangen sind.«

Ich spiel nicht gern den Laufburschen, aber im Moment wollte ich selbst mal einen Blick in die Blätter werfen. Also verließ ich das Haus und holte den *Evening Standard* und die *Evening News* vom Zeitungsjungen auf der Straße. Ich warf einen kurzen Blick drauf, bevor ich zum Unterschlupf zurückkehrte. Natürlich war in den ersten fünf, sechs Seiten jeder Zeitung nur von dem Kladderadatsch die Rede, aber ich las nichts, was ich mir nicht schon hätte denken können. *Regierung fassungslos*. Tja, verständlich, nicht wahr? Wenn eines der wichtigsten Mitglieder sich zu Tode schüttelt, weil er von giftigen Spinnen gebissen wurde? *Scotland Yard versicherte der Königin, Schuldigen der Gerechtigkeit zuzuführen*. Tja, sie hatten nicht mal uns geschnappt, und wir waren deutlich zu sehen gewesen. So viel dazu.

Als ich dem Professor den *Standard* zuschob, schnappte er ihn mit beiden Händen und starrte drauf, als würde er seine eigene Todesanzeige lesen. »Unverschämt«, sagte er. Ich verstand nicht, was er sich so aufregte, und sagte das auch. »Moran, Moran«, tadelte er. »Sind Sie blind? Haben Sie das nicht gesehen?« Er tippte mit dem Finger auf eine gerahmte Anzeige auf der ersten Seite.

Einem gewissen Professor emeritus der Universität von Schottland und militärischen Berater würde es zu seinem Vorteil gereichen, wenn er mit einer ähnlichen Anzeige seine Anwesenheit beim Ereignis des Tages erklärte. Wenn nicht, werden die schlimmsten Schlüsse daraus gezogen. S. H.

Moriarty schob mir Stift und Notizblock zu. »Schreiben Sie, und dann sorgen Sie dafür, dass das in der nächsten Ausgabe erscheint.«

Kapitel 19

Wir durchquerten die Stadt und verließen das Taxi vor dem imposanten neugotischen Gebäude in Kensington, in dem Dinosaurierknochen, Robbenfelle und alles, was da auf der Erde kreucht und fleucht, untergebracht sind.

Ich bestand darauf, etwas vom Imbissstand davor zu kaufen, denn ohne mich würde Holmes nur von seiner nervösen Energie gespeist werden. Tatsächlich wurde ich im Lauf der Jahre oft gefragt, was Sherlock Holmes antreibt. Die Wahrheit jedoch ist: Je besser ich ihn kenne, desto weniger verstehe ich ihn. Er und ich könnten einen ganzen Tag nur mit Lesen verbringen: Ich würde mir einen Groschenroman oder auch die Berichte über die Rugbyspiele der Saison vornehmen; Holmes hingegen würde eine wissenschaftliche Abhandlung über die neuesten Entwicklungen beim Abnehmen von Fingerabdrücken auf rauen Oberflächen studieren.

Am Ende des Tages würde ich glauben, dass wir beide eine zufriedenstellende Zeit gehabt hätten, nur um dann zu sehen, dass Holmes vor Zorn kochte, weil kein älterer Mann an unsere Tür geklopft hatte, um uns die merkwürdige Geschichte zu erzählen, wie einer seiner Schuhe gestohlen und seltsamerweise ohne Senkel zurückgekommen war. Oder weil keine junge Gouvernante erschienen war, deren Schutzbefohlene an jedem ersten Donnerstag im Monat krank wurden. Noch erstaunlicher war, dass ich manchmal in der Erwartung aufschaute, ihn friedlich seine Pfeife rauchen zu sehen, nur um zu entdecken, dass er verschwunden war. Und das nächste Mal sah ich ihn dann erst zwei Wochen später: verkleidet als indischer Soldat und nicht willens, mir zu verraten, was er die ganze Zeit getrieben hatte.

Manchmal fragte ich mich, ob wir überhaupt Freunde waren. Doch dann sah er mich an und konnte irgendwie den Gedanken lesen, der mir im Kopf herumgegangen war, und versicherte mir lachend: »Die besten, Watson, mein Alter, die allerbesten.«

Aber nun zurück zur Pastete. Ich genoss sie sehr und stopfte sie in mich hinein, während der Winterfrost an meinen Fingern biss. Angeblich war es Pastete mit Hammelfleisch, allerdings wäre ich nicht allzu überrascht gewesen, wenn die hiesige Population der streunenden Katzen durch diese Mahlzeit um ein Exemplar verringert worden wäre. Andererseits hatte ich zu dem Zeitpunkt schon solchen Hunger, dass ein trockener Zwieback wie himmlisches Manna gemundet hätte.

Holmes, der erst drei kleine Bissen von seiner Pastete geknabbert hatte, als meine schon vollständig verputzt war, ging ungeduldig voraus. Gerade als ihn ein Aufseher fragte, wohin er denn wolle, stürzte er in einen Gang mit der Aufschrift »Privat« und rannte fort. Gezwungenermaßen folgte ich ihm.

»Da dürfen Sie nicht hinein«, rief uns der arme Aufseher – ein Gentleman fortgeschrittenen Alters – hinterher.

»Da lang«, rief Holmes mir über die Schulter zu und ignorierte die Mahnung. Ich entschuldigte mich beim Aufseher und folgte ihm, während Holmes die Schilder neben jeder Tür prüfte, bis er durch die stürzte, an der »Arachniden« stand.

»Sherlock Holmes, beratender Detektiv«, verkündete er einem drahtigen, kleinen Mann, der an einem unordentlichen Schreibtisch saß und einen fingergroßen Skorpion durch ein riesiges Vergrößerungsglas betrachtete.

Der kleine Mann, das muss gesagt werden, wirkte nicht im Geringsten verblüfft. »Wie kann ich Ihnen helfen, Sir?«, fragte er mit nordirischem Akzent. Holmes stellte vor ihm die Schachtel ab, die ihm ein Constable am Tatort gereicht hatte. »Zunächst, Sir, muss ich wissen, ob das, was Sie in dieser Schachtel haben, tot oder lebendig ist.«

»Tot.«

»Sind Sie da ganz sicher?«, fragte der kleine Mann.

»Das bin ich.«

Der Naturkundler nieste, zog sich Baumwollhandschuhe an, legte den Skorpion in einen Glasschaukasten und öffnete sacht die Schachtel. »Gute Güte«, murmelte er und stieß die Spinne mit einem Bleistift vorsichtig an. »Ja, tot. Gott sei Dank.« Dann nahm er eine große Holzpinzette und hob die Spinne auf den gläsernen Objektträger, den der Skorpion hatte räumen müssen. Er betrachtete sie durch die Lupe, vermaß sie und sagte kaum hörbar zu sich selbst: »10 x 15 cm. Wir haben schon so eine in unserer Sammlung. Doch, ja, wir würden diese hier gerne kaufen. Wir können Ihnen anbieten –«

»Ich will sie nicht verkaufen«, unterbrach ihn Holmes. »Ich will wissen, was das ist.«

»Ah.« Der Wissenschaftler drehte die Spinne mit der Pinzette um. »Ein Weibchen. Ja, ein Weibchen.«

»Aber ein Weibchen von *was*?«, fragte Holmes, der sichtlich gereizter wurde.

Der drahtige Mann wirkte überrascht. »Ach, das wissen Sie nicht? Aber wenn Sie das nicht wissen, wie haben Sie sie dann gefunden?«

»Oh, guter Mann, wenn Sie heute die Abendzeitungen aufschlagen, werden Sie den Schock Ihres Lebens bekommen. Aber würden Sie mir bis dahin bitte einfach erklären, was das für eine Spinne ist und woher sie kommt?«

Der Naturforscher zuckte die Achseln. »Das ist eine *Peucetia viridans*. Die Grüne Luchsspinne. Verbreitet in Südamerika. Ein paar seltene Populationen einer Unterspezies wurden in Asien gesichtet, und ich glaube, diese hier stammt daher, da sie erheblich größer ist als die Ausgangsart.«

»Und wenn ich, sagen wir mal, tausend davon erwerben wollte, wie müsste ich das anstellen?«

»Tausend?« Er blinzelte. »Was in Gottes Namen wollen Sie denn mit tausend Luchsspinnen?«

»Sie würden staunen.«

»Allerdings, Sir, das würde ich. Ich meine, diese Spinnen, also eine oder zwei könnten einen kleinen Hund töten. Tausend hingegen …«

»Zwei Männer«, ergänzte Holmes entschieden. »Auf höchst schmerzhafte Art.«

Der Naturforscher stand auf. »Um was geht es hier?«

Ich hatte das Gefühl, auch etwas sagen zu müssen. »Sir, ich bin Dr. John Watson. An diesem Tag wurden mein Freund und ich Zeuge, wie zwei Männer, ein Minister der Krone und ein ehemaliger Richter, umgebracht wurden. Und die Waffe war eine Unmenge dieser Spinnen. Also wäre es wichtig für die Gerechtigkeit, wenn Sie uns helfen würden, die Wahrheit und vielleicht auch die Täter zu ermitteln.«

Wieder blinzelte er und strich sich mit der Hand über den Kopf. »So was kann man nicht kaufen. Das sind keine Haustiere. Man könnte nur ein paar von ihnen in ihrem natürlichen Habitat fangen und dann in einem Vivarium züchten. Sie vermehren sich ziemlich schnell. Im Herbst legen die Weibchen bis zu fünf Eikokons ab.«

»Und wie viele dieser scharfzähnigen kleinen Biester befinden sich in jedem Kokon?«, fragte Holmes.

»Bis zu fünfhundert.« Nun, das war keine sehr schöne Vorstellung. »Aber Sie dürfen sich ihnen auf keinen Fall nähern, denn die Mutter schützt sie mit ihrem Leben und spritzt ihr Gift auf alles, was zu nahe kommt.«

»Wir haben gesehen, was dieses Gift anrichtet«, bemerkte Holmes düster.

Der kleine Naturkundler blickte von Holmes zu mir und dann zur Schachtel. Er senkte die Stimme: »Ist es das, was ich in den Abendzeitungen lesen werde?«

»Ja.«

Der Mann seufzte und ließ sich schwer auf einen Lehnstuhl sinken. »Wie kann ich helfen?«

»Erzählen Sie mir alles über dieses Tier.«

»Als Erstes müssen wir bedenken«, sagte Holmes, als wir zum Abendessen in ein spanisches Restaurant auf der Queen's Gate gingen, »dass der Urheber dieser Falle alles gründlich geplant und ausgeführt hat. Wir müssen davon ausgehen, dass beide Männer getötet werden sollten. Zwar wissen wir recht gut über die jüngsten Taten des Abgeordneten Peter Jet Bescheid, und es wäre schon ein großer Zufall, wenn sein Tod nicht mit der Angelegenheit zu tun hätte, die wir gestern so unhöflich unterbrochen haben.« Er hielt inne, um einen Löffel Gazpacho zu schlucken. »Doch über Lord Wyneth wissen wir nur wenig.« Als er die Strapazen der vorhergehenden Nacht erwähnte, wurde ich daran erinnert, dass wir nicht geschlafen hatten, und merkte sofort meine Erschöpfung – obwohl

Holmes etwaige Müdigkeit genauso wenig zur Kenntnis zu nehmen schien wie seine Suppe. »Also wollen wir uns einstweilen nur damit begnügen, unsere plausiblen Annahmen aufzulisten: erstens, dass Jet wegen seiner Revolutionspläne getötet wurde; zweitens, dass es zu Wyneth eine Verbindung gibt, die der Grund dafür war, dass auch er ermordet wurde. Es könnte also sein, dass Wyneth insgeheim in den Revolutionsplan eingeweiht war, oder ...« Er ließ den Löffel in die Suppe fallen und starrte aus dem Fenster.

»Oder?«

»Oder es gibt eine noch finsterere, komplexere Verbindung. Eine, die wir noch ergründen müssen.«

»Holmes, Sie haben nicht ein einziges Mal George Reynolds erwähnt. Haben Sie ihn denn ganz vergessen?«

»Haben Sie je erlebt, dass ich auch nur eine einzige Sache vergessen habe?«

»Oft, nämlich die ganz normale Menschlichkeit.«

»Na, mein Alter, das war ein Schlag unter die Gürtellinie. Aber ich gebe zu, dass Sie nicht ganz unrecht haben, manchmal konzentriere ich mich tatsächlich nur auf die nicht menschlichen Aspekte einer Ermittlung. Nun, um Ihre Frage zu beantworten: Nein, ich habe unseren Klienten nicht vergessen. Aber da er sich derzeit in den Fängen von Jets Mitverschwörern befindet, wir nicht wissen, wo er ist und was er macht, und er uns außerdem keine weiteren Informationen mehr liefern kann, habe ich ihn tatsächlich an den Rand meiner geistigen Algorithmen verbannt. Denn es nutzt ihm nichts, wenn ich an ihn denke, im Gegenteil, es vermindert meine Fähigkeit, ihn zu befreien. Aber befreien werden wir ihn.«

Etwas besänftigt aß ich meinen Toast mit Leberpastete auf. »Aber wir kennen eine Verbindung zwischen den beiden.«

»Ach ja?«

»Die ganz offensichtliche. Sie waren beide bei dieser archäologischen Expedition. In Israel. Deshalb waren sie auch beide dort, um Ihrer Majestät die Schätze der Ausgrabung zu zeigen.«

Holmes ließ sich gegen die Rückenlehne sinken. »Ha! Guter alter Watson! Danke, dass Sie meine Aufmerksamkeit auf dieses simple Faktum gelenkt haben, das ich zugunsten komplizierterer übersehen habe. Ja, dahingehend müssen wir als Nächstes ermitteln. Als Erstes gilt es zu überlegen: Wenn zwei Teilnehmer dieser Expedition getötet wurden, wer war noch dabei?«

Wir beendeten unser Abendessen und eilten nach Scotland Yard. Vor dem Hauptgebäude der Metropolitan Police nahm sich Holmes von einem Zeitungsstand die Spätausgabe des *Standard*, überflog sie, ließ sie verärgert zu Boden sinken und warf dem verblüfften Zeitungsjungen das Geld zu. Unter einer Schlagzeile, die von einer Gruppe junger europäischer Politiker kündete, welche ihre Nationen zu Wehrhaftigkeit drängten, sah ich folgende Anzeige:

> Professor M. lässt S.H. grüßen und bittet ihn, zur Kenntnis zu nehmen, dass er an erwähnter Angelegenheit keinerlei Anteil hatte. Er war in eigener Sache dort, um etwas mit dem Richter zu klären, und wurde von den Ereignissen daran gehindert. Er bittet S.H., zu ihrem früheren Beziehungsstatus zurückzukehren, der jegliche Kommunikation ausschließt.

»Glauben Sie ihm? Dass er nichts mit der Sache zu tun hatte?«

»Ich glaube ihm«, erwiderte Holmes. »Nicht, dass er es nicht gewollt hätte – aber ich komme immer mehr zu der Überzeugung, dass die Reibereien zwischen dem Richter und dem Professor ein nicht zu vernachlässigendes Element in diesem Ganzen sind. Lestrade!«, brüllte Holmes. Der Inspektor, der gerade das Gebäude betreten wollte, schaute sich verärgert um. Er war es nicht gewohnt, so angebrüllt zu werden.

»Was ist denn, Mr. Holmes?«, murrte er leise, als wir ihn erreicht hatten.

»Ist jemand mit Verbindungen zur Ausstellung im Britischen Museum hier, zum Beispiel, um eine Aussage zu machen?«

»Der Kurator ist hier, ein gewisser Mr. Walsh-Meadows.«

»Bringen Sie mich zu ihm.«

Manchmal übersah Holmes einfach, dass andere Menschen eigene Pläne und Termine hatten. Aber Lestrade hatte gerade keine Nerven für diesen nie endenden Streit und winkte daher nur einen der Sergeants heran, damit er Holmes und mich zu dem erwähnten Gentleman brachte.

Ein paar Minuten später standen wir vor einem überraschend jungen und lebhaften Kurator der Altertumsabteilung vom Britischen Museum.

»Mein Schwerpunkt ist das Heilige Land«, erklärte er. »Diese sollte meine erste größere Ausstellung werden.« Er wirkte eher über den Verlust der Ausstellung betrübt als über den Verlust der Menschenleben, und ich fragte mich, wie viele Londoner wohl einen kleinen Sherlock Holmes in sich hatten.

»Und sagen Sie mir«, setzte Holmes an, »hat es eventuell Drohungen gegen die Ausstellung gegeben?«

»Drohungen? Was denn für … Nein, man bedroht doch keine Ausstellung.« Er stutzte kurz. »Oder doch?«

»Das entzieht sich meiner Kenntnis. Gab es irgendwelche seltsamen Vorkommnisse bei der Planung?«

»Nicht dass ich wüsste.«

»Haben Sie schon jemals ein Exemplar solcher Spinnen gesehen?«

»Ich glaube nicht. Kommen die in Britannien vor?«

»Glücklicherweise nicht. Aber nun das Wichtigste: Erzählen Sie mir von der Ausstellung selbst.«

Walsh-Meadows erläuterte, wie es dazu gekommen war. Ein paar Jahre zuvor hatte das Museum archäologische Ausgrabungen rund um Jerusalem finanziell unterstützt. Man rechnete mit römischen und jüdischen Artefakten, vielleicht auch mit griechischen oder osmanischen aus den jeweiligen Besatzungszeiten. Verantwortlich für die dortigen Arbeiter und Gepäckträger waren drei Männer: Jet, Wyneth und ein dritter. Vor Kurzem jedoch hatte dieser dritte Mann sich von der Expedition distanziert und gehörte deshalb auch nicht zu der Gruppe, die die Königin empfangen sollte.

Holmes neigte sich vor. »Und wie ist sein Name?«

»Benjamin Ridge. Er ist jetzt Musiker.«

»Ridge? Ich habe ihn Brahms spielen hören!«, rief Holmes aus. »Ein Geiger, Watson.«

»Ein guter?«

»Allerdings, ein ziemlich guter. An seinem Spiel ist etwas – wie soll ich es sagen? – Waghalsiges, vollkommen Zwangloses. Es missachtet jegliche Formalität. Zwar spielt er das, was der Komponist geschrieben hat, doch gleichzeitig geht er darüber hinweg, um etwas Besseres zu schaffen, wobei er jede Sekunde in eine Katastrophe abkippen könnte. Ja, er ist waghalsig. Wir müssen ihn sofort warnen, dass sein Leben in Gefahr ist. Haben Sie seine Adresse, Mr. Walsh-Meadows?«

»Ich fürchte, nein.«

»Sehr bedauerlich. Ich glaube, dann müssen wir an jede Konzerthalle kabeln, um den Aufenthaltsort dieses Gentleman zu erfahren.«

Es klopfte an der Tür. Ein Constable trat ein und übergab einen roten Umschlag, auf dem stand: Mr. Sherlock Holmes, zu Händen von Scotland Yard. »Soso«, sagte mein Freund, nachdem er ihn geöffnet und überflogen hatte. Er reichte mir das Schreiben:

14 Larches Lane
Greenwich

Sehr geehrter Mr. Holmes,
da Sie meinen vorhergehenden Nachrichten nicht genügend Beachtung geschenkt haben, sollte ich wohl ganz genau erklären, worin die dunkle Gefahr für die ganze Welt besteht. Ich versichere Ihnen, sie ist größer, als Sie es sich vorstellen können. Bitte kommen Sie um acht vorbei. Seien Sie pünktlich.
Es grüßt Sie
Benjamin Ridge

»Damit ist eines der Rätsel gelöst«, sagte Holmes. »Jetzt wissen wir, wer das Telegramm geschickt und die Nachricht auf meinen Spiegel geschrieben hat.«

Mir gefällt Greenwich, vor allem am Ufer der Themse. Dort habe ich unterhaltsame Abende mit Kartenspielen im Naval College verbracht. Es hätte ein schöner Ausflug dorthin werden können, wäre an diesem Abend nicht dieser grässliche Smog gewesen und die Tatsache, dass ich wegen unserer seltsamen Einladung meinen Dienstrevolver eingepackt hatte – nur zur Sicherheit. Holmes hatte seinen Spezialstock dabei, den er auch als Waffe nutzen konnte, da er die Kampfkunst Bartitsu beherrschte.

Ridges Unterkunft erwies sich als große Villa am Themse-Ufer, so imposant, dass sie einst dem Hafenmeister gehört haben konnte.

Aber sie war ziemlich dunkel, sodass wir den Vordereingang nur fanden, weil direkt davor eine Straßenlaterne stand und einen Kreis aus orangefarbenem Licht darauf warf. »Da sind wir, Watson«, sagte Holmes. »Schauen wir mal, was uns erwartet. Seien Sie auf der Hut.«

»Das werde ich.«

Mit großen Schritten gingen wir durchs Tor. Für ein so prächtiges Haus, das auf Wohlstand, wenn nicht gar Reichtum schließen ließ, befand es sich in ziemlich ungepflegtem Zustand. Der Garten war zugewuchert mit Strauchwerk und Unkraut, das sogar noch dichter war als der Smog. Mit der kleinen Laterne, die wir mitgenommen hatten, leuchteten wir auf die Haustür, die anscheinend schon seit Jahren nicht mehr lackiert worden war – wobei der Nebel vom Fluss wahrscheinlich den Alterungsprozess beschleunigt hatte. Außerdem waren mindestens drei von den oberen Fensterscheiben eingeschlagen. Alles in allem wirkte das Haus wie ein alter Mann, der den Geist aufgegeben hat und sich vorbereitet, vor seinen Schöpfer zu treten.

»Ziemlich unheimlich, finden Sie nicht, alter Freund?«

»Doch.«

Statt eines Klingelzugs befand sich neben der Tür eine richtige Messingglocke. Holmes läutete sie heftig und trat einen Schritt zurück, um abzuwarten, welche Wirkung das auf die Bewohner haben würde.

Keine, wie sich herausstellte. Wir warteten, dann versuchte er es noch mal. Immer noch nichts. »Nun, die Begrüßung ist so herzlich, wie die Gesamterscheinung nahelegt«, sagte er mit ironischem Lächeln. »Wie auch immer, machen wir eine kleine Erkundungstour.« Und damit schickte er sich an, das Haus zu umrunden.

Es war ein viereckiges Gebäude, das wohl ein Jahrhundert zuvor erbaut worden war. Die Sommersonne und der Winterregen hatten ihm schon sehr zugesetzt, dennoch wirkte es solide, trotz des ungepflegten Zustands. Wir schritten über den moosdurchwachsenen Kies, um zum hinteren Teil zu kommen. Auch hier war alles dunkel und still. Hin und wieder wehte ein Geräusch zu uns, das auf lustiges Treiben in einem nahe gelegenen Wirtshaus schließen ließ. Offen gestanden hätte ich mich lieber den Gästen jenes Etablissements angeschlossen, anstatt um dieses offenbar leere Mausoleum vergangener Pracht zu schleichen.

»Aha«, verkündete Holmes. »Und was haben wir hier?« Er befand sich ein, zwei Meter vor mir, ich sah in die Richtung, in die er mit seinem Stock zeigte, und erblickte ein Fenster im Erdgeschoss, eine seiner Scheiben war eingedrückt. »Nun, verzichten wir auf alle Förmlichkeiten.« Er griff hindurch und löste den Riegel. »Schließlich sind wir geladene Gäste. Und wenn der Gastgeber uns nicht die Tür öffnet, müssen wir einen anderen Weg hinein finden.« Er schob das Fenster hoch. Glücklicherweise war es ein großes, durch das wir leicht klettern konnten. Als ich ihm folgte, knirschte zerbrochenes Glas unter meinen Schuhen. Ich rutschte ein bisschen. »Obacht, altes Haus«, flüsterte Holmes. »Wer weiß, welche Geister sich in diesen Ecken verbergen?«

Vorsichtig beleuchtete ich unsere Umgebung, die sich als einstmals hochherrschaftliche Küche erwies, mit drei Herden und einer Kühlkammer im hinteren Teil. Die Fliesen waren eisig, und fast schlitterten wir bei unserer Erkundung darüber. Holmes öffnete die Tür zur Kühlkammer.

»Ziemlich wenig drin hier«, sagte er leise. »Sollte Freund Ridge hier wohnen, ist er kein großer Gourmand.« Er befühlte auch die Herde. »Eiskalt. Gehen wir weiter hinein.«

Wir schlüpften aus der Küche und achteten darauf, so wenig Geräusche wie möglich zu machen. Drinnen im Haus wirkte die Luft frostiger als draußen. Ich kann es nicht erklären, aber sie kroch einem irgendwie mehr in die Knochen. Wir tappten den Personalkorridor entlang. Dann hinaus in die Eingangshalle, die eine gemütlichere Angelegenheit war: mit einem großen, alten Portierssessel an der zweiflügligen Haustür, einem Hutständer aus einem Elefantenfuß und Bildern an den Wänden, die Musiker und Instrumente aus allen Jahrhunderten zeigten. Das Glanzstück war ein riesiges Ölgemälde von einem Renaissance-Musiker mit einer Geige. Aber als das Licht der Laterne darauf fiel, bemerkte ich etwas äußerst Merkwürdiges. Es schien, als wäre es einem heftigen Angriff ausgesetzt gewesen, denn das Lächeln des Mannes, der das Instrument unter sein Kinn klemmte, war mit einem Messer herausgeschnitten worden. Das starre Grinsen und die darunter klaffende Leinwand wirkten erschreckend und grotesk. »Da hatte jemand wohl einen furchtbaren Groll«, murmelte ich.

»Dem wage ich zuzustimmen«, erwiderte Holmes und starrte auf den von meiner Lampe erhellten Akt der Gewalt. »Aber wir müssen uns fragen: Was bedeutet das wirklich? Und noch wichtiger: Wer hat das getan?«

Wir schlichen weiter, durch Türen, die einst mit feinem, pflaumenfarbenem Leder gepolstert waren, das nun schäbig, rissig und zu Tigerstreifen aufgeplatzt war. Dann fanden wir uns in einer Bibliothek wieder, aber hier schien ein Tornado gewütet zu haben, denn die Hälfte der Bücher war auf dem Boden verstreut, die Möbel waren umgekippt, und vor dem Kaminrost lag zerschmettert eine große Porzellanvase. »Mr. Ridge braucht besseres Personal«, sagte Holmes nachdenklich.

»Ich fürchte, da steckt mehr dahinter.«

»Ich auch.« Er hob eines der Bücher vom Boden auf. »*Was im Jenseits liegt: Die Hebräer und das Leben nach dem Tod*. Ridge hat eine esoterische Ader.« Wir sprachen kaum hörbar, als würden sich die Geister dieses Hauses auf alles stürzen, was lauter war als ein Flüstern.

Ich griff nach einem anderen Buch. *Niccolò Paganini: Der brillante Geiger, der seine Seele dem Teufel verkaufte.* »Das ist auch nicht heiterer«, sagte ich und beleuchtete den Titel.

»In der Tat, nein.«

Plötzlich hörte ich in einer der schattigen Ecken hinter mir eine Bewegung. Ich wirbelte herum, entsicherte meinen Revolver und zielte. Da kam eine schwarz-weiße Katze aus dem Dunkel, fauchte mich an und verschwand in der Tiefe des Hauses. Ich senkte meine Waffe und beschloss, ihr zu folgen, zurück in die Eingangshalle. Ich trat einen Schritt aus der Bibliothek heraus und erstarrte.

»Nicht bewegen«, befahl eine leise, bedrohliche Stimme neben mir. Und mir blieb nichts anderes übrig, als zu gehorchen, denn ich spürte einen kalten Pistolenlauf an meiner rechten Schläfe. Zwar konnte ich den Mann nicht sehen, aber schon der Klang seiner Stimme ließ vermuten, dass er keinerlei Skrupel haben würde abzudrücken.

»Mr. Ridge?«, fragte ich betont ruhig. »Sie baten uns zu kommen.«

»Oh nein, ich bin nicht Mr. Ridge«, kam die höhnische Antwort. Der Mann entriss mir die Laterne und hielt sie mir vors Gesicht. »Und jetzt zurück in den Raum, ganz langsam.«

Ich tat, wie mir geheißen. Den Revolver hatte ich an meinen Bauch gedrückt, und offenbar verdeckte der Türrahmen ihn, denn der Mann mit der Waffe zwang mich nicht, ihn fallen zu lassen. Als ich langsam rückwärts ging, versteckte ich meine Hand mit dem Revolver hinter der Wand, sodass sie nicht zu sehen war. Der Mann folgte mir. Das Licht der Laterne blendete mich und brannte in meinen Augen, ich konnte nur die Waffe sehen, die auf meine Brust zielte. Ich trat einen zweiten Schritt zurück.

»Weiter«, befahl die Stimme. Ich machte noch einen Schritt, worauf er mir folgte, sodass wir nun beide in der Bibliothek waren. »Und jetzt die Waffe auf den Boden, ganz langsam.« Ich verfluchte mein Pech, dass mein Revolver jetzt sichtbar war, und zögerte. »Los. Sonst knallt's.«

»Das können Sie tun, Moran, aber im gleichen Moment werde ich Ihnen den Schädel zerschmettern.« Das war Holmes. Er hatte sich an die Wand gedrückt und seinen schweren Stock über den Kopf des Colonels gehoben, bereit, seine Drohung wahr zu machen. Als ich das hörte, hob ich langsam den Lauf meiner Waffe, sodass sie jetzt knapp über die Laterne hinweg zielte. »Und jetzt haben Sie zwei Waffen auf sich gerichtet. Also ist es Zeit, Ihre zu senken.«

»Niemals«, knurrte er. Ich kannte Sebastian Moran. Er bluffte nicht.

Die schwarz-weiße Katze kam wieder hereingeschlichen. Erneut fauchte sie mich im Vorbeigehen an und steuerte die dunkle hintere Ecke an.

»Sie müssen auch hier sein, Professor«, rief Holmes. »Der Colonel streunt dieser Tage nicht außerhalb Ihrer Sichtweite herum.«

»Oh ja, ich bin hier, Mr. Holmes«, grollte eine Stimme aus der Eingangshalle.

»Dann zeigen Sie sich! Colonel, stellen Sie die Lampe auf den Boden. Ja, so ist es gut.«

Ich trat aus dem Weg, und Moran machte es mir nach. Ich sah, wie seine Silhouette zur Seite glitt. Und dann erschien im Türrahmen Professor Moriarty, der gefährlichste Mann Europas.

»Warum sind Sie hier und stören schon wieder meine Pläne?«, fragte er in einem so beiläufigen Ton, als erkundigte er sich nach der Uhrzeit.

»Wir unternehmen einen kleinen Ausflug, um die frische Luft in Greenwich zu genießen«, erwiderte Holmes. »Ich versichere Ihnen, Ihre Pläne zu stören, ist nur ein kleines zusätzliches Vergnügen.«

»Ich nehme an, Sie haben auch so einen bekommen«, sagte Moriarty und hielt einen roten Umschlag ins Licht, der genauso aussah wie der, den wir erhalten hatten.

»Ihre Annahme ist korrekt.«

Ich beobachtete Moran. Die Muskeln seiner Hand zuckten. Er bräuchte nur den geringsten Vorwand, um mich zu erschießen und es dann bei Holmes zu versuchen. »Moran, nur dass Sie's wissen, sollten Sie feuern, werde ich zurückschießen, auch wenn ich eine Kugel in der Brust habe«, bemerkte ich.

»Gut gebrüllt, Doktor.«

»Major. Und Sie sind nicht der Einzige hier, der gekämpft hat.« Wie aufs Stichwort meldete sich wieder meine alte Schulterverletzung, doch ich sorgte dafür, dass er das nicht mitbekam.

»Kontrollieren Sie Ihren Untergebenen«, befahl Moriarty Holmes, der einen Spazierstock umklammerte, und ich hatte so eine Ahnung, was sich darin verbarg. »Ich werde heute Abend im Kensington Palace zu einer Partie Whist erwartet und möchte Ihre Königliche Hoheit ungern warten lassen.«

»Ich würde lieber Ihren kontrollieren. Vielleicht indem ich ihm den Schädel spalte«, gab mein Freund zurück.

»Mr. Holmes, Ihnen gilt heute Abend nicht meine Sorge. Vielleicht schon bald, aber nicht heute.«

»Und doch gilt Ihnen oft *meine* Sorge.«

»Höchst erfreulich. Aber es ist für keinen von uns von Vorteil, diese Kontroverse auf die Spitze zu treiben. Es wird eine Zeit dafür geben. Und ich versichere Ihnen, dass *ich* diesen Moment wähle.«

Als er das hörte, erlaubte sich Holmes ein leises Lachen. »Die Zeit, die Gezeiten und die Handschellen von Scotland Yard warten nicht, bis es Ihnen genehm ist. Sie werden Ihre Herren sein, nicht Ihre Diener.«

Angespannte Stille breitete sich aus, während wir die Lage einzuschätzen versuchten. Tatsache war, dass die Kräfte ausgeglichen waren und bei offenem Kampf keiner unbeschadet davonkäme. Moriarty war ein arroganter Schurke, doch das diente jetzt unserer Sicherheit. Zu jedem anderen Zeitpunkt konnte er es so drehen, dass wir am Ende seines Seils baumelten, aber hier und jetzt war der Ausgang ungewiss.

»Wie es scheint, ist dies eine Pattsituation«, sagte Holmes, der Moriartys Unbehagen über den seltenen Umstand, keine Kontrolle zu haben, genoss.

»Es wäre das Beste für Sie, wenn Sie sich zurückzögen.«

»Aber wir sind doch gerade erst angekommen, Professor. Und wir wurden alle eingeladen. Die Tatsache, dass unser Gastgeber Ihnen ein Schreiben zustellen lassen konnte, legt nahe, dass er über einige Ressourcen verfügt. Ganz sicher könnte Scotland Yard dies mit all seinen Beamten und Informanten kaum bewerkstelligen.«

Wieder kam die Katze in Sicht. Beim Gehen leckte und schüttelte sie ihre Pfoten höchst merkwürdig.

»Ich weiß nichts von diesem Mann.«

Ich beobachtete die Katze, als sie den Lichtkreis betrat.

»Wir wissen ein bisschen von ihm.«

»Holmes«, sagte ich.

»Watson?«

»Die Katze. Sehen Sie nur.«

Er warf einen prüfenden Blick auf das Tier. Es hatte sich in der Mitte des Lichtkreises hingesetzt und leckte sich die Pfoten. Versuchte, sie von dem zu säubern, was an ihnen klebte: dunkles gerinnendes Blut. Und eine blutige Pfotenspur führte zu einer fernen Ecke.

»Da scheint es noch mehr in diesem Raum zu geben«, bemerkte Holmes grimmig. »Moran, wären Sie so freundlich?«

Moriarty gab Moran ein Signal. Langsam beugte sich der Colonel nach der Laterne und folgte damit den roten Spuren zu den dunklen Nischen der Bibliothek. Die Pfotenabdrücke endeten an einem Wandregal voller Bücher.

»Nichts da«, grunzte Moran.

»Sie müssen lernen, nicht nur mit den Augen zu sehen, sondern auch mit dem Verstand, Colonel«, sagte Holmes. »Die Spur beginnt dort, also muss es auch eine Quelle geben. Professor, ich schlage einen kurzen Waffenstillstand vor. Da diese Situation uns beide betrifft, wäre es besser, unsere Energie *darauf* zu richten statt gegeneinander. Dazu wird später noch genug Zeit sein.«

Moriarty öffnete den Mund, um etwas zu erwidern. Und die nächste Sekunde verriet mir zwei Dinge: dass Sebastian Moran seinen Ruf als Jäger verdient; und dass Sherlock Holmes keine Beute ist.

Schnell wie der Blitz rammte Moran mich mit der Schulter, sodass ich gegen die Wand knallte. Gleichzeitig zielte er mit seiner Waffe auf Holmes. Doch Holmes hatte das vorausgesehen, wirbelte herum und duckte sich so, dass der Schuss ihn knapp verfehlte. Dann ließ er den mit Blei beschwerten Stock in seiner Hand auf Morans Handgelenk sausen. Die Waffe fiel zu Boden, mein Freund hob sie auf und richtete sie auf den, der sie gerade erst benutzt hatte. Ich hingegen stieß Moran beiseite und zielte mit meinem eigenen

Revolver auf seine Brust. »Hab dich«, knurrte ich mit meinem seit Jahren aufgestauten Zorn und mehr als bereit abzudrücken. Ich musste mich mit meiner gesamten Willenskraft dagegenstemmen.

Aus Morans Miene sprach pure Raserei, doch irgendwie beherrschte er sich und stand still wie eine Eiche.

»Oh, Colonel. Sie haben Ihre einzige Chance vertan. Tsts«, sagte Holmes fröhlich.

»Dummkopf«, fügte Moriarty hinzu.

Moran erwiderte nichts, sondern schwieg trotzig. Aber sein Blick verriet lodernden Hass.

»Und jetzt sind alle Trümpfe in unserer Hand. Bitte gehen Sie beide doch vor, damit wir Sie sehen können. Ja, genau, in die Ecke. Hopp, hopp.«

Moriarty, der so oft kultiviert wirkte, schoss Moran einen Blick reiner Mordlust zu, dann marschierte er an ihm vorbei in den dunkleren Teil des Raums.

»Bewegung«, befahl ich dem Colonel und nahm ihm die Laterne ab.

Moran schlurfte widerwillig vorwärts. »Da ist nichts«, murrte er.

»Doch, natürlich!«, gab sein Herr zurück. Er stach mit seinem Stock in den Boden und hob die Spitze.

Ich ließ das Licht der Laterne darauf fallen: Die Stockspitze war rot. Dann senkte ich die Lampe. Auf dem Dielenboden mischte sich eine Blutlache mit der Staubschicht. Doch seltsamerweise endete die Lache nicht am Fuß des Bücherregals, sondern setzte sich darunter fort.

»Die Quelle«, sagte Holmes, »ist hinter dem Regal.«

»Sind Sie sicher?«, fragte ich.

»Offensichtlich. Hier gibt es keinen Ursprung. Die Menge des Bluts deutet auf eine große Wunde hin, und rund um die Lache gibt es keine Spuren. Außer die unserer Katzenfreundin natürlich. Daher muss die Quelle auf der anderen Seite sein. Sie zwei, schieben Sie das Regal weg.« Moriarty trat beiseite und weigerte sich wortlos, sich mit niederer Arbeit die Hände schmutzig zu machen, aber Moran gab nach und versuchte, das Regal zur Seite zu drücken. Als es ihm nicht gelang, trat er zurück und starrte uns finster an. »Dann muss es einen geheimen Mechanismus geben.« Holmes bedeutete ihnen, aus dem Weg zu gehen, und steckte die Waffe in seine Tasche. »Zögern Sie nicht, Watson.«

»Nein.«

Er fegte alle verbliebenen Bücher des Regals auf den Boden. Dann strich er mit den Händen über den Rahmen des Gestells. »Aha«, sagte er schließlich und betätigte klickend etwas Metallisches an der Seite. »Nicht mal ein Mechanismus, nur ein schlichter Riegel.« Er zog an dem Regal, das an einem Scharnier befestigt in den Raum schwenkte. Ich umfasste den Revolver fester und hob die Lampe. Holmes nahm seine Waffe aus der Tasche.

Hinter dem Regal führte ein Durchgang in ein Zimmer von der Größe einer Schlafkammer, doch ich hätte weder die Laterne noch meinen Revolver heben müssen, denn das Zimmer wurde ausreichend von einer Petroleumlampe erhellt, die auf einem quadratischen Kupfertisch stand. Sie beleuchtete eine ganz außerordentliche Kammer, die von Ausstellungskästen gesäumt wurde. Jeder davon quoll über von Schätzen, die aus der Ausgrabung in Jerusalem stammen mussten. Es gab steinerne Gefäße und Schrifttafeln, Fragmente von Pergamenten und Instrumente, die aussahen, als wären sie aus Knochen oder Holz gefertigt. Im Kontrast dazu lehnte eine schöne europäische Violine schräg an den schlichten exotischen Instrumenten. Aber da war noch etwas, und das war einmal majestätischer als alles zusammen gewesen.

Auf dem Boden lag die Leiche eines etwa vierzigjährigen Mannes, und seine blasenübersäte Haut schälte sich vom rohen Fleisch genau wie die der beiden Toten, die wir nur Stunden zuvor gesehen hatten. Der Mann war sehr gut aussehend gewesen, mit dunklen Zügen und einem pechschwarzen Schnurrbart. Seine Haare waren lang und wild romantisch wie bei einem Zigeuner, und er trug eine exzellent geschneiderte Hausjacke mit gelben und orangefarbenen Schlierenmustern.

»Zu spät«, befand Holmes, bedrückt und verärgert zugleich.

Der Form halber ging ich vor dem Toten in die Knie – während ich gleichzeitig den Revolver auf unsere beiden Geiseln gerichtet hielt, die zum Durchgang gekommen waren – und fühlte an seinem Hals nach dem Puls. Dabei benutzte ich wieder ein Taschentuch, falls noch Gift auf seiner Haut zurückgeblieben war. Nichts. Auch nicht an seinem Handgelenk.

»Der Mann braucht einen Leichenwagen, keinen Arzt«, schnaubte Moran.

»Ist das Ridge?«, fragte ich.

»Das war er.« Holmes befühlte dessen Brust. »Er ist noch warm. Noch nicht lange tot.«

Ich wies mit der Waffe auf Moriarty. »Ach, Dr. Watson. Das reicht jetzt aber«, sagte der und fegte sich ein Stäubchen vom Revers. »Es ist schon schlimm genug, die Auswirkungen Ihres Versagens zu sehen, auch ohne dafür verantwortlich gemacht zu werden. Heute habe ich nichts Schlimmeres getan, als mir ein paar mittelmäßige Kunstwerke anzusehen. Soll ich sie Ihnen beschreiben? Da war ein ziemlich dürftiges Bild von Margate. Außerdem –«

»Ich glaube nicht, dass unsere Freunde hier irgendwas damit zu tun haben«, sagte Holmes zu mir und unterbrach ihn dadurch.

»Sind Sie sicher?«

»Sicher? Nein. Aber warum sollten sie versuchen, seinen Tod zu verbergen, und dann am Haus warten und riskieren, entdeckt zu werden?«

»Hmm.« Ganz überzeugt war ich nicht. Holmes hatte mich gelehrt, dass man nie auch nur ein Viertel von dem erraten konnte, was Professor Moriarty durch den Kopf ging. Ich machte mich daran, die Leiche zu untersuchen. Auffällig war eine Wunde an seinem Nacken. Sie unterschied sich von den anderen und wirkte eher wie ein Nadelstich. Und sie war frisch. »Holmes, dies ist ein Einstich. Er hat eine Injektion bekommen. Innerhalb der letzten Stunde, würde ich sagen.«

»Sicher mit üblen Absichten, Watson. Er wollte uns von einer riesigen, sich ausbreitenden Gefahr erzählen, wurde jedoch zum Schweigen gebracht.«

»Würde er —«

Doch ich beendete meine Frage nicht, denn in diesem Moment geschah Erstaunliches. Eigentlich hätte ich nach den Ereignissen an diesem Nachmittag etwas Derartiges erwarten können. Denn wieder einmal sprangen die Augen des Toten unter mir auf, er öffnete den Mund und rief immer wieder mit heiserer, brüchiger Stimme ein einziges Wort.

»*Ardeo! Ardeo!*«

Und trotz des Schocks, den ich empfand, weil ein Mann von den Toten erwachte, meldete sich mein altes Schullatein.

Ich brenne, ich brenne.

Sein Blick huschte hin und her, als würde er herumfliegende Dämonen beobachten, und Holmes und ich mussten ihn an den Gliedmaßen festhalten, damit er auf dem Boden liegen blieb.

»Halten Sie ihn ruhig«, befahl ich Holmes, streifte meine Jacke ab und schob sie ihm unter den Kopf, damit er sich nicht den Schädel am Boden einschlug.

»Ridge!«, schrie Holmes ihn an. »Ridge, Sie leben! Beherrschen Sie sich!« Da flackerte der Blick des Mannes nicht mehr hin und her, sondern fokussierte sich auf meinen Gefährten.

»Sie«, krächzte er. »Sie.« Und zu meinem erneuten Erstaunen brach er in hohles Gelächter aus.

»Ja, ich.«

Das Gelächter verstummte, und die Augen des Mannes verengten sich leicht, blieben aber auf uns gerichtet. Dann huschten sie zu unseren Gefangenen. »Und auch Moriarty.«

»Ich sollte sagen, dass Sie uns in eine missliche Lage gebracht haben, Mr. Ridge«, erwiderte Moriarty so gelassen, als wäre man auf einem Spaziergang im Hyde Park.

»Ach ja? So nennen Sie das hier?«, erwiderte Ridge und lachte noch einmal leise in sich hinein, doch dann wurde sein ganzer Körper von einem Krampfanfall ergriffen, und seine Lider senkten sich.

»Warum sind wir hier?«, fragte Holmes. Doch als Antwort bekam er nur einen tiefen Seufzer. »Jet und Wyneth sind tot. Wer hat sie getötet? Und wie hängt das mit der Entführung von George Reynolds zusammen?«

Ridge fuhr sich mit der Zunge über seine trockenen Lippen. »Sie …« Ein schmerzhafter Krampf durchzuckte ihn, und er schrie auf, bevor er wieder erschlaffte und leicht keuchend atmete.

»Ridge!«

»Fragen …«

»Wir müssen es wissen.«

»Ja, das müssen Sie.« Seine Stimme kehrte zurück, schwach, aber deutlich zu verstehen. Er wandte sich von Holmes zu Moriarty. »Ich habe Ihre Abhandlung über den binomischen Lehrsatz gelesen.«

»Wie erfreulich«, erwiderte Moriarty. »Darf ich das so verstehen, dass wir hier sind, um darüber zu sprechen?«

Ridge lächelte. »Wenn Sie wüssten, was da droht, Moriarty.«

»Dann wäre ich sicher nicht allzu besorgt.«

»Aber das sollten Sie sein, Professor. Sie mögen schlau sein, aber es gibt andere, die im Vergleich zu Ihnen als *homo erectus* Übermenschen sind.«

»Das kümmert mich –«

»Sie werden Sie vernichten. Sie werden alles vernichten«, flüsterte er. »Alles, was Sie haben. Alles, was Sie jemals zu haben glauben. Es wird zu Staub in Ihren Händen zerfallen, und Sie werden weinend in der Gosse sterben.«

Es war etwas an seinem Ton, an der Art, wie er das sagte, dass Holmes und ich, Moran und Moriarty alle dasselbe fühlten: Dieser Mann erzählte keine Narrengeschichte. Er sagte, was er wusste. Und sein Wissen war so fest und unerschütterlich wie ein Berg.

Zum ersten Mal sah ich Moriarty beunruhigt. Nervös sogar. Nur ganz kurz, eine Sekunde, verriet ihn sein Gesicht.

»Wer wird das tun?«, fragte Holmes.

»Sie werden schon hiervon wissen. Sie wissen alles. Sie werden … jetzt nach Ihnen suchen.«

»Wer …«

»Die …« Aber da trübte sich Ridges haselnussbraune Iris. Etwas sickerte in die Farbe, ein roter Fleck. Blut strömte in seine Augen, die kleinen Äderchen platzten und füllten die Augenhöhle.

»*Wer?*«

»Sie müssen …«, er hauchte nur, als könnte er kaum atmen, »… zusammenarbeiten. Sonst … ist die ganze Welt … verloren. Meine … Geige.«

Er streckte die Hände nach der Vitrine aus, in der sein Instrument lag, als wollte er unbedingt ein letztes Mal die kostbare Geige halten, die ihm Ruhm und einen berüchtigten Ruf eingebracht hatte.

»Was werden sie tun? Wer hat Ihnen das angetan?«, fragte Holmes.

Da kam Moriarty mit großen Schritten zu ihnen, packte die Aufschläge von Ridges Hausjacke und schüttelte ihn. »Ich bringe sie höchstpersönlich um. Wer sind sie?«

»Schweizer ... Grunden. Oh, Gott!« Der Schmerz, der in seinen letzten Worten lag, durchdrang uns alle, als der Mann ein zweites Mal starb. Sein lebloser Körper sackte zu Boden. Und dieses Mal gab es kein Zurück.

Wir standen auf und zogen uns auf entgegengesetzte Seiten der Kammer zurück. Ich befingerte den Revolver in meiner Hand. Den zwei Männern vor mir traute ich so wenig wie Dämonen.

»Beherrschen Sie sich, Doktor«, sagte Moriarty. »Obwohl man sich schon fragen muss, wie Sie überhaupt an den Titel gekommen sind, wenn Sie nicht mal tot und lebendig unterscheiden können. Aber vielleicht betrachten Sie diese Fähigkeit als unwesentlich.«

»Nicht vergessen, wer hier die Waffe hat«, gab ich zurück. Darauf richtete er seine Manschetten. »Was nun?«, fragte ich Holmes.

»Mein Freund, die Zukunft und wie wir uns ihr nähern sollten, ist ganz und gar nicht klar.« Er betrachtete Moriarty.

»Sie ziehen doch nicht ernsthaft Ridges Ansinnen in Erwägung, mit diesem Monster zusammenzuarbeiten?«, fragte ich leise.

Statt einer Antwort starrte Holmes nachdenklich zu dem Verbrecher an der gegenüberliegenden Wand. Dann zuckte er die Achseln.

»Mehr Informationen. Ich brauche mehr Informationen.« Er schlenderte zu der Vitrine voller primitiver Instrumente, in der sich auch die europäische Violine befand. Währenddessen hörte ich, wie Moriarty und Moran sich leise berieten: Wahrscheinlich stellten sie sich dieselben Fragen wie wir. »Ah, natürlich hatte er eine Stradivarius«, sagte Holmes, öffnete die Glastür und holte das

Instrument heraus. Mit dem Rücken zu mir legte er den Bogen darauf und ließ eine rasche Kaskade von Tönen erklingen.

»Was ist das?«, fragte ich, weil mir nichts anderes einfiel.

Er hielt inne. »Paganini«, antwortete er, »auch ein Verrückter, wie Ridge. Vielleicht auch ein Teufelsverehrer. Und doch, hören Sie das?« Erneut spielte er eine Kaskade von Tönen. Sie perlten von den Saiten, liefen die Tonleiter hinauf und hinunter.

»Ich höre nur die Musik«, sagte ich. »Es klingt, als wäre der Mann besessen gewesen.«

Holmes wirbelte zu mir herum. »Oh, das war er, das war er. Für sein Talent hat er dem Teufel seine Seele verkauft. Hören *Sie* das, Moriarty?«

»Gesellschaftsspiele«, murmelte der Schurke. »Daran bin ich nicht interessiert.«

»Aber dieses Spiel hier ist tödlich. Sie müssen doch etwas hören.«

»Nein, ich höre nichts.«

»Ach, auch egal.« Und dann riss Holmes ohne Vorwarnung das Instrument hoch und zerschmetterte es an der Wand.

Das Holz zersplitterte in Zahnstocher, die zum Teil zu Boden prasselten, zum Teil von den Saiten zusammengehalten wurden. Ich sah, wie Moran sich duckte, bereit zum Angriff, während Moriarty nur leicht verwirrt die Stirn runzelte.

Gerade als ich Holmes fragen wollte, was in aller Welt er da tat, rief er: »Ha!«, und schnappte sich einen Zettel, der aus dem Schallloch der Geige gefallen war. »Sie müssen doch diese Misstöne gehört haben! Eine Stradivarius mit nicht vollkommen perfekten Tönen? Kaum zu glauben. Nein, es war etwas im Schallloch, das die Resonanz gestört hat.« Triumphierend hielt er den Zettel über den Kopf, dann legte er ihn auf den Tisch in der Mitte der Kammer. Ich ging zu ihm und sah ihn mir an.

Während ich ihn betrachtete, spürte ich, wie ich zu schielen anfing. Wir blickten auf eine Seite voller willkürlicher Buchstaben, die wie ein ganz normaler Text geschrieben waren. Nun, ich sage »willkürlich«, aber jeder Soldat erkennt einen Geheimcode, wenn er ihn vor sich hat. Ich trat zurück und ließ Holmes mit seinen außerordentlichen mentalen Fähigkeiten arbeiten, weil ich darauf vertraute, dass er den Code knacken und das entschlüsseln konnte, was ein extrem wichtiges Dokument sein musste. Eine Minute verging. Holmes blieb stockstill. Eine weitere Minute verging. Eine dritte. Ich schwöre, ich sah, wie ihm eine Schweißperle über Schläfe und Wange rann. Und dann: »Pah!« Er riss den Zettel vom Tisch, schleuderte ihn weg und stapfte zur Seite der Kammer. »Unmöglich. Eine Gitterchiffre. Ohne das Entschlüsselungsgitter kann man den Text nicht dechiffrieren.«

»Eine Gitterchiffre?«

»Eine alte Technik. Bacon war ein großer Befürworter. Man hat ein Blatt mit Löchern darin. Dieses Blatt wird auf die verschlüsselte Seite gelegt. Die Buchstaben in den Löchern ergeben dann den Text —«

»Playfair.« Das war Moriarty. Er hielt das Blatt in seiner Hand.

»Was?«, fragte ich.

»Das ist keine Gitterchiffre, sondern eine Playfair-Verschlüsselung.«

»Sind Sie sicher?«, fragte Holmes.

Moriarty zog eine Augenbraue hoch. »Lyon Playfair konsultierte mich zum besten Entwurf dieses Systems. Also ja, ich bin sicher.«

»Nun«, erwiderte Holmes, »das ist aber auch nicht besser. Dann brauchen wir den Schlüsselsatz zur Dechiffrierung. Wäre es eine Vigenère-Chiffre, könnten wir eine relativ einfache Häufigkeitsanalyse nutzen, um den Code zu knacken. Aber eine Playfair-Verschlüsselung ist wesentlich komplexer. Die ist nicht zu entschlüsseln, es sei denn, man hätte ein Jahr dazu Zeit.«

»Ruhe«, befahl Moriarty. Und das war kein verärgerter Befehl, sondern eine einfache Aufforderung. Er brauchte Ruhe, um arbeiten zu können.

»Was erdr…«, setzte ich empört an. Doch Holmes drückte seinen Zeigefinger auf die Lippen.

Und dann fing Moriarty mit etwas an, das ich nur als eine langsame Pantomime beschreiben kann: Er hob seine Hände hierhin und dorthin, schob imaginäre Objekte auf unsichtbare Regale, schrieb mit seinen Fingern Gleichungen und Algorithmen in die Luft.

Wie lang wir dort waren? Das kann ich nicht sagen. Ich schätze, eine Stunde oder mehr, und keiner von uns rührte sich. Ich fand es ermüdend, aber Holmes faszinierte es, glaube ich. Moran genoss es, uns anzustarren, als wären wir Tiere im Käfig.

Bis Moriarty schließlich verkündete: »Der Schlüsselsatz ist: *In the beginning.*«

Ich wartete auf Holmes' Reaktion, sah aber nur, wie sich sein Mund ganz leicht zum Ansatz eines Lächelns spannte.

»Bravo, Professor«, sagte er langsam. »Ich glaube, es gibt keinen lebenden Menschen, der nur im Kopf einen Playfair-Code knacken kann.«

Moriarty zögerte. »Hm, doch, einen gibt es«, gab er zu. »Singh in Kalkutta. Aber der ist dem Tode nah.«

»Wie nah?«, fragte ich.

Er öffnete seine Taschenuhr und blickte aufs Zifferblatt. »Etwas mehr als vier Stunden. Ich fürchte, genauer kann ich das nicht sagen. Es hängt von der Tüchtigkeit der indischen Post ab.«

»Würden Sie uns den entschlüsselten Text verraten?«, fragte Holmes.

Moriarty diktierte ihn langsam. Ich erkannte, dass er beim Sprechen gleichzeitig komplizierte Algorithmen anwandte.

An das Amt Ihrer Majestät für auswärtige und koloniale Angelegenheiten. Bericht von unserem Korrespondenten Mercury im Vorderen Orient. Erster Oktober 1881

Auf Geheiß des Obersts für diesen Bereich schloss ich mich der Expedition von Mr. Benjamin Ridge, Mr. Peter Jet und Lord Wyneth von Darlington an. Unsere Mission – und vor allem meine Beteiligung – sollte geheim gehalten werden, um den türkischen Sultan nicht zu verstimmen und dadurch in Gefahr zu geraten, einen bewaffneten Konflikt auszulösen. In diesem Teil der Welt ist das Gleichgewicht der Kräfte aufrechtzuerhalten, bis wir die Oberhand haben.

Zunächst segelten wir über Thessaloniki zum Hafen von Haifa, wo wir am siebten April eintrafen. Die osmanischen Behörden dort sind arbeitsscheu und korrupt, sodass ein kleines Bakschisch für unsere sichere Weiterreise sorgte. Tatsächlich forderte der Gouverneur von Haifa nur, dass sein Sohn im Herbst einen Platz in Eton bekäme, und bot an, das Schulgeld in Silbermünzen zu bezahlen – mit einer Sonderzuwendung derselben Summe für uns, wenn wir seiner Bitte nachkämen. Ich versicherte ihm, dass ich das Ganze arrangieren würde.

»Das ist der gesamte Text«, erklärte Moriarty.

»Sehr bedauerlich. Der restliche Bericht ist offenbar woanders«, bemerkte Holmes. »Vielleicht konnte Ridge ihn nicht als Ganzes sicherstellen, oder er wurde ihm gestohlen. Darüber können wir zurzeit nur spekulieren. Doch ganz sicher ist dieser Mercury jemand, den wir nur zu gerne kennenlernen würden.«

Moriarty rückte seine schwarze Halsbinde zurecht. »Nun denn, Mr. Holmes. Wir befinden uns in einer Zwickmühle. Laut Mr. Ridge wird alles zu Staub in unseren Händen zerfallen. Sollen wir ihm glauben?«

»Moriarty, ich habe in letzter Zeit Dinge gesehen, die kaum möglich erschienen. Einen Umsturzversuch von einem Mitglied des

Kabinetts. Eine diabolische Falle, in der er und noch jemand vor tausend Zuschauern ums Leben kamen. Einen Mann, der heimlich in mein Haus kommen und für unser persönliches Treffen sorgen konnte. Und ich kann nicht mal erraten, was Sie in den letzten Tagen erlebt haben. Doch Sie sind genauso wie ich überzeugt, dass eine Gefahr droht. Was auch immer es sein mag, ich habe keinerlei Zweifel, dass Ridge die Wahrheit sprach, als er sagte, einer solchen Gefahr sei die Welt noch nie ausgesetzt gewesen.«

»Da haben Sie ja ein ganz interessantes Wochenende gehabt«, erwiderte Moriarty und betrachtete eine Vitrine mit Steintafeln. »Ich jedoch habe schon einiges an Gefahren gesehen. Deshalb beunruhigen sie mich nicht so sehr wie Sie.«

»Versuchen Sie erst gar nicht, Ihre Furcht zu verbergen!«

»Furcht? Pah!« Moriarty richtete sich auf und wandte sich von uns ab, augenscheinlich, um die Wand anzustarren. Ich wollte etwas sagen, doch da ich eben schon von Holmes zum Schweigen gebracht worden war, hielt ich mich zurück.

Wir warteten.

Dann drehte Moriarty sich um. Er und Holmes sahen sich an. Sie bewegten sich nicht und hielten den Blickkontakt. Für Minuten, die sich wie Stunden anfühlten, starrten sie sich schweigend an. Bis Moriarty sagte:

»Eine Katastrophe.«

»So scheint es«, gab Holmes zurück.

»Ein Umbruch.«

»Ganz sicher.«

»Schweiz«, sagte Moriarty nachdenklich.

»Ganz genau.«

Eine weitere Ewigkeit verging.

»Technologie.«

»Jerusalem.«

Wieder eine lange Pause, und dann endlich verzog sich Moriartys Mund zu einem Lächeln. »Nein, das glaube ich nicht.«

»Nicht?«

»Nein, ich brauche Sie nicht, Mr. Holmes. Die Bedrohung ist ein Phantom.« Er blies imaginäre Blätter von seiner Handfläche.

»Professor ...«

Aber Holmes wurde von einem ungewöhnlichen Geräusch unterbrochen: ein Hämmern außerhalb des Gebäudes. An der Haustür, jemand schlug mit den Fäusten dagegen.

»Ein Freund von Ihnen«, bemerkte Moriarty, »nach dem Mangel an Manieren zu schließen.«

»Da lang.« Holmes wies mit dem Revolver in eine Richtung. Und Moriarty ging uns unbekümmert zum Eingang des Hauses voran.

Ich war auf alles gefasst, als ich, die Waffe diskret an meiner Seite, die Tür aufriss, dennoch staunte ich, als ich ein bekanntes Gesicht sah: Hopkins, einen Inspektor von Scotland Yard, der ein großer Bewunderer von Holmes war.

»Hopkins?«

»Dr. Watson. Wir dürfen keine Zeit verlieren! Sie müssen sofort verschwinden«, stieß er hervor.

»Wie vorhergesagt«, murmelte Moriarty.

»Aber wieso?«

»Ein Trupp Constables ist auf dem Weg, um Sie und Mr. Holmes zu verhaften.«

»Wie lautet die Anklage?«

»Mord.«

»Mord an wem?«, fragte Holmes und trat zu uns.

»An dem Mann, der hier wohnt. Ridge ist sein Name.«

Holmes sah mich ernst an. »Offenbar kannte Ridge dieses Spiel besser als wir; wer auch immer hinter dieser großen Verschwörung steckt, er hat Befehlsgewalt bei Scotland Yard.« Dann fiel ihm etwas auf. »Sie sind hier, um *nur uns* zu verhaften?«

Da trat Moriarty vom Schatten ins Licht. Ich sah an Hopkins Miene, dass er das verbrecherische Superhirn erkannte.

»Oh ja, Mr. Holmes. Nur Sie.« Sein Ton veränderte sich. »Aber er, er soll woandershin gebracht werden. Ganz inoffiziell, könnte man sagen.«

»Sie …«, knurrte Moran.

Doch Moriarty hielt ihn mit erhobener Hand auf. »Es ist jetzt nicht vorteilhaft, Imponiergehabe an den Tag zu legen, Moran. Die Ressourcen der Polizei sind erheblich und nicht zu unterschätzen.« Er wandte sich zu Holmes.

»Die Umstände haben sich geändert, Professor«, bemerkte mein Freund.

»In der Tat.«

»Dann haben wir also eine Vereinbarung?«

»Die Logik würde es gebieten.«

Der Feind meines Feindes ist mein Freund? Nein, das stimmt nicht, ganz gleich, wie oft man das wiederholt. Doch wie sich zeigte, war der Feind meines Feindes mein Verbündeter.

»Wie lang haben wir noch?«, fragte Holmes den Polizisten.

»Minuten. Höchstens fünf.«

»Dann wollen wir sie gut nutzen.« Während Hopkins draußen Wache stand, suchten wir mit doppelter Geschwindigkeit in der verborgenen Kammer nach einer Spur, die uns zu den dunklen Ursprüngen unserer misslichen Lage führen konnte.

»Holmes«, sagte ich leise. »Was war das zwischen Ihnen und Moriarty?«

»Ein Pakt.«

»Ein Pakt? Mit einem Mörder?«

Er legte die Hände auf meine Schultern. »Alter Freund, wenn die Welt brennt, gibt man den Wassereimer an jeden, der neben einem steht. Ridge hat uns beide hierhergerufen. Er muss sich gedacht haben, dass die von ihm vorhergesehene Katastrophe nur mit unseren vereinten Kräften abzuwenden sei.«

»Aber Sie und Moriarty …!«

»Sie müssen begreifen, dass kein Mensch auf dieser Welt so berechnend seine Entscheidungen trifft wie James Moriarty. Ihn interessiert nur sein eigenes Überleben. Um das zu bekommen, was er will, würde er mit einem Engel oder mit dem Teufel arbeiten. Und der Pakt zwischen uns ist seine beste Chance.«

»Aber …«

»Selbstverständlich geht mir das gegen den Strich, und die Gefahr, der wir gegenüberstehen, könnte sich tatsächlich als Phantom erweisen. Ridge jedoch glaubte, es könnte auch das Ende des Lebens sein, wie wir es kennen, deshalb schlug ich den Pakt vor. Große Gefahren sind nicht neu: Wir haben kaum den Schwarzen Tod überlebt; die Religionskriege hätten die Hälfte der europäischen Bevölkerung töten können. Was auch immer Ridge befürchtete, es könnte eine Gefahr diesen Ausmaßes sein. Also ja, ich werde mich mit diesem Mann verbünden, so lange es notwendig ist.«

»Und wenn es nicht mehr notwendig ist?«

»Dann werden wir uns wohl anfallen wie zwei Wölfe. Ach, *das* ist interessant, nicht wahr?«, sagte Holmes unvermittelt und wies auf eine gerahmte Fotografie in einer Vitrine. Sie zeigte drei Männer, gekleidet für eine Wüstenexpedition. Und wir kannten sie: Ridge, Wyneth und Jet. »Ja. Unsere drei Forscher.«

»Was ist denn so interessant daran?«

Holmes warf mir einen Blick zu. »Das sehen Sie nicht?«

Ich schaute genauer hin. Die Männer standen in einer dürren Landschaft vor dem Eingang eines Mausoleums. Es herrschte grelles Licht, wie wohl immer im Orient. Vor ihnen lagen vier Tropenhelme. »Nein, ich gebe zu, ich sehe nichts.«

»Drei Männer auf dem Foto, vier Tropenhelme auf dem Boden. Aber so etwas würde ein Einheimischer nie tragen.«

»Also gab es einen vierten Entdecker«, schloss ich. »Der Mann, der das Foto schoss.«

»Genau.« Er nahm das Foto aus dem Rahmen und drehte es um. Auf der Rückseite stand geschrieben: »Jet, Ridge, Wyneth, Mercury. Jerusalem 1881.«

»Wieder *Mercury*. Komischer Name.«

Er schwenkte das Foto in der Luft. »Gut möglich, dass es ein Deckname ist.« Doch dann erregte noch etwas in der Vitrine seine Aufmerksamkeit, und er nahm ein gerolltes Pergament heraus.

Es zeigte eine Reihe stilisierter Bilder in leuchtenden Farben, die aussahen wie ägyptische Hieroglyphen. Von links nach rechts gelesen war das erste Bild ein bräunlicher Mann – offenbar ein hochwohlgeborener, weil er einen Pelz um die Schultern trug. Und dieser Mann lag auf dem Rücken, während sich ein graues Schattenbild aus seinem Körper erhob und eine weiße Scheibe anstrebte. Auf dem zweiten Bild kniete er vor einem Altar, neben sich eine grüne Spinne, während eine gelbe Scheibe über ihm stand. Auf dem letzten stand er aufrecht unter der gelben Scheibe. Davor musste es noch ein Bild gegeben haben, aber das war abgerissen. Man sah nur noch den gezackten Rand.

Moriarty warf uns einen kurzen Blick zu, bevor er sich wieder seiner eigenen Suche widmete. Wenn das eine Zusammenarbeit sein sollte, dann keine mit vereinten Kräften.

Unter jedem der Bilder stand eine Reihe Buchstaben, welche nicht unserem Alphabet entstammten.

»Hebräisch!«, rief ich aus.

»Fast, altes Haus: Das ist Aramäisch.«

»Aramäisch«, wiederholte ich und staunte über das Pergament aus dem alten Israel.

»Über diese Sprache habe ich vor vielen Jahren etwas bei einem Fall gelernt, der mit dem Diebstahl eines biblischen Dokuments zu tun hatte. Sie müssen natürlich beachten, dass sie als semitische Sprache von rechts nach links gelesen werden muss, genau wie die Bilder hier.« Wie angewiesen betrachtete ich sie jetzt in der anderen Abfolge, die nun mehr Sinn ergab: Der Mann stand erst, dann kniete er, und dann lag er. »Ich bin ein bisschen eingerostet«, sagte Holmes, »aber wenn ich mich nicht irre, steht unter diesem ersten Bild ›der Herr‹, unter dem zweiten ›suchen‹ oder ›entdecken‹ und unter dem letzten ›Wissen‹. Und diese gelbe Scheibe soll offensichtlich die Sonne darstellen, und die weiße Scheibe ist der Mond. Bedauerlich nur, dass das letzte Bild gewaltsam entfernt wurde.« Er strich über den gezackten Rand. »Abgerissen natürlich, also war derjenige, der das tat, in Eile und hatte keine Schere oder ein gutes Messer. Es herrschte wohl eine gewisse Dringlichkeit, wahrscheinlich auch Furcht vor einer Entdeckung, wenn man die Kostbarkeit dieses Dokuments bedenkt. Der Mann war Rechtshänder und trug am vierten Finger seiner Hand einen Siegelring. Das sieht man an der Richtung, wie es abgerissen wurde, wie die Fasern des Pergaments zeigen: nach unten links; und an den leichten, flachen Kerben, die in regelmäßigen Abständen auftauchen, immer ein paar Zentimeter nach rechts versetzt. Allerdings fürchte ich, dass man nicht mehr darüber sagen kann.«

»Dann ist es Zeit, in die Schweiz zu verschwinden«, erklärte Moriarty.

»Einverstanden«, sagte Holmes. »Aber angesichts unserer derzeitigen prekären Lage können wir nicht die normalen Transportmittel nutzen. Da sind wir auf Sie angewiesen, Professor.«

»Moran, treffen Sie alle Vorkehrungen. Über die Folkestone-Route. Und wir müssen noch kurz an unserer derzeitigen Unterkunft haltmachen. Ich muss ein Telegramm verschicken und noch etwas mitnehmen.« Er hielt inne und starrte auf ein Gemälde an der Wand, das eine bukolische Szene zeigte: Dirnen mit rosigen Wangen schenkten Wein aus, während junge Gecken mit kleinen Hunden spielten. »Nehmen Sie auch das Bild mit. Es gefällt mir.«

Wir verschwanden rasch durch die Hintertür, nahmen eine Droschke zur HMS *Elysium* und reisten dann inkognito per Zug von einer U-Bahn-Station aus, die wohl nicht unter Beobachtung stand. Während der Reise erzählten wir, was uns in den letzten drei Tagen passiert war. Moriarty revanchierte sich – obwohl mir der Gedanke kam, dass wir nicht überprüfen konnten, was er behauptete.

»Ich traue ihm nicht«, sagte ich zu Holmes, als Moriarty und Moran auf dem Bahnsteig von Herne Hill außer Hörweite waren. »Auch wenn Sie sagen, dass es in seinem Interesse wäre, mit uns zusammenzuarbeiten«, beharrte ich, »was ist, wenn sein Hass auf Sie am Ende doch stärker ist?«

»Natürlich trauen Sie ihm nicht, alter Freund. Weil Sie eine emotionalere, menschlichere Person sind als Moriarty. Gefühle spielen in seinen Berechnungen so wenig eine Rolle wie der Fischpreis. Wahrscheinlich noch weniger. Seine geistige Bilanz hat ihm gezeigt, dass die Wahrscheinlichkeit, zu überleben und Erfolg zu haben – in seiner seltsamen Branche kriminellen Unternehmertums –, größer für ihn ist, wenn er diesen Weg hier wählt. Also wird er das tun.«

»Wenn Sie es sagen«, gab ich zurück, blieb aber skeptisch, wie ich zugeben muss. Ich verschränkte die Arme, doch Holmes schien das nicht zu bemerken.

»Interessant, nicht wahr? Dieser zweifache Tod?« Immer noch verärgert runzelte ich die Stirn und fragte ihn, wovon er redete. »Ridge und die anderen Opfer scheinen alle zweimal gestorben zu sein. Als wir dachten, sie wären tot, kamen sie kurz wieder zu Bewusstsein, bevor sie für immer den Geist aufgaben.«

»Der menschliche Körper ist voller Wunder.« Ich war nicht in der Stimmung, das Gespräch fortzusetzen, sondern nutzte die Gelegenheit, meine Gedanken über die wirren Ereignisse der letzten Tage zu klären. Es war eine schreckliche Liste von Verbrechen, die zunehmend schlimmer wurden: Ein junger Mann – der furchtbarerweise immer noch vermisst wurde – war zu uns gekommen mit der Geschichte eines seltsamen Theaterstücks mit einem falschen Publikum, das sich als List entpuppte, um ihn unter Aufsicht zu halten, während die Verbrecher ihn darauf vorbereiteten, den Thron zu besteigen. Jet, der Stratege hinter diesem Plan, war auf die entsetzlichste Art und Weise ermordet worden, die ich je gesehen hatte, und zwar zusammen mit einem anderen Mann, der offenbar einen Groll gegen Moriarty hegte. Und nun war ihr Freund von der Ausgrabung auch tot.

Mit alldem wäre ich gut zurechtgekommen, hatte ich doch während meiner Arbeit mit Sherlock Holmes schon einige Abenteuer erlebt. Doch die Anwesenheit von Professor Moriarty verhinderte das. In seiner Gegenwart würde ich niemals zur Ruhe kommen.

Kapitel 20

Ich weiß nicht, was die Wasserratten am Segeln finden. Man kippt hin und her, versucht, sich nicht die Seele aus dem Leib zu kotzen, nagt an madigem Zwieback und porkelt sich Salz aus den Ohren. Nicht gerade meine Vorstellung von Spaß.

Jetzt aber kamen wir nur mit dem Boot weiter, und der Guv'nor hat für genau solche Zwecke immer eins in Folkestone liegen. Und zwar ein gutes: schneller als alles, was die Küstenwache zu bieten hat. Und der Kapitän wurde wegen Gewaltexzessen aus der russischen Marine ausgestoßen. Das will schon was heißen!

Wir hatten die Route erst einmal genutzt, als wir einen besonders raffinierten Coup in Amsterdam vorhatten und der Professor unbedingt persönlich dabei sein wollte. Es ist kein schickes Kreuzfahrtschiff, wo es raffinierte kleine *Amuse-Bouches* gibt, aber man entschlüpft damit dem britischen Zugriff wie ein Aal, und genau das brauchten wir jetzt. Selbst Holmes und sein Handlanger waren beeindruckt. Tja, wenn der Guv'nor nicht noch ein Ass im Ärmel gehabt hätte, wären sie für fünf Jahre in den Bau eingefahren. Und wenn Sie mich fragen, hätte ihnen keine fünf Minuten später irgendein tückischer Knastbruder die Kehle durchgeschnitten. Oh ja, ich weiß, sie hielten sich für die Größten in diesem Spiel, aber wären meine Wenigkeit und der Guv'nor mit unseren ganz besonderen Geschäften nicht gewesen, dann hätten sie noch vor Sonnenaufgang keinen Mucks mehr von sich gegeben.

Also dampften wir über den englischen Kanal in die dustere Nacht, wurden von Wellen nach oben und unten geschleudert, sodass ich schon dachte, wir müssten zum gottverdammten Ufer schwimmen; der Skipper riss lachend russische Witze, bis ich drohte, ihm die Faust in die Fresse zu rammen.

Der Guv'nor und Holmes unterhielten sich über den ganzen Spaß. Dabei checkten sie sich gegenseitig ab, ohne es sich anmerken zu lassen: wie junge Löwen, wenn sie glauben, das alte Alphamännchen habe seine beste Zeit hinter sich. »Er hat so viel riskiert, er hatte so viel aufgebaut. Nur um das für einen alten Groll aufzugeben. Ist das nicht der wichtigste Aspekt?«, sagte Holmes gerade über Wyneth.

»Erklären Sie das.«

»Ich meine Folgendes: Vergleichen Sie ihn doch mal mit Jet, der trotz der Gefahr, erkannt zu werden, der bizarren Zeremonie beiwohnte, die Watson und ich über uns ergehen lassen mussten. Genauso wenig hätte er bei der Aufführung des Theaterstücks dabei sein müssen, die Watson ertragen musste – tut mir ehrlich leid, alter Freund, nichts ist schlimmer als ein schlechter Shakespeare. Bedenkt man die Umstände, war der Kriegsminister unglaublich waghalsig. Bei seinen Manövern verhielt Wyneth sich genauso. Watson, erinnern Sie sich noch, wie ich Ridges Spiel als außerordentlicher Geiger beschrieb?«

Sein Schoßhündchen stand stramm. »Sie bezeichneten es als ›waghalsig‹«, bellte er in der Hoffnung, den Kopf getätschelt zu kriegen.

»Ganz genau.«

»Sie betrachten schlechtes Gefiedel als ein Zeichen für etwas Ungehöriges und vielleicht sogar Kriminelles?«, fragte Moriarty nach. »Sollte ich Sie hier und jetzt verhaften, Mr. Holmes? Ich bin sicher, ich könnte mindestens vierzig, fünfzig Ihrer Freunde und Nachbarn als Zeugen der Anklage zusammenrufen.«

Holmes lächelte herzlich. »Er spielte waghalsig, Moriarty, nicht schlecht.«

»Waghalsig«, sagte der Professor zu sich selbst. Und er dachte darüber nach. »Nun, vielleicht ist da was dran.«

Danach zündete sich Holmes eine schäbige alte Pfeife an, und der Professor begann, sich die Schläfen zu reiben.

Kapitel 21

Ich hatte keine gute Nacht gehabt. Die Überquerung des Kanals wäre für jeden unangenehm gewesen, aber solche Reisen erinnern mich immer unweigerlich an Marys letzte. Manchmal sehe ich die Verbindung gar nicht, aber plötzlich bemerke ich, dass meine Hand zittert und mir die Kehle eng wird. Erst dann erkenne ich, dass ich in tiefes Wasser starre. Ich habe die von Dr. Freud veröffentlichten Abhandlungen gelesen. In einer, als es um den Fall seiner Patientin Lucy R. ging, konnte ich mich fast selbst sehen. Ohne erkennbaren Grund gab ihr Körper seine Funktionen auf, aber die Ursache lauerte im Dunklen, in einer Liebe, die ihr für immer verwehrt war.

»Sie dürfen sich nicht die Schuld daran geben«, war mir immer wieder versichert worden, sowohl von ihren Freunden als auch von fast Fremden.

Aber ich war es gewesen, der diese Reise vorgeschlagen hatte; keiner hatte darauf bestanden, dass ich dieses Symposium besuchte. Sie tat so, als wollte sie Madrid sehen, damit ich nicht das Gefühl hatte, ich wäre ein Hund, der sie an seiner Leine hinter sich herzerrte. Wenn ich mir also nicht selbst die Schuld gab, wem dann?

Und noch Jahre danach nagte in meinem Hinterkopf die Erkenntnis, dass ich mich nicht nur deshalb so begeistert in die Abenteuer mit Sherlock Holmes stürzte, weil ich die Fälle aufregend und faszinierend fand, sondern auch, um mich nicht in Gedanken und Erinnerungen zu verlieren, die mir jeglichen Lebensmut nahmen.

Also nein, ich hatte keine gute Nacht gehabt.

»Wenn ich mich nicht irre, haben Sie bald Geburtstag«, bemerkte mein Freund ohne jeden Zusammenhang. Wir standen an Deck und starrten auf das dunkelgraue Wasser, das sich am Schiffsrumpf brach.

Ich war überrascht, denn ich konnte an einer Hand abzählen, wie oft er sich in unserer einundzwanzigjährigen Freundschaft an dieses Datum erinnert hatte. »Ja, das stimmt.«

»Im Savoy wird bald *Trial by Jury* aufgeführt. Hätten Sie Lust?«

»Oh ja. Ich mag Gilbert und Sullivan sehr.«

»Gut, dann ist es abgemacht.«

Da Holmes eigentlich gar keinen Sinn für Operetten hat, vermutete ich, dass er sich den Kopf zerbrochen hatte, womit er mir eine Freude machen könnte. Vielleicht hatte er sogar den Grund für meine gedrückte Stimmung in dieser Nacht erahnt. Er gab sein Bestes für mich, und ich dankte ihm im Stillen.

Kapitel 22

Ein paar Stunden später, kurz nach sechs, landeten wir im Hafen von Boulogne. Das Problem war nur, dass ein paar bewaffnete *gendarmes* mehr dort herumlungerten, als ich sehen wollte. Ein Dutzend von den Kerlen mit ihren hellblauen Uniformen und Käppis. Und es war klar, auf wen sie warteten. Zwar hätte ich die Hälfte davon vor der Mole erschießen können, noch bevor sie ihre Knarren gezogen hätten, doch dann wäre es ziemlich knapp geworden, nachzuladen und die anderen abzuknallen, bevor sie das Feuer erwiderten. Ich wirbelte herum, und was sah ich? Ein verdammtes Polizeiboot, das uns nachfuhr. Ins Wasser springen und schwimmen? Hätte ich machen können, doch der Guv'nor war vermutlich nicht öfter ins salzige Nass getaucht, als er auf dem Mond spaziert war. Also blieb mir nichts anderes übrig, als kochend vor Zorn dazustehen, während unser Kapitän in den Hafen einfuhr.

»Woher zum Teufel wussten die, dass wir kommen?«, grollte ich.

»Sie wurden informiert«, antwortete der Professor völlig ruhig.

»Denen dreh ich den Hals um!« Darauf antwortete er nicht.

Wir legten an, und der Deckarbeiter sprang an Land und machte das Boot fest. Wir wippten im Wasser, als paddelten wir an einem schönen Sonntag auf dem See im Hyde Park.

»*Arrêtez-les tous!*«, kreischte der Kommandant der Bullen.

Ich kenne den Satz »Verhaftet sie alle« in etwa fünfzehn Sprachen, hier nun auf Französisch. Daher wurden wir, kaum dass wir unseren Fuß an Land gesetzt hatten – noch ein bisschen wacklig von der Fahrt übers Meer –, in Ketten gelegt wie Sträflinge, in einen geschlossenen Pferdewagen geschoben und weggekarrt.

»Denen dreh ich den Hals um«, wiederholte ich und starrte aus dem Fenster, um mir die Route zu merken.

»Das sagten Sie bereits, Moran«, erwiderte der Professor.

Wir fuhren an einem stinkenden Fischmarkt vorbei, wo sie die Innereien für die Straßenhunde auf den Boden schmissen; dann kamen ein paar Faulenzer, die *boule* spielten – sie sahen genauso aus wie die in England, aber mit mehr Baskenmützen. Danach eine piekfein aussehende *boulangerie*: Ich will zugeben, dass die Frenchies ganz gute Leckereien haben, und obwohl mein Bauch eher an das gute alte Dörrfleisch und Lagerfeuerkaffee gewöhnt ist, habe ich nichts gegen nettes gallisches Backwerk ab und zu.

Wir landeten vor einem großen, weißen Gebäude mit goldenen Verzierungen wie bei einer chinesischen Teekanne und tausend Zinnen, auf denen fette Tauben hockten, die sich wohl mit besagtem Backwerk vollgestopft hatten. Es wimmelte von *gendarmes*, die hinein- und hinauswuselten. »Das ist also eine Bullerei der Frenchies«, spottete ich. »Ganz schöne Gecken, wie?« Vor dem Eingang stand ein großer, rotgesichtiger Fatzke in himmelblauer Uniform, der an den Enden seines weißen Schnurrbarts drehte, als wäre der ein Kinderspielzeug. Wir wurden alle rausbeordert und vor den Eingang geschubst. Ich wollte dem Johnny, der mich schubste, schon meine Faust in den Magen rammen, um ihm zu zeigen, mit wem er es zu tun hatte, aber der Professor schüttelte den Kopf, also verschonte ich den Bastard.

Aber dann wurde es komisch. Kaum hatten wir den Eingang passiert, lösten die Bullen unsere Handschellen, machten vor uns

Bücklinge, grinsten schleimig und zeigten uns den Weg hinter dem Rotgesichtigen her, der vorneweg marschierte. Wir wurden alle in sein Büro geschoben. Der Teufel soll mich holen, wenn das nicht aussah wie das Gemach vom Oberstallmeister der Queen: mit einem Teppich so dick, dass man ein Zelt darin versenken konnte, und sogar einem dickbusigen Flittchen auf einer *chaise-longue*, das durch eine Damenzeitschrift blätterte. Der Fatzke ging zu ihr, küsste ihre Hand und murmelte ihr etwas zu, worauf sie seufzte, ihre Seidenröcke raffte und abrauschte.

Kaum war sie weg, wandelte sich die Visage des Kerls wie die Jahreszeiten. Sein Dauerlächeln verschwand, und er zog ein Gesicht, als hätten wir seinen Hund entführt. »Ich hab alles getan, was Sie verlangt haben, Professor«, winselte er. »Bitte, bitte, kann ich …«

»Aber nicht doch, nicht betteln, Parc«, sagte der Guv'nor und nahm auf einem weichen Sofa Platz. Er ließ die Klinge aus seinem Stock schnellen, und ich machte mich zum Kampf bereit. Doch da steckte etwas an der Klinge, das der Guv'nor abzog und gegens Licht hielt. Monsieur Moustache schwitzte wie ein Schwein beim Schlachter und versuchte, es sich zu schnappen, doch der Professor riss es außer Reichweite. »Aber, aber.« Er drehte es um, sodass wir alle sehen konnten, was es war: ein Foto. »Ziemlich unvorsichtig von Ihnen, sich mit dem Konsul sehen zu lassen. Ihre Regierung würde das sicher nicht billigen. Nicht in diesen Zeiten.«

»Wir sind zusammen zur Schule gegangen«, brauste er auf. »Ich habe ihm nichts erzählt.«

»Natürlich nicht. Trotzdem …« Und er ließ das Foto auf den Boden flattern. Der Frenchie stürzte sich drauf, zerriss es und warf es ins Feuer. Als es in Flammen aufging, seufzte er auf. »Nun, wie lauteten die Anweisungen Ihrer britischen Kollegen?«

»Dass Sie sofort nach Ihrem Eintreffen verhaftet werden müssen. Dass niemand mit Ihnen sprechen darf. Dass Sie gefesselt und geknebelt zurückgeschickt werden müssen.«

»Wir sind doch keine Australier«, murrte ich.

»Aber Sie sollen wie welche behandelt werden. Ihr Scotland Yard hat an jeden Hafen in Frankreich gekabelt. Ich habe die Nachricht, knapp eine Stunde bevor Sie mich kontaktiert haben, bekommen.«

»Ja, man kann Scotland Yard nicht trauen.« Der Professor stand auf. »Nun, unser Geschäft ist damit abgewickelt. Jetzt servieren Sie uns Mittagessen: vier Gänge, zum Abschluss Calvados.«

»Vier …? Sonst noch was?«, stieß der Mann hervor.

»Ja. Eine bewaffnete Eskorte und Ihren persönlichen Wagen, der uns nach Paris bringt.«

Parc kämpfte mit sich, aber er wusste, die Schlacht war verloren. »Ja, Professor.«

»Und, Parc?«

»Professor?«

»Der Calvados. Ich denke, wir bevorzugen Jahrgang 1862.«

Wir mussten ein paar Stunden über Schlaglöcher holpern, bis wir in Paris ankamen. Das Essen war ausgezeichnet gewesen – der Guv'nor kannte sich wirklich mit Obstbränden aus –, aber mittlerweile langweilte ich mich zu Tode und hatte Lust auf ein Spielchen. Als wir also eine Bude für die Nacht gefunden hatten, machte ich mich auf zu einem kleinen Club im Marais, wo ich Kredit habe. Im Hinterzimmer knöpfte ich beim Baccara einem afrikanischen Stammeshäuptling, der noch nie einen Mann beim Trickbetrügen gesehen hatte, achthundert Franc ab.

Trickbetrügen ist ganz mein Ding. Man lässt sich von den Serviermädchen ein Glas goldenen Weißwein einschenken, zum Beispiel einen alten Riesling. Man sorgt dafür, dass man der Kartengeber ist, und wenn man die Karten verteilt, denn fährt man damit übers Glas: So kann man die Blätter im Wein gespiegelt sehen und weiß, wer welche Karten hat. Das Beste von allem ist, dass man, wenn einer der Johnnys Zweifel kriegt, den Wein einfach austrinkt und niemand was beweisen kann.

Ja, das war ein einträglicher Abend. Einen Teil des Geldes investierte ich in anständiges Rasierzeug. In einen hochwertigen Pinsel aus Dachshaar und ein deutsches Rasiermesser mit scharfer Klinge – gegen Mitternacht nicht so leicht zu besorgen, aber eine gute Rasur ist das Einzige, das ich vermisse, wenn ich die Zivilisation verlasse. Die rüstet einen für den Tag. Als bei Morgengrauen also die anderen drei schlaftrunken herumstolperten und über ihre steifen Knochen stöhnten, war ich frisch und munter, gebadet, rasiert und bereit für den Tag.

Kapitel 23

Nachdem wir einen ganzen Tag von Paris nach Zürich gereist und in der Schweizer Hauptstadt Kleidung aus schwerer Wolle gekauft hatten, fuhren wir mit dem Zug weiter in die Alpen. Die letzte Etappe unserer Reise war von Interlaken zum Bergdorf Grunden, das man auf einem Pass zwischen der Jungfrau und dem Mönch findet.

Am Bahnhof von Interlaken bekamen wir einen ersten guten Blick auf den Berg über uns. Es wäre falsch zu sagen, dass er über uns aufragte. Im Sommer, bei Sonne und klarer Sicht ist das wahrscheinlich so. Aber an einem Nachmittag im Winter, wenn das Licht kaum besser ist als bei Mondschein und Graupel die Bergflanke hinunter ins Tal fegt und seine feuchten Hände um einen schlingt, dann wirkt die Jungfrau weitaus bedrohlicher und scheint bereit, einen zu zerquetschen wie ein Schuljunge ein Insekt mit seinem Stiefelabsatz. Man kann sich ohne Weiteres vorstellen, dass dieser Berg eine gefährliche Macht hat wie sonst nichts in der Natur.

Wir ernteten einige komische Blicke vom Bahnhofspersonal, als wir in den einzigen Waggon der Bergbahn nach Grunden stiegen, wo nach den letzten Worten des sterbenden Ridge die Wahrheit über die geheimnisvolle Gefahr zu finden war, die uns alle bedrohte. Die Blicke überraschten uns nicht, denn wir waren die einzigen

Passagiere, dieses nur einmal am Tag fahrenden Zuges; am Tag zuvor hatte ihn lediglich ein Mann – offenbar ebenfalls ein Brite – genommen. Die Bahn war ein altes, zugiges Gefährt mit Löchern in den Wänden, durch die der kalte Wind kleine Schneegestöber ins Innere jagte. Der Fahrer war gleichzeitig der Schaffner und erklärte uns in einer kruden Form von Latein – er gehörte wohl zur Schweizer Gruppe der Latein sprechenden Rätoromanen –, dass der Zug zu dieser Jahreszeit äußerst langsam über die Schienen fahren müsse, um keine Lawinen auszulösen. Da wir das rätoromanische Wort für Lawine nicht verstanden, veranschaulichte er es mit einem Haufen Schnee, der sich seinen Weg in den Waggon gebahnt hatte. Dann legte er den Finger an die Lippen und flüsterte, um die Gefahr lauter Geräusche im Winter zu demonstrieren, wenn eine dichte Schneedecke auf den Bergen lag.

Eine Bergbahn, sollten Sie noch nie in einer gefahren sein, ist ein merkwürdiges Ding. Eine direkte Fahrt nach oben wäre zu steil, deshalb müht sie sich im Zickzack die Bergseiten hinauf, was eine unangenehme Erfahrung ist: Kaum hat man sich an eine Fahrtrichtung gewöhnt, wechselt sie schon wieder.

»Herrgott, können wir nicht einfach rauf?«, murrte Moran nach vierzig Minuten frustriert angesichts des ständigen Hin und Her, was die Fahrzeit verdreifachen musste. »Da steig ich lieber aus und laufe.«

»Sie würden nicht weiter als hundert Meter kommen und dann fallen und sich den Hals brechen«, ermahnte Moriarty ihn.

Da hatte der Professor recht. Die Steilwände, in die die Gleise gesprengt worden waren, waren fast nackt. Eine Gruppe aus vier Bergsteigern mit Seilen und Eispickeln hätte es vielleicht hinaufgeschafft, aber dafür hätten sie Tage und nicht Stunden gebraucht.

Moran verstummte, wirkte aber wie ein simmernder Topf, der jeden Moment überkochen konnte.

Also ruckten wir kreuzend bergauf. Nach etwa weiteren fünfzehn Minuten kam es zu einem unerwarteten Halt. Ich hatte müßig den Weg betrachtet, den wir bereits zurückgelegt hatten, und nicht bemerkt, dass wir auf ein Plateau zusteuerten, das etwa zweihundert Meter lang und fünfzig Meter breit war. Meiner Meinung nach befand es sich ungefähr tausendfünfhundert Meter über dem Meeresspiegel und war durch eine Wölbung des Felsens etwas vor der Witterung geschützt.

Das Plateau war nicht leer. Vor uns lag etwas, das auf den ersten Blick wirkte wie ein seltsamer Garten, der mit großen Steinen versehen war. Eine Gruppe von zehn, zwölf dunkel gekleideten Menschen stand am hinteren Ende. Einige gruben in der Erde, andere konzentrierten sich auf etwas, das sie in ihrer Mitte trugen. Durch das Schneegestöber war es schwer zu erkennen.

»Was ist denn das?«, fragte ich. »Eine Art Acker?«

»Könnte man sagen«, erwiderte Holmes grimmig. »Das ist ihr Gottesacker, der Friedhof.«

Als sich der Wind für eine Sekunde legte, konnte ich klarer sehen. Die Gruppe bestand aus Trauernden, und die Last, die sie trugen, war eine in ein weißes Tuch gewickelte Leiche. Die Arbeitenden entfernten Eis von dem ausgehobenen Grab. Die großen Steine waren Grabsteine.

Der Schaffner stieg aus, zog sein Käppi ab und ging knirschend über den gefrorenen Untergrund.

»Lassen Sie uns auch aussteigen«, sagte Holmes. »Wir müssen über diesen Ort so viel wie möglich erfahren.«

»Sind Sie sicher?«, wandte ich ein. »Eine Beerdigung ist doch eine Privatangelegenheit, selbst in einem abgelegenen Bergdorf.«

»Wir verhalten uns respektvoll.«

Moriarty seufzte. »Machen Sie, was Sie wollen. Wir bleiben hier, wettergeschützt. Meiner Erfahrung nach erzählen Tote keine Geschichten.« Er blätterte in einem Fachjournal, das er in Zürich gekauft hatte. »Das ist tatsächlich eine meiner Maximen bei meinen Geschäften.«

Holmes zog sich den Mantel noch enger um seinen Körper und stieg aus. Ich folgte ihm.

Trauernde in einem Schweizer Dorf sehen aus wie Trauernde auf der ganzen Welt, möchte ich sagen. Eine trauernde Witwe, die stumme Tränen vergießt, Freunde, die ihr tröstend die Arme um die Schultern legen. Ein Priester war nicht dabei, wir hätten auch außerhalb der christlichen Gefilde sein können, nur dem Schutz heidnischer Götter ausgeliefert.

Der Leichnahm wurde von vier Männern auf einer Holzbahre getragen. Hin und wieder wischte die Witwe einen dünnen Film aus Schnee von dem Bündel und schluchzte auf.

»Nach dem Alter der Frau zu urteilen, war er noch jung«, murmelte Holmes. Sie schien Ende zwanzig zu sein, und ihre frischen Wangen waren von der kalten Luft gerötet. Sie war hübsch, mit dicken, dunklen Haaren.

»Ein Unfall? Die passieren hier sicher häufiger, vor allem unter diesen Wetterbedingungen.«

»Könnte sein. Außerdem gibt es hier vermutlich nur wenige Ärzte.«

Der Schaffner schaute uns böse an, weil wir sprachen, obwohl er uns nicht verstehen konnte. So ermahnt, verstummten wir.

Wie es aussah, gab es außer der Frau noch einen weiteren Haupttrauernden, der gut ihr Bruder hätte sein können. Eine düstere, wütende Aura umgab ihn. Als die Leiche neben dem Grab abgelegt wurde, während weiterhin der hineinfallende Graupel herausgeschaufelt wurde, trat er vor und erhob die Stimme.

Er sprach in demselben welschen Latein wie der Schaffner. Ich hatte einige Mühe, ihn zu verstehen, und der heulende Wind zwischen den beiden Bergen machte es noch schwerer. Aber ein paar Wörter schienen mir nahezulegen, dass es hier um ein schreckliches Verbrechen ging und Gerechtigkeit folgen würde. Der Mann hob die geöffnete Hand in die Höhe und schloss sie grimmig zur Faust, als wollte er Rache vom Himmel greifen.

»Haben Sie das verstanden?«, fragte ich Holmes.

»Sie haben ihn uns genommen, aber wir holen ihn zurück, bedeuten seine Worte, glaube ich. In der Übersetzung geht immer etwas verloren. Aber auch ohne Rätoromanisch verstehen zu können, sieht man, wie wütend dieser Mann ist.«

Plötzlich blickte der Betreffende uns direkt an. Ich glaube, bis dahin hatte er zu viel mit seinen Pflichten zu tun, um zu bemerken, dass jemand den Zug verlassen hatte. Jetzt zeigte er mit dem Finger auf uns und sagte etwas, aber so leise, dass wir es nicht verstehen konnten. Die anderen Trauergäste drehten sich um und starrten uns an.

Da bedachte uns der Schaffner erneut mit einem finsteren Blick und scheuchte uns zurück in den Zug. »Privat. Nicht für Sie«, sagte er auf Latein, kletterte in die Lokomotive und setzte sie in Bewegung.

Die Trauernden sahen uns nach. Als wir etwa hundert Meter gefahren waren und wieder einmal die Richtung wechselten, befanden wir uns etwa siebzig Meter über ihnen und konnten direkt ins kalte Grab blicken, in das der Leichnam gesenkt wurde. Als Letztes, bevor der Schnee für uns alles unkenntlich machte, sahen wir den Bruder, der direkt zu uns hochstarrte.

Kapitel 24

Endlich waren wir im Dorf. Oder was man hier Dorf nannte. Ich hab schon zivilisiertere Siedlungen bei den Zulus gesehen. Es klebte auf dem Bergpass und war dem Wind und Hagel ausgesetzt, der wie Kanonenkugeln auf uns niederprasselte. Ich kriegte ein paar auf den Kopf, und das fühlte sich an wie Schläge. Ich hab nichts gegen einen guten Kampf – bin ja keine Memme –, aber mir sind die lieber, wo ich dem Gegner auch eine verpassen kann.

Wir standen auf dem Bahnsteig – natürlich gab es keinen Bahnhof, nur einen Steinblock – und schauten uns um. Was wir sahen, war ein Laden aus Holz, etwa dreißig Steinhäuser und etwas, das wohl das Wirtshaus sein musste.

Der Schaffner hatte uns erklärt, dass es im Dorf nur eine Unterkunft gebe, in der man übernachten konnte, er nannte sie »Hotel«. Wohl eher ein Ziegenstall, dachte ich. Ich hab öfter in der Wildnis übernachtet, als ich zählen kann, aber einen Stall als Hotel zu bezeichnen, finde ich schon empörend.

Wir stapften über den Trampelpfad durchs Dorf. Eigentlich hatte ich damit gerechnet, dass alle aus ihren Häusern kämen und uns anglotzten, aber wahrscheinlich waren sie unten am Grab, um ihren Kumpel unter die Erde zu bringen, also waren die meisten Häuser verrammelt. Sie wirkten primitiv, aber dicht genug für einen kalten Nachmittag. Nur ein paar böse aussehende alte Weiber starrten so grimmig aus dem Fenster, dass es mich wunderte, dass die Scheiben nicht zersprangen.

Tja, als wir eine Schneewehe umrundeten, die größer war als ein Elefant, sahen wir das Hotel. Ich will verdammt sein, wenn das nicht einer der komischsten Bauten überhaupt war. Er stand direkt vor einer Felswand, wirkte von außen jedoch wie ein amerikanisches Südstaatenhaus: mit weißen Säulen und auf antik gemachten geschnitzten Friesen mit Bauernmädchen, von deren Titten kleine Schneebretter abfielen. »Hotel Printemps« war in die Fassade gemeißelt. Wenn man mich fragt, ein hübscher Name für eine Absteige in einem so gottverlassenen Kaff. Komisch war auch, dass es sich direkt an eine kleine, viereckige Holzkapelle anschloss, die schon bessere Tage gesehen hatte.

Neben dem Hotel führte ein schmaler Steinweg durch eine Spalte im Fels hinauf. Ein Mann konnte sich schon da durchquetschen, aber wenn einem einer entgegenkam, dann musste man wieder zurückgehen. Wie es aussah, führte der Pfad hoch zum Kamm zwischen den beiden Bergen. Außerdem gab es ein Schild mit der schwarzen Aufschrift »Vetus villa« – altes Dorf – und einem fragwürdig wirkenden Pfeil, der durch die Kluft wies.

Ich dachte, der Guv'nor wäre erfreut beim Anblick des Hotels. War er aber nicht.

»Es ist nicht, was ich erwartet hätte, Moran. Und ich schätze nicht, was ich nicht erwarte. Was macht so ein Ding hier?«

»Für Bergsteiger?«

Er grummelte. »Die mag es natürlich hier geben. Trotzdem ist dieser Ort viel zu abgelegen für ein derartiges Gebäude. Was meinen Sie?«, fragte er Holmes. Nicht mich. Das war neu. Und es gefiel mir nicht. Ich war nicht gerade scharf darauf, mit dem Feind zu fraternisieren. Und egal, was der arrogante Kerl über gemeinsame Interessen gefaselt hatte, für mich war er immer noch ein rennender Löwe, und ich hätte nichts lieber getan, als ihm eine Kugel genau zwischen die Augen zu jagen.

»Ich denke«, fing er großkotzig an, »dass dieses Hotel seit etwa einem Jahr hier steht. Beachten Sie, dass die Farbe von den Säulen abblättert, die, das sehen Sie an den senkrechten Rissen – was heißt, sie haben sich zusammengezogen und dann wieder ausgedehnt, in einem Winter und dann einem Sommer – aus Holz sind und nicht aus Stein. Aber die Besitzer, wer sie auch sein mögen, haben noch keinen Steinweg vom Bahngleis hierher gebaut, was bedeutet, sie sind noch nicht sehr lange hier. Geld kann nicht das Problem sein, da die Kosten für ein derartiges Gebäude in einer solchen Lage wohl beträchtlich sind.«

Der Professor nickte und ging zum Eingang vor. Wenigstens war hier geräumt worden, sodass man nicht auch noch durch den verdammten Schnee pflügen musste. Er schritt darüber, als würde ihm der Ort gehören.

Also, eins muss man über mich wissen, nämlich, dass ich höre wie ein Luchs. Wenn ein Schmetterling in hundert Meter Entfernung vorbeifliegt, weiß ich genau, wie oft der kleine Scheißer mit den Flügeln geschlagen hat. Als wir hineingingen, hörte ich also, wie Holmes seinem Schoßhündchen etwas zuflüsterte. »Erinnern Sie sich noch, dass der Kriegsminister bei dieser vorgetäuschten gewaltsamen Krönung in Devon seinem Lakaien befahl, er solle George Reynolds mit Äther betäuben und dann sofort zum Hotel bringen? Nun, ich vermute, wir haben die fragliche Herberge gefunden.«

Der Köter holte erschrocken Luft wie eine alte Frau. »Sie glauben, er ist hier?«, fragte er.

»Ich glaube, die Chancen stehen gut, dass er hierhergebracht wurde. Allerdings weiß ich nicht, ob er noch hier ist.«

Jaja, sagte ich bei mir. *Das melde ich mal besser dem Guv'nor.*

Das Hotel Printemps war innen genauso verquer wie außen. Um durch die riesige Lobby zu laufen, brauchte man fast eine Minute, und das letzte Mal, dass ich so viel vergoldete Möbel gesehen hatte, war im Schloss von Versailles, als ich mit dem französischen Minister für die afrikanischen Kolonien ein kleines schmutziges Geschäft plante. Hier war genauso viel Louis XIV. Allein für die Stühle musste die Bergbahn zweimal hier raufgefahren sein.

Es war alles ebenerdig, daher kam man von der Lobby durch einen großen Bogen in eine Bar und den Speisesaal auf der einen Seite, zu ein paar geschlossenen Türen und zwei Gängen auf der anderen Seite, die wohl zu den Gästezimmern führten.

Die Lobby diente auch als Aufenthaltsraum, und es saßen dort etwa ein Dutzend Typen in guten Klamotten, lasen Zeitung oder unterhielten sich nett, während sie von einem Silbertablett Tee tranken, als wären sie im St. James's Club.

Zwei Männer spielten in einer Ecke Billard. Ich sah ihnen zu. Einer von beiden wusste nicht, wo beim Queue vorne und hinten ist, also wollte ich ihm später ein kleines Match mit Wetteinsatz vorschlagen. Nur um ein paar Franken. Die meisten Typen, die ich kenne, lassen den anderen zuerst mal gewinnen und fordern danach zu einem zweiten Spiel mit höherem Einsatz auf. Ich hingegen lass sie zweimal gewinnen und flehe sie dann an, mein Geld zurückgewinnen zu können. Und erst dann fängt der Abend richtig an.

Die Billardspieler verdufteten. Und ich will verdammt sein, aber irgendwas war komisch an denen, und als ich mir die anderen genauer ansah, fand ich die auch komisch. Ich wusste nur nicht genau, wieso.

Der Guv'nor marschierte zum Empfang. »Ich möchte ein Zimmer«, sagte er.

»Wir erwarten heute keine Gäste mehr, mein Herr«, erwiderte der kleine Schweizer Kriecher in Hofschranzenkluft.

»Doch, einen erwarten Sie. Ein Zimmer, bitte.«

»Ich kann nicht –«

»Ein *Zimmer*.«

Tja, der Kriecher merkte, dass er es mit einer harten Nuss zu tun hatte. Er wollte etwas sagen, da kam ein fetter Frenchie-Bastard aus dem Büro hinter ihm gewatschelt. Er trug keine Uniform, also war er wohl der Manager. »Natürlich, Monsieur«, sagte er. »Dürfte ich Ihren Namen erfahren?«

»Denken Sie sich einen aus.«

»Natürlich, Monsieur ... Foret?«

»So gut wie jeder andere.«

»Professor?«, meldete sich Holmes.

Der Guv'nor seufzte. »Und Zimmer für meine Begleiter.« Er legte zwanzig Goldsovereigns auf den Tisch. »Ihre müssen nicht die besten sein.« Der Manager fegte sie in seine Tasche, als wäre das ganz alltäglich für ihn.

Es stand ein kleiner Tisch mit ein paar Stühlen in der Nähe, und während wir auf unsere Zimmer warteten, ging Holmes dorthin und nahm ein Buch zur Hand, das einer der Gäste dort liegen gelassen hatte. Er blätterte es durch und zeigte es Watson. »Die göttliche Komödie«, sagte er. Sein Schoßhund wirkte völlig belämmert deswegen. »Sie erinnern sich, das war auch ...«

Aber genau in dem Moment legte der Frenchie-Manager vier Schlüssel auf den Empfangstisch. »Ich habe Sie Gentlemen im

Nordtrakt untergebracht, dem modernen Teil dieses Hotels. Der andere Trakt ist teilweise in eine Reihe von Höhlen gebaut, die einst von Einheimischen bewohnt wurden. Wenn Sie sonntags zum Gottesdienst möchten, so wird einer in der Kapelle abgehalten. Sie gelangen durch diese Tür dorthin.« Er zeigte auf eine schmale Tür neben der Bar. Eins musste ich ihm lassen, sein Englisch war besser als bei der Hälfte meiner Mitschüler in Eton. »Dinner wird um acht im Speisesaal serviert. Ich lasse Ihr Gepäck auf Ihre Zimmer bringen.«

Der Guv'nor und ich hatten Zimmer dreizehn und vierzehn. Der Johnny am Empfang entschuldigte sich, dass Nr. fünfzehn seit dem Vortag besetzt sei, also müssten Holmes und Watson Nr. sechzehn und siebzehn nehmen. Als wollten wir in einer hübschen kleinen Viererreihe nebeneinander wohnen! Nein, ich war schon froh, dass der Kerl das Zimmer zwischen uns hatte, denn das hieß, er konnte als Puffer zwischen denen und uns dienen.

Ich muss sagen, mein Zimmer war sehr schön, mit frischem Obst in einer zierlichen Glasschale auf einem Marmortisch. Ich bin zwar auf dem Feld zu Hause, das heißt aber nicht, dass ich zu gegebener Zeit weiche Matratzen und dicke Teppiche nicht zu schätzen wüsste. Und dieses Zimmer war eines Königs würdig: riesengroßer Raum, ein Teppich, in dem man einen Ochsen hätte versinken sehen können, ein eigenes Badezimmer mit großer Kupferwanne, die glänzte wie ein Spiegel. Nicht nur ein teuer wirkender Kamin aus Marmor, sondern auch eines von diesen modernen zentralen Heizsystemen, wo in Mauern eingebaute Rohre heiße Luft verbreiten, die von einem Ofen in irgendeinem Hinterzimmer erwärmt wird. Die Luft kam aus einem Gitter auf Bodenhöhe und stieg hoch, sodass ständig eine warme Brise herrschte.

Ja, wären wir nicht auf einer Mission gewesen, hätte ich nichts gegen ein paar Tage in diesem Quartier gehabt. Danach hätten meine Muskeln nach ein bisschen Bewegung und einer kleinen Jagd verlangt, aber achtundvierzig Stunden hier wären ein verflucht netter Heimaturlaub gewesen.

Ich wusch mich in einer großen Porzellanschüssel, bevor ich beim Professor vorbeischaute. Er saß auf dem Bett und las eine Fachzeitschrift über Astronomie.

»Was sollen wir machen?«

Er antwortete, ohne auch nur aufzublicken: »Offensichtlich sollten wir untersuchen, Moran, warum Prinz Karl von Habsburg, der dritte Sohn von Prinz Adolfus von Habsburg, in der Hotellobby Billard spielt, wenn die letzte Nachricht, die ich über ihn bekam, lautete, dass sein Vater ihn in Ungnade nach Argentinien schickte, weil er vor einem Scharmützel auf der Krim desertierte.« Er blätterte eine Seite um. »Natürlich ist es keine Überraschung, dass dieser Milchbubi ein Feigling ist. Nur sein Vater meinte, er könnte etwas anderes sein.«

Die Sorte kannte ich! Ein Nichtsnutz, der von Daddy ein Offizierspatent gekauft kriegt, damit er in einer schicken Uniform herumstolzieren und scharenweise Huren beglücken kann. Um dann beim ersten Schuss Fersengeld zu geben!

Also machten wir uns auf den Weg in die Lobby. Der Prinz saß an einem niedrigen Tisch und starrte in ein Buch, als wäre es in japanischer Sprache verfasst. Der Guv'nor nickte mir zu und zog sich zurück.

»Gott, ist das kalt«, sagte ich und klang so plump vertraulich wie nur was. Ich sagte es nicht direkt zu ihm, rief es nur aus, rieb mir dabei die Hände und blies hinein. Aber er schaute auf. Und ich sah sofort, dass er einen Freund wollte. Feiglinge wollen das immer, nur Mutigen reicht die eigene Gesellschaft.

»Kalt, sagten Sie?« Sein Akzent war ungarisch. Also stammte er aus *der* Linie der Habsburger. Er hatte Lippen wie Kissen. Haben die Habsburger alle.

»Ja, verdammt kalt.«

»Ja, ja, tatsächlich«, erwiderte er, als wäre ihm gerade eine Offenbarung zuteilgeworden.

»Was dagegen, wenn ich mich zu Ihnen setze?«

»Nein, nein, bitte.«

Ich wählte den Sessel neben seinem. »Roger Hooke«, sagte ich und bot ihm die Hand.

»Martin Schott«, stellte er sich vor.

Seine Hand war schwitzig. *Du kannst nicht mal für fünf Cent lügen*, dachte ich. »Freut mich, Sie kennenzulernen.«

Ich blickte rüber zum Billardtisch. »Schwieriges Spiel das. Könnte ich nie.«

»Hmm? Nein, ich auch nicht.«

Tja, eine halbe Stunde später hatte ich gegen ihn verloren, und das war nicht leicht gewesen.

»Kann ich Ihnen einen ausgeben, um für meine Niederlage aufzukommen?«, schlug ich vor.

»In der Bar?«

»Gibt's noch was anderes?« Ich wollte ihn für eine Weile aus dem Hotel lotsen.

Er sah aus, als hätte er eine Wespe verschluckt. »Tja, im Dorfladen gibt's auch was zu trinken, aber –«

»Klingt doch gut.« Ich musste den kleinen Prinzen raus in den Schnee schubsen, weil er Angst hatte, dass seine Füße nass wurden. Aber wir schafften es bis zum Laden und fanden raus, dass es dort Grundnahrungsmittel, ein paar Haushaltswaren und auch ein bisschen Kinderspielzeug gab. An einer Wand stand ein schmieriger Tisch mit vier drangezwängten Stühlen, wo man was trinken konnte. Ich nahm zwei und schob sie weg, damit keiner kam und sich bei uns einlud. Der Ladenbesitzer, eine echte kleine Ratte, rieb sich ständig die Hände. Vom Hotel kriegte er bestimmt nicht viele Gäste, und er überlegte wohl schon, wie viel er uns abknöpfen konnte.

Es gab Bier oder Schnaps. Nur das, sonst nichts. Also bestellte ich beides für uns, bevor das Mondkalb neben mir ablehnen konnte. Das Bier war wie Wasser, der Schnaps wie Lava.

Dann schwieg ich. Ich wusste, er würde als Erster was sagen, und es würde das sein, was ihm gerade im Kopf herumging. Merken Sie sich meine Worte: Wenn man von einem Mann Informationen will, muss man nur dasitzen und warten, dass er von selbst anfängt. Wenn man lange genug wartet und schweigt, dann kommt's.

»Macht Ihnen das Sorgen?«, brach es aus ihm hervor.

»Was soll mir Sorgen machen?«

»Warum wir ... hier sind.«

Ich hatte den Schnaps runtergekippt und trank jetzt was von dem schlechten Bier. »Wieso, macht *Ihnen* das Sorgen?«

»Nein. Überhaupt nicht«, versicherte er.

Ich grinste, ich konnte nicht anders. »Doch, tut es.« Ich legte ihm die Hand auf die Schulter. »Hören Sie, ist doch ganz natürlich.« Mir fiel ein, dass der Ladenbesitzer vielleicht Englisch konnte und ich leiser sein sollte. »Dass Ihnen das Bevorstehende Sorgen macht.« Da ich die Stimme senkte, neigte er sich weiter zu mir, was half.

»Was erhoffen Sie sich davon?«, flüsterte er.

»Dasselbe wie alle. Und Sie?«

»Ich will anders sein.« Und er blickte an sich herab. Anders? Aber wie denn anders? Reicher? Größer? Nicht so feige? »Aber ich habe

Angst. Gott, habe ich Angst!« Und dann fing er doch tatsächlich an, vor mir zu heulen. »Ist es denn recht? Der Mensch sollte doch nicht —«

Und dann hatte ich verdammtes Pech. Denn gerade, als er zu singen anfing, kam der fette Manager vom Hotel reingestürzt, schwitzend wie ein Schwein, weil er die zwanzig Meter zu Fuß laufen musste! Man konnte riechen, wie ihm das Fett aus den Poren drang. »Herr Schott. Sie haben eine Nachricht von zu Hause.«

Der Knabe wurde weiß wie ein Laken. »Eine Nachricht von zu Hause?«

Ich erkenne ein Passwort, wenn ich eins höre. Es wartete keine Nachricht auf Prinz Karl von Habsburg. Etwas anderes wartete auf ihn. Ich überlegte, ob ich mir beide vornehmen und es aus ihnen herausprügeln sollte, aber dann würde ich es auch mit der Ladenratte zu tun kriegen, was vielleicht gerade so ein ausgeglichener Kampf wäre. Nein, der Guv'nor würde kein Aufsehen wollen.

Der Fettsack wollte kein Nein hören und baute sich dicht vor uns auf. Er wusste gar nicht, wie kurz davor er war, meine Faust im Magen zu spüren. Ich zwang mich zur Ruhe und bedachte ihn nur mit einem Blick. Und er hatte mehr Hirn im Schädel als das Jüngelchen, denn er merkte, worüber ich nachdachte, und trat einen Schritt zurück. Vielleicht hätte ich mich noch mehr zurückhalten sollen, denn er verengte leicht seine Augen, als würde er durch mich hindurchblicken. *Ja*, dachte ich. *Du siehst es, oder?*

»Ich weiß gar nicht Ihren Namen«, sagte ich.

»Albert.«

»Albert«, murmelte ich vor mich hin.

Wir schätzten uns noch mal ab. Dann wandte er sich erneut an den Prinzen. »Die Nachricht, Herr Schott.«

Das Jüngelchen sagte nichts, stand aber auf und ging mit ihm. Draußen im Schneematsch blieb dieser Albert noch mal stehen und blickte zu mir zurück. Oh ja, jetzt hatte er mich auf dem Zettel.

Danach ging ich wieder auf mein Zimmer, zog mir die Stiefel aus und machte es mir mit einer Zigarre bequem, die ich aus dem Laden gemopst hatte, als der Besitzer mir den Rücken zudrehte. Sie war wirklich nicht schlecht, vielleicht ein bisschen kratzig, aber sie half mir, mich zu entspannen. Ich konnte hören, wie der Professor nebenan flüsterte. Es ist seine Gewohnheit, vor sich hin zu flüstern, wenn er etwas berechnet. Dann sitzt er da, reibt sich die Schläfen und murmelt, als wäre die ganze Welt um ihn herum verschwunden. Das konnte eine halbe Stunde dauern oder die ganze Nacht, je nach Berechnung, an der er gerade arbeitete.

Ohne zu essen, ohne zu schlafen. Nur er und Hunderte von Teilchen, die sich in seinem Kopf bewegten.

Das ist schon ein Anblick: ein Mann, reglos wie eine Statue, bei dem sich nur die Finger und die Lippen bewegen. Und am Ende gibt es kein lautes Hurra, sondern er steht einfach auf und geht ins Bett. Was immer er weiß, weiß er. Und falls er will, dass man es auch weiß, dann sagt er es einem, wenn er dazu bereit ist. Ich würde wahnsinnig, wenn ich so in meinem Kopf leben würde. Aber unsere Unternehmungen brauchen Hirn- *und* Muskelschmalz. Also sind wir aufeinander angewiesen.

Ich legte mich aufs Ohr und blickte hoch zum feinen Betthimmel. Allerdings war ich schon ein bisschen pikiert, als ich direkt über mir eine verdammte Spinnwebe sah. Ich überlegte, ob ich eins der Zimmermädchen rufen und wegen Schlamperei zusammenfalten sollte. Aber ich war nicht in Stimmung, mich mit einer Bäuerin anzuschreien, also schlug ich das Netz mit dem Kopfkissen weg. Und da fielen doch tatsächlich drei fette Spinnen aus einer Falte im

Betthimmel, direkt auf die Matratze, nur ein paar Zentimeter von meinem Gesicht entfernt! Ich packte mir eine, bevor sie weghuschen konnte, zerquetschte sie in der Faust und schmierte die Reste auf den Betthimmel, damit die anderen sahen, was sie erwartete. Sie merkten, woher der Wind wehte, und hauten ab, durch den Lüftungsschlitz, der zum Heizsystem gehörte.

Kapitel 25

Ich muss zugeben, es gefiel mir gar nicht, mich mit Moriarty und Moran gemeinzumachen. Holmes auch nicht, aber er war eher bereit zu glauben, dass Moriarty mit uns zusammenarbeiten würde, wegen dessen Berechnung, seine Chancen stünden mit uns besser als ohne uns. »Sie müssen verstehen, Watson, dass der brillante Professor die Welt in mathematischen Termen sieht. Wenn er X macht, dann ist das Ergebnis Y. Wenn er will, dass Y das Ergebnis ist, interessiert ihn nicht, was X tatsächlich bedeutet. Das ist ein akkurater Ansatz, die Welt zu betrachten. In gewisser Hinsicht sogar bewundernswert.«

»Holmes!«

»Kommen Sie schon, mein Freund! Ich sage ja nicht, dass ich Professor Moriarty bewundere. Ich bewundere nur diesen reinen Ansatz und dass er weder Zweifel daran hegt noch versucht, ihn zu modifizieren, wenn etwas die Anwendung stört. Aber genug davon. Und keine Angst, dass ich ihm nacheifern könnte. Ich habe meine eigenen Überlegungen und Ermittlungsansätze, die ich ihn wissen lasse, falls und wenn ich das will – und keine Sekunde früher.«

»Zum Beispiel?«

»Zum Beispiel, altes Haus, dass Sie und ich einen kleinen Spaziergang machen, während er und Moran sich auf ihren Zimmern ausruhen.«

Es freute mich, dass wir nicht an sie gebunden waren, obwohl ich gleichzeitig Sorge hatte, dass wir das Abendessen verpassen würden. Das wäre ein hoher Preis, denn wir hatten eine lange und von Hunger bestimmte Reise hinter uns. Wir gingen durch die Lobby, wo einige gut gekleidete Gentlemen Kaffee tranken oder rauchten.

»Haben Sie ihre Fingerknöchel bemerkt?«, fragte Holmes, als er ins Freie trat, seine Pfeife stopfte und mit einem Streichholz anzündete. Es flammte im Dunkeln auf, da die Sonne bereits untergegangen war.

»Fingerknöchel?«

»Die Knöchel der Gentlemen dort drinnen.« Er wies nickend zu den Männern, die es sich auf den Sesseln gemütlich gemacht hatten, und warf das Streichholz weg. Der Wind wehte es ein paar Meter von uns fort.

»Nein, mir ist nichts aufgefallen.«

»Schrammen und blaue Flecke, altes Haus, und das nicht zu knapp. Hin und wieder boxe ich ganz gern, und wie es scheint, machen das viele dieser Gentlemen hier auch.«

Das war in der Tat merkwürdig. Aber es gab etwas, das mich mehr beschäftigte. »Wie erfahren wir, wo George gefangen gehalten wird?«

»Wir müssen abwarten, beobachten und uns unauffällig verhalten. Wenn er hier festgehalten wird, werden sie es uns nicht sagen. Wenn nicht, werden sie es nicht wissen.« Während wir dahin schlenderten, blickte ich hoch zur Jungfrau. Im Mondlicht erkannte ich eine weiße, mit schwarzen Felsen durchsetzte Fläche. Eine hohe Welle aus weißem Schnee glitt nach unten, um einen Felsgrat zu bedecken, und legte dadurch einen anderen frei. Ein paar Sekunden später hörte ich auch ein Geräusch, das sich ausnahm wie eine ferne Explosion. Das war also eine Lawine. Ich muss zugeben, aus sicherer Distanz fand ich sie ziemlich schön. »Ist dies nicht eine wunderbar reine Landschaft, Watson? Der weiße Schnee und die scharfen Gipfel? Könnte der Mensch nicht hier in diesen Bergen am gesündesten und natürlichsten sein?« Dem stimmte ich zu. Hin und wieder hatte ich selbst schon von einem Ruhestand in solchen Gefilden geträumt. »Und doch ...«

»Und doch?«, hakte ich nach.

»... gibt es in solchen Gegenden auch immer die Unterströmung des Bösen.«

Wir liefen in Richtung des Ortseingangs, der nur durch den Bahnsteig der Zuglinie gekennzeichnet war. Doch bevor wir da ankamen, bog der Weg zum Rand des Plateaus ab. Dort befand sich ein baufälliger Zaun, der zu einer Treppe nach unten gehörte. »Die führt sicher hinunter zum Friedhof«, bemerkte Holmes. Der Schein unserer Lampe fiel auf die oberste Stufe und schien dann mit dem Berg ins Bodenlose abzufallen. »Sieht aus, als würde sie uns den Weg zur Hölle beleuchten, nicht wahr?« Holmes lachte. Er schien sich in für ihn ganz untypisch ironischer Stimmung zu befinden.

»Keine besonders aufmunternde Vorstellung.«

»Sie müssen mir verzeihen, alter Junge. Da wir einen Pakt mit dem Teufel geschlossen haben, muss ich an die *Göttliche Komödie* denken.« Und er verbiss sich ein Lächeln, das ich im bernsteinfarbenen Licht, welches vom Schnee zurückgeworfen wurde, dennoch bemerkte. Wenn in diesem Augenblick jemand wie Luzifer höchstpersönlich aussah, dann war es Sherlock Holmes.

Wir näherten uns der obersten Stufe. Ich weiß nicht, ob Sie je am Rand eines so hohen Berges gestanden haben, dass die Wolken sich unter einem bilden, aber es ist eine beunruhigende Erfahrung. Die Steinstufen waren mindestens für dreißig Meter nach unten mit einer Eisschicht überzogen. Weiter reichte das Licht unserer Laterne nicht, und wir sahen nur noch eine schwarze Masse, die wohl der Friedhof war.

Doch als ich genauer hinschaute, erkannte ich, dass es nicht vollkommen dunkel war. Da unten bewegte sich ein Lichtpunkt.

»Ein später Besucher?«, mutmaßte Holmes, der meine Frage erahnte.

»Muss wohl.«

»Hmm. Nun, finden wir es heraus. Und beten wir, dass er von dieser Welt ist und nicht von der glutheißen Unterwelt.«

In den Fels war ein eiserner Handlauf getrieben worden. Wir umklammerten ihn mit unseren rauen, gefühllosen Händen, so gut wir konnten, und stiegen Stufe für Stufe hinunter. Jedes Mal, wenn unsere Füße knirschend aufs Eis trafen, rutschten sie ein Stück, sodass ich die Chancen, in dieser Nacht noch zurück ins Hotel zu kommen, bei fifty-fifty einschätzte.

So langsam und zaghaft habe ich noch nie dreißig Meter hinter mich gebracht. Je weiter wir nach unten kamen, desto größer und heller wurde der Lichtpunkt. Einmal rutschte ich aus, und hätte Holmes' Hand mich nicht unter der Schulter gepackt, wäre wahrscheinlich mehr als mein Stolz verletzt worden. Aber nach einer weiteren Minute vorsichtigen Kletterns waren wir am Friedhof angekommen.

Ich hielt nach der Lichtquelle Ausschau, aber die war verschwunden, kaum dass wir das Plateau erreicht hatten.

»*Salute!*«, rief Holmes so laut, dass man ihn bei den Gräbern, aber nicht oben im Dorf hören konnte.

Da schoss von einem der Grabsteine plötzlich der Lichtstrahl einer Fackel zu uns, direkt in unsere Gesichter, um uns zu blenden. Ich schirmte ihn mit einer Hand ab.

»Was wollen Sie hier?«, fragte eine Stimme in dem Küchenlatein der Einheimischen. Aber sie klang nicht wütend, sondern ängstlich. Es war die Stimme einer Frau.

»Wir suchen die Wahrheit«, erwiderte Holmes in derselben Sprache. »Wir haben nichts Böses im Sinn.« Er trat einen Schritt vor.

»Nicht näher kommen!«

Er nickte und trat wieder einen Schritt zurück. »Gut. Wir suchen die Wahrheit über ein Verbrechen.«

»Holmes«, warnte ich, nicht sicher, ob wir unsere Geheimnisse verraten sollten.

»Ist schon in Ordnung, Watson. Diese Frau hat Angst, aber wovor? Höchstwahrscheinlich vor dem, was wir herausfinden wollen. Und darüber weiß sie mehr als wir.«

»Welches Verbrechen?« Ihre Stimme klang nun nicht mehr so ängstlich, sondern neugierig.

»Über Todesfälle.«

»Holmes!«

»Todesfälle?« Sie trat in den Lichtschein unserer Laternen. Es war die Witwe vom Begräbnis ein paar Stunden zuvor.

»Ja.«

Sie sah uns an, immer noch zögernd. Dann schien sie zu einem Entschluss zu kommen. »Sehen Sie sich um.« Etwas an ihrem Tonfall legte noch eine tiefere Bedeutung nahe als nur die offensichtliche: dass wir uns alle auf einem Friedhof befanden. Holmes ging in die Knie und wischte den Schnee von einem Grabstein. Darauf stand der Name eines Mannes und ein Datum, das nur ein paar Monate zurücklag. »Da drüben.« Holmes folgte ihrem Fingerzeig. Noch ein Grabstein, noch ein recht frisches Datum.

»Wie ist Ihr Mann gestorben?«

Im Licht der Laterne sah ich, wie ihr Tränen aus den Augen quollen und auf ihren Wangen gefroren. »Er ist abgestürzt.«

»Abgestürzt?«

»In einem Eissturm. Er kletterte die Felswand über dem Dorf hinauf.« Ihre Stimme war zittrig.

Holmes runzelte die Stirn. »Die Felswand hinauf. Aber warum?«

»Das weiß ich nicht. Das weiß niemand.« Sie fuhr sich mit den Händen durch ihre langen, dunklen Haare. »Er hatte sich schon seit Wochen wie ein Verrückter benommen. Es war, als fühlte er sich, als ob …« Und dann sagte sie etwas, das ich nicht verstand.

»Wie war das, wie fühlte er sich?«, fragte ich Holmes.

»*Als würde er eine silberne Rüstung tragen.*« Er schwieg. »Zweifellos eine hiesige Redewendung. Aber die Bedeutung verstehen wir wohl.« Er wandte sich wieder an sie. »Madam, sind diese anderen jungen Männer ebenso gestorben?«

Sie schüttelte den Kopf. »Alesch wurde getötet.«

»Wie?«

»Bei einem Kampf in einer Bar. Mit zwei Männern. In Bern. Die Polizei sagt, er hätte wegen nichts Streit angefangen. Wie Jerun gestorben ist, weiß ich nicht; Sarina will nicht darüber reden. Sie hat das Dorf verlassen.«

»Madam, haben diese Männer zusammengearbeitet? Waren sie miteinander verwandt? Gab es eine Verbindung zwischen ihnen?«

Noch bevor sie antwortete, wusste ich, was sie sagen würde. »Sie haben alle im Hotel gearbeitet.«

Ein Blick zu Holmes bestätigte mir, dass er genau dasselbe erwartet hatte. »Ja. Natürlich haben sie alle dort gearbeitet.«

»Sie glauben, sie können uns kaufen!«, ertönte ein Knurren wie von einem Hund. Aber es kam nicht von der Frau, sondern aus einer dunklen Ecke des Friedhofs.

Der junge Mann, der erschien – der Bruder des Toten, dachte ich, den ich bei der Beerdigung gesehen hatte –, pflügte sich durch den Schnee in unser Sichtfeld. »Sie glauben, wir wären Teil des Angebots.«

»Wen meinen Sie mit ›Sie‹?«, fragte ich.

»Sie und Sie. Und alle anderen.« Im Licht der Fackel zeigte er mit dem Finger auf uns. »All die, die hierhergekommen sind. Ihr Geld«, er spuckte aus, »ist nur Papier.«

Holmes richtete sich auf. Er hatte so eine Art, bei der er weder zu drohen noch zurückzuweichen schien. »Wir sind nicht wie die anderen, die hierhergekommen sind. Wir wollen dafür sorgen, dass jeder, der sich der Gerechtigkeit entzogen hat, ihr wieder zugeführt wird.«

Die Frau sah den Mann an und fasste ihn am Arm. Er schüttelte sie ab.

»Polin«, sagte sie leise.

»Glaub ihnen kein Wort.«

»Haben Ihre Freunde irgendwas darüber gesagt, was sie im Hotel gemacht haben?«, fragte Holmes.

»Antworte nicht!«

Aber sie ignorierte ihn. »Normale Arbeit«, erklärte sie. »Joel, mein Mann, hat in der Küche gearbeitet. Alesch und Jerun waren Gepäckträger.«

»Hat Joel oder einer der anderen je etwas Seltsames erwähnt? Etwas, was sie tun sollten oder was außergewöhnlich war? Oder vielleicht einen merkwürdigen Gast?«

»Einen merkwürdigen Gast!«, höhnte Polin und vergaß seinen eigenen Befehl. »Die sind alle merkwürdig. Wieso kommen sie überhaupt her? All diese reichen Männer. Und Sie sind genauso.«

»Sie ...«, setzte die Frau an, doch ihr Begleiter hatte genug.

»Kein Wort mehr!«, fuhr er sie an. »Du sagst nichts mehr!«

Und damit packte er sie am Arm und zwang sie, zur Treppe zu gehen. »Sir!«, sagte ich in dem Versuch, ihn zu beruhigen.

»Halten Sie sich von ihr fern«, grollte er. Sie warf uns einen traurigen Blick über die Schulter zu, begann aber, die Treppe hinaufzusteigen. Ich wollte ihnen folgen, aber Holmes legte mir sanft eine Hand auf die Brust und hielt mich auf.

»Wir müssen auf eine andere Gelegenheit warten, mit ihr zu sprechen«, sagte er. Ich wusste, er hatte recht.

Wir machten uns ebenfalls wieder an den Aufstieg, und das war sicherer, als hinabzusteigen, wenn auch strapaziöser für meine alten Knie.

»Was sagten Sie, Watson?«

»Ich sagte, an diesem Hotel ist etwas sehr Merkwürdiges und Abwegiges.«

»Da stimme ich Ihnen zu.«

Wir kamen gerade rechtzeitig zum Dinner. Der Speisesaal war oval und sehr schön eingerichtet, besetzt mit etwa fünfzehn Gentlemen. Moran und Moriarty saßen schon an einem Tisch und beendeten gerade ihr Abendessen. Wir begrüßten sie höflich, worauf der Kellner uns eine Platte mit ausgezeichnetem Berglamm in Petersiliensauce mit gebratenen Kartoffeln brachte.

»Der Direktor der französischen Staatsbank«, sagte Holmes leise, während ich beim Essen zulangte.

»Was sagten Sie?«

»Da drüben.« Er wies kurz mit der Gabel zu einem bärtigen Burschen in den Fünfzigern, der glänzende Laune zu haben schien und eine weitere Flasche wie die bestellte, die er gerade geleert hatte. »Ich bin ihm einmal auf einem Empfang des französischen Konsulats in Porto begegnet.«

»Wird er Sie wiedererkennen?«

»In Anbetracht der Tatsache, dass er gerade bei seiner zweiten Flasche Château Mouton Rothschild ist und damals bei seiner dritten war, möchte ich das bezweifeln.«

»Sie erkennen aber viele Leute.«

»Es gibt auch viele zu erkennen. Zum Beispiel den russischen Botschafter in Amerika. Den dunklen Kerl gegenüber von unserem Bankiersfreund.« Ich riskierte einen Blick. Ein kleiner, unauffälliger Mann saß dort und las ein Buch, ohne auf die lebhaften Gespräche um ihn herum zu achten.

»Und woher kennen Sie den russischen Botschafter in Amerika?«

»Ich sagte nicht, dass ich ihn kenne. Er liest ein Buch auf Russisch, sein Anzug ist aus Boston, er bat um einen Bourbon mit Soda, und der Kellner redete ihn mit Eure Exzellenz an. Was sollte er also sonst sein?«

»Er ist tatsächlich der Botschafter. Alexei Simonjow«, sagte Moriarty in seiner seltsamen Sprechweise. Es hörte sich an, als wäre ihm jede einzelne Silbe zuwider. »Und ich kann Ihnen was über ihn erzählen.«

»Zweifellos etwas, das nur wenige wissen.«

Diese Bemerkung ignorierte Moriarty. »Ein Günstling der Zarin. Aus Kindertagen. Allerdings soll ihre Beziehung den Gerüchten nach nicht ganz so unschuldig sein.«

»Wir verstehen. Nur aus Interesse, wofür wollten Sie diese Information nutzen?«

Der Professor antwortete, als wäre es eine ganz normale Frage zu einem ganz normalen Thema: »Das habe ich noch nicht entschieden. Möglicherweise für die Genehmigung, etwas übers Schwarze Meer zu verschiffen. Ich hab eine Kapitalgesellschaft, die darin investiert.«

»Dann wird das sicher höchst lukrativ sein.«

»Ich kann Ihnen tausend Aktien für vier Shilling das Stück anbieten. Ein Sonderpreis für Sie.«

»Zweifellos spottbillig«, antwortete Holmes.

»Buchstäblich geschenkt.«

»Danke, aber ich behalte mein Geld lieber für mich.«

»Wie Sie wollen.«

Damit stand Moriarty auf und ging, gefolgt von Moran.

»Sagen Sie, wissen Sie irgendetwas über den Gentleman in Zimmer fünfzehn?«, fragte mich Holmes.

»Nein, nichts.«

»Sie werden sich erinnern, dass der einzige Passagier im Zug von gestern angeblich Brite war.«

»Ach ja?«

Holmes rief den Kellner und fragte ihn, ob er an diesem oder dem vergangenen Tag einen britischen Gentleman bedient hatte. Hatte er nicht.

»Was uns zu dem Schluss führt, dass er seine Mahlzeiten auf dem Zimmer einnimmt«, erklärte Holmes und entließ den Kellner.

»Wenn an diesem Ort irgendetwas Merkwürdiges oder gar Kriminelles vor sich geht«, sagte ich, »dann ist es wohl kaum überraschend, dass einige Gäste unerkannt bleiben wollen.«

»Das stimmt. Doch wenn ein Mann auffällt – und sei es durch seine Abwesenheit –, dann will ich den Grund wissen.«

Den Abschluss des Essens bildeten ein delikater Reispudding mit süßer Milch und Loganbeeren und danach ausgezeichnete Zigarren.

Als wir zurück zu unseren Zimmern schlenderten und an Zimmer fünfzehn vorbeikamen, hörten wir von drinnen Musik, die von einem Grammofon kam. Holmes blieb stehen. »Das ist der zweite Satz von Brahms' Violinsonate Nummer 1 in G-Dur. Ein sehr schönes Stück.« Ein Klavier und eine Geige spielten miteinander wie zwei Vögel. »Und da ...« Er tippte in die Luft, als hätte er einen Taktstock. »Das ist der Regen. Selbst in der Musik gibt es das Wetter.« Die Grammofonplatte knisterte.

Holmes klopfte an die Tür. »Es ist doch immer schön, auf Reisen zum Kontinent andere Landsleute zu treffen, nicht wahr, Watson?«, sagte er erklärend. »Und ist diese wunderschöne Musik, die wir hier hören, reiner Zufall oder eine bewusste Wahl? Das lässt sich nur auf eine Weise herausfinden.« Wieder klopfte er. Aber niemand öffnete, und von drinnen hörte man keinerlei Bewegung oder sonst ein Geräusch. Da wir am Empfang kaum nach dem Generalschlüssel fragen konnten, blieb uns keine Möglichkeit, der Sache nachzugehen. »Nun, etwas sagt mir, dass wir uns alle bald genug treffen«, sagte Holmes.

Es war schon später Vormittag, als ich aufwachte, und ich spürte ein großes Verlangen nach guten englischen Crumpets. Leider gab es keine, aber ich ließ den Mut nicht sinken und ging mit Holmes ins Dorf, wo wir uns genauer umschauen wollten.

Es war auf seine Weise recht malerisch mit den Rauchfahnen, die aus den Schornsteinen aufstiegen, und dem weißen unberührten Schnee. Allerdings hätte ich hier nicht leben wollen, denn das Klima zwickte an allem, was man hatte.

Wir sahen uns die Kapelle an, die an das Hotel grenzte. Es war ein solides, aber schlichtes Gebäude mit einem nackten Altar, nur sechs Kirchenbänken und einigen in die Mauern eingelassenen Gedenksteinen. Am anderen Ende des Dorfs stand das Wirtshaus, das wir am Vorabend nicht gesehen hatten. Der Bau wirkte schäbig, als wäre er ursprünglich als Ziegenstall aus Stein gebaut und nur als

Übergangslösung in einen Pub umfunktioniert worden. Die Fenster waren so klein, dass es drinnen zu jeder Tageszeit stockdunkel sein musste. Alle zwei Sekunden knallte die Tür im Wind, wie es aussah, war das Schloss schon seit einiger Zeit kaputt. Auf die Eingangstreppe vorquellendes Stroh deutete an, womit der Boden im Wirtshaus bedeckt war. Wir hörten drinnen lebhaftes Stimmengewirr.

»Kommen Sie, Watson, schauen wir mal, ob wir uns mit ein paar Einheimischen anfreunden können. Vielleicht entdecken wir etwas Interessantes.«

Wir traten ein. Obwohl es stark zog, war der Raum von dichtem Tabakrauch erfüllt, sodass man kaum von einem Ende zum anderen blicken konnte. Meine Augen brauchten ein paar Sekunden, um sich an Rauch und Dunkelheit zu gewöhnen, und dann tauchte ein unbehauener, etwa zehn Meter langer Raum mit einem Trog auf, der in eine Theke umgewandelt worden war. Und plötzlich wurde mir bewusst, was ich da sonst noch sah. »Holmes!«, schrie ich.

Ich war Zeuge einer Straftat. Ein recht elegant gekleideter Mann von etwa meiner Größe und meinem Alter stand am hinteren Ende mit dem Rücken zur Wand und hielt die Hände an seinen Kopf. Rechts von mir zielte ein gedrungener Gentleman mit einer Pistole auf den Kopf des reglosen Mannes. Er hatte den Finger am Abzug, daher blieb mir nur eine Sekunde zum Handeln. Ich schleuderte meinen Ranzen auf seine Hand, worauf die Waffe zur Seite schnellte. Sie schoss auf die Steinwand, die Kugel prallte ab und flog mit einem Knall auf den Boden.

»Was …!«, brüllte der Schütze. Aber mehr brachte er nicht heraus, da hatte ich schon seinen Arm gepackt und versuchte, ihm die Waffe zu entwinden.

»Watson!«

»Helfen Sie mir!«, rief ich, während ich ihm weiter die Waffe zu entreißen versuchte. Der Mann war gedrungen, aber kräftig, und wir fielen beide zu Boden. Aus dem Augenwinkel sah ich, dass der Mann, der erschossen werden sollte, zu uns rannte.

Aber anstatt mir zu helfen, wie ich erwartet hatte, packte er – ein dunkelhäutiger Herr, wie ich nun sah – mich an der Schulter und nagelte mich auf dem Boden fest, als wäre ich derjenige gewesen, der versucht hatte, ihn zu erschießen.

»Watson, loslassen!«

Das war natürlich Holmes, doch das ergab keinen Sinn. »Aber …«

»Gentlemen, es handelt sich um ein Missverständnis.« Und ich spürte, wie er den Mann wegdrängte und meine Hand von der Pistole löste. »Watson, es besteht keine Gefahr.«

Mit Holmes' Hilfe gelang es dem Schützen, die Waffe an sich zu reißen und aufzustehen. Er zielte mit dem Revolver auf den Boden. Holmes zog mich weg.

»Watson, wir sind in der Schweiz. Dem Land von Wilhelm Tell.« Er zeigte auf einen Apfel, der vom Kopf des dunklen Mannes auf das Stroh vor der Wand gefallen war. »Das war eine Nervenprobe. Ein Test für Schießkunst.«

Verblüfft starrte ich dorthin. »Gute Güte«, murmelte ich. Eine derartige Idiotie war mir ein paarmal in der Armee begegnet, aber niemals im Zivilleben. Allerdings minderte das nicht meine Verlegenheit.

Und als wäre das noch nicht schlimm genug, bemerkte ich dann, wer Zeuge meines Versehens geworden war: niemand anderer als die Witwe, die wir am Vorabend beim Friedhof getroffen hatten. Sie stand reglos mit einem Glas und einem Krug in den Händen hinter der Theke.

Der Mann, der mich beiseitegezerrt hatte, brach in herzhaftes Lachen aus. Der Schütze allerdings starrte mich äußerst finster an, und ich sah, wie sein Finger am Abzug zuckte, bevor er einen unterdrückten Fluch ausstieß und die Pistole wieder wegsteckte.

»Ihr Freund hat recht. Eine Nervenprobe«, rief der Lachende aus. »Was wäre das Leben ohne Nervenkitzel?« Seinem Akzent nach war er Italiener. »Sie, *signori*, sind neu hier. Stimmt das?«

Ich stand auf. Der Schütze beäugte mich immer noch, als überlegte er, ob er eine Kugel an mich verschwenden sollte.

»Ja, das sind wir«, antwortete Holmes.

»Ah, dann wird Sie Großes erwarten!«

»Wir freuen uns schon sehr darauf.«

Holmes ist in solchen Dingen besser als ich. Ich hätte den Mann direkt aufgefordert, das zu erklären. Aber Holmes sah sich zerstreut um, als interessierte ihn das alles nur mäßig. Es waren noch drei weitere Gentlemen in der Schenke, die bei diesem Spiel zugeschaut hatten. Dazu der Wirt, in einfacheren Kleidern.

»Wer zum Teufel *sind* Sie?«, verlangte der Schütze zu wissen. Er sprach mit amerikanischem Akzent.

»Ach, nur zwei Gentlemen, die gerne an der einzigartigen Natur dieses Orts teilhaben wollen.«

Er kniff seine Augen zusammen. »Teilhaben *woran*?«

»Wir wissen alle, warum wir hier sind.«

»Ja, *wir* ganz sicher. Aber ich weiß nicht ...«

»Louis, Louis«, sagte der Italiener, als wollte er ein wütendes Kind beschwichtigen. »Wir sind doch alle Freunde, die dasselbe wollen. Ich sage, trinken wir einen Schnaps zusammen, dann versuchen wir es noch mal mit dem Schuss. Aber dieses Mal machen wir es wirklich spannend. Du schließt die Augen!«

Ich war sprachlos. Der Schuss war schon schwierig genug, wenn der Amerikaner sein Ziel sah. Aber blind, das war – im besten Fall – ein Schuss ins Blaue. Ich hätte keinen Penny mehr auf das Leben des Italieners gesetzt.

»Sind Sie sicher?«, fragte ich.

»Zweifelsfrei.« Er neigte sich zu mir und fasste mich am Arm. »Und Sie werden auch bald zweifelsfrei sein.« Damit ging er so ruhig wie ein stiller Sommertag zum Ende des Wirtsraums, nahm den Apfel vom Boden und hielt ihn über seinen Kopf. »Schieß, Wilhelm Tell!«

»Holmes …«, murmelte ich.

»Ich glaube, wir sollten sie lassen. Hier ist vieles, das wir nicht verstehen.«

Das zumindest war zweifelsfrei wahr.

Der Amerikaner hob die Waffe, kniff demonstrativ die Augen zu und betätigte den Abzug. Die Frau hinter der Theke sah so reglos zu, als würde ihr derartiges ständig begegnen. Ein Schuss ertönte, der Apfel explodierte, und die Kugel schlug mit einem Knall in die Steinwand ein. Der Italiener brach wieder in lautes Gelächter aus, und die drei Zuschauer bejubelten den Erfolg.

Der Wirt drückte Holmes und mir ein Glas in die Hand und begann einen klaren Schnaps auszuschenken. Für starke Spirituosen war es noch ziemlich früh, doch ich wollte nicht für Unruhe sorgen. Er füllte die Gläser bis zum Rand, sodass in jedem genug Alkohol war, um einen Bullen zu betäuben. Das fand offenbar niemand ungewöhnlich, denn der Wirt ging auch zu den anderen Männern und schenkte ihnen dieselbe Menge ein, die sie wie Wasser herunterkippten. Dann blickten sie uns an. Uns blieb nichts anderes übrig, als ihrem Beispiel zu folgen und eine Menge, für die ich normalerweise eine Stunde gebraucht hätte, in einem Zug zu trinken. Kein Wunder, dass sie sich benahmen wie Matrosen auf Landurlaub – obwohl ich keinerlei Anzeichen von Trunkenheit bei ihnen entdeckt hatte. Der billige Selbstgebrannte ätzte sich durch meine Speiseröhre, und ich konnte mich gerade so bezwingen, dass ich nicht würgen musste. Zwar kam der Wirt sofort zu mir, um nachzuschenken, aber ich wehrte ihn ab. Trotzdem schienen wir den Test bestanden zu haben.

»Neue Freunde!«, verkündete der Italiener, drückte uns an seine Brust und gab uns dann die Hand. »Luciano Ado.«

»Edmund Loughton und Charles Pierce«, antwortete Holmes.

Ich versuchte, den Blick der jungen Frau aufzufangen, aber sie schaute angelegentlich weg.

»Gut! Alte Freunde! Jetzt haben wir ein Skirennen vor. Wollen Sie auch mit?«

Der Amerikaner wirkte verärgert. »Aber nur, wenn Sie in Stimmung sind«, bemerkte er. »Es ist ziemlich gefährlich.« Das sollte wohl ein höhnischer Seitenhieb gegen mich sein.

»Wir sind nicht passend angezogen«, erwiderte Holmes.

»Dann nicht. Pech für Sie.«

Holmes neigte den Kopf, zum Zeichen, dass er das Zurückziehen der Einladung akzeptierte.

Achselzuckend gab der Italiener dem Wirt ein paar Münzen, dann verschwanden die fünf. Es war ein außergewöhnliches Schauspiel gewesen.

Holmes versuchte, den Schenkenbesitzer in ein Gespräch zu verwickeln, doch der Mann schüttelte auf jede Frage nur den Kopf. Er würde zwar unsere Gläser füllen und unser Geld nehmen, aber nichts sagen. Das Letzte, was ich von der jungen Frau sah, war ein Zipfel ihres Kleides, der in einem Raum hinter der Theke verschwand, welcher wohl eine Vorratskammer war.

»Nun denn. Ein unterhaltsames Intermezzo. Gehen wir weiter und überdenken das Ganze«, sagte Holmes und streckte die Glieder.

»Wenn Sie meinen.« Ich gestehe, es enttäuschte mich, die Chance verpasst zu haben, mit der jungen Frau zu sprechen, selbst wenn das Gespräch nur gezwungen gewesen wäre und in einer Sprache stattgefunden hätte, die ich allenfalls dürftig beherrschte.

Als wir das Wirtshaus verließen, blickte ich hoch zum Berg. Er war dort seit Anbeginn der Zeit gewesen und würde dort bis zum Ende aller Zeiten stehen. So etwas gibt einem schon zu denken. Ich bin kein Poet, sondern Arzt und Soldat. Ich kann auch mal schroff sein. Aber in diesem Augenblick, bei der Betrachtung dieser Landmarke, an der sich jeder Mensch oder Vogel orientieren konnte, spürte ich so etwas wie Poesie in mir aufkommen.

»Starren Sie nicht so, sondern lassen Sie uns weitergehen«, bemerkte Holmes. »Wir altern wie alle Lebewesen und können hier nicht eine Ewigkeit herumstehen.«

Ich lachte und setzte mich hinter ihm in Bewegung. Aber dann umfasste eine Hand meinen Arm. Ich blickte darauf. Es war eine schmale Hand, die in einem dicken Wollhandschuh steckte.

»Sir, warten Sie. Ich möchte mit Ihnen sprechen.« Ja, es war die junge Frau. Ich bemühte mich, mit ihrem Küchenlatein mitzuhalten.

»Worüber?«

Ihr Ärger ausdrückendes Stirnrunzeln war wirklich reizend. »Was glauben Sie denn? Über die Todesfälle in unserem Dorf. Die ...«, und dann sagte sie ein Wort, das ich nicht kannte.

»*Vermissten*, Watson.« Holmes hatte mir eindeutig mein Unverständnis angesehen. »Dann kommen Sie, Madam. Unterhalten wir uns irgendwo ungestört.«

»Einverstanden.«

»Aber zuerst müssen wir Ihren Namen erfahren.«

»Ioana.«

Das war wohl die hiesige Version von Joanna. Ein charmanter Name, wenn Sie mich fragen.

Wir zogen uns auf die Seite des Wirtshauses zurück und warteten, dass sie zu sprechen anfing. »Früher war das hier ein Ort, in dem man gut leben konnte«, setzte sie mit leiser Stimme an. »Wir waren nicht reich, das nie. Aber es war still und sauber, und die Menschen waren gut zueinander.«

»Und dann?«

»Dann kamen *sie*.« Sie deutete mit dem Kopf auf die Fußstapfen im Schnee. »Oder andere wie sie. Ich wünschte, mein Mann wäre hier. Ich bete jede Nacht in der Kirche, dass er zurückkommt.«

Zu gern hätte ich ihr meinen Arm um die Schultern gelegt, aber es kam mir falsch vor. Als wäre sie in Gedanken bei ihrem Mann und man sie dort bleiben lassen sollte.

Eine Weile herrschte Schweigen. »Am Hotel Printemps muss etwas ganz Besonderes sein«, sagte Holmes behutsam. »Wie lang bleiben die Gäste für gewöhnlich?«

»Eine Woche, würde ich sagen, oder auch zwei. Wir sehen sie kommen und gehen.«

Ich hörte ein fernes Grollen wie am Abend zuvor, offenbar glitt wieder ein Schneebrett den Berg hinunter. Die beiden anderen beachteten es gar nicht.

»Hat Ihr Mann jemals etwas Seltsames über das Hotel erwähnt?«

»Etwas Seltsames? Ja, vieles!«

»Etwas, das er nicht verstand?«

Sie dachte einen Moment nach. »Als er dort anfing, sagte er, dass manchmal Leute, die dort arbeiteten, verschwänden. Wenn er mit einem sprechen musste, schaute er in jedem Zimmer nach, aber er war nirgendwo zu finden.«

»Nun, altes Haus, wir müssen wirklich klären, wohin sie verschwinden«, bemerkte Holmes zu mir. Dann wandte er sich wieder zu Ioana und fragte sie auf Rätoromanisch: »Und sagen Sie, benehmen sich die Männer, die hierherkommen, immer so?« Und genau wie sie wies er mit dem Kopf auf die Fußspuren der Männer, die eben zu einem Skirennen aufgebrochen waren.

»Am Ende schon. Sie werden anders.«

»Wie anders?«

»Viele sind bei ihrer Ankunft wie Lämmer. Aber am Ende sind sie alle wie diese wilden Hunde.«

»Verstehe. Und eine letzte Frage, die Ihnen vielleicht etwas merkwürdig vorkommt. Hat Ihr Mann jemals Spinnen erwähnt?«

Sie wirkte verblüfft. »Spinnen?«

»Ja.«

Mit immer noch erstaunter Miene sagte sie: »Einmal fand ich ihn zu Hause, wie er schrie und sich die Hände über den Kopf hielt. Ich fragte ihn nach dem Grund, und er sagte, er spüre, wie Spinnen auf ihm krabbelten. Aber da war nichts. Keine einzige Spinne. Ich dachte, er habe einen Albtraum gehabt, aber in der nächsten Woche passierte es wieder. Wie aus dem Nichts.«

»Verstehe. Und Sie sagten, Ihr Mann sei abgestürzt?« Sie biss sich auf die Lippen und seufzte. Die Erinnerung war noch frisch und schmerzlich. »Hat er noch eine Weile gelebt? Hat er was gesagt?«

»Er lebte noch ein paar Stunden, konnte aber nicht sprechen.«

»Sehr bedauerlich.«

»Holmes«, mahnte ich, weil ich seine Bemerkung gefühllos fand – als sei die wahre Tragödie, dass der Mann uns nicht bei unserer Ermittlung helfen konnte.

»Aber …«, setzte sie an, stockte dann aber.

»Ja?«, sagte Holmes, und seine Augen leuchteten auf wie immer, wenn sein Instinkt ihm sagt, dass eine Information von unschätzbarem Wert in Reichweite ist.

»Er … schien uns etwas sagen zu *wollen*.«

»Und was?«

»Das weiß ich nicht. Er konnte nicht sprechen, aber er versuchte, etwas in die Erde zu zeichnen.«

»Was?«

Da zeichnete sie es selbst in den Schnee. Drei Halbkreise nebeneinander, auf einer horizontalen Linie. Und alle drei innerhalb eines umgedrehten Vs.

»Wollte er was schreiben?«, fragte ich.

»Wir können nicht schreiben, Sir«, sagte sie, peinlich berührt. Ich kam mir vor wie ein Schuft, weil ich nicht nachgedacht hatte. Was brauchten Bergbewohner wie sie Lesen und Schreiben?

»Oh, Watson, nein, nein, nein. Das sind keine Buchstaben. Sehen Sie das nicht? Das umgedrehte Dreieck ist der Berg, auf dem wir stehen. Die Linie unten ist der Boden.«

»Und die Halbkreise?«

»Ich würde wetten, dass dies die Höhlen vom verlassenen Dorf über uns sind.«

»Die Höhlen?«, stieß ich hervor. »Aber was bedeutet das?«

»Das zu entdecken, ist unsere Aufgabe.« Holmes wandte sich wieder an Ioana. »Werden diese Höhlen noch benutzt?«

Doch bevor sie antworten konnte, tauchte plötzlich der Wirt auf. Ich weiß nicht, wie es kam, dass wir ihn nicht bemerkt hatten. Er sagte kein einziges Wort, sondern hob nur den knochigen Zeigefinger und wies auf das Mädchen. Zweifellos war das eine Warnung. Dann wies der Finger aufs Wirtshaus. Und das war ein Befehl.

Es gab wohl nicht so viele Jobs in diesem Dorf, und Ioana wollte den, den sie hatte, nicht verlieren.

»Sie haben einen schrecklichen Verlust erlitten. Eine Tragödie«, sagte Holmes rasch und leise. »Ich bin hier, um die Wahrheit darüber herauszufinden und Gerechtigkeit für die drei Toten in London zu suchen. Ich glaube, für die drei Toten hier werde ich auch Gerechtigkeit finden.«

Mit einem Mal wirkte die Frau hoffnungsvoll. »Bitte. Bitte finden Sie die Wahrheit.«

»Ich tue, was ich kann. Versprochen.«

Da drehte sie sich um und ging schnurstracks an ihren Arbeitsplatz zurück. Ich wollte dem Wirt schon was erzählen, doch Holmes schüttelte den Kopf.

»Wir sind hier Außenstehende und wollen uns keine Feinde machen«, sagte er. »Zumindest noch nicht. Auf uns wartet eine dringendere Aufgabe.«

»Und die wäre?«

»Nun, wir müssen uns die Höhlen ansehen, die offenbar etwas mit dem Tod von Ioanas Ehemann zu tun haben.«

Während wir aufbrachen, zum Weg, der ins alte Dorf oben führte, griff Holmes in seine Tasche und holte seine Pfeife heraus. Er hatte Mühe, sie im kalten Wind anzuzünden, aber schließlich stiegen kleine blaue Rauchwölkchen in die Luft. »Langsam nimmt in mir eine Idee Form an, Watson. Es ist eine seltsame Idee, aber die einzige, die im Moment einen Sinn ergibt.«

»Möchten Sie mir davon erzählen?«

»Noch nicht, ich befürchte, sonst würden Sie mich ins nächste Irrenhaus schaffen lassen.«

Ich hingegen empfand nur Mitgefühl für Ioana, die arme Frau. Dies war einst »ein Ort, wo man gut leben konnte«. Das Leben war zweifellos einfach gewesen, hier gab es keine feinen Restaurants oder Theater wie bei uns – aber auch keine Gier, Korruption und Verlogenheit, von denen es bei uns nur so wimmelte. Und deshalb waren sie sicher nicht ärmer gewesen. Sie hatten den Himmel, die Berge und einander. Was konnten sie sich mehr wünschen? Nicht viel, wie es schien. Bis diese Fremden gekommen waren. Wir können so leicht von nichtigen Träumen verdorben werden. Mir kam es vor, Holmes und ich hätten sozusagen die moralische Pflicht, all das, was durch die Fremden in diesem Ort in Schieflage geraten war, wieder in Ordnung zu bringen – so weit das denn möglich war. Wir waren natürlich nicht wie diese Fremden, aber fühlen wir uns nicht alle in gewissem Maße für die Taten unserer Geschwister oder unserer Landsleute oder anderer Menschen verantwortlich, mit denen wir in irgendeiner Verbindung stehen? Zwar mögen wir abwehrend fragen: »Bin ich der Hüter meines Bruders?«, aber die Antwort für einen anständigen Mann lautet doch gewiss: »Ja.«

*

Auf der anderen Seite des Dorfs, beim Hotel, zog sich eine tiefe Kluft durch die Bergwand. Immer noch zeigte das Schild mit einem Pfeil an, dass oben das alte Dorf war, vermutlich auf einem Plateau wie dem, auf dem wir standen. Der Weg schien etwa zwanzig Meter fast senkrecht in die Höhe zu führen.

»Ein bisschen körperliche Ertüchtigung vor dem Mittagessen wird uns Appetit machen, meinen Sie nicht?«, fragte Holmes und rieb sich die Hände, um den Blutfluss anzuregen.

»Wenn Sie es sagen.« Mich lockte eine Kletterpartie nicht so sehr wie ihn. »Ich weiß ja nicht mal, wieso wir das versuchen sollten.«

»Weil Ridge uns mitgeteilt hat, dass dieses Dorf – und gewiss auch das deplatzierte Hotel – der Ursprung einer Gefahr ist, die der gesamten Welt droht. Wenn wir also entdecken, dass ein Angestellter des Hotels unter seltsamen Umständen zu Tode gekommen ist und die, die ihn fanden, zu diesen Höhlenhäusern gewiesen hat: Sollten wir da nicht seiner Anweisung folgen?«

»Glauben Sie, wir finden die Wahrheit über seinen Tod da oben?«

»Das wissen wir erst, wenn wir dort sind. Also los.« Und er marschierte die steile Treppe hinauf. Holmes ist ein agiler Mann und kann wie ein Einbrecher an Seilen oder Fallrohren hochklettern.

»Aber wo ist das Dorf?«, fragte ich, als wir das Ende des Weges erreicht hatten.

»Genau das will ich auch wissen.«

Wir befanden uns auf einem unebenen Bergkamm, der etwas schmaler war als der unten. Aber auch ziemlich leer. Wohin wir auch blickten, wir sahen überall nur weißen Schnee, der uns in der Mittagssonne blendete.

»Von hier führt kein weiterer Weg nach oben, oder?« Wir betrachteten beide die Bergwand. Sie war hier ziemlich nackt; vermutlich konnte man mit Seil und Eispickel hinaufklettern, um Grifflöcher zu schlagen, aber es schien unwahrscheinlich, dass ein ganzes Dorf nur so zugänglich war.

»Fehler, Fehler, Fehler.«

Ich starrte Holmes an. Weder er noch ich hatten das gesagt. Ich blickte den Weg zurück, den wir gekommen waren, und dann die Steilwand hinauf. Aber da war absolut nichts zu sehen. Und die Stimme war zwar gedämpft gewesen, kam aber nicht aus der Ferne.

»Sie versagen in vielerlei Hinsicht, Holmes, aber vor allem bei Kalkulationen. Deshalb werden Sie auch nie in unserer gewählten Halbwelt Erfolg haben.«

Plötzlich erschien eine quadratische Öffnung in der Eisdecke zu unseren Füßen und wurde größer, als sich eine Falltür hob und der

Schnee darauf in einen steinernen Durchgang rutschte. Dort stand Moriarty mit einer spotzenden Öllampe in der Hand.

»Das Dorf ist nicht alt, sondern eher prähistorisch«, bemerkte Holmes und wagte sich erst auf einen Vorsprung in der feuchten Steinwand und dann in den Durchgang.

»Wenigstens tausend Jahre alt, würde ich sagen«, erwiderte Moriarty. »Den Kamm entlang gibt es eine ganze Reihe dieser Wohnstätten. Dies ist die erste, in der ich frische Lebensspuren entdeckt habe.«

Ich ließ mich ebenfalls in den Durchgang hinab. Dazu musste ich mich bücken. Schnee wirbelte mir nach, bis Moriarty die Falltür mit einem Seil wieder zuzog.

»Sind Sie wegen des Toten hier?«, fragte ich.

»Ein Toter hat Sie hierhergeschickt? Soll ich das so verstehen, dass Ihre Klientel nun auch die Verstorbenen umfasst?«

Im Dunkeln gluckste jemand. Etwas weiter den Gang entlang entdeckte ich Moran.

»Mein Kollege bezieht sich auf die Tatsache, dass wir hier sind, weil der Mann, dessen Beerdigung wir beiwohnten, seine Frau hierhergeschickt hat«, erklärte Holmes.

»Das war mir nicht bewusst.«

»Dann stellt sich die Frage: Warum sind Sie hier?«

Moriarty zuckte die Achseln. »Ich werde nicht jede Ihrer Fragen beantworten. Das vorausgeschickt, bin ich hier, weil eines der ansässigen Kinder mir erzählte, es würde hin und wieder hier spielen, wäre gestern Abend aber vom Anblick einer fernen Lampe abgeschreckt worden. Da dies kein Ort für nächtliche Feiern ist, entschied ich, dass es eine Untersuchung wert ist.«

Der Durchgang führte tief in den Berg. Es war kalt, aber nicht so kalt wie draußen; tatsächlich wirkte es durch den fehlenden Wind im Vergleich zu oben sogar recht warm. Das einzige Licht kam aus der Lampe in Moriartys Hand, was mir Sorge machte. Wenn er sich plötzlich entschlösse, sie zu löschen, wären wir alle blind. Zwar konnte ich mir keinen Grund denken, warum er das tun sollte, aber da er ständig irgendwelche finsteren Pläne schmiedete, fand er sicher einen Weg, dies zu seinem Vorteil zu nutzen. Ich klammerte mich an den Gedanken, dass er überzeugt war, mit uns zusammen besser dran zu sein als ohne uns – zumindest für den Moment.

Der Gang war fünfzehn, zwanzig Meter lang und führte in eine große, unbehauene Kammer. Hier und da ragte hellbrauner Fels hinein, und mehr als ein tropfender Stalaktit hing an der Decke. In der Mitte der Kammer gab es eine kleine Mulde mit einem Rauchabzug darüber: eindeutig eine Feuerstelle. Schnee fiel durch den Naturschornstein und sammelte sich in der Grube. In die Felswände der Kammer waren Nischen gehauen.

»Geben Sie mir die!«, befahl Holmes und streckte die Hand nach der Laterne aus. Er hielt sie in die Höhe, sodass Licht auf die Wände fiel.

»Aha, Sie haben es also auch bemerkt«, sagte Moriarty.

»Was denn bemerkt?«, fragte ich.

Holmes antwortete: »In diesen Nischen ist Ruß von den Kerzen, aber die Wände sind feucht, sodass der Russ innerhalb von Stunden verschwindet. Also müssen die Kerzen erst vor Kurzem hier gebrannt haben. Sehr faszinierend.«

»Da ist noch mehr«, sagte Moriarty und zeigte mit dem Finger darauf.

»Was meinen Sie?«, fragte ich.

»Sind Sie blind? An der Wand. Der Eisenträger.«

Und ich sah, dass er recht hatte. An der hinteren Seite der Wohnhöhle befand sich eine eiserne Halterung in Form eines H in der Felswand. Darunter, verborgen durch einen Vorsprung, befand sich ein Loch von etwa einem Meter Durchmesser. Ich spähte hinein, doch es war stockdunkel darin. Man konnte nichts erkennen. »Vermutlich eine alte Halterung für eine Lampe oder so.«

»Ich sollte eine genauere Untersuchung Ihrer kranialen Entwicklung anstellen. Ein derartiger Mangel an Intelligenz muss sichtbare Spuren hinterlassen.«

Ich stand kurz davor, ihm eine zu verpassen. Vermutlich merkte Moran das, denn er richtete sich zu voller Größe auf und sah mich mit einer unausgesprochenen Warnung direkt an.

»Alter Freund«, sagte Holmes in dem Versuch, die Wogen zu glätten, während er ebenfalls in das Loch blickte, das für uns unergründlich war und genauso gut einen wie auch hundert Meter tief hätte sein können, »was der Professor uns auf seine unfreundliche Art zu sagen versucht, ist, dass die Halterung neu und sauber ist, was in dieser Atmosphäre darauf hindeutet, dass sie erst kürzlich hier angebracht wurde. Wäre das eine Halterung für Licht, wäre sie wahrscheinlich an die Decke montiert worden, in der Mitte der Kammer. Nein, ich wage zu behaupten, dass sie für etwas ganz anderes gedacht ist.«

»Selbstverständlich«, murmelte Moriarty, »das ist eindeutig.«

»Sie ist für eine Strickleiter!«, rief ich aus und fasste an die Halterung. Wenn mir das nur früher eingefallen wäre! Ich wusste doch, dass sie vom Regiment der Royal Engineers genau zu diesem Zweck genutzt wurden. »Die Form hält die Leiter stabil.«

»Ah, dann muss dieses Loch so tief sein, dass sie für einen Abstieg erforderlich ist«, sagte Holmes, zündete ein Streichholz an und ließ es ins Loch fallen. Es fiel ein paar Sekunden und verlosch dann flackernd. »Leider haben wir keine Leiter oder Seile. Wir könnten es riskieren und hinunterspringen, doch möglicherweise ist es eine Meile tief und hat keinen Ausgang.«

Vielleicht lag es an Moriartys bissiger Bemerkung über mich und meine Intelligenz, die mich anstachelte, ihm etwas zu beweisen, denn plötzlich kam mir eine Idee. Ich ging zum Eingang der Wohnhöhle, um mich zu orientieren. Ja, ich war sicher, dass ich recht hatte. »Es wird keine Meile tief sein, Holmes, das kann ich Ihnen versichern. Ich würde sagen, es sind etwa zwanzig Meter.«

»Und wie haben Sie das errechnet?«, fragte Moriarty.

»Mit der einfachen Tatsache, dass wir gerade direkt über dem Hotel sein müssen. Sie erinnern sich bestimmt noch, wie wir bei unserer Ankunft informiert wurden, dass ein Teil des Hotels an die alten Wohnhöhlen angeschlossen ist. Ich glaube, dieser Schacht führt direkt in jenen Teil. Er muss entweder eine der alten Verbindungen von einer Ebene des Bergs zur anderen sein oder, was wahrscheinlicher ist, weil er senkrecht und recht eng ist, ein Luftschacht. *So* habe ich das errechnet, Professor.«

Als Holmes das hörte, strahlte er geradezu. »Watson, wir müssen zu Ihren militärischen Verdiensten auch ›Pfadfinder‹ hinzufügen. Finden Sie nicht, Professor?« Aber Moriarty verzog nur das Gesicht und wandte den Blick ab, eindeutig verärgert, von mir ins Unrecht gesetzt worden zu sein. »Nein? Tja, wir nehmen Ihren Glückwunsch für Watson als gegeben. Nun stimme ich Ihnen zu, Watson, dass dies wohl eher ein Luftschacht ist, der in letzter Zeit dazu genutzt wurde, ungesehen in einen verborgenen und verbotenen Bereich des Hotels zu gelangen. Davon sprach auch die junge Frau Ioana, wenn auch indirekt, als sie sagte, ihr Mann habe von seinen Kollegen erzählt, die plötzlich spurlos verschwunden seien. Der Umstand, dass diese Halterung neu ist, führt uns zu dem Schluss, dass es noch jemanden gibt, der genau wie wir daran interessiert ist, was da vor sich geht.«

»Haben Sie eine Ahnung, wer das sein könnte?«, fragte ich.

»Allerdings. Es gibt noch einen geheimnisvollen Gentleman im Dorf, den wir treffen müssen.«

»Wer soll das sein?«, wollte Moriarty wissen.

»Nun, der Gentleman in Zimmer fünfzehn.«

Kapitel 26

Danach gab's in der stinkenden Höhle nichts mehr zu tun, also verdrückten wir uns. Draußen angekommen ging ich den Hohlweg hinunter voran, während der Guv'nor und Holmes bequatschten, was sie mit dem französischen Bastard anfangen sollten, der die Nobelbude leitete. Ich für meinen Teil hätte ihn den verdammten Berg runtergeworfen, aber mich fragte ja keiner. »Mir will scheinen ...« »Das fehlende Element ...« »Analytisch betrachtet ...« Zur Hölle noch mal, konnten sie nicht einfach zu einer verfluchten Entscheidung kommen? Zeig mir einen Feind, und ich erledige ihn. Aber sie schwatzten endlos wie zwei Waschweiber!

Ich riss meine Faust hoch, um sie aufzuhalten und zum Schweigen zu bringen. Sie gehorchten. Ich kniete mich hin. Ein Berg ist zwar kein Schlachtfeld, aber Jäger bleibt Jäger, egal auf welchem Terrain, und der sieht, wo sich seine Beute versteckt. Und ich sah, dass die Schneedecke ein paar Meter vor uns nicht mehr glatt war. Als der Guv'nor und ich hier hochgekommen waren, hatten wir blind herumgestochert, um die Falltür zu finden. Aber jetzt konnte ich den Umriss einer anderen im Schnee sehen. Und das sagte mir, dass die vor nicht allzu langer Zeit geöffnet und wieder geschlossen worden war.

Ich zeigte drauf, und sogar Holmes' Schoßhündchen kapierte das. Ich holte die Knarre raus und befahl dem Hündchen, die Tür zu heben, während ich ihm Deckung gab – nicht, dass es mich gestört hätte, wenn er eine Ladung Blei verpasst gekriegt hätte. Aber dann hätte der Schütze sich vielleicht was drauf eingebildet, und das wollte ich auch nicht.

Die Vorsicht war unnötig. Watson hatte ein bisschen Mühe, die Falltür zu heben, aber darunter wartete niemand. Nur eine feuchte Treppe. Wieder ging ich voran, sprang mit der Knarre im Anschlag runter, um jedem, der da vielleicht lauerte, den Schock seines Lebens zu verpassen. Aber nichts. Wir gingen alle einen Gang entlang, und ich dachte schon, der wäre wie der andere, da spürte ich unter meinen Füßen doch etwas Neues: Holzplanken, die eine Art Laufsteg bildeten. Wir gingen drüber und machten dabei genug Krach, um Tote aufzuwecken, weil die Idioten hinter mir schwere Stiefel anhatten.

Nach zehn Metern gelangten wir wieder in eine Höhle. Aber die war anders, weil sie ausstaffiert war wie eine nette kleine Familienbude. Es gab einen Ofen mit einem Rohr durch den Felsen, um den Rauch abzuführen, einen Tisch mit Stühlen und ein paar Bänke. Ein Durchgang führte in eine andere Kammer, wo ich ein Bett erspähte, ordentlich gemacht mit einer Pferdedecke.

Also, jeder Gimpel kann seine Augen und Ohren nutzen, aber ein echter Jäger nutzt alle Sinne, mit denen er geboren wurde. Man darf den Geruch nicht vergessen – Hunde tun das auch nicht, und die jagen besser als jeder Mensch. Während meine Reisekumpanen hinter mir in die Höhle stolperten, roch ich was und wusste: Wir waren nicht die Einzigen in dieser Höhle.

»Komm raus oder es setzt 'ne Ladung Blei«, knurrte ich Richtung Durchgang.

»Glauben Sie wirklich, der Angesprochene hätte auch nur ein Wort von dem verstanden, was Sie gesagt haben, Moran?«, fragte der Professor und wechselte ins Lateinische. Als Eton- und Oxford-Mann ist meine Bildung so gut wie die von jedem anderen Bastard im Empire. War also kein Problem für mich. »Meine Freunde und ich werden Ihnen nichts tun«, rief er aus. »Aber wir haben viele Waffen. Wenn Sie sich also nicht zeigen, werden Sie mit Sicherheit Ihr Leben verlieren.«

Und tatsächlich hörten wir schlurfende Schritte. Dann steckte ein winziger Knirps seinen kahlen Kopf um die Ecke. »Bitte, die Herren. Ich bin keine Gefahr für Sie«, heulte er wie ein Kind.

»Selbstverständlich nicht«, erwiderte der Guv'nor. »Wir wollen Ihnen nichts Böses, aber wenn Sie sich nicht still auf diese Bank da setzen, wird mein Begleiter Sie erschlagen.« Sofort tat er, was ihm geraten worden war. »Wer sind Sie, und ist dieses Kabuff hier Ihre Wohnstatt?«

»Ja, das ist mein Zuhause, Sir. Ich wohne hier. Mein Name ist Andreo. Ich bin Ziegenhirte.«

»Wohnt sonst noch jemand hier?«

»Nein.« Er sah sich um, als suchte er jemanden. Holmes fing an, seine Nase in die Töpfe und Pfannen auf der Anrichte zu stecken.

»Wie lang wohnen Sie schon hier?«

»Mein … mein ganzes Leben.«

»Was können Sie mir über das Hotel im Dorf unter uns erzählen?«

»Darüber weiß ich nichts, Sir. Da gehe ich nicht hin.«

Er war sanft wie ein Lamm. Ich hasse es, wenn ein Mann sich benimmt wie ein kleines Mädchen.

»Haben Sie dort irgendwas Merkwürdiges gesehen?«

»Ich bleibe immer hier, Sir.«

»Wo sind denn all Ihre Nachbarn?«

»Sie sind weg.«

»Warum?«

»Das Leben hier ist schwer. Sie sind zu …« Dann verstummte er, denn der Professor hatte die Hände ausgestreckt und auf den kahlen Schädel des Zwergs gelegt. Er betastete ihn und starrte darauf, als würde er in einem Buch lesen.

»Ah«, sagte er dann. »Verstehe.«

»Ich …«

»Ruhe. Ich verstehe.« Er trat einen Schritt zurück. »Sie sind einer von *uns*.« Und er lächelte.

Also, auch im Tiefschlaf würden meine Reflexe noch funktionieren, wenn ein vergifteter Pfeil aus fünf Metern Entfernung auf mich geschleudert würde. Als dieser kleine Bastard plötzlich mit einem Messer aufsprang, das er aus der Luft gepflückt zu haben schien, war ich schnell genug, um es ihm aus der Hand zu fegen und ihm mit der Knarre einen Schlag zu verpassen. Dann spannte ich den Hahn, um ihm, wenn nötig, ein Loch zwischen die Augen zu schießen.

Der Guv'nor hatte nicht mit der Wimper gezuckt. Er wusste, bei mir war er sicher. »Wie ich schon sagte«, fuhr er fort, »Sie sind einer von uns.«

Der Kerl setzte sich und lehnte sich zurück, völlig entspannt. Er atmete nicht mal schneller. Er war wie ein Wolfswelpe in seinem Bau.

»Sagen Sie mir, wem diese Höhle gehört.«

»Johann, dem Zimmermann.« Sogar seine Stimme war anders. Tiefer und träger.

»Und wo ist der?«

»Weiß ich nicht. Ist mir auch egal.«

Der Guv'nor schnaubte. »Eine Erklärung, bitte.«

»Sie haben mich nach dem Dorf gefragt.« Er betrachtete seine Fingernägel, als wollte er sie schneiden. »Ich bin hier geboren. Aber vor Jahren wurde ich vertrieben.«

»Wieso?«

»Was glauben Sie denn? Ein paar kleine Diebstähle hier ... ein paar Prügeleien da.« Er schlug sich mit der rechten Faust in die linke Hand.

»Und wieso sind Sie jetzt hier?«

Der Kerl leckte sich über die Lippen, als würde er es genießen. »Grabraub.«

»Erklärung?«

»Manchmal beobachte ich das Dorf. Warte nur, weil ich weiß, meine Zeit wird kommen. Und vor zwei, drei Monaten, oh, da war eine Nacht wie keine andere.« Er verstummte. Der Guv'nor nickte, damit er weiterredete. »Ah, es war schön, so wunderschön. Männer wurden rausgeworfen. Frauen auch.«

»Von wem?« Als Antwort hob der Kerl nur einen Finger und zeigte nach unten, zum Dorf unter uns. »Vom Hotel«, schlug der Professor vor.

»Vom Hotel, *Sir*.« Er zog das letzte Wort in die Länge, als würde er sich darüber lustig machen.

»Vom Personal oder von den Gästen?«

»Den Gästen. Die sehe ich kommen und gehen.«

»Und Ihre Nachbarn?«

»Haben gepackt und das Weite gesucht. Direkt am nächsten Morgen.«

Der Guv'nor stellte ihm noch ein paar Fragen, aber das brachte uns nichts. Wir hatten keine Verwendung mehr für ihn, und mir gefiel die Vorstellung nicht, dass er hier rumhing, wo ich ihn nicht sehen konnte. Am liebsten hätte ich ihm die Kehle durchgeschnitten, aber Holmes wurde bei dem Vorschlag ganz bleich. Also erklärten wir dem Typen, das sei sein letzter Tag im Dorf, und schmissen ihn raus. Er empfing den Marschbefehl mit einer kleinen Verbeugung und verschwand über den Berg.

In dieser Nacht schlief ich wie ein Toter. Beim ersten Tageslicht ließ ich mir ein paar Zigarren aufs Zimmer bringen und ging raus, um da zu rauchen und zu beobachten, was im Ort vor sich ging. Die Stumpen waren gut, und ich wollte schon zurück, um mir vom Guv'nor die Instruktionen für den Tag zu holen, da sah ich ihn etwa hundert Meter entfernt in der Nähe der Zug-Plattform. Eine Treppe führte zum Knochenacker des Dorfs, und er stand am oberen Absatz. Komisch war nur, dass er nicht allein war. Holmes kam in Sicht, und die beiden gluckten zusammen wie zwei Waffenbrüder. Denn gingen sie gemeinsam die Treppe runter.

Das gefiel mir nicht. Das gefiel mir ganz und gar nicht.

Ich suchte mir also einen anständigen Aussichtspunkt am Rand des Felsens, wo sie mich nicht so leicht entdecken konnten, und beobachtete sie ein bisschen. Glücklicherweise war die Sicht an diesem Tag klar. Sie quatschten fast eine halbe Stunde da unten, und irgendwann lachte Holmes so laut, dass ich ihn im Wind hörte. Tja, das war's. Ich kroch auf dem Bauch direkt zur Kante, um sie zu belauschen.

»… jahrelang so weitergehen?«, hörte ich Holmes sagen.

»Wenn Sie das wünschen.«

»Das bringt ein gewisses Maß an Herausforderungen in mein Leben.«

Der Professor lehnte sich an einen Grabstein. »Waren Sie als Kind ungewöhnlichen Bedingungen ausgesetzt?«

»Ungewöhnlichen Bedingungen?«

»Extremer Hitze oder Kälte. Einem unbehaglichen Dasein.«

»Die Hitze und die Kälte, denen ich ausgesetzt war, entsprachen der normalen Witterung in Südengland. Und es war vollkommen behaglich. Danke der Nachfrage.«

Der Guv'nor zuckte die Achseln. Das tat er immer, wenn ihn eine Antwort ärgerte. »Dann ist es ziemlich unerklärlich. Aber zurück zum Thema: Sie sind sich wohl bewusst, dass ich in meiner gewählten Branche niemand Ebenbürtigen habe und dass sämtliche Detektive von Scotland Yard oder der Pinkerton Agency oder der Sûreté im Vergleich zu mir nur Waisenknaben sind. Ich gebe zu, das kann manchmal recht ermüdend sein.«

»Sie scheinen nicht abgeneigt, Professor, in meinen Vorschlag einzuwilligen.«

»Ich willige nicht ein, sondern drücke lediglich Interesse aus.«

Ich sah, wie Holmes sich umdrehte und über den Rand des Plateaus blickte. »Es wird nicht für immer sein – das kann es nicht. Es wird eine Zeit kommen, da es enden muss. Und einen Ort. Aber bis dahin würde ein Moratorium über dauerhafte Maßnahmen uns beiden gelegen kommen.«

»Wo? Wann?«

»Das Finale? Das können wir entscheiden, wenn dieser kritische Augenblick kommt. Wir werden beide wissen, wann es so weit ist. Aber was den Ort betrifft …« Er wirbelte herum, und selbst von meinem Versteck aus, zwanzig Meter entfernt und halb verdeckt durch eine Schneewehe, sah ich das Glitzern in seinen Augen. »Da gibt es einen Ort in diesem Gebirge. Einen Wasserfall. Ihre Leiche, oder meine – oder unsere – würde nie gefunden werden.«

Daraufhin herrschte eine Weile Schweigen. Dann sagte der Professor: »So soll es dieser Ort sein.«

Holmes ging noch mal zum Rand des Plateaus und blickte hinunter. Ich beobachtete, wie der Professor langsam von hinten an ihn heranschritt, und ich wusste, was er tun konnte, und ich wollte, dass er es tat. Wir brauchten diese Laffen nicht. Wir hatten schon in ernsteren Schwierigkeiten gesteckt und waren gut allein rausgekommen. Als der Professor nur noch zwei, drei Meter von ihm entfernt war, wirbelte Holmes wieder herum und starrte ihn an. Der Guv'nor ging natürlich einfach weiter auf ihn zu, als hätte er ihm nur was sagen wollen, und zeigte auf eines der Gräber.

»Warten Sie bitte, bis Sie an der Reihe sind«, sagte Holmes. »Ich möchte nicht von Ihnen enttäuscht werden.«

Als ich zum Mittagessen ging, stellte sich der fette Manager Albert in die Mitte des Speisesaals und räusperte sich. »Werte Herren«, setzte er an, »ich fürchte, ich muss Sie informieren, dass wir wegen des Wetters von der Bahn abgeschnitten sind.«

»Kommen wir sonst wie weg?«, fragte der russische Botschafter.

»Nein, Eure Exzellenz. Es gibt keinen anderen Weg ins Tal.«

»Werden wir verhungern?« Der dämliche Ausländer hätte einfach nur einen Blick auf den verdammten Steinbutt auf unseren Tellern werfen müssen, um zu erkennen, dass wir uns noch nicht gegenseitig auffressen mussten.

»Das passiert nicht zum ersten Mal, Eure Exzellenz, und dauert normalerweise höchstens eine Woche.«

»Eine Woche? Ich habe dringende Termine! Es muss doch einen Weg geben, mit der Außenwelt zu kommunizieren! Einen Fernschreiber?«

»Bedauerlicherweise nicht.«

Der Russe warf seine Serviette auf den Boden und stampfte aus dem Saal in die verdammte Lobby, als wollte er jemanden finden, der ihm sagte, es gäbe doch einen Fernschreiber und der Manager hätte es bloß vergessen. Er war wohl nicht der Hellste. Ich lehnte mich auf meinem Stuhl zurück und sah ihn zum Empfang marschieren, wo der Lakai den Kopf schüttelte. *Da, bitte, alter Knabe,* dachte ich, *da hast du deine Zweitmeinung.* Der Frenchie verschwand, und mir fiel der Habsburger Prinz ins Auge, der an seinem Tisch zwei Teller mit haufenweise Fleisch und Käse vor sich hatte. Da gab es Schinken, Spiegeleier und Reis mit Fisch. Braunen und weißen Käse. Hart gekochte Eier. Genug, um einen ganzen Zug im Manöver satt zu machen. Ich zog den Stuhl ihm gegenüber heraus.

»Hab ich gesagt, dass Sie sich setzen dürfen?«

Es braucht schon einiges, dass ich stutze und sprachlos bin. Aber dieser Johnny, der am Tag zuvor noch so eine Memme gewesen war, forderte mich praktisch auf, mit ihm vor die Tür zu gehen. Ich riss mich zusammen. Noch niemals war ich zurückgewichen und würde es auch jetzt nicht tun. Also setzte ich mich.

»Nein. Und doch sitze ich.« Ich will verdammt sein, wenn ich ihn nicht sein Fleischmesser umklammern sah, als wollte er mich damit aufspießen. Ich wappnete mich. Eine Klinge in der Hand eines Feiglings bewirkt nicht mehr, als wenn er Steine hätte. »Ganz vorsichtig, Bürschchen.«

An diesem Tag war etwas anders an ihm. Er hatte einen Blick, als würde er direkt durch mich hindurch starren. Ich kannte diesen Blick. Den hab ich schon öfter gesehen. Den kriegt ein Mann nach seiner ersten Schlacht, wenn er zum ersten Mal Blut geschmeckt und dem Tod ins Auge geblickt hat.

»Wo sind Sie gestern hin?«, fragte ich ihn. »Als Sie mit dem Frenchie gegangen sind.«

Er grinste nur, was mir zeigte, er würde es mir niemals verraten. »Der Frenchie meint, wir stecken hier fest.«

»Ja, das meint er«, sagte ich.

»Das ist eine Lüge. Eine Ausrede für Feiglinge.«

Für Feiglinge? Wer war er denn jetzt, ein Drachenwächter? »Was schlagen Sie vor?«

»Wir klettern. Die Dörfler hier klettern schon seit hundert Jahren den Berg rauf und runter. Und wir sind stärker als sie. Also klettern wir.«

»Wir haben doch nicht mal Seile.«

Er starrte mich glühend an. »Wir gehen einfach runter. Wir brauchen keine Seile.« Tja, das war eine komische Wendung. Vorgestern war er noch ein Milchbubi gewesen. Und jetzt war er bereit, den Mönch wie eine Bergziege runterzuklettern. Das gefiel mir nicht. Ich wollte ihm schon meine Meinung geigen, aber er hielt mich mit erhobener Hand auf: »Ich seh schon, Sie sind kein Mann von Wert.«

Da sah ich rot. Der Letzte, der Sebastian Moran einen Schwächling genannt hat, liegt immer noch auf dem Grund des Limpopo. Ich sprang auf, um ihn über den Tisch zu zerren und ihm die Visage zu demolieren. Aber er sprang ebenfalls auf und hatte eine solche Mordlust im Blick, dass ich mich beherrschte.

»Ich bin bereit für den Tod. Sie auch?«, bellte er.

»Ich habe ihn schon oft gesehen.«

Im ganzen Saal war es still geworden. Alle beobachteten uns.

»Ach ja? Auch von der anderen Seite?«

Ich ballte die Fäuste, bereit, ihm eine gegen den Schädel und die andere in den Magen zu rammen. Er spannte seinen mageren Körper an.

»Messieurs!« Albert kam herbeigeeilt. »Gentlemen. Meine Herren. *Bitte.*« Beim letzten Wort senkte er die Stimme, als könnte er all dies vor dem Rest des Saals geheim halten.

Das Habsburger Prinzlein hatte Glück, dass der Guv'nor dem Frenchie auf dem Fuß folgte. Er schüttelte den Kopf, und da wusste ich, dies war der erste Kampf, vor dem ich mich besser drückte.

Aber dann hellte sich die Miene des fetten Managers auf. »Messieurs, ich habe eine ausgezeichnete Idee.«

»Raus damit«, sagte ich. Und nicht zu freundlich.

»Da wir für ein paar Tage hierbleiben müssen, könnten wir etwas Unterhaltung gebrauchen.«

»Und woran haben Sie gedacht?« Ich behielt die verwandelte Memme scharf im Auge. Er atmete schwer wie ein Tiger in einer Grube.

»Ein Boxwettbewerb. Gentleman's Regeln –«

»Stellen Sie mich gegen ihn auf«, knurrte der Habsburger und starrte mich an.

»Nichts wär mir lieber«, konterte ich. »Ich hoffe, Sie haben kein Mädchen, das in Ihrem hübschen Palast zu Hause wartet. Denn das, was von Ihnen übrig bleibt, wird sie kaum noch gebrauchen können.«

Da drehte er noch mehr auf. Er fletschte tatsächlich die Zähne wie ein Tiger. »Sie werden mich noch anflehen, Ihnen ein Ende zu bereiten!«

Zu jedem anderen Zeitpunkt hätte ich ihm ins Gesicht gelacht oder ihm sofort die Nase eingeschlagen. Nur der Guv'nor, der mir mit seinem Stock auf die Brust klopfte, hielt mich von Letzterem ab.

»Ich stopf dir das Maul«, knurrte ich.

Der Frenchie freute sich anscheinend wie ein Schneekönig über die Reaktion. Schwer zu sagen, ob er ein Sportsmann war oder am Abend ein bisschen Unterhaltung wollte, um seine hochnäsigen Gäste von der Tatsache abzulenken, dass wir alle fünf Tage in diesem Knast gefangen waren. Denn Knast ist Knast, auch wenn er weiche Betten und Spitzentischdecken hat.

Er eilte zur Vorderseite des Saals und hob die Pfoten. »Messieurs!

Zu meiner großen Freude kann ich Ihnen mitteilen, dass es heute Abend ein sportliches Ereignis geben wird. Zwei Gentlemen werden sich in einem noblen Wettstreit um Kraft und Geschicklichkeit messen. Boxen, Messieurs! Der Sport edler Männer. Nach den Regeln von ...« Er brach ab und versuchte, sich zu erinnern.

»Lord Queensbury«, half ich nach.

»Seiner Majestät Lord Queensbury.«

»Er ist ein Marquess, nicht der König.«

»Nach Seiner Marquess Lord Queensbury, acht Uhr heute Abend.«

»Auf keinen Fall boxen wir nach seinen Regeln«, fügte ich hinzu. Albert wirkte verblüfft. »Wieso nicht?«

»Weil er vorschreibt, Handschuhe zu tragen, und die haben wir nicht. Außerdem will ich keine tragen. Ich will diesem Schoßhündchen die Zähne mit den nackten Fäusten ausschlagen.«

»Ich freu mich auf den Versuch«, konterte der kleine Prinz. Und ich glaube, er meinte es auch so.

»Heute Abend!«, schrie der Manager. Und ich will verdammt sein, wenn daraufhin nicht tosender Jubel losbrach. Ja, alle ohne Ausnahme brüllten vor Begeisterung.

Tja, das war nicht zu toppen. Also zeigte ich dem Prinzlein meine ganze Verachtung und ging.

Ich sagte bereits, dass ich einen ungleichen Kampf mag. Mir gefällt's, wenn ein großer Kerl einen kleinen so verprügelt, dass ihm Hören und Sehen vergeht. Also freute ich mich auf den Kampf, nicht nur, weil ich so die Chance hatte, dem kleinen Schwachkopf eine Lektion zu erteilen, sondern in gewisser Weise auch aus schöngeistigen Gründen.

»Versuchen Sie, ihn nicht umzubringen, Moran«, wies der Professor mich an. »Es ist für uns nicht von Vorteil, übertrieben Aufmerksamkeit auf uns zu ziehen.«

»Aber mir würd's gefallen.«

»Ich weiß, aber mir würde es keinerlei Nutzen bringen, und nur das interessiert mich.«

Er kann ziemlich ehrlich zu einem sein, der Guv'nor. Das Problem ist nur, dass man nie weiß, wann er das ist. Ich schwöre, es gibt keinen Manipulator auf den fünf Kontinenten, der es im Schach mit ihm aufnehmen könnte. Zum Beispiel denkt man *Ah, gut, dass er diesmal fair spielt*, und dann merkt man am nächsten Tag, dass er einem die Schlinge um den Hals gelegt hat, ohne dass man es mitgekriegt hat.

Er hatte die Hände auf dem Stock gefaltet und stützte sich mit dem Kinn darauf. Das wirkte geziert wie bei einem Mädchen. Allerdings nehme ich an, dass es nicht viele kokette Dinger gibt, die in einem Spazierstock eine scharfe Klinge verborgen haben.

»Ich erteil ihm nur 'ne Lektion.«

Er seufzte. »Sie können wohl nicht anders. Männer wie Sie machen das eben.«

Das stank mir ein bisschen, das kann ich Ihnen sagen. »Eton und Oxford, Professor«, bemerkte ich mit scharfer Stimme.

»Ich kenne Ihren Bildungsstand. Aber ich spreche nicht von Ihrer Gesellschaftsschicht, sondern von Ihrem Wesen. Sie gehören zu den Männern, die Gewalt bei Arbeit und Freizeit genießen. Ich beurteile nicht, ob das gut oder schlecht ist. Ich stelle es nur fest. Genauso entzieht sich auch die Gleichung *Vier mal vier ist sechzehn* jeglicher moralischer Beurteilung. Vier mal vier ist sechzehn und damit basta.«

»Aber ...«

»Machen Sie sich erst gar nicht die Mühe, das weiter zu erklären. Weder Sie noch ich werden etwas daraus gewinnen. Ich empfehle Ihnen lediglich, sich auf den Kampf vorzubereiten. Es wird mir kaum nutzen, wenn Sie Ihren Gegner, wie Sie sagten, zu Brei schlagen. Allerdings wird es mir sehr schaden, wenn er das Ihnen antun sollte.«

»Noch bevor er die Fäuste gehoben hat, wird er schon in den Teppich beißen.«

Kapitel 27

Es ist eine seltsame Sache, dass es selbst mitten in solchen Situationen Momente des Innehaltens gibt, Momente, wenn man sich in Gedanken verliert, die irgendwo im Hinterkopf gelauert haben und nun ungeteilte Aufmerksamkeit verlangen. So war es, als ich hinauf zum Gipfel der Jungfrau blickte – nun deutlich sichtbar, da die Wolken sich verzogen hatten – und bemerkte, dass ich an diesem Nachmittag schon fast eine Stunde hier war und an kaum etwas anderes gedacht hatte als an meine Frau.

Nichts ist quälender als die Frage, was wohl geschehen wäre, wenn … Aber nun hatte mich schon eine Weile eine andere Frage beschäftigt: Was sollte ich tun, nun, da ich allein im Leben war? Ich hatte nicht nur meine Frau geliebt, ich hatte es auch geliebt, verheiratet zu sein. Tag und Nacht jemanden an meiner Seite zu haben, hatte mich zu einem besseren Mann gemacht. Nun konnte ich wieder wie ein Junggeselle in der Baker Street 221b wohnen und mit Sherlock Holmes im ganzen Land – und anderen Ländern – herumreisen. Aber das wollte ich nicht. Ich wollte einen Gefährten für meine Seele, nicht nur für meine Tage. Und dann hörte ich Mary, die mich sanft auslachte: »Schluss mit dem Selbstmitleid, John. Gott hat dich nicht für das Alleinleben geschaffen. Mach jemanden glücklich. Mach dich selbst glücklich.« Ja, ich wusste, es war ihre Stimme. Daher war ich gewiss, als ich dort saß, mit dem Himmelszelt dicht über mir und dem kühlen Wind um mich herum, dass eines Tages Liebe und Lachen wieder in mein Leben kommen würden.

Kapitel 28

Ich konnte kaum still sitzen, während ich wartete, dass es endlich acht wurde. Eine ganze Stunde vorher war ich schon fertig. Ich hatte die Krawatte abgezogen, die Ärmel aufgekrempelt und wärmte mich mit ein bisschen Schattenboxen und Auf-der-Stelle-Hüpfen auf.

Ein guter Sportsmann unterschätzt niemals seinen Gegner. Also überlegte ich, was er wohl versuchen könnte. An dem Tag war er verteufelt angriffslustig gewesen, also würde er es wohl nicht mit fischig kalter Taktik versuchen. Nein, er würde sofort ranpreschen wie die Kavallerie. Wenn er kein kühles Blut bewahrte, musste ich es tun. Ich hüpfte noch ein bisschen im Zimmer herum, brüllte einmal in den Spiegel, und schon war ich auf dem Weg in den Speisesaal.

Ich kann Ihnen sagen: Was mich erwartete, als ich die Doppeltür aufschob, das erwischte mich kalt. Es war wie im Madison Square Garden. Die Aristos, die am Tag so zugeknöpft waren, schrien jetzt Zeter und Mordio. Überall boxten sie mit Fäusten in die Luft, brüllten sich an, schlossen Wetten ab und schubsten sich, um näher an den Ring zu kommen. Ein Haufen Banker verwandelte sich abends in Banshees. Wer hätte das gedacht? Aber so war es. Und dann sah ich *ihn*.

Er war nackt bis auf die Hosen und schwitzte schon wie ein

Mönch in einem Nonnenkloster. Ich schwöre, er hatte Stielaugen wie ein Hummer. Ich beschloss, mir ein Späßchen mit ihm zu erlauben. »Komm schon, kleines Mädchen, ich lass dich vom Haken, wenn du mir deinen süßen Hintern zeigst«, brüllte ich ihm zu und gab ihm einen Luftkuss.

Wie erwartet wurde er rot wie eine Tomate. Drei Männer waren nötig, um ihn zurückzuhalten.

»*Ich bring dich um! Ich bring dich um!*«, schrie er auf Deutsch.

»Versuch's nur, Kumpel. Aber prahlen wirst du nicht mehr, wenn ich dir die Zunge aus dem Maul gerissen habe.«

Darauf konnte man förmlich sehen, wie ihm der Dampf aus den Ohren rauskam.

»Hau ihn um!«, hörte ich eine gute englische Stimme gellen.

Sofort brüllte ein Hunne: »*Zeig keine Gnade!*«

Tja, ich kenne »Zeig keine Gnade« in etwa fünfzehn Sprachen, also verstand ich die Aufforderung nur zu gut. »Keine Angst, Kumpel, werd ich nicht«, gab ich zurück, obwohl ich wusste, dass er nicht mich gemeint hatte.

Ich sah, wie der Guv'nor in den Saal schlüpfte und sich in eine Ecke zurückzog, um das Ganze zu beobachten. Nur zu gern hätte ich gesehen, wie auch Holmes und sein Schoßhündchen das Kommende miterlebten und ihnen klar wurde, was ich mit meinen Fäusten anrichten konnte. Ich schob mich durch die Menge: Ein paar der Männer klopften mir auf den Rücken, ein paar versuchten, mich wegzuschubsen. Als ich den Ring betrat, ließ ich meine Beißerchen aufblitzen, um meinem Gegner zu zeigen, wie sehr ich mich darauf freute, Hackfleisch aus ihm zu machen.

Darauf brüllte er wieder los, und die Kerle, die ihn zurückhielten, gerieten echt in Schwulitäten. Er kämpfte sich immer dichter zu mir, bis wir Nase an Nase standen und uns angeiferten.

»Messieurs!« Albert hüpfte auf und ab und gab sein Bestes, das Tohuwabohu zu übertönen. »Messieurs! Dies soll ein Kampf zwischen Gentlemen sein. Es darf nicht –«

Aber er verstummte abrupt, als ich dem Hunnen meine Linke in die Rippen rammte. »Das hast du nicht erwartet, was?«, knurrte ich ihm ins Ohr, als er vornüberklappte. Und da ich nie eine Gelegenheit sausen lasse, biss ich ihm ein wenig von seinem Lauschorgan ab und spuckte das wabblige Stückchen aus.

»Monsieur!«, rief Albert aus und zwängte sich zwischen uns. »Das entspricht nicht dem Marquess of Queensbury!«

»Ich hab mit Queensbury die Schulbank gedrückt«, gab ich zurück. »Er zwang mal einen Erstklässler, nackt und mit einer Rose zwischen den Arschbacken im Schnee rumzurennen.«

Da war er so perplex, dass er den Mund auf- und zuklappte wie ein Karpfen, bis ich ihm befahl, sich zusammenzureißen.

»Dann ... dann beginnt!«

Und er und die vier Kerle, die den Habsburger Affen festhielten, sprangen alle gleichzeitig aus dem Ring, als hinge ihr Leben davon ab.

Ich will Ihnen mal was sagen: Ich wusste, was mich erwartete. Ich wusste, dass er direkt auf mich zustürmen würde. Aber was ich nicht vorausgesehen hatte, war seine Schnelligkeit. Das Jüngelchen war wie ein Stier, der auf einen Matador losgeht. Bevor ich auch nur die Chance hatte, meine Fäuste zu heben, rammte er mir schon den Schädel in den Bauch.

»Prinz ... ich meine, Herr Schott!«, kreischte der Manager. »Das entspricht nicht ...«

»Ach, gib doch Ruhe«, knurrte ich, während ich mich wand und versuchte, das glitschige Fleisch des Mannes in den Griff zu kriegen.

Er war zwar mager, ging aber mit jedem Zentimeter seines Körpers auf mich los.

Ich versetzte ihm einen prächtigen Tritt gegen die Knie, der ihn niederstreckte, und bevor er sich wieder aufraffen konnte, war ich schon über ihm und prügelte auf seinen Schädel ein. Ich bin Rechtsausleger, schon immer gewesen, das bringt manche Typen aus dem Konzept, und das ist nie schlecht. Jedes Mal, wenn er die Visage hob, verpasste ich ihm eine.

»Monsieur, wollen Sie bitte ...«

»Ist gut«, sagte ich und wich von dem Hunnen zurück. Er blubberte was durch seine geschwollenen Lippen, aber dem setzte ich ein Ende, als ich ihm den Fuß dagegen rammte. Sofort war er wieder am Boden, und dann verteilte ich ihm mit ein paar linken Haken die Nase quer übers Gesicht und entfernte ein paar Zähne, die er nicht mehr brauchte.

»Das sollte genügen, Moran«, hörte ich jemanden an meinem Ohr sagen. Ich kenne die Stimme des Professors besser als die meiner eigenen Mutter. »Oh nein, offenbar doch nicht.«

Das Prinzlein hatte es geschafft, sich aufzurichten, und spuckte noch einen Hauer aus. Erneut hob er brüllend die Fäuste.

»*Vorbereiten auf –*«

Aber mittlerweile hatte ich genug und trat ihm in die Eier. Er fiel zu Boden wie ein Sack Kartoffeln. Ein Tritt zwischen die Kronjuwelen beendet unweigerlich jeden Kampf. Whitechapel-Stil. Was denn, meinen Sie etwa, wenn irgendein Hottentotte versucht, einem einen Riesenspeer zwischen die Rippen zu stecken, dann würden Sie fair wie ein Gentleman kämpfen? Wohl kaum. Hauptsache, gewinnen!

»Jaja, entspricht nicht Queensbury«, sagte ich, als der Frenchie fassungslos hergewieselt kam. »Und, was willst du jetzt machen?«

Da hatte ich ihn. Und die Zuschauer gerieten außer Rand und Band. Ein paar bejubelten mich, ein paar spuckten vor Zorn.

»Wer ist er?«, würgte der Habsburger, so gut er konnte, hervor. »Wer *ist* er? Was will er hier? Er ist keiner von uns.«

Das war komisch. Ich merkte auf. Und nicht nur ich. »Finden Sie heraus, was er meint, Moran«, murmelte jemand in mein Ohr. Der Guv'nor wieder.

»Ja, tun Sie das.« Das war in meinem anderen Ohr. Und eine ganz andere Stimme als die des Professors. Ich drehte meinen Kopf dorthin. Es war Sherlock Holmes, der mir süße Worte zuflüsterte. Also, mit einem kleinen Dämon auf meiner Schulter kam ich schon zurecht, aber nicht, wenn sein Kumpel mir auf der anderen Seite auch noch was zuflüsterte. Und das waren nicht Engel und Teufel, die mich anstarrten, sondern zwei Teufel. »Stacheln Sie ihn an. Er muss sich vergessen. Er soll singen wie ein Kanarienvogel.«

»Tun Sie's, Moran«, befahl der Professor leise. Und ich sage Ihnen, der Habsburger Berserker trieb mich bei Weitem nicht so an wie die zwei rechts und links neben mir.

»Nicht einer von euch?«, provozierte ich das Prinzlein.

»Nicht einer von uns. Du hast nicht gesehen, was wir gesehen haben.«

»Weiter«, drängte Holmes mich.

»Ja, los«, verlangte der andere Teufel.

»Was habt ihr denn gesehen?«, brüllte ich.

»Wir wurden wiedergeboren, wie Salomo wiedergeboren wurde. Wir haben …«

Aber da schloss sich die Menge um ihn. Ein paar Männer warfen nervöse Blicke in unsere Richtung. Und er wurde von der Menge verschluckt und weggetragen. Die Stimmung hatte sich gegen mich gewendet. Ein, zwei Männer gratulierten mir noch – die hatten auf mich gesetzt, schätze ich –, aber die meisten brummelten miteinander und beäugten mich misstrauisch. Alles klar, die Dinge hatten sich geändert. Ab jetzt würde ich auch Augen im Hinterkopf haben müssen.

»Da haben Sie sich keine Freunde gemacht«, murmelte Holmes. »An Ihrer Stelle würde ich einen kleinen Spaziergang machen und diesen Gentlemen die Zeit geben, sich ein bisschen zu beruhigen.«

»Da hat er recht«, flüsterte mir der Professor ins andere Ohr.

Tja, ein bisschen hätte ich mich schon noch gerne gebrüstet, aber ich weiß auch, wann es Zeit zum Rückzug ist. Also stromerte ich ein bisschen im Kaff herum. Außer in die Hütten der Dörfler zu spähen, war nichts zu tun, eine Stunde hielt ich durch, dann ging ich wieder zurück. Eigentlich dachte ich, ich würde vom Johnny am Empfang einen Schulterklopfer kriegen, erntete aber nur einen komischen Blick. Das scherte mich aber nicht.

Mein Zimmer war eiskalt, als ich hereinkam. Sie hatten wohl für die Nacht die Heizung abgedreht. Und vor der Tür wartete was auf mich: ein etwa dreißig Zentimeter großer Karton, verpackt mit braunem Papier und Kordel. Und ich war nicht der Einzige, der eins gekriegt hatte. Vor den Türen meiner Reisegefährten standen auch welche.

Ich hab nicht ein halbes Dutzend Kriege überlebt, ohne bei kleinen hässlichen Paketen, die ungefragt vor meiner Tür abgeladen werden, misstrauisch zu werden. Für eine Bombe war es zu leicht, es sei denn, das Ding sollte irgendeinem armen Kerl nur die Augenbrauen abbrennen. Also trug ich es in mein Zimmer.

Ich stellte es auf den Nachttisch und hatte ein recht gutes Gefühl. Was auch immer da drin war, es fühlte sich fest an und quaderförmig – aber mit einer hohlen Seite.

Die Kordel schnitt ich mit dem Buschmesser durch, das ich immer unter dem Kopfkissen habe: als Willkommensgruß für jeden, der sich einbildet, er könne sich nachts an mich ranschleichen. Anstatt das Papier im Ganzen abzustreifen, was ein Auslöser für eine ungewollte Überraschung sein konnte, riss ich es Stückchen für Stückchen ab. Es dauerte nicht lang, da hatte ich den letzten Fetzen entfernt und sah, dass es keine Gefahr darstellte. Allerdings hatte ich das komischste Ding vor mir, das ich je gesehen habe.

Es war, wie schon vermutet, ein Glaskubus mit einer fehlenden Seite. Drinnen befand sich ein hohles, gelbes Wachsmodell vom Hotel, mit dem Berg drüber, aus dem es rausgeschnitzt war. Aber es war nicht nur das Hotel, denn auf dem Dach hockten vier Spinnen aus Wachs, die etwa fünfzehn Zentimeter groß waren. Hässliche Viecher. Das hätte sogar ihre Mutter gefunden. Und sie wurden auch nicht hübscher dadurch, dass der, der die Wachsarbeit verbrochen hatte, ziemlich geschlampt hatte, denn das Wachs war schon an ihren Beinen runtergelaufen und bildete zähflüssige kleine Pfützen vor dem Gebäude. Weil sich sonst nichts in der Schachtel befand und ich todmüde war, ließ ich alles auf dem Nachttisch stehen und legte mich aufs Ohr.

Ich bin kein großer Träumer. Wenn man mich fragt, sind Träume was für Kinder und Schwachköpfe. Aber in dieser Nacht habe ich geträumt, während ich wie ein Toter schlief. Wenn ich mich richtig erinnere, war ich auf dem Schlachtfeld und pirschte mich an einen Kannibalen an. Dazu hatte ich mein Gewehr dabei, aber er war zu weit weg, und die Sonne schien mir in die Augen.

Als ich aufwachte, sah ich, dass es dämmerte und ich die Vorhänge nicht zugezogen hatte. Ich grummelte, war aber nun mal wach, also stieg ich aus dem Bett, um eine zu rauchen, bevor ich mich noch mal ein, zwei Stündchen hinlegte. Ich zündete mir eine

Kippe an und öffnete das Fenster, damit das Zimmer nicht zu übel stank. Also, meine Augen sind auch auf die leisesten Bewegungen trainiert, als daher etwas am Rand von meinem Sichtfeld zuckte, kriegte ich das sofort mit. Ich wirbelte herum, bereit für jeden, der sich in mein Zimmer geschlichen hatte. Aber da war nichts. Ich stand reglos da und suchte mit dem Blick nach dem, was sich bewegt hatte. Nein, nichts zu sehen. Aber dann entdeckte ich etwas, nicht weit entfernt von mir, was mir komisch vorkam. Als ich am Abend zuvor das Modell vom Hotel auf den Nachttisch gestellt hatte, hatten die gelben Wachsspinnen mit allen Beinen fest auf dem Dach gestanden, das hätte ich schwören können. Aber jetzt sah eine ganz vorne so aus, als würde sie sich aufbäumen, um mich zu erwürgen. Und ich hätte genauso geschworen, dass sie *zuckte*. Ich brachte das Modell zum offenen Fenster, um besser sehen zu können. Aber nein, keine Bewegung. Kein Zucken. Ich tippte mit dem Fingernagel dran. Festes Wachs. »Alter Junge, du drehst noch völlig durch«, sagte ich zu mir. Also stellte ich das Modell zurück auf den Nachttisch, rauchte zu Ende, schloss das Fenster und legte mich wieder hin.

Als ich einschlief, träumte ich diesmal, ich wäre Skipper auf einem Schiff – einem Walfänger, besser gesagt. Und aus dem Meer stieg vor mir ein Leviathan in die Höhe. Tja, auch im Schlaf bin ich keiner, der den Schwanz einzieht, daher schnappte ich mir eine Harpune und kämpfte mich durch einen Sturm zum Bug, um die Harpune dort ins Auge des Ungeheuers zu schleudern. Ich riss den Arm nach hinten, griff noch fester zu und war bereit, sie nach vorne schnellen zu lassen wie einen Pfeil. Ich schrie: »Fest!«, und schleuderte sie nach vorn.

Tja, damit weckte ich mich selbst – und entdeckte, dass ich im Schlaf mein Buschmesser unter dem Kissen hervorgezogen hatte.

Und das war verdammtes Glück.

Nein, keiner von den feinen Pinkeln hatte mein Schloss geknackt oder meine Tür eingetreten. Kein Schlangenmensch war mit einem Messer zwischen den Zähnen den Kamin runtergerutscht, um mich im Schlaf zu erstechen. Was ich sah, war viel teuflischer.

Ein zimperlicherer Mann als ich hätte gespürt, wie ihm die Haare weiß wurden bei dem Anblick der vordersten gelben Wachsspinne, die langsam, ganz langsam ihre hundert Augen hob, bis ich direkt in sie starren konnte, als wären sie die von Medusa.

»Was zum …«, fluchte ich leise. Denn ich hab schon Männer ganze Bäume heben sehen; Echsen, die tagelang ein verletztes Tier verfolgen und so lange abwarten, bis es zu erschöpft ist, um sich noch darum zu scheren, ob es gefressen wird oder nicht; Fledermäuse, die größer waren als ich selbst. Aber ich habe nie eine fünfzehn Zentimeter große Wachsspinne gesehen, die zum Leben erwacht.

Und diese fing an, ihre Beine in der Luft zu bewegen und nach meinem Gesicht zu greifen.

Ich war verdammt schockiert, als ich zusah, wie sich ein dünnes Bein nach dem anderen vom Dach des Hotelmodells löste. Dann fing sie auf diese fiese Spinnenart an zu krabbeln: Fast ohne den aufgeblähten Bauch zu bewegen, huschte sie einfach vorwärts. Sie kroch ganz langsam am Hotel runter und wollte zur offenen Seite des Glaskastens. Aber weil sie aus Wachs war, machte sie mit jedem Schritt ein leises *Tipp* auf dem Glas. Tipp-tipp-tipp-tipp-tipp-tipp-tipp-tipp, mit jedem Bein, Zentimeter für Zentimeter. Immer weiter auf mich zu.

Und dann fingen auch die anderen an. Zuerst ihre Augen, dann ihre Vorderbeine, die nach meinem Fleisch griffen, das wusste ich. Sie stemmten sie nach oben und bewegten sich wie eine Lokomotive vom Teufel persönlich auf meine Wenigkeit zu. Tipp-tipp-tipp-tipp-tipp-tipp-tipp-tipp. Und jede einzelne hatte Mordlust in ihren hundert Glubschern.

Plötzlich sprang die erste von dem verdammten Tischchen, direkt auf mein Bein, und krabbelte so schnell daran hoch, als wäre sie mit einer heißen Nadel gestochen worden.

Aber das war noch nicht das Schlimmste. Das Schlimmste war, dass sie sich auf die Hinterbeine stellte wie ein Gaul, der sich aufbäumt, und mich anspuckte. Es war rot und stank wie der übelste Schleim, der aus einer Monate alten Leiche sickert. Die erste Salve ging daneben und verteilte sich in der Luft. Dann bäumte sie sich wieder auf und wollte es noch mal versuchen.

Nachdem ich mich eine halbe Sekunde gefragt hatte, ob dies das Ende der gottverdammten Welt war, wenn schon Spinnen aus Wachs zum Leben erwachten und Gift versprühten, sprangen meine Reflexe an, und der zweite Spuckespritzer platschte gegen die Klinge meines treuen Buschmessers. Das war nur gut, denn ich sah, dass das Zeug darauf blubberte, als wollte es sich durch den Stahl ätzen.

Und dann riss ich mich zusammen und teilte die Wachsspinne mit dem Messer in zwei Hälften. Vier Beine auf jeder Seite. Danach fasste ich ihre drei Kumpane ins Auge, die auf mich zustürmten wie Zulus. Das Buschmesser sauste also noch dreimal durch die Luft, dann waren die vier Biester säuberlich in acht geteilt. Und ich sag Ihnen was: Das Blut, das aus ihnen rausspritzte, war so echt wie das von jedem anderen Tier.

Eine ganze Minute stand ich nur da und starrte auf die Spinnen, bis mir etwas dämmerte.

Ein Paket war geöffnet worden. Blieben noch drei für meine Reisegefährten.

Es würde mich gar nicht kratzen, wenn Holmes und sein Schoßhündchen von diesen achtbeinigen Ungetümen erledigt würden, aber ohne den Guv'nor wär ich arbeitslos. Also marschierte ich mit dem Messer in der Hand direkt zu seinem Zimmer.

Sofort sah ich, dass seine Tür nur angelehnt war. Da die Spinnen so was nicht aufschieben konnten, wusste ich, da war was im Busch. Ich trat sie ganz auf, und ich will verdammt sein, wenn ich nicht Holmes und den Guv'nor im Zimmer sitzen sah, als wären sie bei einer Herzogin zum Tee. Müßig betrachteten sie vier der kleinen Wachsbastarde, die in einem Glaskasten rumrannten, der mit der offenen Seite nach unten auf den Tisch gestellt worden war, sodass sie nicht rauskamen.

»… diese Spezies schon mal gesehen?«, fragte der Professor gerade. Dem Tonfall nach hätte er auch um noch ein Stück Madeirakuchen bitten können.

»Nein, aber es ist eine faszinierende Kreatur«, erwiderte Holmes, als würde er Earl Grey aus einer hübschen kleinen Teekanne ausschenken. »Ah, Moran, Sie haben sich zu uns gesellt. Ich hab mich schon gefragt, ob Sie kommen. Watson ist noch nicht da. Würden Sie vielleicht mal nach ihm sehen?«

»Nach ihm sehen …? Bin ich jetzt sein Kindermädchen?«

»Moran«, mahnte der Guv'nor. Und ich kannte diesen Ton.

Tja, ich grummelte zwar, aber es nutzte ja nichts. Also griff ich mein Buschmesser und klopfte an seine Tür. Doch statt »Herein« oder so was hörte ich einen Schrei und dann ein Krachen und Splittern. Am liebsten hätte ich ihn sich selbst überlassen, aber der Professor hatte sich darauf versteift, dass wir sie brauchten, also setzte ich meinen Stiefel auf das Schloss und trat das Ding ein.

Im Licht der Morgendämmerung sprang der Kurpfuscher herum, als wäre er in eine Kiste mit Nägeln gefallen, und der Grund war nicht schwer zu finden. Tja, vier Hiebe mit meinem Buschmesser, und dann gab's kein Geheul mehr vom großen Muttersöhnchen. Ohne ein Wort schlenderte ich zurück zum Zimmer des Professors. Watson folgte mir, plärrend wie ein Mädchen, und hing geradezu an meinen Rockzipfeln.

»Ah, da sind Sie ja, Watson«, bemerkte Holmes. »Schön, dass Sie sich zu uns gesellen.«

»Zu Ihnen gesellen?«, stieß er hervor. »Ich hätte mich fast zu meinen Ahnen gesellt!«

»Da wären Sie sicher in vortrefflicher Gesellschaft gewesen. Aber wir haben hier einen kleinen Geniestreich, finden Sie nicht?«

Ich lehnte mich an die Wand. Ich sitze nicht gern in Gesellschaft von Typen, die ich am liebsten köpfen würde.

Watson ließ sich aufs Bett sinken und goss sich ein Glas Wasser ein. Vermutlich, um seine Nerven zu beruhigen, der hasenfüßige Mistkerl.

»Holmes, ich weiß nur, dass ich heute Morgen aufwachte und sah, dass diese seltsame Wachsminiatur, die wir alle erhalten haben, zum Leben erwachte und drohte mir das meinige zu nehmen.«

»Na, na, Watson!«, rief Holmes aus. »Sie als Mann der Wissenschaft glauben plötzlich an Hexerei?«

Der Guv'nor machte leise »Tsts«.

»Das tue ich nicht, Holmes, und werde es auch nie. Aber können Sie mir sagen, wie das in Gottes Namen möglich war?«

»Das wissen Sie nicht?« Er blickte zum Professor, der die Achseln zuckte, als hätte er es mit einem Kind zu tun, das nicht mal eins und eins zusammenzählen kann. »Aber Ihnen ist doch sicher die Tageszeit aufgefallen? Der Zustand vom Wachs?«

»Der Zustand vom Wachs? Was soll das denn bedeuten?«

»Wir haben nicht den ganzen Tag Zeit«, meldete sich der Professor. »Bitte erklären Sie es. Mit möglichst einfachen Worten.«

»Watson, wir sind alle moderne Menschen«, begann Holmes. »Wir glauben nicht an Magie und auch nicht daran, dass solche Wachsfiguren zum Leben erwachen wie Pygmalions Statue der Galatea. Was schließen wir also?«

»Dass sie keine Wachsfiguren waren.«

»Selbstverständlich waren sie keine Wachsfiguren. Sie waren lebendige Wesen, die mit Wachs überzogen waren. Sie wurden uns zu einer dunklen Tageszeit übereignet, als die Temperatur sehr niedrig war. Das Wachs blieb fest. Aber als das Tageslicht kam – Sie werden bemerkt haben, dass die Glasseiten des Kastens nicht ganz flach sind, sondern leicht gewölbt, um das Licht zu verstärken und damit die Wärme, welcher das Wachsobjekt im Kasten ausgesetzt ist –, schmolz die dünne Wachsschicht, und die Lebewesen konnten sich bewegen.«

Ich muss allerdings zugeben, dass ich nicht begreifen konnte, wieso ich die kleine Bestie auf mich zukommen sah, als ich das erste Mal aufwachte, sie aber sofort erstarrte, als ich mir den Kasten griff.

»Beschreiben Sie es mir in allen Einzelheiten«, befahl der Guv'nor. Also erzählte ich ihm alles bis ins Detail. »Das ist doch ziemlich offensichtlich. Als Sie das Modell das erste Mal sahen, stand es im Sonnenlicht und wurde immer wärmer. Das Wachs schmolz, und die Spinne begann sich zu rühren. Aber dann …«

»… hielten Sie es ans offene Fenster, und die kühle Luft verwandelte sie wieder in eine feste Wachsfigur«, fuhr Holmes fort. Ich merkte, dass die beiden anfingen, gemeinsam zu denken. Das gefiel mir nicht. »Ein kleiner, sehr neuartiger Trick. Haben Sie schon mal so etwas gesehen, Professor?«

»Nein, obwohl mich der Schah von Persien einmal wegen seines ältesten Sohns konsultierte, den er ein für alle Male von der Erbfolge ausschließen wollte. Da schlug ich ihm etwas vor, das dieser Sache hier nicht ganz unähnlich war. Eine offenbar tote Schlange sollte in gekühltes Gelee gepackt werden, das sich bei Raumtemperatur verflüssigen und der Schlange erlauben sollte, sich zu bewegen.«

»Und was kam dabei heraus?«

»Dieser Prinz wird niemals auf dem Thron sitzen.«

»Wie zu erwarten war.«

»Und, wer hat uns die geschickt?«, fragte ich, um ihren netten kleinen Plausch am Kamin mal zum Ende zu bringen.

Holmes antwortete: »Ich glaube, wir können davon ausgehen, dass Ihre beeindruckende Boxkunst gestern Abend zu einer Entscheidung geführt hat, Colonel. Das hatte ich gehofft. Unsere Anwesenheit ist aufgefallen, und es wurden Fragen gestellt. Jemand hier vermutet, dass wir eine Gefahr darstellen.«

»Tun wir ja auch, verdammt.«

»Nun ja. Und dies ist ihre Reaktion. Die nächste Frage lautet natürlich, wer genau sie sind.«

»Ich könnte Moran schicken, damit er diese Information vom Hotelmanager herausbringt. Das kann er sehr gut«, bemerkte der Guv'nor.

Holmes hob die Hand. »Aber nicht doch, Professor! Das geht doch nicht, so lange wir seine Gäste sind. Wo sind denn Ihre Manieren? Außerdem ist es momentan vielleicht zu unserem Vorteil, wenn er nicht weiß, dass wir noch in dieser Welt der Sterblichen weilen.«

Der Guv'nor hatte eine stoische Miene aufgesetzt. Ich kenne den Blick. Dann sieht er aus wie eine eiskalte Statue. Das heißt, ihm gefällt was nicht, aber er schluckt es trotzdem. »Wie Sie meinen.«

»Gut. Nun, was machen wir mit diesen kleinen Kreaturen?« Holmes zeigte auf die achtbeinigen Bastarde im Glaskasten.

»Moran.«

»Stets zu Diensten, Professor«, sagte ich und hob mein Messer, um die Biester zu erledigen. »Gestern hab ich schon zwei von ihren Kollegen nach Hause geschickt, und ich freue mich, so viele wie möglich zu erledigen.« Ich senkte die Klinge.

»Halt!«

Ich hielt inne, mit der Spitze der Klinge nur einen Zentimeter über dem ersten der kleinen Ungeheuer.

»Professor.«

Er war aufgestanden. »Sagten Sie, Sie hätten zwei von ihnen ›nach Hause geschickt‹?«

»Gestern. Ein paar davon fielen auf mein Bett. Eine murkste ich ab, die anderen verdufteten.«

»Wohin?«

Ich zeigte mit dem Messer zu dem Lüftungsgitter, aus dem heiße Luft von irgendeinem Ofen im Gebäude auf die Zimmer kam. »Und Sie haben nicht daran gedacht, mich zu informieren?«

»Es waren ganz normale Spinnen«, knurrte ich. »Die sieht man doch überall. Es gab keinen Grund zu glauben, dass die drei was Besonderes wären.«

»Idiot. Wir müssen wissen, woher sie kommen. Und das wird wohl der Ort sein, zu dem sie gestern geflüchtet sind.«

»Mir scheint«, fügte Holmes hinzu, »dass wir herausfinden müssen, wohin diese Rohre führen. Und selbst Colonel Morans große Erfahrung als Fährtensucher wird uns hier nichts nützen.«

»Haben Sie eine Idee?«, fragte der Professor.

»Im Augenblick nicht.«

»Dann«, sagte der Professor, »ist es ein Glück, dass ich eine Idee habe. Wie Sie sagten, hat Morans Schaukampf gestern Abend eine Entscheidung herbeigeführt. Was auch immer das Geheimnis dieses Hotels ist, es gibt hier Männer – zu denen der junge Habsburg jetzt gehört –, die dieses Geheimnis wahren wollen und uns deshalb das unwillkommene Geschenk gesandt haben.«

»Sie glauben, die Habsburger Schwuchtel hat die geschickt?«, fragte ich. »Dem dreh ich den Hals um.«

»Wohl eher Kameraden von ihm, die besonnener sind. Doch wie auch immer, es wäre für uns von Vorteil, wenn wir wüssten, wo sie sich verstecken. Kommen Sie, Moran.« Er nahm seinen Mantel. Bevor wir das Zimmer verließen, blieb er stehen und sah die anderen finster an. »Ich beabsichtige nicht, Ihnen mein Zimmer zu überlassen.« Darauf standen die anderen mit rotem Kopf auf und gingen.

»Wohin wollen wir?«, fragte ich, als wir das Hotel verließen.

»Zu dem Schuppen, der hier als Laden dient«, antwortete er.

Tja, ich nahm an, dieses Ziel war wohl so gut wie jedes andere.

Wir betraten den Laden, der vollgestopft war mit lauter Lebensmitteln und Haushaltswaren. »Hm«, sagte der Guv'nor und trat über ein paar Körbe voller Eier und Brot hinweg in einen Bereich, wo es Regale mit Kinderspielzeug gab. »Nicht ganz das, was wir … Ah.« Er zog etwas aus einem Pappkarton. »Das ist schon besser.« Es war ein einfaches Spielzeugauto aus Holz, sieben bis zehn Zentimeter groß, ohne Dach. Ein billiges, rot lackiertes Ding. Er testete die Räder, die recht leichtgängig waren. »Gut.« Er verließ die Ecke, nahm sich eine Tube Kleber, drei Kerzen, etwas Schnur, ein Fläschchen Öl und eine Schachtel mit besonders langen Streichhölzern, legte alles auf die Ladentheke und bezahlte.

Zurück im Hotel holte er Holmes und Watson und nahm sie mit in mein Zimmer. »Entfernen Sie das Gitter!«, befahl er und wies auf den Heißluftschacht auf Bodenhöhe. Es war leicht, es abzuporkeln. »Hmhm, nein, da ist eine Biegung im Rohr, das wird nicht gehen. Wir versuchen es in Dr. Watsons Zimmer.« Also gingen wir zwei Häuschen weiter und probierten es noch mal. »Gut. Vollkommen gerade, so weit ich sehen kann. Nun geben Sie mir sechs von Ihren Patronen.« Tja, ich stell den Guv'nor nicht infrage, obwohl ich es mir angewöhnt habe, seit Dutch Calhoon um die Ecke gebracht wurde, den Webley mit Dumdum-Geschossen zu laden. Ich entlud also den Revolver und gab ihm die Kugeln, war aber gar nicht glücklich darüber. »Und jetzt besorgen Sie mir ein paar Lappen.«

»Ah«, sagte Holmes. »Verstehe. Ja, eine saubere Lösung für ein verzwicktes Problem.«

»Lappen?«, sagte ich und schaute mich im Raum um. Glaubte er etwa, ich hätte einen Vorrat wie ein Zimmermädchen?

»Reißen Sie eines Ihrer Hemden in Streifen.«

Ich grummelte zwar, holte aber eins aus meinem Zimmer, zerriss es und gab ihm die Fetzen. Dann kürzte er die Kerzen und steckte sie in das dachlose Auto. Er brach die Köpfe von sechs langen Streichhölzern ab, fügte sie mit dem Kleber in Form einer Takelage zusammen, wie bei einer Galeone, klebte einen großen viereckigen Stofffetzen als Segel daran, das er über die Kerzen schob, und stopfte den Rest der Lappen in das Auto. Danach legte er die Patronen in die Fetzen, tauchte eine Schnur in Öl, legte das eine Ende gerollt in die Lappen und band das andere um eine der Kerzen. Schließlich stellte er das Auto so weit wie möglich in den Schacht und zündete die Kerzen an.

Wir alle hockten uns davor und warteten. Nichts passierte. Ich weiß nicht, was er erwartete, aber gerade, als ich was sagen wollte, fing das verdammte Ding tatsächlich an vorwärtszurollen.

»Die heiße Luft von den Kerzen füllt das Segel und dient als Antrieb«, erklärte Holmes. »Und das Spielzeug rollt voran.«

Ich verstand, was die Apparatur bewirken sollte. Sobald die Kerze bis zu der öligen Schnur runtergebrannt war, würde sich die und damit auch die Lappen entzünden. Die Patronen würden explodieren und in der Röhre rumschießen. Das würde einen ordentlichen Budenzauber geben.

Wir sahen zu, wie das Auto langsam die Röhre entlangrollte. Das Licht von den Kerzen zeigte uns, wie weit sie reichte: drei, vier Meter. Fünf. Sechs.

»Wir können nur hoffen, dass sie bis zum Ziel ganz gerade bleibt«, sagte Holmes.

»In der Tat«, bestätigte Moriarty. »Ich habe auch überlegt, wie man das Ding Kurven fahren lassen kann – angepflockte Schnüre, fallende Seitenanker –, aber darauf ist kein Verlass. Wir warten erst mal ab, ob das hier genügt.«

»Dann sollten wir unsere Beobachtungsposten einnehmen.«

»Genau. Moran, Sie gehen in die Lobby. Ich begebe mich in den Speisesaal.«

»Mein Platz wird vor dem Hotel sein, und Watson, Sie halten bitte draußen auf dem Gang die Stellung.«

»Was beobachten wir denn?«, fragte er.

»Das werden Sie erkennen, wenn Sie es sehen«, erwiderte Holmes mit einem Grinsen.

Wir eilten auf unsere Plätze, und ich setzte mich mit einer *Le Monde* als Deckung in die Lobby. Ich beobachtete die Typen dort, die so taten, als machten sie hier auf dem Berg nur Urlaub. Da plötzlich hörte ich, wie die sechs Dumdum-Geschosse knallten. Sie veranstalteten einen Heidenlärm, das kann ich Ihnen sagen. Reflexartig zog ich den Kopf ein und griff nach meiner Waffe, die natürlich nicht geladen war. Die anderen in der Lobby starrten nur in die Richtung, aus der der Lärm kam, und dann flog ein Teil der Holzvertäfelung hinter dem Empfangstisch auf, und ein völlig in Weiß gekleideter Kerl mit einer blutigen Wunde auf dem Oberschenkel fiel raus. *Oho*, sagte ich zu mir, *eine Geheimtür, wie?* Aus dem Bein des Kerls strömte jede Menge Blut, und man musste kein Arzt sein, um zu wissen, was die Ursache war. Er kippte um, fluchte auf Deutsch, und ein Lakai vom Empfangstisch packte ihn, schleifte ihn wieder durch die Geheimtür und schloss sie hinter sich.

Zu spät, Kumpel, sagte ich zu mir, *ich hab alles gesehen.*

»Aha«, meinte der Guv'nor, als ich ihm berichtete.

»Und ich würde wetten, dass der senkrechte Schacht in der Höhlenwohnung in diese Geheimkammer führt«, meldete sich Holmes.

»Kein Zweifel.« Der Professor nickte. »Nun, wir können kaum am helllichten Tag in die Lobby marschieren und diese Tür benutzen, auch wenn wir sie jetzt entdeckt haben. Moran, ich glaube, wir brauchen eine Strickleiter. Zum Glück verkauft der Dorfladen solches Zubehör für Bergsteiger. Gehen Sie und besorgen Sie eine.«

Rein, raus. Rein, raus. Langsam wurde es lästig. Aber ich tat, was mir befohlen worden war, bedeutete dem Ladenbesitzer mit einem Blick, er würde es bereuen, wenn er irgendjemandem erzählte, was ich besorgt hatte, befestigte die Leiter an der neuen Halterung, die wir am oberen Ende des Schachtes in der Höhle gefunden hatten, und schon bald traten wir von der letzten Sprosse auf harten Steinboden.

Hallo, dachte ich, *das hier ist aber was ganz anderes als der Rest vom Hotel.* Der nämlich war mit seinen Teppichen plüschig wie der

Palast eines Paschas. Aber hier befanden wir uns in einer großen trockenen Höhle, wo der Boden aus Steinplatten bestand und die Wände geweißelt, aber nicht verputzt worden waren. Die Decke war harter Fels und hing höchstens einen halben Meter über unseren Köpfen. Wir waren in einer Ecke der Höhle runtergekommen, und um uns herum sah man nur Felswände. Für ein Feuergefecht wäre es ein bisschen eng. Und die Luft war stickig: Vier große Feuerschalen standen in der Kammer, in der brennende Kohlen alles in dunkelrotes Licht tauchten und den Stein so aufheizten, dass er sich richtig warm anfühlte.

»Heiß hier«, bemerkte ich.

»Nun, einige Spezies brauchen eine warme Umgebung«, flüsterte Holmes zurück.

In eine Wand der Kammer waren zwei Öffnungen gehauen und mit modernen Türen versehen worden, sodass die Besitzer dieses Orts echte Räume hinzugefügt hatten. Außerdem hatten sie für eine Gaszufuhr und einen neuen Luftschacht gesorgt, damit an den Wänden Lampen brennen konnten und man Luft zum Atmen hatte. Trotz allem roch es wie in einem Grab. Ich hatte so was schon mal unter der Bude eines Prinzen in Rajasthan gesehen, und das Ganze endete gar nicht gut, also gefiel es mir diesmal auch nicht. Ich verfluchte den Guv'nor, weil er meine Patronen für seine bewegliche Bombe benutzt hatte.

Sie alle folgten mir. Die Sache mit Orten wie diesem ist die: Sie sind so verdammt still, dass einem die eigenen Schritte wie Donnerschläge vorkommen. Es war schon schwer für mich, kein Geräusch zu machen. Aber ein Trottel wie Watson hätte beim Gehen auch gleich eine Trommel schlagen können. Als ich ihm einen finsteren Blick zuwarf, kapierte er die Botschaft und wurde ein bisschen leiser.

Nachdem ich mich kurz umgesehen hatte, war mir die Lage klar. Eine der Türen war verschlossen: Der Knauf hatte ein raffiniertes Schloss, man konnte ihn nicht mal drehen. Ich hätte die Tür eintreten können, aber wir wollten ja leise sein, und der Guv'nor öffnete die andere Tür ohne Umstände. »Wir sollten dieses zuerst durchsuchen«, sagte er. Komisch war, dass sich direkt hinter der Tür ein schwerer Vorhang befand, der quer durchs Zimmer ging. Wir zogen ihn zurück, und nachdem wir die Gaslampe an der Wand angezündet hatten, sahen wir einen Tisch, zwei Stühle, einen Schreibtisch und so weiter. Bilder an den Wänden, ein Perserteppich auf dem Boden.

Ich machte mich daran, den Tisch zu durchsuchen. Keine Waffe oder Munition da, was Pech war.

Also, der Professor schätzt Holmes. Natürlich ist er nicht so schlau wie er, sagt der Guv'nor, aber ein Dummkopf ist er auch nicht. Als ich also sah, wie er auf den Vorhang starrte und dann an einem Bild von dem Berg an der Wand fummelte, während wir anderen die Kammer auf den Kopf stellten – so leise wir konnten –, da fuhr ich ihn ziemlich scharf an, er solle sich in Bewegung setzen und was Nützliches beitragen.

»Wieso schraubt man ein Bild an die Wand?«, murmelte er, ohne sich auch nur nach mir umzudrehen. Tja, ich ließ ihn überlegen. Im Schreibtisch war nichts außer Schreibpapier mit dem Briefkopf des Hotels, ein Paar Stifte, Federn und Tinte.

Und was sagte mir das? Dass das wirklich wichtige Zeug weggeschafft worden war.

Eins kann man über eine Höhle sagen: Es gibt nur sehr wenige Verstecke. Da ich sehen konnte, dass nichts in den Wänden war, blieb nur noch der Boden. Ein kurzes Anheben des Teppichs, und siehe da: ein in den Boden eingelassener Tresor. Ein starkes Schloss, aber ich brauchte nur eine Minute, um es mit zwei Stiften und einer Büroklammer aus dem Schreibtisch zu knacken. Und was fand ich da drin? Einen beigefarbenen Ordner mit Unterlagen. Nicht mein Ding, also legte ich ihn auf den Tisch und ging zum Tresor zurück. Es war auch Bargeld darin, das sonst keiner wollte, also steckte ich es mir in die Tasche.

Kapitel 29

Moran hatte einen Ordner mit Unterlagen auf den Tisch geworfen, die wichtig aussahen. Ich nahm sie mir vor. Sie schienen tatsächlich bedeutsam zu sein, denn wie der Zettel, den wir in Ridges Geige gefunden hatten, waren auch sie mit einem Code aus anscheinend willkürlich aneinandergereihten Buchstaben bedeckt. Ich reichte sie Moriarty. Er rieb sich die Schläfen.

»Das ist eine vollständige Durchschrift des Berichts, den wir im Haus des Musikers entdeckt haben«, erklärte er. »Ich werde ihn dechiffrieren.«

An das Amt Ihrer Majestät für auswärtige und koloniale Angelegenheiten. Bericht von unserem Korrespondenten Mercury im Vorderen Orient. Erster Oktober 1881

Auf Geheiß des Obersts für diesen Bereich schloss ich mich der Expedition von Mr. Benjamin Ridge, Mr. Peter Jet und Lord Wyneth von Darlington an. Unsere Mission – und vor allem meine Beteiligung – sollte geheim gehalten werden, um den türkischen Sultan nicht zu verstimmen und dadurch in Gefahr zu geraten, einen bewaffneten Konflikt auszulösen. In diesem Teil der Welt ist das Gleichgewicht der Kräfte aufrechtzuerhalten, bis wir die Oberhand haben.

Zunächst segelten wir über Thessaloniki zum Hafen von Haifa, wo wir am siebten April eintrafen. Die osmanischen Behörden dort sind arbeitsscheu und korrupt, sodass ein kleines Bakschisch für unsere sichere Weiterreise sorgte. Tatsächlich forderte der Gouverneur von Haifa nur, dass sein Sohn im Herbst einen Platz in Eton bekäme, und bot an, das Schulgeld in Silbermünzen zu bezahlen – mit einer Sonderzuwendung derselben Summe für uns, wenn wir seiner Bitte nachkämen. Ich versicherte ihm, dass ich das Ganze arrangieren würde.

Jerusalem ist nicht mehr die Stadt, die es zu Zeiten von Jesus war. Die römischen Besatzer und ihre Nachfolger haben so viele der uransässigen Israeliten vertrieben, dass sie im Vergleich zu früher nur noch eine Geisterstadt ist. Alte Wohnstätten stehen leer. Die Marktplätze und Tempel, von denen wir in der Bibel lesen können, werden täglich nur noch von einer Handvoll Menschen besucht. Die Osmanen haben ihre Moscheen errichtet: oft auf dem Grundstück alter Kirchen, die ihrerseits auf den Überresten von Synagogen gebaut wurden. Doch sie werden genauso selten besucht. Die einzige Erneuerung scheint von den Gemeinden europäischer Zionisten zu kommen, welche innerhalb der Stadt Handel treiben und außerhalb der Stadt mit Bewässerungsanlagen geförderte Landwirtschaft.

Es war der Vertreter von einem dieser Projekte, ein gewisser Mr. Levy, erst kürzlich aus Paris eingetroffen, den wir in einer Taverne trafen und der uns über ein Gerücht der Einheimischen unterrichtete, das den Standort des Palasts von König David betraf. Die Geschichte in der Bibel dokumentiert natürlich Davids Aufstieg vom Schafhirten in Bethlehem bis zu seinem Sieg über das Heer der Philister, erzählt von der Vereinigung Israels als Nation und von seinem Sohn Salomo, der mit großer Weisheit regierte. All das erfahren wir aus dem ersten und zweiten Buch Samuel, aus dem ersten Buch der Könige und dem ersten Buch der Chronik. Beachtenswerterweise war seine erste Handlung als König, den Jerusalemer Palast von den Kanaanitern zu rauben, und zwar, indem er heimlich mit einer Gruppe seiner Soldaten durch das unterirdische Wasserleitungssystem in ihn eindrang. Der Angriff war erfolgreich, und er wurde der unangefochtene Herrscher aller israelitischen Stämme. Aber es blieb ein Geheimnis, wo genau dieser Palast lag. Bis jetzt.

Mr. Levy erzählte uns, dass ein landwirtschaftliches Projekt der Zionisten eine Erhebung am südlichen Rand der Stadt untersucht hätte, die an das Kidron-Tal mit der wichtigsten Wasserquelle für die Stadt grenzt: die Gihonquelle. Unter den Teilnehmern dieses Projekts – das etwa zwanzig Familien beschäftigte – befanden sich Ingenieure, Historiker und sogar einer der führenden Moralphilosophen der Universität von Prag. Einer der Ingenieure erkannte beim genaueren Untersuchen des Landstrichs, dass sich unter zahllosen im Laufe der Jahrhunderte aufgehäuften Erdschichten ein großes, wenn nicht gar riesiges Gebäude befand. Die Gemeinde hatte allerdings nicht die Zeit, nur um der Neugier willen den Bau freizulegen, da sie mehr daran interessiert war, ausreichend Nahrungsmittel anzubauen, um Überleben und Handel zu ermöglichen. Aber sie würde sich freuen, uns zu zeigen, wo wir graben sollten. Schließlich sei es das Erbe ihrer Vorfahren, hieß es, und es wäre ein freudiges Ereignis, wenn diese historischen Überreste wiederentdeckt würden.

Wir heuerten Arbeiter aus der arabischen Bevölkerung an und gruben mit Schaufeln, Hacken und manchmal auch mit bloßen Händen. Wegen der Hitze arbeiteten wir nachts und brachen in der Morgendämmerung ab, um bis zum Nachmittag zu schlafen. Nach und nach fanden wir Tonscherben, danach Messer und Werkzeuge, dann ein paar Münzen aus der Ära der Griechen und dann Mauern. Eines Nachts schließlich, als wir uns und die Arbeiter unter einem Blutmond bis an die äußerste Belastungsgrenze antrieben, entdeckten wir unter Trümmern und Geröll eine steinerne Falltür. Wir hoben sie an und hielten eine Fackel hinein. Das Licht zeigte uns Wasser: Wasser, das dort schon seit dreitausend Jahren floss. Wir hatten den Weg zur Wohnstatt des ersten Königs von Israel gefunden.

Wir betraten den Palast wie einst David: nachts, durch die breiten Rohre, die das Wasser von der Gihonquelle herbrachten.

Wir kamen nur schwer voran, mussten durch das Wasser waten, das uns manchmal bis zum Hals reichte. Wir versuchten, unsere Lampen zu schützen, um genug Licht zu haben, und hielten sie über unseren Köpfen. Aber eine nach der anderen verlosch, während das Wasser immer weiter stieg, entweder weil es spritzte oder weil wir den Boden nicht sehen konnten, daher stolperten und sie fallen ließen. Nach kurzer Zeit waren wir ohne Licht und tasteten uns Hunderte von Metern durch die Dunkelheit. Es roch nach Tod. Jedes Mal, wenn wir an eine Gabelung kamen, gingen wir nach rechts, damit wir wenigstens den Rückweg erahnen konnten, falls es notwendig wurde umzukehren. Daher landeten wir oft in Sackgassen und mussten wieder zurückgehen. Es dauerte eine Ewigkeit, aber wir konnten die Zeit nicht mit unseren Armbanduhren messen, weil es zu dunkel war und sie wahrscheinlich ohnehin nicht mehr funktionierten, da sie mit dem uralten Wasser in Berührung gekommen waren.

Wir müssen dort ungefähr eine Stunde gewesen sein, in Eiseskälte. Ich hatte keine Angst, dass wir uns für immer hier verirren würden, aber es bestand die Gefahr, dass einer – oder alle – in ein verstecktes Rohr unter uns fallen oder den Kopf an einem unsichtbaren Hindernis anschlagen würde.

Es war Wyneth, der alles änderte.

»Licht«, sagte er. »Licht.«

Ich folgte dem Klang seiner Stimme. Das Wasser dort war nur kniehoch. Und ich sah, was er gesehen hatte. Die Wand des Durchgangs war nackt wie alle anderen, aber sie hatte einen Riss: nicht breiter als ein Grashalm, aber durch ihn schien Licht. Seltsamer noch war, dass der Riss die Form eines Ls hatte, zehn bis fünfzehn Zentimeter gerade nach unten verlief und dann rechtwinklig abbog. Das war kein natürlicher Riss, sondern von einem Menschen gemacht.

»Was kann das sein?«, fragte Jet.

»Ein Weg aus dieser Kanalisation. Gib mir das Werkzeug.«

Ridge trug die kleineren Werkzeuge und reichte ihm Hammer und Meißel. Wyneth versuchte sein Bestes in der Dunkelheit, gab aber nach ein paar Minuten auf. »Bringt nichts«, sagte er.

»Lass mich«, forderte ich ihn auf. Ich hatte eine der schweren Spitzhacken. Dies war nicht der rechte Zeitpunkt für Feingefühl. Ich zog Handschuhe an, vergewisserte mich, dass die anderen nicht im Weg standen, und hämmerte mit aller Kraft gegen den Stein.

Der erste Schlag bewirkte nur wenig, weil ich zu nah an der Mauer stand. Ich trat einen Schritt zurück und versuchte es wieder. Dieses Mal spürte ich, wie die Stahlspitze der Hacke ein Stück vom Stein abschlug. Ich holte erneut aus, und die Hacke ging härter und tiefer in die Wand. Ein großes Stück Fels flog ins Wasser. Beim dritten Mal traf ich wohl genau den Riss, denn die Hacke ging mehrere Zentimeter hinein, brach den Stein an dem gesamten Riss ab und vermehrte das Licht, sodass wir zum ersten Mal seit über einer Stunde unsere eigenen Hände und die Gesichter der anderen sehen konnten.

Noch ein Schlag, noch mehr Stein flog weg. Noch einer, und es war ein faustgroßes Loch im Fels. Ich drückte mein Gesicht daran und blickte hindurch. Dahinter befand sich eine etwa fünf Quadratmeter große Kammer, in die Tageslicht durch einen schmalen Schacht in der Decke fiel. Ich muss zugeben, ich war enttäuscht, dass die Kammer leer war – zumindest soweit ich das im dämmrigen Licht sehen konnte. Ich hatte auf Reichtümer gehofft, wie man sie aus ägyptischen Königsgräbern kennt.

Daraufhin reichte ich Wyneth die Spitzhacke weiter. Für einen Anwalt war er sehr stark, und er machte sich daran, das einzuschlagen, das wir als Eingang identifizieren konnten. Schließlich hatte er genug davon durchgebrochen, dass wir hineinklettern konnten.

Ich war der Erste. Ja, die Kammer war leer. Enttäuscht lehnten wir uns gegen die Wand, um uns auszuruhen. Unsere Kleider waren nass – und das rettete unsere Mission. Denn als wir uns bereit machten, weiter durch die Kanalisation zu gehen, schien das spärliche Licht vom Schacht an der Decke auf die Stellen, wo unsere nassen Jacken ein wenig vom Schmutz der Jahrhunderte entfernt hatten. Und unter dem Dreck zeigte sich leuchtende Farbe.

Wir nutzten unsere Hemden als Putzlappen, wischten uralte Lehmbeläge weg, und schon bald konnten wir zurücktreten und riesige Bilder sehen: Bilder vom einstigen Leben im Palast. Von Mahlzeiten, sportlichen Betätigungen und von einer großen Schlacht.

Außerdem entdeckten wir etwas ziemlich Geniales. Eine Szene zeigte einen König in Lebensgröße – Salomo, dachten wir, weil er auf einem Thron saß und in den Händen eine Schriftrolle und eine Waage hielt, die ewigen Symbole für Urteilskraft und Weisheit. Er wurde mit einer großen Holztruhe dargestellt. Und das Geniale war, dass sich diese Truhe, als wir sie mit den Händen berührten, als echte Truhe entpuppte, die in die Wand eingebaut worden war.

War er das? Der Schatz, von dem die Menschen in London geträumt hatten? Ridge brach das Holz auf und steckte die Hände hinein. Aber sofort schrie er vor Schmerz auf.

»Was ist?«, fragte Jet.

Ridge zog seine Hände zurück. Auf seinem Handgelenk hockte eine große grüne Spinne. »Die hat mich gebissen«, sagte er. Wyneth lachte und zerquetschte die Spinne mit seinem Daumen. Ridge tauchte seine Hand sofort in das kalte Wasser jenseits der Kammer, um jedes etwaige Gift abzuwaschen oder zumindest zu verdünnen.

Ich blickte in die Truhe. Darin befanden sich tatsächlich Gegenstände. Ich streifte meine Handschuhe über und zog vorsichtig ein paar kleine Päckchen heraus, die alle in graues Leinen gewickelt waren. Auch ein paar Spinnen kamen mit, aber die Handschuhe schützten mich, und sie huschten in die dunklen Ecken der Kammer.

Unter unseren Fundstücken befanden sich Pergamentrollen, die wegen der trockenen Luft gut erhalten waren, ein Leuchter aus Kupfer in jüdischem Stil, und ein goldenes Objekt, das *Mesusa* genannt wird und ein Gebet zum Schutz des Hauses enthält. Ich kann ein bisschen Aramäisch und fing an, die Schriftrollen zu lesen, während meine Gefährten den Staub von den anderen Schätzen wischten.

»Geben Sie mir Ihren Schraubenzieher«, befahl Holmes Moran.

»Von Ihnen lass ich mir gar nichts befehlen«, knurrte er.

Aber Moriarty intervenierte. »Tun Sie, was er sagt.«

Holmes machte sich daran, das Bild von der Wand zu schrauben. »Und was soll der Vorhang quer vor der Tür?«, überlegte er dabei laut. Währenddessen fuhr der Professor mit der Dechiffrierung des Berichts fort.

»Das ist ein Gedicht«, sagte ich und hielt das Pergament hoch. »Es beschreibt das Meer und –«

Ich brach ab, denn Ridge hatte es mir aus der Hand geschlagen, als er fiel. Er zuckte so heftig, dass er drohte sich den Hals zu brechen.

Wir konnten nichts anderes tun, als ihn zu Boden zu drücken. Er klapperte mit den Zähnen, und er heulte, als würden alle Dämonen der Hölle ihn foltern. Seine Stirn war brennend heiß, und seine Augen verdrehten sich so, dass man nur noch das Weiße sehen konnte. Und dann, nach einem letzten Schrei, verstummte er. Er war wohl tot.

»Mein Gott«, sagte Wyneth. »Der Spinnenbiss.«

Ridges Gesicht war vor Schmerz fast bis zur Unkenntlichkeit verzerrt.

»Ja.« Ich nickte. Und wir schnappten uns alle etwas, das als Waffe genutzt werden konnte, und schauten uns auf der Suche nach weiteren Spinnen um. Als wir uns vergewissert hatten, dass sie sich alle versteckten – die Ironie der Situation war natürlich, dass wir viel mehr Angst vor ihnen hatten als sie vor uns –, legten wir unsere Waffen weg und brachten Ridge in eine würdigere Position, bevor wir besprachen, was zu tun war. Es würde schwer werden, ihn hinauszuschaffen. Wir konnten es über den Lichtschacht versuchen, aber wie sollten wir da hochkommen? Wir wollten den Mann nicht einfach hierlassen. Auch wenn er nicht mehr litt, war er doch immer noch unser Freund.

Ich wollte, dass einer von uns zurückging und Hilfe holte, aber Jet bestand darauf, es über den Schacht zu versuchen. Ich gab nach. Aber dann geschah etwas, das unsere Diskussion aussehen ließ wie Kindergeplänkel. Etwas, was ich noch nie zuvor in meinem Leben gesehen hatte und das meinen Glauben an die Naturgesetze erschütterte. Denn gerade als wir sanft unsere Hände unter seinen leblosen Körper geschoben hatten und ihn auf Brusthöhe anhoben, riss er den Mund auf und holte tief Luft. »Das ist nur eine Muskelreaktion«, sagte Jet schockiert. Aber dann erstarrte er, denn Ridge riss die Augen weit auf. Er sah uns an, einen nach dem anderen. Und dann schoss seine rechte Hand vor und ergriff mein Handgelenk …

Kapitel 30

»Die Lichter«, herrschte der Guv'nor mich an. Er blickte zu Holmes, der gerade die letzte Schraube gelöst hatte und sich nun anschickte, das Bild von der Wand zu nehmen.

Man stellt den Professor besser nicht infrage, also sprang ich auf, um die Gaszufuhr abzustellen. Aber dadurch wurde es nicht so dunkel, wie ich gedacht hatte. Denn von der Stelle, wo das Bild gehangen hatte, drang nun Licht in die Kammer.

Wir starrten geradewegs durch eine Glasscheibe in das angrenzende Zimmer. Und darin war der Kerl, den der Professor als russischen Botschafter ausgemacht hatte. Er stand stocksteif in einem weißen Raum mit einem Bett und einem Stahltisch mit Gerätschaften, die wohl medizinische Instrumente waren. Ohne einen Muskel zu bewegen, blickte er von uns weg. Am hinteren Ende des Raums befand sich ein Feldbett – ein gutes, aus Korbgeflecht. Und es war belegt: Ein ziemlich großer Mann schlief darauf, aber komischerweise hatte er eine rote Samtkapuze über dem Kopf, mit zwei Augenlöchern, sodass er sehen konnte. Seine Handgelenke waren gefesselt, und er war an ein Wasserrohr gebunden, damit er sich nicht bewegen konnte. Wie ein Gefangener. Er stöhnte leise, als würde er träumen.

Und da war noch ein Kerl im Zimmer. Er trug die Uniform des Hotels, saß auf einem Stuhl mit hoher Lehne und sah uns, mit einer Zeitung in der Hand, direkt an. Über seinem Kopf hing eine rote Kette von der Decke, die aussah wie die Notbremsen, die man jetzt in Zügen hat. Ich machte mich kampfbereit, denn der Mann würde jede Sekunde den Alarm betätigen, das war mal sicher. Schon wollte ich zur Tür, um ihn mir vorzunehmen, da hielt mich der Guv'nor am Handgelenk fest. Der Mann auf dem Stuhl blätterte die Zeitung um und las weiter. »Er sieht uns nicht«, flüsterte der Guv'nor.

»Er hat uns direkt angestarrt.«

»Idiot. Sehen Sie sich die Scheibe an.« Ich gehorchte. »Die Silberfolie auf dieser Seite ist sehr dünn, sodass Licht hindurchdringt, was heißt, dies ist ein durchsichtiger Spiegel. Wenn in jenem Raum helles Licht ist, in unserem aber keins, sieht der Mann nur sein Spiegelbild.« Er zeigte auch auf den Vorhang quer vor der Tür. Der sollte den Raum nicht warm halten, sondern dunkel. Wir befanden uns in einem Beobachtungsraum.

Wir zogen uns in eine Ecke des Zimmers zurück, wo wir nicht gehört werden konnten – außer Watson, der vor dem Fenster blieb und hindurchstarrte.

»Wir sollten uns zurückziehen und später wiederkommen«, sagte der Guv'nor.

»Das verdoppelt nur die Gefahr, entdeckt zu werden«, entgegnete Holmes.

»Wenn Sie glauben –«

Er wurde unterbrochen, weil Watson mit den Fingern schnippte, um unsere Aufmerksamkeit zu erlangen. Trotz der Umstände konnte er von Glück sagen, dass ich ihm nicht den Kiefer brach, weil er mich wie einen Kellner behandelte. Bemüht, keinerlei Geräusch zu machen, gingen wir alle zu ihm und blickten durch die Scheibe. Der Uniformierte hatte seine Zeitung zusammengelegt, stand auf und hob den Arm des Russen. Als er ihn wieder losließ, blieb der Arm in der Luft, als wollte der Russe eine Droschke rufen. Er blickte starr geradeaus und blinzelte nicht mal. Der Johnny in Uniform machte dasselbe mit seinem anderen Arm, worauf der Typ steif wie ein Baum dastand.

Holmes führte uns alle wieder in die hintere Ecke. »Watson? Ihre Einschätzung als Arzt?«

»So etwas habe ich nur einmal in meinem Leben gesehen, und zwar bei einem Subalternoffizier der Grenadiergarde, der Jahre zuvor als Berater der Botschaft in Rom fungiert hatte. Er befand sich dort, als das ausbrach, was die Italiener als *Nona* bezeichnen …«

»Und das war?«

»Eine Epidemie, bei der Menschen von heute auf morgen zu lebenden Statuen wurden. Erst jetzt haben wir eine medizinische Bezeichnung dafür: Enzephalomyelitis. Man weiß nicht, wie sie sich verbreitet, und es gibt kein Mittel dagegen. Im Moment ist der Mann zu diesem Zustand verdammt: Er lebt, ist aber wie versteinert. Und bald wird er nicht mal mehr leben. Es fängt mit kurzen Episoden dieses Zustands an und wird immer mehr. Wenn der Mann auf dem Lager an derselben Krankheit leidet, ist er auch todgeweiht.«

»Sie sagen, es gibt kein Heilmittel?«, fragte Holmes.

»Kein einziges. Nichts, um die Symptome zu lindern, nichts, um die Krankheit zu heilen.«

Dann verstummten wir alle, denn wir hörten Schritte. Sie hielten direkt vor unserem Zimmer. Die Klinke bewegte sich nach unten. Ich wappnete mich. Wie in drei Teufels Namen wir den Berg runterkommen sollten, falls wir abhauen mussten, war noch zu klären. Die Klinke ging ganz nach unten, doch bevor der, der sie betätigte, hereinkam, hörte ich, wie sich die Tür des Raums öffnete, den wir beobachteten.

»Er ist bereit, Doktor«, sagte jemand auf Französisch. Der Mann in Uniform steckte seinen Kopf durch die Tür und lenkte glücklicherweise den ab, der uns fast entdeckt hätte.

»Ist gut.« Ich erkannte die Stimme des Managers.

Wir hörten, wie beide in den Nebenraum gingen, und bewegten uns leise zum Einwegspiegel. Ich hatte keine Ahnung, wofür der Ruski bereit sein sollte, es sei denn für einen Sarg.

Also, der Manager – offenbar ein Doktor, obwohl ich ein paar Männer mit diesem Titel gekannt habe, die weniger wussten als ein Dorfmetzger – ging hinein und fing an, den Russen zu untersuchen. Er hatte einen silbernen Stift und stupste ihn damit an. Keine Reaktion. »Wie viel Zeit ist vergangen?«, fragte er und nahm eine goldene Uhr aus dem schicken kleinen Täschchen seiner Weste.

Der Uniformierte blickte auf seine Armbanduhr. »Eine Stunde, vierzehn Minuten.«

»Das ist das Äußerste. Auf den Tisch mit ihm.« Sie hoben ihn auf den Stahltisch, wo er mit aufgerissenen Augen dalag wie ein toter Fisch. Der Doktor nahm eine Spritze und verpasste ihm eine Injektion. Dann schnallte er die Riemen vom Tisch über die Brust und die Beine des Russen und trat einen Schritt zurück.

Der Mann begann sich zu rühren und wachte auf. »Sie können die Fesseln entfernen, Doktor«, sagte er und rieb sich die Augen. »Ich habe die Kontrolle über mich. Mehr Kontrolle, als ich je hatte.«

Der Doktor prüfte seine Pupillen. »Ja, das glaube ich.«

Er und der Uniformierte schnallten ihn ab, und der Russe sprang auf. »In meinem ganzen Leben habe ich mich nicht so gefühlt«, sagte er mit einer ziemlich bellenden Stimme. Er ging im Raum herum und starrte die Gegenstände an, als hätte er sie noch nie zuvor bemerkt. Er wandte sich sogar zu dem anderen Kerl mit den angebundenen Handgelenken in der Ecke und griff nach der Samtkapuze.

»Nicht, Sir!«, warnte der Doktor, nervös wie ein zappelnder Fisch.
»Wieso nicht?«, lachte er und riss dem Mann die Kapuze ab.
»Guter Gott!«, hörte ich Watson leise ausstoßen. »Es ist …«
»Ja«, sagte Holmes. »Das dachte ich mir schon.«

Kapitel 31

Ich stand da, starrte durch die Scheibe und konnte es einfach nicht fassen. Das letzte Mal, dass ich diesen Mann gesehen hatte, war auf der anderen Seite des Ärmelkanals gewesen, und da war er bewusstlos auf einem Pferd verschleppt worden. Aber hier war er nun, in den Schweizer Bergen: unser Klient, der junge George Reynolds, Nachkomme eines um den Thron gebrachten Prinzen. Er öffnete die Augen, aber ich erkannte, dass das, was auch immer sie ihm injiziert hatten, noch wirkte und er nur halb bei Bewusstsein war.

Trotz seiner unglückseligen Lage zersprang mir beinah das Herz vor lauter Freude, dass er am Leben war, hatte ich doch schon fast geglaubt, ihn nie mehr wiederzusehen. Der Anblick der beiden Männer, die vor dem Britischen Museum von diesen Spinnen überschwemmt wurden, die bedrückende Existenz des Friedhofs unterhalb dieses Dorfs und die bedrohlichen Geheimnisse des Hotels hatten in meinem Geist eine Szene heraufbeschworen, in der ich seinem geliebten Mädchen mitteilen musste, dass er nie wieder zu ihm zurückkehren würde. Verdammt, von solchen Szenen hatte ich genug! Also verwandelte sich meine Freude darüber, ihn lebend zu sehen, schnell in eine Entschlossenheit, die ich bislang nur selten empfunden habe.

»Wir müssen ihn retten«, zischte ich.

Holmes ging zur Tür, öffnete sie einen Spalt und schloss sie wieder. »Nicht jetzt. Es kommen noch zwei Männer.« Ich sah, wie Moran einen schweren Spazierstock aus der Ecke nahm.

Ich war ziemlich zornig, das kann ich Ihnen sagen. Da lag George, direkt vor uns, und Holmes meinte, wir müssten ihn in den Fängen dieser Verbrecher lassen. Ich wusste nicht, ob wir je noch eine Chance bekämen, ihn zu retten. »Wir müssen!«

»Nein«, erwiderte Holmes. »Noch nicht. Selbst wenn wir alle überwältigen, können wir nicht aus diesem Dorf fliehen. Wir müssen warten, bis wir einen Plan haben.«

»Aber ...«

Er drückte den Zeigefinger gegen seine Lippen, worauf ich verstummte. Wir beobachteten, wie die beiden neuen Männer das Behandlungszimmer betraten. Das war unsere Gelegenheit, hinauszuschlüpfen, die Strickleiter hinaufzuklettern und sie hinter uns hochzuziehen.

»Ich weiß, Sie sind aufgebracht«, sagte Holmes, als wir wieder in der oberen Höhle waren. »Aber die nächsten Stunden wird er noch in Sicherheit sein. Wir sind in der Unterzahl, deshalb müssen wir die Nacht nutzen. Vor allem jetzt, da wir erahnen können, worum es in diesem Hotel wirklich geht.«

Ich beruhigte mich, denn mir wurde klar, dass er recht hatte. Unklar war mir allerdings, was Holmes mit dem Hotel meinte.

»Nun, gewiss ist das hier eine Art Privatklinik«, erklärte ich. »Sie haben ein Mittel gegen Enzephalomyelitis gefunden, und die Patienten wollen ihre Krankheit geheim halten. Obwohl ich nicht verstehe, wieso George hier gefangen gehalten wird.«

»Ach, Watson«, sagte Holmes. »Ich glaube, falscher könnten Sie gar nicht liegen. Wieso wurden dann ein Regierungsminister und ein Richter getötet? Was ist mit dem seltsamen Verhalten der

Männer vor ihrem Tod? Oder mit den Todesfällen unter den Dorfbewohnern? Nein, mein Freund, ich glaube, die Lösung dieser merkwürdigen Affäre ist genau das Gegenteil von dem, was Sie annehmen.«

»Was meinen Sie denn damit?«

»Ich meine, dass dieser Ort nicht vor dem Tod schützt, sondern ihn bringt. Und die Patienten, die wir gesehen und getroffen haben, umarmen ihn bereitwillig. Tatsächlich haben wir mit Toten gesprochen.«

Vollkommen verständnislos schüttelte ich den Kopf. »Das begreife ich nicht.«

»Ich weiß. Aber es gibt hier einen Mann, der alles erklären kann.«

»Wer?«

»Der Mann in Zimmer fünfzehn.«

Schon wieder dieser Mann! »Aber wenn er so viel weiß, frage ich mich, wieso wir uns noch nicht an ihn gewandt haben. Stellt er für uns eine Gefahr dar?«

»Watson, meines Wissens haben sich Dutzende Männer und Frauen genau diese Frage gestellt, sogar wörtlich. Und in fast jedem Fall lautete die Antwort: Ja.«

»Schon wieder Brahms auf dem Grammofon. Sein kleiner Scherz auf meine Kosten«, bemerkte Holmes, als wir uns Zimmer fünfzehn näherten. »Er macht nicht oft Scherze.«

»Was ist denn der Scherz daran?«

»Ich erzählte Ihnen doch, dass ich Ridge Brahms habe spielen hören. Es war genau dieses Stück.«

»Wollen Sie etwa sagen, dies ist …«

»… Ridge, der spielt? Ja. Hören Sie doch die rücksichtslose Interpretation der Vorgabe! Die aufstrebende Ambition, fast Arroganz.«

Und ich hörte hin. Zwar habe ich nie nachvollziehen können, was genau Holmes in Musik wahrnimmt, aber jetzt war da irgendwas in diesen Klängen, das … ich nur als Hybris bezeichnen kann. Ja, in diesem Spiel lag Hybris.

Allerdings war es nicht die Musik, die ich identifiziert haben wollte. Sondern den Mann, der ihr lauschte. Außerdem war da noch etwas anders, als wir uns dem Zimmer näherten. Denn als wir die Tür erreichten, sah ich, dass sie nur angelehnt war. »Aber wer ist nun da drinnen?«, fragte ich. »Sagen Sie es mir jetzt?«

»Das werde ich. Es ist der Korrespondent der Regierung namens Mercury«, erwiderte Holmes. »Der Mann, der hinter fast allem steht, was wir gesehen haben.« Und damit schob er die Tür gerade so weit auf, dass Licht aus dem Zimmer drang.

Sofort blendeten uns zwei große Lampen, die direkt auf unsere Gesichter gerichtet waren. Aber nach einer Sekunde gewöhnten sich unsere Augen daran, und wir konnten die dunkle Silhouette einer korpulenten sitzenden Gestalt erkennen. Ich versuchte, meine Augen abzuschirmen, aber das half nicht. Es war, als würde man in Gottes Antlitz schauen: verboten und schmerzhaft. Die Gestalt rührte sich. Ich warf einen Blick zu Holmes. Er sah geradewegs zu dem Mann. Und als er sprach, umspielte ein seltsames Lächeln seine Lippen.

»Hallo, Mycroft.«

»Sherlock.« Und Mycroft Holmes erhob sich und schritt auf uns zu, umgeben von einem Lichtschein, als wäre er eine heilige Vision. Dieser kräftige Mann, der menschliche Gesellschaft und Berührung mied. »Ich habe mich schon gefragt, zu welcher Zeit du dich melden würdest.«

»Jetzt ist die Zeit.«

»Die Zeit ist immer jetzt.« Mycroft sah Moriarty und Moran angewidert an. »Ich vermute, wir müssen ihre Anwesenheit ertragen.«

»Da vermuten Sie richtig«, erwiderte Moriarty.

Mycroft ignorierte ihn, löschte eine der Lampen und drehte die andere so, dass sie das Zimmer erhellte. Er ging zu einem Schreibtisch in der Ecke. »Ich glaube, ihr habt das hier gesucht.« Er holte etwas aus einer Schublade und gab es Holmes – es war ein Pergamentabschnitt in leuchtenden Farben, der einen Mann auf dem Rücken, mit einer Spinne neben ihm zeigte. Über ihm sah man eine zum König gesalbte Version seiner selbst, heller in den Farben und mit einem silbernen Reif um den Kopf. Sie senkte sich in seinen Körper. Das war der fehlende Abschnitt der Bilderfolge, die wir in Ridges geheimer Sammlung gesehen hatten. »Dieses Stadium nennen wir ›Wiederauferstehung‹. Ich hoffe nur, unser Messias wird uns das Wort nicht verübeln, da es zweitausend Jahre nur für ihn galt.«

»Im Gegenzug gebe ich dir das«, erwiderte Holmes. Es war das Foto, das wir aus demselben Geheimzimmer hatten. »Eine Schande, dass ausgerechnet du es geschossen hast.«

Mycroft betrachtete es mit einem wehmütigen Lächeln. »Ich bestand darauf. Ich wäre ein schlechter Agent, wenn ich einen Beweis für meine Anwesenheit hinterlassen hätte. Aber es war ein interessanter Auftrag.« Er hielt eine Ecke des Fotos über die Flamme der Lampe und ließ es dann in einen gläsernen Aschenbecher fallen, wo es langsam verbrannte.

»Das Gift. Nur aus Interesse: Wie stark muss man es verdünnen?«

Moriarty schien diese Frage sehr zu interessieren. Moran schaute sich wie üblich im Zimmer um, vermutlich, um Fluchtrouten und Aussichtspunkte abzuschätzen.

Mycroft ließ sich wieder auf seinem Sitz nieder. Daraufhin nahm er seltsamerweise ein Stück graues Metall in der Größe eines Streichholzbriefchens und rieb es mit einer Metallfeile ab, um ein

Pulver zu erzeugen. Er sammelte das Pulver in einem Briefumschlag und gab ein anderes, weißes Pulver aus einer kleinen Schachtel dazu.

»Die gegenwärtige Mischung liegt bei einem Teil Gift auf fünfundzwanzig Teile Tierblut und zwei Teile Saft eines hiesigen Baums. So ist die Wahrscheinlichkeit größer, dass der Tod nicht endgültig ist.«

»Der Tod nicht endgültig?«, wiederholte ich erstaunt. »Was soll das heißen?«

»Liebe Güte, Sherlock, hast du nicht mal deinem Freund die Wahrheit anvertraut?«

»Nein, habe ich nicht. Ich war nicht vollständig sicher, bis ich deine Ausgabe von Dantes *Göttlicher Komödie* in der Lobby des Hotels sah. Kleine Recherche?«

»Nennen wir es Literaturvergleich.«

»Holmes«, hakte ich nach, »was soll das alles? Herrgott, sagen Sie es mir!«

»Dieses eine Mal könnte es tatsächlich sein, dass Sie den Namen Gottes anrufen und er erscheint«, antwortete Mycroft.

»Was meinen Sie denn damit?«

»Ich meine, mein lieber Doktor, dass die Hälfte der Männer in diesem Hotel erfahren hat, wie es ist, ein Gott zu sein. Denn sie – wir – sind gestorben und haben gesehen, was danach kommt. Und dann sind wir wieder auferstanden. Wir haben nicht drei Tage gewartet, wie es, glaube ich, der Tradition entspricht, sondern nur Minuten oder Stunden; das ist unser Defizit. Aber die Forschung geht weiter, und mit jedem einzelnen Versuch, den diese Herren Wissenschaftler anstellen, verschieben sie ein kleines bisschen mehr die Grenze, und der Betreffende sieht ein wenig mehr. Zu sehen, was dahinter liegt, das macht uns zu mehr als nur Menschen.«

Ich starrte Holmes an, bis er erklärte: »Das Gift ist ein ganz außergewöhnliches Präparat. In normaler Menge bringt es den Tod. Aber wenn die Dosis klein genug ist, oder wenn das Gift in einer Art verdünnt wird, wie die Altvorderen es entdeckten und wie es auf der berühmten Ausgrabung wiederentdeckt wurde, dann bringt es einen Tod, der sich wieder zurückzieht, damit man noch einmal leben kann.«

»Wie außergewöhnlich!«

»So ist die Natur.«

»Ein faszinierendes Ergebnis der Evolution«, sagte Mycroft. »Es bedeutet, dass die Spinne, indem sie die Menge des Gifts kontrolliert, die sie verspritzt, ihre Beute nicht tötet, sondern nur dem Tode nahe bringt, sodass das Fleisch frisch bleibt.«

»Und Sie haben es benutzt, weil …«

»Um der Erkenntnis willen!«, rief Holmes aus. »Erkenntnis, die verbotenste aller Früchte. Wissen, das nur Unsterbliche besitzen. Die Männer, die diesen Prozess durchliefen, schwebten über der Welt und fühlten sich unbesiegbar.«

»Genau das ist der Fall«, bestätigte Mycroft. »Und deshalb starben so viele.«

Das Schneegestöber draußen wurde stärker, entwickelte sich zu einem weißen Wirbelwind, der gegen die Mauern fegte, als wollte er das ganze Hotel in Stücke schlagen.

»Wie?«, fragte ich.

Holmes übernahm die Erklärung. »Ein paar bei Unfällen, die ihrer Selbstüberschätzung geschuldet waren. Andere, weil sie mit ihren Kapriolen, die durch ihr neu gewonnenes Genie auch noch gefährlicher wurden, ganze Nationen gefährdeten. Also mussten sie gestoppt werden, bevor sie nicht nur sich selbst zerstörten, sondern auch andere, Unschuldige. Denken Sie nur an Jets irre Idee, die

Königin abzusetzen und einen neuen Monarchen auf den Thron zu setzen, der vielleicht seine Marionette sein sollte. Oder an Wyneths wilde Rache an dem Professor hier.«

Diese Pläne hatten Holmes, Moriarty, Moran und mich in die ganze Angelegenheit verwickelt, und jetzt wussten wir, welche noch merkwürdigeren Ereignisse zu diesen Plänen geführt hatten.

»Also wurden Jet und Wyneth umgebracht, damit sie ihre Absichten nicht weiter ausführen konnten?« Ich starrte Mycroft an. »Haben Sie …«

Er kam mir zuvor. »Ich sehe, worauf Sie hinauswollen, Doktor. Aber nein, mit ihrem Tod habe ich nichts zu tun.«

»Wer dann?«

»Ridge. Er sah, welche schrecklichen Konsequenzen sich früher oder später ergeben würden, wenn sie auf die Welt losgelassen würden. Ein mächtiger Mann, der nicht von seiner Furcht vor Konsequenzen in Schach gehalten wird, ist wie ein Virus, der auf einen Wirt wartet.«

»Und Ridge selbst?«

»Er lud Sie in sein Haus ein, um Ihnen alles zu erzählen, damit Sie diesen Ort auffliegen lassen. Aber die Männer hier wollten das nicht zulassen und sorgten für sein Schweigen. Sie waren es, die Scotland Yard auf Sie hetzten, um Sie zu verhaften. Ich will zugeben, dass das eine saubere Lösung für ihre Probleme gewesen wäre.«

»Wussten Sie schon vorher, dass Ridge Jet und Wyneth umbringen würde?«

Mycroft nahm seine Feile und schabte weiterhin Pulver von dem dunklen Metall ab. Ein Siegelring am vierten Finger seiner rechten Hand funkelte im Licht. Er verschob den Umschlag mit dem

Pulver. »Es gibt Zeiten, da verschließt man am besten die Augen vor dem, was geschieht.«

»Und wann ist das?«, fragte ich, weil ich wissen wollte, inwiefern Mycroft mit den Todesfällen zu tun hatte.

»Wenn die Zeit gekommen ist, werde ich es sagen.«

Kapitel 32

Tja, nachdem Holmes' fetter Bruder endlich aufgehört hatte zu quasseln – schon klar, seine *meschuggene* Erklärung passte, trotzdem glaubte ich dem Butterfass kein Wort –, setzte sich Holmes und spielte mit seinen Fingern, als würde er damit häkeln.

»Die Welt ist doch ein Fadenspiel, Watson«, sagte er. »Jede Schnur hängt mit einer anderen zusammen. Sie sehen, wie Jets Plan einer Revolution in Britannien zu diesem Hotel und den Vorgängen darin führt: Sein Mut oder Wahnwitz entsprang eben dieser Quelle. Und er glaubte, wenn er George derselben Behandlung unterzöge, bekäme er einen äußerst charismatischen Anwärter auf den Thron. Erinnern wir uns daran, dass Dutch und Jan Calhoon, mit denen Moriarty zu tun hatte, in der amerikanischen Unterwelt als feige galten, als Enttäuschung für ihren harten Hund von Vater. Bis es vor etwa einem Jahr eine plötzliche und unerklärliche Veränderung in ihrem Charakter gab. Nun, ich glaube, wir können erraten, woher dieser Umbruch ihrer Persönlichkeit stammte«, fuhr er fort. »Ja, die Männer dieser Einrichtung hier sind Urheber von vielem, das uns in letzter Zeit begegnet ist. Und erst jetzt sehen wir ihre Silhouette hinter dem Vorhang.«

»Das ist alles ziemlich klar«, sagte der Professor. »Und da wir nun vollständig die Lage erkannt haben, ist es Zeit zu gehen. Ich nehme an, Sie wollen diesen jungen Mann mitnehmen?«

»Natürlich«, jaulte das Schoßhündchen auf.

»Ihre Entscheidung. Ich nehme außerdem an«, sagte der Guv'nor zu Mycroft Holmes, »dass Sie einen Plan für unseren Aufbruch haben, der unsere Gastgeber nicht mit einschließt.«

»Zufällig ja. Der Lokomotivführer des Zugs, der Sie alle hier heraufbrachte, genießt mein Vertrauen – zumindest ansatzweise – und wird heute Nacht eine kleine Bahn fahren, die es hier herauf- und wieder hinunterschafft. Nimm dies hier, Sherlock. Wir könnten es brauchen, bevor die Nacht vorüber ist.« Er gab Holmes den Umschlag mit dem Metallpulver. »Ich schlage vor, wir retten deinen Protegé kurz vor Mitternacht. Zu der Zeit wird das Hotelpersonal im Bett liegen und keine Gefahr mehr für uns darstellen. Wir können uns in den Behandlungsblock schleichen, ihn befreien, zurückgehen, um das Signal zu geben, und uns leise zur Bahn begeben. Mit ein bisschen Glück vergehen Stunden, bevor sie merken, dass was nicht stimmt.«

»Und was machen wir bis dahin?«, fragte ich. Wir mussten noch mehrere Stunden totschlagen, und ich hatte keine Lust, dazusitzen und Däumchen zu drehen.

»Es wäre vernünftig, sich bedeckt zu halten«, erwiderte Mycroft. »Wir sollten alle hierbleiben.«

»Ich möchte nicht so lange bleiben, ohne meinen Geist zu stimulieren«, sagte der Guv'nor stirnrunzelnd. »Ihre Hirne mögen ohne erkennenswerten Effekt müßig bleiben, aber ich lebe von meinem Verstand.«

»Aber ich hatte mich so auf Ihre Gesellschaft gefreut.«

»Ach ja?«

»Allerdings. Ich habe sogar mein Lieblings-Go-Spiel mitgebracht, sodass wir uns, falls nötig, ein paar Stunden damit beschäftigen können. Wie ich gehört habe, sind Sie ein Meister.«

Mycroft holte ein Spielbrett aus Holz aus der Tischschublade. Es sah ein bisschen aus wie ein Schachbrett.

Komisch war, welche Wirkung das auf den Professor hatte. Normalerweise trifft er eine Entscheidung, und das war's dann. Aber diese Mal kämpfte er mit sich: Einerseits wollte er das Zimmer verlassen, doch andererseits wollte er spielen. Er tippte mit seinem Stock auf den Boden. Dann kapitulierte er.

»Wie Sie wünschen.«

»Spielen wir um Einsätze?« Tja, bei der Frage horche ich immer auf.

»Um Einsätze? Geld? Pah, die mit Intellekt Begabten spielen nur um die Ehre, der Klügere zu sein.« Er starrte auf Mycrofts Stirn. »Ich sehe schon, dürftige Entwicklung des Frontallappens. Liegt in der Familie.«

Mycroft lächelte. »Ich glaube, einer von uns wird großen Spaß haben.«

Kapitel 33

Während die Zeit verging, wurden die Schatten immer länger. Die weißen Abhänge färbten sich erst bläulich und dann grau. Die Sonne, zunächst grellweiß, wurde im Sinken immer trüber und verschwand schließlich hinter einem Gipfel. Die Nacht breitete ihr Leichentuch über uns.

Die ganze Zeit dachte ich über die merkwürdigen Ereignisse nach, die uns begegnet waren. Als Mediziner hatte ich mich immer auf die Prozesse unserer physischen Welt aus Fleisch und Blut konzentriert. Aber die Vorstellung, dass unser Geist sich in andere Gefilde begeben konnte, dass die Männer, die dieses Hotel leiteten, dabei ein Potenzial entfesseln konnten, von dem der Rest der Menschheit nur zu träumen vermochte, das beunruhigte mich. Es beunruhigte mich gewaltig.

Die Uhr schlug eine halbe Stunde vor Mitternacht. Von den Gaslampen im Zimmer wurden zuckende Schatten auf das Go-Brett geworfen. Ich konnte nicht sagen, welcher der beiden Spieler – wenn überhaupt – gewann. Mycrofts Mundwinkel waren eindeutig nach oben gezogen. Moriarty machte ein finsteres Gesicht, aber das musste nicht unbedingt ein Zeichen von Ärger sein, sondern konnte auch Konzentration bedeuten.

»Die Zeit, Gentlemen, die Zeit«, mahnte Holmes leise. Moran blickte freudig auf.

»Wir werden unser Spiel ein andermal beenden müssen«, sagte Mycroft. »Ich nehme an, Sie können sich die jetzigen Positionen einprägen?«

»Selbstverständlich«, bestätigte Moriarty.

Wir beschlossen, dass Holmes, Mycroft und ich in den verbotenen Flügel des Hotels gehen sollten. Da das Personal schlief, würden wir nicht den Weg über die alten Höhlen oberhalb des Hotels nehmen, sondern durch die Geheimtür, die normalerweise von den Angestellten am Empfang bewacht wurde.

Daher begaben wir uns zunächst auf unsere Zimmer, um das einzupacken, was wir leicht mitnehmen konnten. Zwanzig Minuten später trafen wir uns auf dem Gang und schlichen durchs Hotel. Moran knackte das Türschloss mit seinem Messer, dann standen er und Moriarty Schmiere, während Holmes, Mycroft und ich George retten gingen.

Jeder von uns trug eine Petroleumlampe mit fast geschlossenen Blenden, sodass sie nur einen bleistiftdünnen Lichtstrahl warfen. Mycroft war hinter uns, bewegte sich aber wesentlich behänder, als man angesichts seines Äußeren denken würde.

Wir flüsterten nur, als wir den Raum erreichten, in dem wir George vermuteten – sollte er nicht dort sein, würden wir nach ihm suchen müssen. Wir hörten ein Geräusch, aber es kam nicht aus dem Behandlungszimmer. Es war ein Rauschen wie von Wellen, das aus dem Raum daneben drang. Mit äußerster Vorsicht lugte Holmes in diesen Raum und winkte mir, es ihm gleich zu tun. Das Geräusch war das laute Schnarchen des Uniformierten, den wir vor Stunden gesehen hatten. Er schlief mit verschränkten Armen auf einem Stuhl. Auf dem Tisch vor ihm stand eine leere Halbliterflasche Rotwein.

Die Tür zum Behandlungszimmer war von außen verriegelt, aber nicht abgeschlossen, sodass wir sie leicht öffnen konnten. Im Zimmer selbst war es stockdunkel. Ich ließ den Strahl meiner Lampe herumhuschen und beleuchtete den Stuhl und den Tisch, den wir schon mal gesehen hatten. Noch etwas war dort, was wir schon gesehen, woran wir aber nicht gedacht hatten: Der Russe lag wieder auf dem Tisch, war aber diesmal nicht angeschnallt. Wir würden uns alle Mühe geben müssen, ihn nicht zu wecken.

Holmes zeigte in eine Ecke des Raums. Dort saß auf einem Holzstuhl ein Mann mit Kapuze, die Hand- und Fußgelenke gefesselt – der Größe und den Kleidern nach war es George.

Ich trat vorsichtig um den Tisch in der Mitte des Raums herum, hielt das Licht auf den Boden gerichtet und achtete darauf, nirgendwo gegenzutreten. Holmes und Mycroft folgten mir und schauten sich aufmerksam um.

Da hörte ich, wie jemand scharf Luft holte. Ich blickte zu Holmes. Er hatte etwas entdeckt, das wir durch den Einwegspiegel nicht hatten sehen können: ein großes Paneel in der Wand, das zurückgeklappt war und einen Anblick bot, der mir in einer Mischung aus morbider Faszination, Abscheu und Furcht den Atem stocken ließ.

In der Wand befand sich ein riesiger Glaskasten, ein Vivarium, das metertief in die Wand hineinreichte. Und im gedämpften Licht von Holmes' Lampe pulsierte der ganze Kasten mit der Bewegung von Tausenden Grüner Luchsspinnen, die über die längst von ihren Blättern befreiten Äste, übereinander und über die Skelette der unglücklichen Kreaturen krochen, die als Futter in das Vivarium geworfen worden waren. Als das Licht auf sie fiel, stürmten sie vorwärts wie eine grausige Armee. Die Ersten verharrten wenige Zentimeter vor dem Glas und starrten uns mit ihren Facettenaugen an. Und dann, wie auf ein unsichtbares Signal hin, stürmten sie wieder vor, warfen sich gegen die Scheibe und krabbelten in mordlustiger Absicht daran hoch. Andere verspritzten ihr rotes Gift, bis es wie dickes Blut am Glas hinunterrann. Ich habe Tiere nie als bösartig betrachtet, sie nie in dieser Hinsicht vermenschlicht. Aber diese Kreaturen hatten zweifellos etwas Teuflisches an sich.

So grausig der Anblick auch war, trat ich unwillkürlich doch einen Schritt näher zum Vivarium.

Hätte ich das nur nicht getan!

Wäre ich doch einfach nur stehen geblieben! Dann wäre ich vielleicht nicht mit dem Ellbogen gegen ein Tischchen gestoßen und hätte eine große Glasflasche zu Boden fallen lassen, die in tausend Scherben zerbrach. Entsetzt blickte ich zu Holmes. Er legte den Zeigefinger auf die Lippen, vielleicht bestand ja die Chance, dass wir doch nicht bemerkt worden waren. Stocksteif standen wir da und spitzten angestrengt die Ohren. Aus dem Nachbarraum drang keinerlei Geräusch.

Nein. Nicht aus jenem Raum. Denn das Geräusch, das wir nun hörten, war ein dumpfes Grollen, das vom Mann auf dem Tisch kam. Er fing an zu stöhnen, genau wie das letzte Mal, als wir ihn gesehen hatten. Im schwachen Licht der Lampe wirkte sein Gesicht dunkel und düster. Wir rührten uns nicht, und das Stöhnen verstummte. Er schlief wieder, gefangen in welchen Träumen auch immer, und ich sandte einen stummen Dank gen Himmel. Allerdings verfrüht, denn in diesem Augenblick wurde es hell. Plötzlich sahen wir das ganze Behandlungszimmer klar und deutlich vor uns, und auf der Türschwelle stand der Uniformierte, mit einer leuchtenden Lampe in der einen Hand. In der anderen Hand hielt er eine Spritze mit einer roten Flüssigkeit.

»Raus mit –«

Er verstummte, denn jetzt fing der Mann auf dem Tisch an zu heulen wie eine Banshee und krallte die Finger in sein Gesicht, als wäre es von den grünen Spinnen aus dem Vivarium bedeckt. Er zappelte herum wie von einem Dämon besessen. Dann riss er die Augen auf und starrte mich direkt an.

Holmes, der in einem Kampf jede Gelegenheit nutzt, verwandte die Ablenkung zu seinem Vorteil und schlug dem Uniformierten die Spritze aus der Hand, die nun über den Boden rutschte. Dann boxte er dem Mann so heftig gegen den Kiefer, dass sein Kopf nach hinten flog, aber er war kräftig und richtete sich direkt wieder auf. Ich wollte mir die Spritze schnappen, weil ich hörte, dass der Mann auf dem Tisch jetzt Worte ausstieß. »Vorsicht, Doktor!«, warnte Mycroft mich. »Nicht, dass Sie selbst das Serum abkriegen!«

Grunzend versuchte der Uniformierte, Holmes am Rumpf zu packen.

Ich bekam die Spritze zu fassen, doch bevor ich die Nadel abbrechen konnte, um sie zu sichern, war der Russe vollends erwacht, sprang vom Tisch und umschloss mit beiden Händen meine Kehle. Er war stark, und die gefährliche Spritze entglitt meinen Fingern.

Mycroft versuchte, Holmes zu helfen, sodass ich mit diesem brutalen Kerl auf mich allein gestellt war. Ich war wirklich überzeugt, er würde mir für immer die Luft abdrücken. Aber dann bewegte sich etwas am Rand meines Sichtfelds. Ein schwarzer Schatten setzte sich auf und riss sich eine Kapuze aus Samt vom Kopf.

In nicht mal einer Sekunde warf sich George mit gefesselten Händen ganze drei Meter quer durch den Raum, schlang die Handgelenke über den Kopf des Russen und riss ihn von mir weg. Die zwei fielen ringend auf den Tisch: George versuchte jetzt, den

Mann zu würgen, wie der Russe mich gewürgt hatte. Als George ihn festnagelte, schnallte ich die Hände des Russen mit den Riemen an den Tisch und fixierte ihn so.

Bis dahin hatten Holmes und Mycroft auch den Aufpasser überwältigt. Er kauerte in einer Ecke, voller Angst vor Holmes' Fäusten und vor der Spritze mit der blutroten Flüssigkeit, die Mycroft vom Boden aufgehoben hatte. Ich erlöste George von seinen Fesseln und nutzte sie, um den Uniformierten an das Wasserrohr zu binden. Der Russe schnaufte und keuchte, aber es hätte schon einen Übermenschen gebraucht, um diese Lederriemen zu zerreißen.

Ich fasste George an den Armen. Er hatte noch kein Wort gesagt, seit er sich die Kapuze vom Kopf gezogen hatte. »Wie geht es Ihnen, George?«, fragte ich, so sanft ich es angesichts der Dringlichkeit der Lage konnte. Zu meinem Bedauern sah ich, dass er mir zwar antworten wollte – die geistige Anstrengung war ihm am Gesicht abzulesen –, aber keine Worte bilden konnte. »Das wird schon wieder«, versuchte ich ihn aufzumuntern. »Schon bald, mein Junge.« Er nickte. Dieser junge Mann konnte ein Hitzkopf sein, aber das verlieh ihm auch eine Entschlossenheit, die man nicht brechen konnte.

»Wir dürfen keine Zeit verlieren«, sagte Holmes. »Wir müssen hier raus, uns irgendwo verstecken und auf die Ankunft des Zugs warten.«

Wir eilten aus dem Raum, verschlossen die Tür und legten den Riegel vor. Unsere Lampen erhellten den Weg zur Lobby des Hotels. Wir rannten, George ein wenig unbeholfen, aber er konnte mit uns Schritt halten.

»Was hatten sie ...«, wollte ich Mycroft fragen, konnte meine Frage jedoch nicht beenden, denn plötzlich sprang die Tür vor uns auf. Drei Männer stürzten in den Gang: zwei stämmige Wachen mit Pistolen in den Händen und dahinter mit zornentbrannter Miene der Manager des Hotels persönlich. Die Pistolen waren auf uns gerichtet, und ich hegte keinerlei Zweifel, dass sie auch benutzt werden würden.

»Ich hatte schon mit dir gerechnet, Albert«, sagte Mycroft. »Dein stümperhaftes Hoteliergehabe hat an meinen Nerven gezerrt.«

»Ich hatte mit einem Patienten zu tun«, erwiderte der Franzose.

»Ach, mit dem Bankdirektor? Ist es gut gegangen?«

»Er wird nie mehr derselbe Mensch sein. Sondern besser.«

»Ach, Albert«, seufzte Mycroft. »Nichts wird dich in deinem Glauben erschüttern, nicht wahr? Weder Beweise noch Erfahrung. Weißt du, Sherlock, Albert ist überzeugt, dass er unsere Spezies verbessert.«

»Entweder entwickelt man sich, oder man bleibt ein Affe«, erklärte Albert. »Du warst einfach zu zimperlich, Mycroft.«

»Mycroft«, sagte Holmes, »ich glaube, du hast da die ein oder andere Einzelheit für dich behalten.«

»Verzeih mir, Sherlock. Die Macht der Gewohnheit, könnte man sagen. Verstehst du, nachdem Ridge, Jet, Wyneth und ich den ganzen Prozess durchlaufen hatten, nachdem wir gestorben und wieder zum Leben erwacht waren, da erweiterte sich unser Geist mehr, als wir es je für möglich gehalten hatten. Wir konnten fünfmal schneller und hundertmal besser über jedes mögliche Thema nachdenken. Ridge und ich sahen die Gefahr, die darin lag, aber Jet und Wyneth nur die Möglichkeiten. Sie suchten Albert auf, der sich gerade einen Ruf als radikaler Professor der Hirnforschung an der Sorbonne schuf, und bauten diesen Ort. Sie glaubten, dieser Prozess sei eine neue Stufe der Evolution.«

»Und genau so ist es auch«, beharrte der Franzose. »Die Regierungsangehörigen, die ihn durchlaufen haben, kehrten in ihr Leben zurück, um ihre Nationen zu transformieren und zu führen; die Wissenschaftler erreichten bereits Durchbrüche in der Chemie und Medizin: Sie haben doch von Strazzeris Methode gehört, Blut zu filtern? Wäre er nicht hier gewesen, hätte er dazu sein gesamtes Leben gebraucht. Jetzt reichen ihm sechs Monate. Delachairs und Ramsos Studie über Okzitanisch ist bahnbrechend. Yamaguchi in Tokio wird seinem Land neuen Wohlstand bringen, Bergers Salons in New York sind eine übersprudelnde Quelle der Kreativität. Und ich könnte noch etliche weitere Beispiele anführen.«

»Und die Calhoons?«

»Ein Irrtum. Das kommt vor. Unvermeidlich.«

»Wie viele Patienten hattest du bislang?«

»Etwa hundert Männer und ein paar Frauen.«

»Du glaubst, diese Menschen haben nur Gutes im Sinn. Das mag vielleicht jetzt noch stimmen. Aber sie fürchten auch keine Gefahren mehr, und das ist eine schreckliche Waffe. Wenn zwischen ihnen Konflikte entstehen, wird das zu Kriegen von bisher unbekannten Ausmaßen führen.«

»Das ist ein Risiko, aber es ist die Verbesserung der Spezies wert.«

Also hatten Ridge und Mycroft dem Prozess abgeschworen, aber Jet und Wyneth nicht. Stattdessen hatten sie mit Alberts Hilfe dieses Hotel gebaut und ausgewählte Individuen transformiert, um Menschen zu erschaffen, die die Welt in ihren Bereichen anführen würden. »Apropos, diese Wachsmodelle waren nicht besonders freundlich«, sagte Mycroft.

»Da muss ich mich entschuldigen. Ich war wütend. Aber ich hab mich schnell wieder beruhigt.«

Ich merkte, dass George sich bei diesem Geplänkel bereit machte, sich auf unsere Gegner zu stürzen. Die Behandlung, die bei ihm angefangen hatte, verlieh Menschen wirklich ein Gefühl der Unbesiegbarkeit, aber das Blei in den Pistolen würde darauf keine Rücksicht nehmen. Ich musste ihm eine Hand auf den Arm legen, um ihn zu beruhigen. Er begriff und wich ein bisschen zurück, obwohl es ihm vermutlich gar nicht gefiel, zurückgehalten zu werden.

Aber was war mit Moriarty und Moran passiert? Waren Sie erwischt worden? Waren sie tot und lagen draußen?

»Wir haben die Auswirkungen deiner Arbeit gesehen«, fuhr Mycroft fort. »Im besten Fall sind es Menschen mit großer Macht, die sie für ihre eigenen Launen nutzen. Im schlimmsten Fall werden sie sich in blutrünstige Monster verwandeln.«

»Solche Tiere stecken wir in den Zoo«, erwiderte Albert, dann wandte er sich zu mir. »Ach, das amüsiert Sie also?«, spottete er. Er hatte gesehen, dass ich lächelte.

»Oh nein, das finde ich abstoßend«, protestierte ich. »Mich amüsiert etwas anderes.«

Hinter ihm standen jetzt Moriarty und Moran, und beide waren bewaffnet. Der Colonel hatte einen Revolver auf den größeren der beiden Wachmänner gerichtet, und Moriarty hatte die Klinge aus seinem Stock gezogen und war bereit, sie in den Hals des Mannes vor ihm zu stoßen.

Ich wusste, dass Moran allein schon diese drei Männer erledigen konnte, bevor sie sich auch nur umdrehten.

»Nicht bewegen«, befahl Moriarty. Albert gehorchte.

»Ach, jetzt nicht mehr so mutig?«, bemerkte ich.

Zu meiner Überraschung jedoch fing Albert leise an zu lachen. Dann trat er zur Seite. Ich rechnete damit, dass Moran schoss. Er hatte noch nie gezögert. Aber er tat nichts.

»Los, Moran«, sagte Moriarty. Der Colonel trat vor zwischen die beiden Wachmänner, und plötzlich zielte der Revolver auf mich. Moriarty ließ seine Klinge zurück in den Stock gleiten. »Ich fürchte, Gentlemen«, sagte er, an uns gerichtet, »dass Ihre Anwesenheit hier erforderlich ist. Und das Ergebnis wird nicht angenehm sein.« Da wusste ich, was er meinte und was uns erwartete: diese bösartigen Kreaturen im Glaskasten. »Fesselt sie.«

»Gesicht zur Wand, alle!«, knurrte Moran. Es war klar, wenn wir uns weigerten, wäre das unser Ende.

So stand es also. Kaum hatte Moriarty das Geheimnis dieses Hotels von Mycroft erfahren, war er zu Albert gegangen, und die beiden hatten eine Einigung erzielt, die uns verriet und ihm nutzte.

»Oh, Professor«, tadelte Holmes und schüttelte den Kopf. Dann blickte er zu Mycroft. »Ist jetzt die Zeit?«

»*Die Zeit ist gekommen.*«

Ich begriff und kniff die Augen zu, wie Mycroft es früher empfohlen hatte.

Gleichzeitig warfen die beiden Brüder ihre Lampen, worauf Glas explodierte und brennendes Öl über den Boden floss. In der nächsten Sekunde hatten sie aus ihren Taschen die Umschläge mit Magnesium und Natrium gezogen, die Mycroft vorbereitet hatte, und warfen sie ins Feuer. Die Explosion war so laut und das Licht so gleißend hell, dass sogar ich, der darauf vorbereitet war, taub wurde und die Orientierung verlor. Doch unsere neuen Feinde traf es weitaus schlimmer. Moriarty wurde gegen die Wand geschleudert, und Moran lehnte an einem Türrahmen und rieb sich das Gesicht. Ich sah den Franzosen flach auf dem Boden, und einer der Wächter taumelte umher, während der andere auf den Knien nach seiner Waffe tastete, die in der Nähe meiner Füße heruntergefallen war.

»Los!« Das war Holmes, der mich zur Tür zog. Ich hielt ihn gerade so lange auf, um den Revolver zu nehmen. Moran zielte blind auf mich und feuerte. Der Knall war in dem kleinen Raum wie eine weitere Explosion. Ich schoss zurück, aber die Kugel ging weit daneben. »Watson!« Wir rannten hinaus in die Lobby.

Kapitel 34

Ich war schon von einer Kartätsche getroffen, von Knüppeln niedergeschlagen und bei voller Fahrt aus einem Zug geworfen worden. Und doch hatte ich nie gedacht, dass es aus mit mir war – bis jetzt, allerdings nur, bis sich der Rauch verzog und ich erkennen konnte, dass ich wieder in der Höhle war. Ungefähr fünfzehn Sekunden lang klingelten mir die Ohren derart, dass ich wünschte, es wäre tatsächlich aus mit mir. Doch dann kam mir etwas anderes in den Sinn: Rache!

Ich wartete erst gar nicht auf den Professor oder die Muskelmänner vom Hotel. Schon war ich aufgesprungen und rannte mit dem Finger am Abzug meiner Webley, um die vier ein für alle Male umzupusten.

»Moran!« Der Guv'nor brüllte, als wäre ich ein tollwütiger Hund. »Moran! Ich weiß, wo wir sie stellen können!«

Tja, ich kann einschätzen, wann es Zeit für die Jagd und wann es Zeit für die Pirsch ist. Also blieb ich stehen, schüttelte mich und drehte mich um. *Ja, reiß dich zusammen, alter Mann, du kriegst sie ja*, dachte ich. *Du kriegst sie.*

Kapitel 35

»Wo können wir hin?«, schrie ich, als wären die Höllenhunde hinter uns her.

»Es gibt kein Entkommen«, rief George und schaute sich in der Lobby um, vielleicht, um einen Ausweg, vielleicht, um eine Waffe zu finden und letzten Widerstand zu leisten. »Wir müssen kämpfen!«

Es wäre unmöglich gewesen, wegzurennen und es bis ins sichere Interlaken zu schaffen: Draußen wütete ein schwerer Schneesturm, und wenn wir versuchten, den Berg hinabzusteigen, würden wir mit Sicherheit schnell erfrieren.

»Messieurs!«

Ein Flüstern in unserer Nähe. Ein Lichtstrahl. Ich erkannte das Gesicht. Die junge Frau Ioana hatte die Verbindungstür zur Kapelle geöffnet. »Hier lang!«, rief ich. Gemeinsam liefen wir zu der winzigen Kirche, die unsere einzige Zuflucht vor dem Tod war.

Wir drängten uns durch die Tür: Holmes, George, dann Mycroft und ich. Ich knallte sie zu und verriegelte sie. George und ich schoben auch noch eine schwere Kirchenbank aus Eiche davor. Sie wirkte wie ein solides Bollwerk – allerdings nicht solide genug, um die Kugel abzuhalten, die sie eine Sekunde später durchdrang und mich am Arm streifte. »Runter«, brüllte ich, und wir alle ließen uns auf die Steinplatten fallen. Drei weitere Kugeln pfiffen um uns herum, trafen aber nur die Wand und sprangen von alten Gedenktafeln mit längst verblassten Namen ab.

Ich schaute mich um. Der Altar im Mondlicht wirkte wie ein böses Omen. Ein silbernes Kreuz schien wie eine Warnung vor den Mächten, denen die Männer in diesen Gebäuden getrotzt hatten. Ein Messingkelch lag mit einer Delle von einer Kugel umgekippt auf dem Altar. Dickflüssiger Kommunionswein war über das weiße Altartuch geflossen. Im milchigen Licht des Mondes erinnerte er an etwas ganz anderes als Wein.

Die Kapelle war etwa zehn Meter lang und hatte schmutzige Steinplatten und ein paar schmale Fenster in den gekälkten Wänden. Die Fenster in der Seitenwand waren eindeutig zu klein, um hindurchzusteigen. Das Fenster in der hinteren Wand war eigentlich groß genug, bestand aber aus Buntglas, das mit Bleiadern verstärkt war. Es zeigte ein Bild vom Leiden Christi am Kreuz, sein schmerzerfülltes Gesicht und die blutigen Wunden. Ich fragte mich unwillkürlich, ob wir auch dazu verdammt waren, unter bitteren Qualen zu sterben. Die Haupttür am anderen Ende der Kapelle war verriegelt und verrammelt.

»Ich habe gebetet«, sagte Ioana in ihrem Küchenlatein, um ihre Anwesenheit in der Kapelle zu erklären. »Für meinen Ehemann.«

Jemand hämmerte und trat gegen die Seitentür.

»Kommt raus, oder wir bringen euch alle um!«, brüllte uns einer der Schläger zu. Und um dem Nachdruck zu verleihen, jagte er eine weitere Kugel durch das Holz. Sie schlug in den Altar ein und ließ ihn erzittern. Der Kommunionskelch rollte auf den Boden. Die Weinreste schienen auf dem schmutzigen Stein zu gerinnen.

Da entriss Ioana mir den Revolver und zielte direkt auf die Tür.

»Kommt rein!«, schrie sie laut genug, dass man sie draußen hören konnte. Die Antwort war ein Tritt, der die ganze Tür erzittern ließ.

Da zielte sie auf eine Stelle etwa siebzig Zentimeter über der Trittstelle und feuerte.

Es knallte, eine winzige Rauchwolke stieg aus dem Lauf, ein Stück Holz platzte aus der Tür und ein Schrei ertönte, der klang wie von einem in der Schlacht verwundeten Mann.

In der Zwischenzeit war Holmes zur Haupttür gelaufen, doch kaum hatte er sie einen Spaltbreit geöffnet, warf er sich zur Seite, um der Kugel auszuweichen, die an ihm vorbeizischte.

»Ein zweites Mal wird Moran nicht danebenschießen«, sagte er grimmig und verriegelte die Tür wieder.

Ich nahm Ioana die Pistole ab, während George und Mycroft die Kapelle nach etwas absuchten, was als Waffe dienen konnte. Vergeblich.

»Sie werden Verstärkung rufen«, sagte ich. »Unsere beste Chance besteht darin, sie jetzt zu überrennen.«

»Ich werde sie persönlich in Stücke reißen«, knurrte George.

Von der anderen Seite der Tür zum Hotel hörten wir ein gurgelndes Stöhnen. Also hatte es den Kerl doch nicht endgültig erwischt. Dann hörte man etwas schleifen, wieder ein gequältes Stöhnen und darauf eine andere Stimme.

»Gentlemen, ich würde nichts Überstürztes tun. Sollten Sie versuchen wegzurennen, wird Moran Sie, ehe Sie sichs versehen, alle erledigen.«

Natürlich kannten wir diese Stimme. Sie hatte uns jahrelang verfolgt und war die letzte Woche unser unwillkommener Reisebegleiter gewesen. Und wir wussten, dass sie die Wahrheit sagte. Wir würden kaum den Fuß vor die Kapelle setzen, da hätte der Colonel uns schon eine Kugel ins Herz gejagt.

»Eine Pattsituation«, bemerkte Mycroft knapp. »Er kann nicht rein«, nickend wies er auf die Pistole in meiner Hand, »und wir können nicht raus.«

»Lasst es mich einfach versuchen«, forderte unser junger Freund.

»Und Sie an Moran verlieren? Nein.«

»Wieso warnt er uns?«, fragte sich Holmes laut.

»Holmes?«, wandte ich mich an ihn.

»Moriarty will uns tot sehen, warum also warnt er uns, dass Moran mit gezückter Waffe vor der Tür steht?«

»Das weiß ich nicht.«

»Ich auch nicht. Und das macht mir Sorgen. Er will, dass wir bleiben, wo wir sind. Aber wieso?«

»Für so was haben wir keine Zeit«, beharrte George. »Wenn wir sie nicht überrennen können, müssen wir uns vorbereiten, weil sie reinkommen. Sie werden noch mehr Männer gerufen haben.« Er ging zu einem Fenster.

»Halten Sie Abstand!«, warnte ich ihn.

Er drehte sich zu mir. »Ich sehe keine – aaah!« Vor Schmerz schrie er auf, als seine Schulter in einem Sprühregen aus Blut und Stoff explodierte. Das Fenster zersprang in tausend Scherben, und George fiel zu Boden. Eine weitere Kugel schlug in die Wand ein. Sie war genau da durch die Luft gesaust, wo George noch Sekunden zuvor gestanden hatte. Hätte er sich nicht zu mir gewandt, wäre sie geradewegs durch seinen Schädel geschossen.

»Hierher!«, brüllte ich. George kroch zu mir, durch die Wand geschützt vor dem berüchtigten Schützen draußen. Er lehnte sich gegen eine Kirchenbank, und ich schob sein Hemd beiseite, um die Schusswunde zu untersuchen. Hinter ihm entdeckte ich die blutige Kugel, die vom Aufprall verbogen war. »Ein glatter Durchschuss. Es wird höllisch wehtun, aber Sie werden wieder ganz gesund werden«, sagte ich.

»Wenn wir hier rauskommen«, bemerkte Mycroft grimmig.

Ich zerriss einen meiner eigenen Hemdsärmel, um Georges Schulter zu bandagieren. »Wir können nicht einfach nur warten«, knurrte er. »Ich kenne diese Leute.« Der Junge war ein Hitzkopf, aber ein sehr tapferer.

Holmes sprach Ioana in ihrer Sprache an. »Gibt es einen anderen Ausgang aus der Kapelle?« Sie schüttelte den Kopf. Nein, keine geheimen Fluchtwege, nur das, was wir sehen konnten.

Wir schoben so viele Möbel wie möglich vor die Türen, gingen in Verteidigungsstellung und warteten auf den Angriff. Unsere Nerven waren bis zum Zerreißen gespannt.

»Was ist das für ein Geräusch?«, fragte George nach einer Weile.

Ich spitzte angestrengt die Ohren, konnte aber nichts hören. »Was für ein Geräusch?«

»Ich hab's mir wohl eingebildet.« Ein paar Sekunden vergingen. »Nein, da! Eine Art Kratzen.«

Und da hörte ich es auch. Ein ganz leises Geräusch, als würden Papierblätter aneinandergerieben. Es schien aus der Wand zu kommen. »Mein Gott!«, rief ich aus. Und zeigte auf eine Stelle. Am Fuß der Holzwand zwischen der Kapelle und dem Hotel zwängten sich durch die Risse und Lücken zwischen den Brettern fünf, sechs flaschengrüne Spinnen. Ich blickte nach rechts und links. Wohin ich auch schaute, überall krochen Spinnen in die Kapelle.

»Watson!«

Holmes und ich hatten gesehen, was tausend von diesen Kreaturen bewirken konnten. Am Britischen Museum hatten wir gestanden und den qualvollen Todeskampf zweier einst so mächtiger

Männer beobachtet, die nichts gegen das Gift dieser Arachniden ausrichten konnten, mit dem sie bespritzt worden waren.

»Sherlock, wir müssen fliehen!« Noch nie hatte ich Mycroft so nervös erlebt. Aber er hatte das Werk dieser kleinen Teufel viel länger als wir gekannt und mit angesehen. Ich blickte zu George. Sein Gesicht, das noch eine Minute zuvor so lebendig und entschlossen gewirkt hatte, es mit Moriartys Männern aufzunehmen, war nun totenbleich.

»Aber wieso haben sie sie frei gelassen? Sie werden Moriarty doch auch umbringen«, sagte ich, weil ich es nicht begreifen konnte.

»Ich vermute, er und seine Männer sind jetzt im Freien. Diese Kreaturen überleben nicht in der Kälte.«

Zuerst krochen die Spinnen – erst ein Dutzend, dann zwei und schließlich drei oder vier – ohne erkennbare Absicht umher und erforschten die Kapelle. Doch dann wandten sich ihre Augen zu uns, und sie begannen sich uns langsam zu nähern.

»Zurück, sie können ihr Gift weit spucken!«, schrie Holmes Ioana zu, die auf sie zuging, weil sie nicht um ihre tödlichen Absichten wusste. Als sie das hörte, sprang sie zurück. Da sah ich aus dem Augenwinkel, wie sich die Wand an der anderen Seite des Raums zu bewegen begann. Kleine grüne Körper krochen auch dort durch die Risse. Und dann hinter uns. Von allen Seiten strömten Hunderte dieser Giftspinnen wie eine Flutwelle auf uns zu. Ganz gleich, wie viele wir auch töteten, einige würden überleben und uns mit ihrem Gift überziehen. Und wir würden vor Schmerzen schreien, bis uns die Paralyse die Stimme raubte.

»Was jetzt?«, rief ich zu Holmes.

»Ich weiß nicht –«

Und dann schenkte uns erstaunlicherweise etwas, das als Angriff gemeint war, einen Funken Hoffnung. Das Splittern von Glas ließ uns herumwirbeln. Das Buntglasfenster in der hinteren Wand zerbarst. Das Gesicht des Messias zersprang, und seine blutigen Tränen verwandelten sich in blutrote Scherben.

Ein Unbekannter, der einer von Alberts Patienten gewesen sein musste, zerschmetterte das Glas und das Blei mit einem riesigen Hammer. Der Mann war so massiv gebaut wie ein Bulle, schlug das halbe Fenster aus der Wand und steckte sein hässliches Gesicht einfach durch die Scherben. Dann wand er sich wie eine Schlange durch die Öffnung. *Er muss wahnsinnig sein!*, sagte ich zu mir, obwohl ich schon längst an Flucht oder Kampf hätte denken müssen.

Holmes war nicht so gebannt wie ich. Er hatte sich an die Wand neben dem Fenster gedrückt und überraschte den Eindringling mit einem harten Faustschlag gegen seine Schläfe. Doch der Kerl besaß übermenschliche Kräfte und schien es kaum zu bemerken. Er wirbelte herum und hieb mit seinem fleischigen Unterarm gegen das Kinn meines Freundes. Da stürzte sich ein weiterer Mann ins Gefecht: George, der es unserem Gegner trotz der Schusswunde an Raserei gleichtat. Der junge Mann umfasste seinen Leib, packte ihn mit einer ungeheuren Kraft und warf ihn zu Boden.

Der dicke Schädel des Mannes landete dicht bei den Spinnen, und seine Wangen schlugen hart auf dem Boden auf. Ich sah, wie er schockiert die Augen aufriss, als die erste der Spinnen ihr rotes Gift auf ihn spuckte. George, der die Gefahr kannte, eilte aus ihrer Reichweite. Eine Sekunde später betastete der Mann sein Gesicht. Weitere Spinnen spuckten ihn an, und er begann, mit den Händen nach ihnen zu schlagen, doch sie huschten um seine Finger, sprangen auf seinen Hals und bissen ihn. Er begann zu schreien und dann zu brüllen. Noch mehr Spinnen sprangen auf ihn und verabreichten ihm ihr Gift; und Schrecken über Schrecken, wo sie ihn bespuckt oder gebissen hatten, bekam die Haut Blasen und schälte sich vom Fleisch, was für weitere Qualen sorgte. Innerhalb von Sekunden wurde sein zitternder Körper ein Magnet für alle Spinnen in der Kapelle. Sie schwärmten auf ihn zu, überwältigten ihn und sandten ihn in einen qualvollen Todeskampf.

»Watson!«, rief Holmes.

Ich löste meinen Blick von dem Sterbenden und sah etwas Hoffnungsvolles. Der Eindringling hatte das Fenster und den Rahmen so zerbrochen, dass wir noch ein bisschen mehr von den Überresten entfernen konnten und nun einen Fluchtweg hatten. Wir halfen erst Ioana hindurch, dann kamen George, Mycroft und ich und schließlich Holmes, der von Holz und Scherben tiefe Schnittwunden davontrug. Endlich konnten wir die süße Luft einatmen, die nichts mit dem Odem des Todes in der Kapelle zu tun hatte. Aber wir wussten, Moran befand sich auf der anderen Seite des Gebäudes, und er würde schon bald merken, dass wir entkommen waren.

»Holmes!«, sagte George warnend und boxte ihm wie aus dem Nichts gegen seine Schulter – und als er die Faust zurückzog, war sie flaschengrün.

»Danke«, sagte Holmes.

Aber da ertönten Schreie von der anderen Seite der Kapelle, die immer näher kamen und uns anzeigten, dass wir keine Zeit zum Ausruhen hatten.

»In welche Richtung?«, fragte ich.

»Die einzig mögliche«, erwiderte Holmes. »Bergauf.«

»Folgen Sie mir«, befahl Ioana. Sie kannte sich viel besser aus, daher gehorchten wir.

Ich duckte mich, als eine weitere Kugel von hinten heranpfiff. Dieses Mal spürte ich, wie ein Luftzug an meinem Gesicht vorbeistrich. Um ein Haar wäre es aus gewesen mit mir.

Und so stand es: Der nackte, kalte Berg war unsere einzige Hoffnung, dem Tod zu entkommen. Wir rannten um unser Leben.

Der Schnee wirbelte so dicht wie Nebel um uns herum, klebte an uns, lud uns ein, in ihm zu ertrinken. Aber er war auch unsere Rettung, glaube ich, denn er tarnte uns, sodass wir unsere Verfolger abschütteln konnten. Nachdem wir zwanzig Schritte einen Weg hinauf und quer über eine Felswand gelaufen waren, die noch steiler war als die zum alten Dorf, blickte ich zurück. Der Wind hatte sich kurz gelegt, und der Schnee wirbelte nicht mehr so heftig. Ich sah fünf Gestalten wie schwarze Geister, die uns jagten. Also hob ich meinen Revolver und zielte.

»Nein!« Holmes packte mein Handgelenk und drückte die Waffe nach unten. »Damit lösen Sie eine Lawine aus!« Er zeigte auf die massiven Schneeverwehungen am Berg.

Ich nickte, worauf wir weiter den Weg entlangrannten. Vielleicht würden wir sie auf dem Berg in dem wirbelnden Weiß hinter uns lassen können. Der Felspfad war nass und rutschig. Verzweifelt kletterten wir bergan, mit wunden Händen und tauben Füßen. Ioana war immer noch ganz vorn, gefolgt von Holmes, George, Mycroft und schließlich mir. Ein weiterer Schuss zerriss die Luft, und in Hüfthöhe schlug eine Kugel in die Felswand.

»Wohin gehen wir?«, schrie ich.

»Weiter hoch«, brüllte Holmes zurück. »Hoch!« Und wir liefen.

»Sehen Sie sie?«

Mittlerweile war mein Gesicht vollkommen gefroren: Eis hing mir an den Wimpern und klebte meine Lippen zusammen, sodass ich kaum sprechen konnte. Ich blickte über meine Schulter. Sie waren etwa hundert Meter entfernt, dachte ich, doch durch den Schnee konnte ich mich auch irren. Vielleicht waren sie auch zweihundert Meter entfernt. Oder zehn.

»Sie kommen näher.«

»Dann weiter!«

Kapitel 36

»Schneller«, knurrte der Guv'nor den Frenchie und seine zwei Schläger an. »Außer, Sie wollen für lange Zeit ins Zuchthaus.«

»*Allez!*«, trieb der Manager seine Männer an.

Sie sagten nicht viel, konnten aber das eine Ende einer Knarre vom anderen unterscheiden und hatten jeder einen Knüppel. Also blieb den Schwächlingen, die wir jagten, kaum eine Chance. Was konnten sie schon machen? Sich auf dem Berg verstecken? In dem Schneesturm wären sie innerhalb einer Stunde tot, selbst wenn wir sie nicht erwischten. Ich hatte dem Professor gesagt, wir sollten einfach unten bleiben und sie später suchen – sie erfrieren lassen und nachher die Leichen holen. Oder sie den Berg runterwerfen, damit es aussähe, als hätten sie sich im Sturm verirrt. Aber er wollte sie mit eigenen Augen sterben sehen. Tja, konnte ich ihm nicht verdenken.

Natürlich würden wir Albert und seinen Jungs danach auch eine Kugel verpassen. Glaubte der fette Bastard im Ernst, der Professor würde diese kleine Goldmine einfach einem Feigling überlassen? Nein, der Guv'nor hatte große Pläne für diesen Ort. Hier war ein Mann gefragt, der wusste, womit er es zu tun hatte. Schön blöd vom Frenchie, wenn er glaubte, der Professor würde sein Wort halten und mit ihm halbe-halbe machen! Derartige Geschäfte sind nichts für Dummköpfe.

Der Guv'nor und Albert waren langsamer als wir anderen, und wir ließen sie weit hinter uns, als wir unserer Beute nachjagten. Leicht war es nicht, aber ich kannte Schlimmeres. Die Kälte störte mich nicht: Wenn ich erst mal im Blutrausch bin, fühle ich sonst nichts mehr.

Wir erreichten das untere Ende des Pfads, den sie raufgerannt waren, in dem Moment, als sie oben ankamen. Ich wollte ihnen nachjagen, doch dann dachte ich mir: *Was soll die Mühe? Kann ihnen doch eine Kugel nachjagen.* Tja, man nennt mich nicht umsonst einen Meisterschützen. Also brachte ich mich in Position, atmete ganz ruhig, hob meine Pistole und zielte auf den braven Doktor. Sich Zeit nehmen. Den Abzug drücken und nicht reißen. Beim Ausatmen schießen, für eine ruhigere Flugbahn. So mache ich das. Das streckt die Beute nieder. Die erste Kugel ging daneben, weil das Wild sich bewegte. Nicht schlimm. Es war ein schwieriger Schuss, aber ich hatte genug Patronen in meiner Tasche, um eine ganze Armee zu erledigen. Wieder hob ich die Pistole, kniff die Augen gegen den Schnee zusammen, kalkulierte den Wind mit ein und feuerte.

Kapitel 37

Wir kletterten und krochen um unser Leben. Mittlerweile waren wir zwanzig Meter oberhalb des Dorfplateaus, und wenn ich hinunterschaute, konnte ich das Hotel sehen. Darunter lag der Friedhof. Ich starrte hinauf. Hinter Ioana war ein schartiger Bergkamm, der aussah wie das Rückgrat eines wilden Tiers. Er führte zur Jungfrau, dem schwarzen Gipfel, wo viele Bergsteiger den Tod gefunden hatten, und dies unter weitaus besseren Wetterbedingungen als denen, durch die wir uns jetzt kämpften.

»Holmes!«, brüllte ich. »Das ist Wahnsinn!«

»Wir können es schaffen!«, brüllte George zurück.

Ioana verstand unsere Worte nicht, doch sicher ihre Bedeutung.

»Wahnsinn oder Tod, mein Freund«, rief Holmes, »wir müssen uns entscheiden.«

Und dann pfiff eine weitere Kugel heran. Und diese traf. Ich spürte, wie sie Fleisch und Knochen meiner linken Hand zerriss. Nur wegen der betäubenden Kälte schrie ich nicht vor Schmerz auf, aber ich sah es: Beim Anblick des eigenen Fleischs, das in Stücke gerissen ist, wird einem wirklich übel.

Ich hörte eine Stimme hinter uns. Moriarty.

»… Narr! Sie werden uns alle in einer Lawine begraben!« Als ich zurückschaute, sah ich, wie er mit dem Schwertstock über seinem

Kopf fuchtelte. Moran, der ein Stück vor ihm war, steckte fuchsteufelswild die Waffe weg.

Da schoss eine Hand zu mir herunter, fasste meinen Mantel und zog mich nach oben. Sonst wäre ich gewiss abgestürzt. Und dann hätten die Männer da unten mir jede Folter verabreicht, die ihnen in den Sinn gekommen wäre. Als ich aufblickte, sah ich, dass George sich gegen mein herabziehendes Gewicht stemmte. »Sie sind getroffen.«

»Nur meine Hand.«

Er sagte nichts, kletterte aber zu mir herunter, legte meinen Arm über seine Schultern und stützte mich, während wir wieder hinaufkletterten. Auch wenn Moriarty seine Männer vor Schüssen gewarnt hatte, waren sie uns zahlenmäßig überlegen. Und ich war schon verletzt, genau wie George. Jetzt sah ich, wie unsere Verfolger den Fuß des Bergpfads erreichten. George warf ein paar lose Felsbrocken hinunter und zwang sie, in Deckung zu gehen.

Zehn Schritte bergauf. Weitere zehn. Jeder schwächer und schmerzhafter als der vorige. Aber mit jedem Schritt kamen wir dem schwarzen Felsgrat näher. Ich hatte keine Ahnung, wohin wir von dort gehen würden: blieb nur, darauf zu vertrauen, dass Ioana es wusste.

Die Luft war so dünn, dass sich mein Kopf wie in einen Schraubstock gezwängt anfühlte. Noch eine Kraftanstrengung. Ich spürte, wie sich meine Muskeln anspannten und George unter meinem Gewicht fast hinfiel. Mycroft versuchte zu helfen, aber es war schon schwer genug für ihn, nur die Balance zu halten. Ich hielt mich an einem Fels fest und zog mich zum Gipfel hoch, doch meine Hand rutschte ab und ich schwankte in der Leere. Ich packte mit beiden Händen zu. Blut strömte aus meiner Linken und gefror auf der zerfetzten Haut. Doch irgendwie schaffte ich es, mich hochzuziehen. Und dann waren wir alle fünf auf dem Bergkamm.

Als ich die andere Seite hinunterblickte, sah ich nur, dass es Hunderte Meter steil bergab ging. Wie weit genau, war nicht zu sagen, denn Wolken und Schneegestöber versperrten die Sicht. Der Eissturm hatte uns vollständig von der Welt abgeschnitten.

Aber ich hörte die Männer unter uns. Näher als eben noch. Sie wurden nicht von einem verletzten Kameraden aufgehalten. Sie jagten uns immer noch. George stieß noch ein paar große Steine hinunter, und ich glaube, das ließ sie innehalten. Ich schaute mich um. In jeder Richtung schwamm der Grat in einem Meer aus Weiß.

»Wo können wir hin?«

»Wir müssen weiter zum Gipfel«, sagte Holmes. »Wenn wir absteigen, erwischen sie uns mit Sicherheit.«

Also krochen wir seitwärts wie Krebse am Grat entlang, klammerten uns verzweifelt an die schartigen Felsen; unsere Füße tasteten nach Kuhlen, unsere Hände prüften jeden Abschnitt, ob er unser Gewicht tragen würde. Es ging viel langsamer voran als auf dem Pfad. Zehn Meter. Zwanzig. Dreißig. Ich hörte, dass die Männer hinter uns das obere Ende des Pfads erreichten. Schon bald würden sie in Sicht kommen und uns den nackten Bergkamm entlang folgen.

Während wir weiterkrochen, ragte der Berg aus dem Sturm empor. Aus dieser Höhe wirkte er wie eine tückische Felswand, die sich bis in den Himmel erstreckte. »Mein Gott!«, hörte ich Holmes sagen. Aber das rief er nicht nur wegen dieses Ausblicks aus. Der Grat endete und verbreiterte sich zu einer Felsnase, die von der Jungfrau herüberragte. Sie war etwa zweihundert Meter lang und fünfzig Meter breit. Dahinter folgte eine weitere. Aber zwischen ihnen befand sich eine Spalte von fünfzig Metern. Und diese Spalte war mit einer natürlichen Brücke ganz aus Eis überspannt.

»Können wir darüber?«, fragte ich.

Wir blickten zurück. Unsere Verfolger hatten den Anfang des Grats erreicht und bewegten sich auf uns zu.

»Möglich ist es«, sagte Ioana in ihrer eigenen Sprache. Sie hatte meine Frage verstanden, auch wenn ich sie auf Englisch gestellt hatte.

»Wir haben keine andere Wahl«, fügte Holmes hinzu.

»Dem stimme ich zu«, sagte Mycroft. George und Ioana wirkten grimmig entschlossen.

Also betraten wir vorsichtig den Rand der Eisbrücke. Holmes testete sie mit seinem Gewicht, doch wenn sie geknackt hätte, wäre das in diesem Sturm kaum zu hören gewesen. Er schaute zurück zu uns und belastete sie mit seinem ganzen Körper. Mir stockte der Atem. Sie hielt. Trotzdem hätten wir sie nacheinander überqueren sollen, doch Moriarty und seine Schläger waren so dicht hinter uns, dass wir alle zusammen gehen mussten und nur beten konnten, dass sie nicht einstürzte.

Wir tasteten uns zaghaft voran und hofften bei jedem Schritt, nicht einzubrechen. Bis etwas Holmes erstarren ließ. Er blickte die Felswand hinauf. Ich folgte seinem Blick, um zu sehen, was ihn aufhielt.

»Was zum ...«, sagte ich. »Was macht er da?«

Oben auf einem Felsvorsprung stand ein Mann. Hinter ihm befand sich eine Art natürliche Höhle.

»Polin!«, rief Ioana, als sie ihren Schwager erkannte. »Was machst du ...«

»Er wird das benutzen«, bemerkte George.

Polin hielt ein großes, schwarzes doppelläufiges Gewehr in Händen. »Wird er uns erschießen?« Ich schaute mich nach einer Deckung um.

»Nein, nein. Viel schlimmer«, erklärte Holmes. Polin hob das Gewehr, aber er zielte nicht auf uns, auch nicht auf Moriarty und seine Bande, sondern zum Himmel. Da begriff ich, was er vorhatte. Er feuerte einmal, dann noch einmal. Eine Sekunde lang hörte man nur das Heulen des Windes und das Echo der Schüsse. Aber dann begann ein grollendes Rauschen wie von einem Ozean. Und wir sahen auch etwas: Der Schnee über uns war ins Rutschen gekommen, ergoss sich über die Bergwand und würde alles auf seinem Weg hinab mitreißen.

Bevor ich etwas sagen konnte, hatte Holmes schon den Revolver aus meiner Tasche gezogen und fing an, auf den Boden zu schießen. Das war mittlerweile auch egal. Die Gefahr rührte nicht mehr vom Krach meiner Waffe, sondern von der tödlichen Lawine über uns. Wieder und wieder schoss Holmes und jagte alle Kugeln in die Eisbrücke unter unseren Füßen. Stück für Stück begann sie zu bersten. Wir spürten, wie sie nachgab und dann unter uns zusammenbrach. Und dann fielen wir, rasten eine Rutsche hinunter, die durch einen zehntausend Jahre währenden Abfluss des Eises in den Berg gemeißelt worden war. Irgendwo unter uns hörte ich eine Kirchenglocke schnell und heftig läuten.

Wir stürzten in einem Wasserfall aus Eis und Fels abwärts und wussten nicht, wo wir landen oder ob wir nur den Tod finden würden. Aber begraben unter tausend Tonnen Schnee würden wir ersticken, bevor wir noch erfrieren konnten. Eine winzige Chance war besser als gar keine.

Die Männer, die zu diesem Ort gereist waren, hatten den Tod als Tür zu einem anderen Leben betrachtet. Für uns aber wäre er nichts anderes als das Ende unseres Lebens. Also klammerten wir uns mit blutigen Fingern an dieses Leben.

Ich kann nicht sagen, wie lange wir fielen. Eine Minute oder ein Jahr, das war alles eins für mich. Es gab nichts mehr außer dem freien Fall.

KAPITEL 38

Ich starrte hoch. Die weiße Wand kam auf uns zugerast. Ich wusste, das war's für uns. Es gab kein Entkommen. Keine Fluchtmöglichkeit. Der Professor sah mich finster an. »Du blöder ...«, setzte er böse an.

Aber ich stopfte ihm das Maul. Ein für alle Male. Nie wieder würde er so mit mir reden!

Kapitel 39

»Sind Sie am Leben?«

»Sind Sie am Leben, Watson?«

Eine Stimme hallte durch die Kälte, das Eis und den Schnee, die mich bedeckten, umschlossen, erstickten. Dann griffen Hände nach mir und zogen mich heraus, ins Freie, in Luft zum Atmen. Holmes.

»So gerade eben noch.«

Als ich mühsam die Augen öffnete, sah ich über mir Holmes, seinen Bruder und George stehen. Erleichtertes Lächeln ließ ihre geschundenen Gesichter erstrahlen. Versuchsweise setzte ich mich auf. Ein scharfer Schmerz in meinem Brustkorb zeigte an, dass ich mir ein, zwei Rippen gebrochen haben musste. Wie es aussah, war ich ein paar Minuten bewusstlos gewesen, aber mehr waren es offenbar nicht.

»Moriarty?«, fragte ich.

»Ich bezweifle, dass irgendjemand das überlebt hat.«

Mühsam stand ich auf. Wir waren wieder auf dem Plateau des Dorfs. Wir hatten Glück gehabt, dass der Schnee uns nicht geradewegs den Berg heruntergefegt hatte. George hatte ein gebrochenes Handgelenk und Mycroft eine klaffende Wunde an der Wange, aber sonst nichts Ernstes. Ioana saß ein paar Meter von uns entfernt auf dem Boden, schien aber im Großen und Ganzen unverletzt. Die Häuser des Dorfs standen noch da, aber das Hotel war weg, vergraben unter der weißen Flut. Überall wimmelte es von den Gästen, die sich darin befunden hatten. Sie waren wohl vor der Gefahr gewarnt worden und hatten die Flucht ergriffen. Einige wirkten schockiert. Andere hatten noch alle fünf Sinne beisammen und erkannten die neue Gefahr, in der sie sich nun befanden: die Gefahr, enttarnt und vor Gericht gestellt zu werden. Sie waren es, die zu fliehen versuchten, die zum Bahnhof rannten und sahen, dass er unbenutzbar war.

»Das ist ihr Ende«, sagte ich.

»Dafür werde ich sorgen«, erwiderte Mycroft.

»Ein paar Männer wissen um das Geheimnis«, bemerkte Holmes. »Aber sie wären dumm, es je zu verraten.«

»Wir werden es sehen«, sagte ich.

»Ja. Wir werden es sehen.«

Ioana saß da und flüsterte mit geschlossenen Augen vor sich hin. Sie betete. Oder sie sprach mit ihrem verlorenen Ehemann.

EPILOG

Noch nie habe ich einen Neujahrstag erlebt wie den von 1890. Jedes andere Neujahr, an das ich mich erinnern konnte, war eine ruhige Angelegenheit gewesen, eine Art Ruhepause nach tagelangem Vollstopfen mit Gänsebraten und Weihnachtskuchen. Aber dieses Jahr war irgendwie anders. Von dem Moment an, als die Glocken um Mitternacht ein neues Jahrzehnt einläuteten, sah man in allen Gesichtern nichts als Hoffnung. Bei den Männern in ihren Clubs, den Damen in ihren Salons, den Kindern in den Parks. Es schien, als würde jeder Einzelne von ihnen sich zuversichtlich auf einen Neuanfang freuen.

Und dazu hatten sie guten Grund. Im vergangenen Monat hatten die Zeitungen Artikel nach Artikel über nachlassende Feindseligkeiten und wachsende Zusammenarbeit zwischen den Großmächten gebracht. Der russische Zar wollte als Geste der Freundschaft Frankreich besuchen, und der britische Premierminister reiste nach Deutschland, um über bessere Handelsbedingungen zu diskutieren.

Holmes und ich befanden uns gerade auf einem Spaziergang am Nordufer der Themse. »Gestern habe ich einen Brief von George Reynolds bekommen. Er und seine Devi werden im März heiraten. Sie wollen eine eigene Theatergruppe gründen.«

»Ich hoffe, sie halten sich an leichte Komödien«, sagte ich.

Holmes gluckste. Das geschah nicht oft. »Das hoffe ich auch. Ich habe ihn nie auf der Bühne gesehen. War er gut?«

»Schlecht war er nicht.«

»Hat er das Zeug zum führenden Darsteller unserer Epoche?«

Ich dachte darüber nach. »Leider nicht.«

Da warf Holmes den Kopf in den Nacken und lachte herzhaft. »Vielleicht hätte er doch das Angebot der Stillen Verschwörung annehmen sollen. Wenn man erst mal König ist, kann man sich alle Rollen aus dem englischen Kanon aussuchen.«

Ich lächelte. »Glauben Sie, sie hätten es schaffen können? George zum König machen, meine ich.«

Holmes tippte mit seinem Stock drei-, viermal auf das Kopfsteinpflaster. »Die Prozedur, der sie ihn unterziehen wollten, war dazu gedacht, den Geist eines Menschen für große Möglichkeiten zu öffnen. Aber wenn er nur den Wunsch hatte, ein Wanderschauspieler zu sein, dann bezweifle ich, dass sie ihn hätten überzeugen können, nach dem Thron zu greifen.«

»Das bezweifle ich auch.«

»Die Weisheit Salomons.« Ich warf ihm einen Blick zu. »Oh ja, uns werden Legenden von alten Königen überliefert, aber in jeder steckt ein Körnchen Wahrheit. Ich vermute, dass dieser jüdische König tatsächlich mehr Weisheit besaß als die meisten seiner Zeitgenossen, aber die war nicht göttlichen, sondern chemischen Ursprungs. Vergessen Sie nicht, dass es sein Porträt an der Wand war, wo unsere furchtlosen Archäologen das aufschlussreiche Pergament fanden. Ah, da ist ja unser Mann!«, verkündete er erfreut.

Mycroft näherte sich uns aus der anderen Richtung. Wir drei gingen zur Kaimauer, stützten uns mit den Händen darauf und betrachteten die Boote auf dem Fluss. Einige transportierten

Kohle, andere Getreide oder Backwaren. Noch andere waren voller Ausflügler aus den Provinzen, die sich den Westminster-Palast oder St. Paul's Cathedral vom Wasser aus ansehen wollten.

»Ich habe meine Aufgabe in der Schweiz abgeschlossen«, erklärte Mycroft ohne weitere Umschweife. »Ich glaube, es ist alles gelöst. Die Schweizer Behörden haben, nach gewissem diplomatischem Druck, die letzten Mitglieder der Organisation gefasst, die sich, so gut sie konnten, versteckt hatten. Ich bekam die Erlaubnis – auch dies wieder nach einem gewissen Grad an diplomatischer Beharrlichkeit und ein paar Anspielungen auf die Konsequenzen für Schweizer Banken, die Zweigstellen in London haben –, sie persönlich zu befragen.«

»Also wissen Sie jetzt alles?«, erkundigte ich mich.

»Soweit man jemals alles wissen kann, Dr. Watson.«

»Natürlich. Allerdings ist mir immer noch nicht ganz klar, wie sehr Sie selbst in die Anfänge dieser Affäre verstrickt waren.«

Ein mit Koks hoch beladener Dampfer tuckerte an uns vorbei.

Mycroft klopfte mit seinem Stock auf den Boden. »Wie Sie wissen, begann alles damit, dass wir in dieses Grab einbrachen«, sagte er. »Jahrelang experimentierten wir allein mit dem Spinnengift, das wir entdeckt hatten, und seinen Wirkungen.«

Ich war entsetzt, aber auch fasziniert. »Können Sie das näher beschreiben?«

»Das ist sehr schwierig«, antwortete Mycroft. »Es ist, als wollte man einem Mann, der nur schwarz-weiß sehen kann, Farben beschreiben. Aber das Ergebnis … also das Ergebnis ist viel leichter zu verstehen. Es erlaubte uns, in den von uns gewählten Bereichen Außerordentliches zu vollbringen: Ridge in der Musik, Wyneth als Richter, Jet in der Regierung.«

»Und dir in deinem eigenen Metier«, sagte Holmes. »Das, wie man sagen könnte, noch keine angemessene Bezeichnung hat.«

»Da hast du recht, Sherlock, es entzieht sich jeder Definition. Jedenfalls sahen Jet und Wyneth nur die Möglichkeiten bei dem Prozess: Menschen konnten zu Übermenschen werden. Ridge hingegen machte sich eher Sorgen um die schädliche Wirkung. Er sah es ähnlich wie Paganinis Pakt mit dem Teufel. Zu dem Zeitpunkt hatte ich entschieden, dass ich genügend Nutzen aus diesem Prozess gezogen hatte und es Zeit war, damit aufzuhören, bevor ich die Kontrolle darüber verlor.«

Ich wollte mehr über die medizinischen Auswirkungen dieser Behandlung erfahren. »Können Sie beschreiben, was geschah, als Sie sich nicht mehr dem Prozess unterzogen?«

»Ich litt unter Erschöpfung und Kopfschmerzen, unter einer gesteigerten Licht- und Lärmempfindlichkeit und konnte mich nicht mehr auf vor mir liegende Aufgaben konzentrieren. Nun, Sie haben es ja selbst gesehen.«

»Ich habe es selbst gesehen?«

Mycroft schien erstaunt, dass ich ihn nicht verstand. »Dr. Watson, soll das heißen, Sie haben, als Sie mich im Diogenes-Club besuchten, nicht gesehen, dass ich an genau diesen Entzugserscheinungen litt?«

»Nein, das habe ich nicht«, gab ich zu.

Holmes schnalzte leise mit der Zunge.

»Nun, das ist auch unwichtig, da ich mich schon bald wieder dem Prozess unterziehen musste, um hinter die Pläne meiner ehemaligen Kameraden zu kommen. Jet und Wyneth hatten die Einrichtung in der Schweiz gebaut, aber es gab auch einige faule Äpfel im Korb. Es kamen aufstrebende Politiker gegnerischer Nationen, die entschlossen waren, einander zu übervorteilen. Ich hatte das

Gefühl, dass es Zeit war zu handeln. Und Ridge war zur selben Schlussfolgerung gekommen, also beendete er die Karrieren von Jet und Wyneth auf spektakuläre Weise.«

»Wusste unsere Regierung Bescheid?«, fragte ich.

»Tsts, Doktor. Sie wissen doch, dass ich solche Details nicht verraten darf.« Er wandte sich wieder zum Fluss. »Aber wenn Sie damit andeuten wollen, dass einige ausgewählte Personen in Whitehall grob über die Lage informiert waren, würde ich nicht allzu energisch widersprechen.«

Wir schlenderten ein paar Schritte weiter und setzten uns vor der U-Bahn-Station Temple auf eine schmiedeeiserne Bank. Ein Zeitungsjunge verkaufte die *Daily News*. Die Schlagzeile lautete: »Die Glocken läuten das neue Jahr ein.« Holmes gab ihm einen Penny und blätterte sie durch, während er zuhörte.

»Was ist mit denen, die sich dem Prozess unterzogen haben?«

»Wir wissen, wer sie sind, und behalten sie im Auge.«

»Und was ist mit der Einrichtung selbst?«

»Wenn Sie ausgegraben ist, wird sie das werden, was sie von Anfang an hätte sein sollen: ein Hotel in angenehm isolierter Lage, wo man wandern und sich entspannen kann.«

»Sehr schön.« Eine Weile schwiegen wir. Mycroft klappte sein goldenes Zigarettenetui auf. Ich betrachtete die Boote. Holmes las seine Zeitung. »Wann hat …«, setzte ich an.

Doch ich wurde von Holmes unterbrochen. »Wie erwartet«, sagte er leise. Er faltete die *Daily News* auf einer bestimmten Seite zusammen und reichte sie mir. Es war die Seite mit den Kleinanzeigen.

> Professor M. sendet S.H. Grüße und dankt ihm in aller Form für seine Hilfe bei der kürzlichen Reise. Er bittet S.H., nicht ihren zukünftigen Termin an einem bestimmten Ort in der Schweiz zu vergessen.

Wieder brach Holmes in Gelächter aus. »Nun denn. Wie es scheint, haben wir nur das Ende eines neuen Anfangs erreicht.« Und damit warf er die Zeitung in die Themse, die mit der Strömung Richtung Nordsee trieb.